Zum Buch:

An ihrem Geburtstag plant die junge Journalistin Maya, ihren Freund überraschend in San Francisco zu besuchen – doch statt einem romantischen Wochenende warten hier unmissverständliche Hinweise auf sie, dass er sie betrügt. Sie will sich schon mit gebrochenem Herzen auf den Weg zurück nach Hause machen, als Aufmunterung aus der unwahrscheinlichsten Richtung kommt. Und so findet sie sich plötzlich auf einer abenteuerlichen Reise in einen romantischen Küstenort wieder – dirigiert nur über Textnachrichten auf ihrem Handy von einem Mann, den sie noch nie persönlich getroffen hat. Es scheint, als würden sich die beiden von Anfang an blind verstehen, doch ein Treffen gestaltet sich als schwierig, und Maya muss sich fragen: Kann man sich in jemanden verlieben, den man noch nie gesehen hat?

Zur Autorin:

Schon als Kind spürte Olivia Lara die Faszination von Büchern, während sie ihrem Großvater beim Redigieren zahlreicher Texte zusah, ihren Vater beim Schreiben von Sci-Fi-Geschichten beobachtete oder gemeinsam mit ihrer Mutter las. Lara wurde in Rumänien geboren, lebte einige Jahre in Griechenland, Schweden und Frankreich, und wohnt nun mit ihrem Mann, ihrer kleinen Tochter und fünf Katzen im sonnigen Kalifornien. »Sie haben die Liebe erreicht« ist ihr zweiter Roman.

OLIVIA LARA

Sie haben die Liebe erreicht

ROMAN

Aus dem Englischen von
Anna Julia und Christine Strüh

HarperCollins

Die Originalausgabe erschien 2021 unter dem Titel
The Meeting Point bei Aria, an imprint of Head of Zeus Ltd.

1. Auflage 2023

Deutsche Erstausgabe

Umschlaggestaltung von Favoritbüro
Umschlagabbildung von Ardea-studio / Shutterstock
Gesetzt aus der Stempel Garamond
von GGP Media GmbH, Pößneck
Druck und Bindung von GGP Media GmbH, Pößneck
Printed in Germany
ISBN 978-3-365-00280-3
www.harpercollins.de

Für meinen Dad,
der Bücher und den Ozean so sehr liebt
und der mich, als ich noch ganz jung war,
dazu gebracht hat, beides ebenfalls zu lieben!

1

Die Geschichte geht folgendermaßen:

Der dreißigjährige Bartholomew von Coffenberg kommt in seiner roten Corvette aus der Tiefgarage des Madison Square Park Tower. Bartholomew, das einzige Kind eines Investmentmagnaten, hat seinen Studienabschluss in Harvard gemacht und arbeitet jetzt in einem Eckbüro bei Goldman Sachs. Er ist auf dem Weg zu Elio's, wo er sich mit seiner Verlobten Charlotte Astor zum Brunch treffen will, und sehr in Eile. Charlotte ist groß, schlank, elegant und eine erfolgreiche Anwältin bei einer Top-Kanzlei in NYC, kurz: Sie passt perfekt zu ihm. Dessen haben ihrer beider Eltern sich vergewissert, ebenso wie sie sich auch vergewissert haben, dass die ganze Beziehung perfekt durchgeplant wird, bis hin zur Hochzeit, die diesen Sommer im luxuriösen Reethi Resort stattfinden soll, gefolgt von Flitterwochen auf den Malediven.

Doch was Bartholomew noch nicht weiß: Seine Verlobte wird nicht bei Elio's auftauchen. Stattdessen sitzt sie in einem Flugzeug nach Italien, um sich zum ersten Mal mit einem Mann zu treffen, in den sie sich online verliebt hat.

Ein paar Straßen weiter betritt die vierunddreißigjährige Natalie Bechamel eine Starbucks-Filiale in der Park Avenue South. Jeden Morgen ist sie dort, und sie bestellt immer das Gleiche – einen Grande Vanilla Latte, mit Eis und Sojamilch, ohne Zucker. Natalie ist Witwe und hat zwei Söhne, einer ist acht, der andere dreizehn. Sie arbeitet schon seit Jahren als persönliche Assistentin des Besitzers von IMG Modeling, und der Kaffee ist nicht für sie, sondern für ihren Chef. Den täglichen 6-Dollar-Kaffee könnte sie sich genauso wenig leisten wie den vegetarischen Lunch für 35 Dollar und die Öko-Wäscherei, in der sie auf dem Heimweg die Klamotten ihres Chefs abgibt. Montag bis Freitag holt Natalie um 19 Uhr ihre Jungs von der Nachbarin ab, die im Stockwerk über ihr wohnt, und beginnt mit der Zubereitung des Abendessens, während sie dem Kleinen bei den Hausaufgaben hilft und sich mit dem Großen streitet, der seinen Vater vermisst und sie hasst. So hat sie sich ihr Leben nicht vorgestellt. Sie hat nicht damit gerechnet, dass der nette, liebevolle Mann, den sie geheiratet hat, sich zu Tode trinken und sie ganz allein zurücklassen würde.

Natalie weiß noch nicht, dass sie eines Abends beim Überqueren der Straße fast von einem Auto – einer roten Corvette – überfahren werden wird. Der Abend wird enden mit einem lädierten Knie und einem Mann, der sie heimfährt und dessen Augen ein bisschen zu lange auf ihr ruhen. Zu Weihnachten wird Natalie mit ihren beiden Jungs auf die Malediven fliegen, wo ein glücklicher und verliebter Bartholomew zu ihr und den Jungs »Ja, ich will« sagen wird.

Ich heiße Maya Maas, und ich schreibe Liebesgeschichten. Ständig, seit ich denken kann.

Bartholomew und Natalie sind Leute, denen ich auf der Straße begegnet bin. Ich kenne ihre wahren Namen nicht und weiß auch sonst nichts über ihr Leben. Aber sie scheinen beide einsam zu sein, und nichts macht mich glücklicher, als mir auszumalen, dass Menschen glücklich und verliebt sind. Und glücklich und zufrieden leben bis ans Ende ihrer Tage.

Mein »albernes Gekritzel«, wie mein Freund David es nennt, macht mich froh und hat mir noch in jeder schwierigen Lebenslage geholfen, mich nicht unterkriegen zu lassen – bei Familienproblemen oder Schulsorgen, wenn ich Freunde suchte oder verlor, mich Liebeskummer quälte, ich mit dem Alleinleben nicht zurechtkam oder Frust im Job hatte. Weil ich mich schon als Kind in meinen Büchern verkroch, hatte ich nie viele Freunde, aber reichlich Fantasie, und das reichte mir. Tut es immer noch. Außerdem liefert das Schreiben mir einen guten Grund, Leute zu beobachten – meine Lieblingsbeschäftigung. Jemand auf der Straße, eine Barista oder ein Busfahrer – alle bringen sie mich auf Ideen. Ich liebe es, mir Geschichten über diese Menschen auszudenken, wie sie heißen, woher sie kommen, was sie tun. Meist bringe ich sie zuerst in schwierige Situationen, rette sie dann und schenke ihnen zu guter Letzt all das Lachen und die Liebe, nach denen sie sich so gesehnt haben.

Früher habe ich davon geträumt, etwas zu veröffentlichen. Vor Jahren schrieb ich einen Roman, kurz darauf den zweiten und schickte beide an diverse Literaturagenturen. Aber alles, was ich zurückbekam, war Schweigen, höfliche Absagen oder schmerzende Kritik, auf die ich nicht vorbereitet war. »Zu kitschig, zu unrealistisch, zu sehr sechziger Jahre. Warum suchen alle weiblichen Figuren nach der großen Liebe? Nicht alle Frauen brauchen einen Mann, um sich vollständig zu fühlen.«

Ich habe immer gedacht, man könnte beides haben. Und beides auch leben. Verliebt zu sein macht einen Menschen doch nicht automatisch schwach oder abhängig. Zusammen in den Abendhimmel starren, Händchen halten, sich in die Augen schauen, das verleiht doch Flügel. Es füllt Herz und Körper mit der nötigen Energie, alles andere zu bewältigen. Glaube ich zumindest. Hoffe ich. Ja, meine Charaktere haben alle ein glückliches Leben bis ans Ende ihrer Tage vor sich, aber was ist daran auszusetzen? Es gibt schon genug Traurigkeit auf der Welt.

Zuerst war ich entschlossen, hinter meinen Geschichten zu stehen und es trotzdem weiter zu versuchen. Aber sogar die Selbstbewusstesten unter uns brauchen hin und wieder Bestätigung, und ich bekam nie welche. Stattdessen haufenweise negative Kritiken. »Es gibt zu viel Konkurrenz auf dem Buchmarkt, Ihre Bücher haben einfach nicht das Zeug dazu, sich dort durchzusetzen – flache, schablonenhafte Figuren, unrealistischer Plot. Das deutet auf Unreife hin, auf einen Mangel an Erfahrung.«

Diese Ablehnung entmutigte mich endgültig, und ich begrub meinen Traum, eine Vollzeit-Autorin sein zu können – mein größter Traum, schon seit ich ein kleines Mädchen war. Allerdings musste ich ja auch meinen Lebensunterhalt verdienen, da war Journalismus das Nächstbeste. Nun habe ich sechs Jahre als Journalistin hinter mir, und alles, was ich vorzuweisen habe, ist eine Stelle als Juniorreporterin bei einer Zeitschrift mit Sitz in Brooklyn.

Ich habe nicht wieder versucht, einen Roman zu schreiben, aber mit meinen Geschichten habe ich weitergemacht. Ist mir egal, wenn sie außer mir niemand liest. Ich schreibe nicht für ein Publikum, sondern für mich selbst. Weil ich es einfach muss. Meistens, wenn ich Leuten begegne, denen ich ein glücklicheres Leben wünschen würde. Letzte Woche zum Beispiel habe ich eine Seniorreporterin »beschattet« – das bedeutet, Interviewfragen vorbereiten und Notizen machen –, als mir vor dem Stadion der Yankees jemand auffiel – offenbar ein Hausmeister –, der einem ausgebüxten Hund nachlief und ihn seiner Besitzerin, einer elegant gekleideten Geschäftsfrau, zurückbrachte. Elizabeth passt gut zu ihr, dachte ich. Wenige Minuten später ließ ich das Interview Interview sein und schrieb meine bisher beste Liebesgeschichte – die von Ian und Elizabeth.

Das bin ich. Glücklich in meinen erfundenen Welten, in denen alles möglich ist. Wo jemand wie ich, wie sie, wie er alles haben kann. Zuckersüß und so weiter.

2

Schließlich bin ich ganz vorn angekommen in der Schlange in der Starbucks-Filiale, in der ich gerade »Natalie Bechamel« gesehen habe.

»Guten Morgen, Maya. Was darf es heute sein?«, fragt die Barista lächelnd.

»Hi, Kay.« Sie hat bereits ihr eigenes Und-sie-lebten-glücklich-bis-ans-Ende-ihrer-Tage, das ich voriges Jahr geschrieben habe. Noch wartet sie darauf, dass es Realität wird.

»Das Übliche«, antworte ich. »Einen Venti Frappuccino mit extra Schlagsahne und Schokosoße; einen Grande Latte, vier Shots, fettfreie Milch, einen Pump Mokka; einen Tall Chai Latte, drei Pumps, fettarme Milch, ohne Schaum, extra heiß; einen Iced Ristretto, Venti, vier Pumpstöße zuckerfreien Zimtsirup, Dolce Skinny Latte und einen Venti Iced Skinny Hazelnut Macchiato, extra Shot.«

Immer fünf Bestellungen, damit ich sie nicht in einem Getränkehalter tragen kann. Warum sollte man sich das Leben auch leicht machen?

In der Redaktion beginne ich meine Runde. Janice – meine Chefin – bekommt den Frappuccino, der Rest verteilt sich auf unser Team. Ich bin immer noch die Nachwuchskraft der Gruppe, obwohl ich inzwischen schon fast vier Jahre bei der Zeitschrift bin.

Gleich beginnt unser Morgenmeeting, und ich ahne schon jetzt, was ich zugeteilt kriege. Entweder wieder eine Beschattung oder einen Nachbarschaftsstreit, ein Briefing eines unbedeutenden lokalen Würdenträgers oder eine Sportveranstaltung des Schulteams. Wenn ich darauf bestehe – beziehungsweise darum bettle –, darf ich auch mal über eine Buchpräsentation berichten, aber irgendwie überzeugen meine Artikel nie. Heute allerdings ärgere ich mich nicht darüber. Ich hoffe, dass ich meinen Auftrag schnell erledigen und rechtzeitig Schluss machen kann. Ich habe nämlich große Pläne für heute Abend.

Kaum habe ich mich an meinen Schreibtisch gesetzt, ruft – brüllt – Janice meinen Namen durch den Korridor.

Sofort greife ich mir meinen Notizblock und eile mit gespitzten Ohren zu ihr.

»Ich hab dir doch erzählt, dass wir die Story über den *NY-Times*-Bestsellerautor Nakamura, der in Vermont wohnt und vor Kurzem für einen Pulitzer nominiert wurde, nicht gekriegt haben – erinnerst du dich?«

Ich nicke.

»Tja, wir haben noch mal eine Chance. Eine Last-minute-Geschichte, eine super Sache für uns, da ihn noch nie jemand interviewt hat.«

»Ich kann gleich einen Flug für dich buchen …«, sage ich, weil ich davon ausgehe, dass sie nach Vermont fliegen will.

»Das ist es ja – du bettelst doch seit Jahren um deine große Story.«

Inzwischen erscheint mir fast alles ziemlich groß. Aber das jetzt – das wäre mehr als groß, das wäre gigantisch.

»Wie? Du gibst mir den Auftrag?«

Da ist er, der Augenblick, auf den ich so lange gewartet habe – ausgerechnet zur ungünstigsten Zeit. David und ich sind schon seit einer Ewigkeit nicht mehr über ein Wochenende zusammen weggefahren, oder wenn, dann nach Connecticut oder Rhode Island, und das auch nur, um dort Freunde zu besuchen. Wir brauchen Zeit für uns, um uns klar zu werden, wo wir in unserer Beziehung stehen und wie wir das verloren gegangene Prickeln des Anfangs zurückbringen können.

»Ich dachte, du würdest dich freuen«, sagt Janice und zieht eine Augenbraue hoch.

»Aber das tu ich! Sehr sogar. Es ist nur so, ich habe dieses Wochenende Geburtstag und Pläne dafür.«

Jetzt sind beide Augenbrauen hochgezogen und bilden eine aufdringlich gerade Linie. Höchst unerfreulich.

»Natürlich übernehme ich den Auftrag. Das ist eine große Chance für mich. Danke.«

»Vor allem eine Chance für unsere Zeitschrift. So ein Exklusivinterview könnte uns im Nu aus der Anonymität herauskatapultieren.«

Ich stehe immer noch unter Schock. Endlich ist Janice bereit, mir die Möglichkeit zu geben, mich zu beweisen. Mir ist völlig klar, dass ich sie, wenn ich jemals als Journalistin ernst genommen werden und es mit meiner Schreiberei zu etwas bringen will, nicht vermasseln darf.

»Mason wird dich begleiten«, sagt Janice noch, dann macht sie auf dem Absatz kehrt und verschwindet.

Mason ist unser Fotograf, gelegentlich auch unser Fahrer und insgesamt ein Hansdampf in allen Gassen. Nicht mein Lieblingskollege, vor allem, nachdem ich neulich zufällig eine unglückliche Szene zwischen ihm, seiner Freundin und deren Demnächst-Exmann mitbekommen habe. Am Ende versteckte Mason sich auf der Toilette, wo er wartete, bis der andere Typ gegangen war. Natürlich habe ich gleich eine Geschichte über ihn geschrieben. Ihm eine Menge Lektionen erteilt – wie man freundlich, mutig und großzügig ist. Anschließend habe ich ihn sogar rehabilitiert, und von Stund an lebte er glücklich zusammen mit seiner neuen Frau und bald auch mit dem gemeinsamen Baby. So weit meine Geschichte.

Im wahren Leben kam ein paar Monate später eine Frau ins Büro, die behauptete, von Mason schwanger zu sein, der sich weigere, das Baby anzuerkennen oder ihr sonst irgendwie zu helfen. Die Ähnlichkeit zwischen dieser Frau und der Frau in meiner Geschichte war echt unheimlich, aber das war auch das Einzige, womit ich in meiner Geschichte richtiglag.

Mason findet mich in der Küche.

»Bist du fertig? Wir müssen los, es ist eine lange Fahrt«, sagt er und klingt verärgert.

»Nehmen wir das Auto? Das sind hin und zurück jeweils sechs Stunden! Mindestens.«

Er schnaubt verächtlich. »Was du nicht sagst. Du hast doch nicht etwa erwartet, dass sie Flugtickets für uns bezahlt, oder?«

»Das wird ganz schön eng. Wir müssen sofort zurückfahren, sobald das Interview erledigt ist.«

Mason fängt an zu lachen. »Warum?«

»Ich fliege heute Abend nach San Francisco.«

»Nicht, wenn du deinen Job behalten willst. Das Interview ist erst für morgen Nachmittag geplant. Bis wir fertig sind, ist es Abend – vor Sonntag sind wir nicht zurück.«

Mir rutscht das Herz in die Hose. »Sonntag? O nein.«

Seit Wochen plane ich diesen Ausflug akribisch. Damit angefangen habe ich, als David mir erzählte, dass er um meinen Geburtstag herum geschäftlich nach Kalifornien muss. Da kam mir die Idee, ihn zu überraschen und das Wochenende mit ihm in San Francisco zu verbringen. Nur wir beide. Sogar einen schicken Jumpsuit und tolle Schuhe habe ich mir zugelegt, um ihm zu zeigen, wie viel mir an der Beziehung liegt.

Mason winkt ab. »Kommst du mit oder nicht?«

»Ich muss nach Hause und meinen Rucksack holen. Aber der ist ja schon gepackt.«

»Dann mal los. Gib mir deine Adresse, dann hole ich dich ab.«

Meine Überraschung ist gestorben! Kein perfektes Wochenende und kein perfekter Geburtstag. Es wäre der erste seit langer Zeit gewesen. Aus und vorbei.

3

Die Fahrt nach Vermont ist lang und vor allem langweilig. Doch wir überleben sie beide, obwohl wir irgendwo in Massachusetts haltmachen und uns ein bisschen Fast Food genehmigen, was sich als kolossal schlechte Idee herausstellt, denn ich bekomme davon scheußliche Magenschmerzen. Außerdem wäre es mir recht, wenn Mason mich auch mal ans Steuer ließe. Ich hatte ganz vergessen, wie aggressiv er fährt, was dazu führt, dass ich mich den größten Teil der sechs Stunden panisch an meinem Sitz festkralle. Das einzig Positive an der ganzen Reise ist, dass ich vor dem Schnellimbiss eine Lastwagenfahrerin sehe und mir eine nette kleine Geschichte über sie einfällt.

Am nächsten Morgen sitze ich in der Lobby der Pension und gebe der Geschichte der Lastwagenfahrerin den letzten Schliff. Für gewöhnlich schreibe ich von Hand in mein Notizbuch und übertrage dann alles auf meinen Laptop.

Wo Mason ist, weiß ich nicht. Bestimmt versucht er gerade, eine arme, ahnungslose Frau zu betören. Als mein Handy klingelt und mir eine lokale Nummer anzeigt, drängt sich mir sofort der Verdacht auf, dass er sich Ärger eingefangen hat. Hoffentlich muss ich ihn nicht gegen Kaution aus dem Gefängnis befreien oder so. »Ms. Maas?« Es ist Nakamuras Presseagentin. »Mr. Nakamura hat leider heute Nachmittag keine Zeit für das Interview, aber wenn Sie um halb elf hierherkämen, könnte es klappen.«

Perfekt! Ich schreibe Mason eine Nachricht mit der Terminänderung, und zwanzig Minuten später halten wir vor dem Eisentor, das das gewaltige Anwesen des Autors in Stowe schützt.

»Wir sind früh dran, ich telefonier noch schnell«, sage ich, wähle die Nummer einer Freundin, während Mason aussteigt.

Als sie drangeht, komme ich sofort zur Sache: »Alisa, ich brauche deine Hilfe.«

Alisa ist meine beste Freundin. Wir waren im College Zimmernachbarn und haben uns angefreundet, weil wir beide im Hauptfach Englisch studierten und die Leidenschaft für alte Bücher teilen. So kamen wir auf Anhieb gut miteinander aus, aber erst, als wir uns nach dem Studium in New York wiedertrafen, entwickelte sich unsere Freundschaft zu dem, was sie heute ist.

Ich hatte gerade meine Beziehung mit David begonnen, und sie lebte mit Sebastian – jetzt ihr Exfreund – zusammen, den ich ebenfalls von der Uni kannte. Sie sah furchtbar verheult aus, als wir uns über den Weg liefen, deshalb lud ich sie zu einem Kaffee ein und ließ nicht locker, bis sie mir endlich erzählte, was los war: Sebastian missbrauchte sie, nicht körperlich, aber emotional, und er manipulierte sie so, dass sie immer mehr den Bezug zur Realität verlor. Ich nötigte sie förmlich, ihn zu verlassen, ließ sie bei mir einziehen und überzeugte sie davon, nicht zu ihm zurückzugehen – obwohl sie es ein paarmal versuchte. Damals arbeitete Alisa als Juniorlektorin bei einem Verlag in der City. Als sie mir erzählte, dass man ihr eine Stelle in London angeboten hatte, redete ich ihr gut zu, oder besser gesagt, ich nervte sie so lange, bis sie das Angebot annahm. Ein Neuanfang, den sie brauchte und den sie sich redlich verdient hatte.

Seit dieser Zeit verbindet uns noch wesentlich mehr als nur unsere Liebe zu Geschichten und Büchern. Die Entfernung zerstörte unsere Beziehung nicht, sondern machte sie sogar stärker. Das einzige Problem war anfangs der Zeitunterschied, aber auch den meistern wir inzwischen.

Seit Neuestem ist Alisa leitende Redakteurin, und sie hat sich in einen wundervollen Mann verliebt, der sie anbetet und auf Händen trägt. Ich würde sagen, dass für sie alles gut läuft – genau so, wie ich es mir damals erhofft habe, als ich die Geschichte von Alisas sensationellen Abenteuern in London schrieb. Genau genommen sogar noch besser als in meiner Geschichte.

»Wie ist Kalifornien? Hell und sonnig?«, fragt sie. »Schick mir ein Foto.«

»Ich bin nicht in Kalifornien. Sorry, ich wollte dich schon gestern Abend anrufen, aber es war zu chaotisch. Ich bin in Vermont, ein Last-minute-Auftrag von Janice.«

»Was ist mit deinen Plänen? Warum lässt du dich von dieser Frau herumschubsen, Maya?«

»Es ist eine große Sache, Alisa. Ich werde mit Nakamura sprechen.«

»Wow! Wurde ja auch Zeit, dass du endlich was Gutes kriegst«, sagt sie, und ich bin dankbar, dass sie sofort weiß, wovon ich spreche, und ich ihr nichts erklären muss.

»Ja. Ich steh vor seinem Haus. Deshalb brauche ich dich, und ich habe nicht viel Zeit.«

»Oh, sorry. Ja. Was kann ich tun?«

»Bitte buch mir für heute Abend einen Flug von New York nach San Francisco. Ich hab keine Zeit, es selbst zu tun, und ich fürchte, wenn ich hier fertig bin, ist es zu spät.«

»Dann willst du also trotzdem fliegen?«

»Ja, unbedingt.«

Alisa gehört nicht zu Davids größten Fans, und ich weiß, dass sie findet, ich gebe mir mit ihm viel zu viel Mühe.

»Okay. Mach ich. Ich schick dir die Details.«

»Tausend Dank. Du bist die Beste!«

»Pass auf dich auf, und viel Glück mit Nakamura. Ich hab gehört, er soll schwierig sein.«

»Ich hoffe nicht«, sage ich, und sie lacht.

Als ich auflege, erscheint Mason am Autofenster, hämmert dagegen und hält mir seine Uhr vor die Nase. Es ist halb elf.

Ich steige aus, gehe zum Tor und drücke auf den Klingelknopf. Nichts. Ich drücke noch einmal. Keine Reaktion.

»Ich glaube, er ist nicht da«, sage ich, als Mason schon seine Ausrüstung aus dem Auto anschleppt.

»Dann warten wir eben«, grummelt er.

Und das tun wir. Eine Stunde. Zwei Stunden. Drei Stunden. Jetzt ist es schon halb zwei.

Weil uns von der Rumsteherei die Füße wehtun, gehen wir zurück zum Auto, und ich versuche ein paarmal, die Presseagentin anzurufen, aber sie geht nicht ran, und ich hinterlasse mehrere Voicemails.

»Was machen wir jetzt?«, frage ich etwas panisch. Es ist schon zwei Uhr.

Mason zuckt die Achseln. Neben uns könnte eine Bombe explodieren, es würde ihn kaltlassen.

»Keine Ahnung, aber du solltest dir etwas einfallen lassen, und zwar schnell. Wenn wir ohne Interview zurückkommen, verlieren wir beide unseren Job.«

»Unsinn«, widerspreche ich entschieden. »Das ist lächerlich. Wir können doch nichts dafür.«

»Es überrascht mich nicht mal. Der Kerl ist unmöglich. Angeblich hat er bei dem Gespräch mit Janice einfach aufgelegt.«

Also hatte Alisa recht. »Du glaubst, sie wusste, was uns erwartet?«, frage ich, einigermaßen entsetzt.

»Garantiert. Was glaubst du denn, warum Janice ausgerechnet dir den Auftrag gegeben hat? Aus Herzensgüte? Nein, sie hat nicht gern mit schwierigen Menschen zu tun.«

»Wenn Janice weiß, wie Nakamura ist, dann kann sie uns das hier umso weniger zum Vorwurf machen.«

»Träum weiter«, sagt Mason und spielt an seinem Telefon herum.

Noch einmal dreißig Minuten vergehen.

Dann fährt eine schwarze Limousine an uns vorbei, und das Eisentor öffnet sich. Ich springe aus dem Auto und laufe ihr bis zum Tor nach, Mason mir hinterher, aber die Limousine fährt unbeirrt weiter die Einfahrt hinauf, und das Tor schließt sich wieder.

Ein Mann steigt aus, und ich erkenne ihn sofort.

»Mr. Nakamura! Mr. Nakamura!«, rufe ich und steigere beim zweiten Mal erheblich meine Lautstärke.

Er dreht sich nicht einmal um, um zu sehen, wer ihn ruft.

»Wir kommen von der *Brooklyn Times*. Wir hatten heute einen Termin für ein Interview mit Ihnen.«

Jetzt dreht er sich doch um. »Kein Kommentar.«

»Kein Kommentar?«, wiederhole ich leise. Was soll das denn heißen? »Wir sind den ganzen Weg von New York hierhergefahren. Bitte, es wird nicht lange dauern!«

»Kein Kommentar«, sagt er noch einmal und öffnet die Haustür.

Ich wünschte, ich könnte forscher sein, und wende mich an Mason. »Sag doch was.«

»Was soll ich denn sagen? Ich bin bloß der Mann mit der Kamera, du bist die Reporterin.«

Nakamura verschwindet im Haus, und im gleichen Moment klingelt mein Handy. Es ist die Presseagentin, und ich erzähle ihr, was passiert ist. »Oh, das tut mir leid. Ich rede mit ihm«, antwortet sie freundlich. Anscheinend ist sie eine nette Frau, und ich überlege, wie ihr Leben wohl aussieht, wenn sie regelmäßig mit diesem Mann zu tun hat. Ich finde, auch ein brillanter Schriftsteller hat nicht das Recht, andere Menschen so zu behandeln.

Eine Stunde später ruft sie wieder an. Inzwischen bin ich hungrig, mir ist kalt, und ich bin am Verzweifeln.

»Tut mir leid«, sagt sie. »Ich habe eben erfahren, dass er einer anderen Publikation ein Interview gegeben hat.«

Mir fällt die Kinnlade herunter.

»Wem denn? Und wann?«

»Heute Vormittag offenbar. Der *New York Lifestyle.*«

Mason wirft mir einen »Ich hab es dir ja gesagt«-Blick zu und murmelt: »Ich kann dir nur raten, deinen Lebenslauf aufzupeppen.«

»Janice wird bestimmt Verständnis haben«, beharre ich in dem Versuch, zuversichtlich zu bleiben.

Aber Janice hat natürlich kein Verständnis. Als wir anrufen, reagiert sie mit einem der brutalsten, vulgärsten Monologe, die ich je das Missvergnügen hatte, mir anhören zu müssen. Sie nennt uns unfähig, faul und so weit von fähigen Journalisten entfernt, wie man es sich nur vorstellen kann. Dann erklärt sie uns für gefeuert und fügt noch hinzu, sie wolle das Geld von uns wiederhaben, das dieser »nutzlose« Trip gekostet hat.

Ein bisschen benommen von dieser Entwicklung steige ich ins Auto, und wir fahren zurück nach New York. Als Mason mir von seinen Freiberufler-Plänen erzählt und mir allen Ernstes weismachen will, der Vorfall werde sich am Ende als Segen erweisen, stelle ich das Radio an. Nicht jetzt, Mason.

Kurz bevor wir mein Haus erreichen, lese ich Alisas Nachricht. Sie hat für mich den letzten Flug des Abends gebucht, und ich werde nicht zulassen, dass jetzt auch noch mein Plan ruiniert wird. Die Überraschung. Mein Geburtstag. Kalifornien.

4

Bei wunderbarem Wetter treffe ich in San Francisco ein. Strahlender Sonnenschein, Kurzärmel-Temperaturen. Einfach perfekt.

Ich versuche, David anzurufen, und schicke ihm, weil er nicht rangeht, eine SMS. Hoffentlich freut er sich, wenn er mich sieht. Bestimmt sagt er mir, dass alles gut werden wird und ich schnell einen anderen Job finde. Ich werde lächeln, wohl wissend, dass es nicht stimmt. Es ist schwierig, einen anderen Job zu finden, wenn die bisherige Chefin dich hasst und dir aller Wahrscheinlichkeit nach kein Empfehlungsschreiben ausstellt. Und wenn David nicht so fürsorglich reagiert, wie ich es mir erhoffe? Unsere Beziehung war in letzter Zeit alles andere als einfach. Aber Schluss mit den negativen Gedanken, ich will jetzt nur gute Vibes. Also male ich mir den wunderschönen Tag aus, der uns bevorsteht, wie herrlich romantisch alles sein und wie gut uns das tun wird.

Ich setze mich auf eine Bank vor dem Flughafengebäude, gratuliere mir noch einmal zu meiner Idee und warte darauf, dass David mich zurückruft, sobald er meine Nachricht sieht. Ich habe ihm nicht verraten, dass ich hier bin, nur, dass ich eine Überraschung für ihn habe und er sich schnellstmöglich melden soll.

Um mich herum wimmelt es von Menschen, alle in Eile, zielstrebig auf dem Weg irgendwohin. Wenn ich hierbleiben würde, hätte ich garantiert im Handumdrehen Material für fünfzig Geschichten. Ich hole meine Kladde aus der Tasche und mache mir ein paar Notizen.

Deshalb merke ich auch gar nicht, wie die Zeit vergeht, und als ich mein Telefon wieder checke, sehe ich, dass schon fast zwanzig Minuten vorbei sind und David sich immer noch nicht gemeldet hat.

Klopfklopf, schreibe ich ihm.

Keine Reaktion. Wieder verstreichen fünf Minuten. Zehn. Fünfzehn. Jetzt warte ich schon über vierzig Minuten. Ich schreibe noch eine Nachricht.

Endlich piept das Handy. David.

Wen suchst du denn?

Er macht Witze. Ich antworte im gleichen Ton.

Ich suche eine Liebesbeziehung.

Klar, okay. Kannst du bitte den Eigentümer des Telefons beschreiben und mir einen Namen nennen?

Blond. Groß. Muskulös. Surfer-Typ. David, der tollste Freund der ganzen Ostküste.

Ein paar Sekunden vergehen.

Jetzt weiß ich, wer es ist. Seid ihr noch im Embarcadero?

Manchmal neigt David dazu, den Bogen zu überspannen. Es gibt Grenzen, David.

Hör auf, antworte ich. Aber ehe ich auf Senden drücken kann, kommt schon die nächste Nachricht.

Möchte er sein Telefon wiederhaben oder nicht?

Meine Finger krallen sich um das Handy. Ich weiß nicht, wie ich reagieren soll, bin wie betäubt.

Wer bist du und warum hast du Davids Telefon? Ich versteh das nicht.

Langsam werde ich panisch, und mich beschleicht ein ganz schlechtes Gefühl. Mir kommen Zweifel, ob das da am anderen Ende tatsächlich David ist, der versucht, witzig zu sein.

Er hat es in meinem Auto liegen lassen. Du bist bestimmt die Blondine in dem roten Kleid, richtig? Ich bin der Lyft-

Fahrer, der euch beide vorhin abgesetzt hat. Ihr seid ja auf dem Rücksitz praktisch übereinander hergefallen – kein Wunder, dass er dabei sein Handy verloren hat.

Die Blondine? Was denn für eine Blondine? Das ist entweder ein übler Scherz oder ein schreckliches Missverständnis.

Ich bin nicht blond und hab seit Jahren kein Kleid mehr getragen, schreibe ich zurück. *David war zusammen mit einer blonden Frau in deinem Auto?*

Ich hole tief Luft und versuche, mich zu beruhigen. Was ist hier los? Das kann doch alles gar nicht sein.

Uups. Sorry, kommt als Antwort.

Uuups, sorry? Echt jetzt? Ich möchte gerade gleichzeitig weinen und schreien. Ist das alles real?

Wenn du nicht die Frau bist, der ich vorhin begegnet bin, wer bist du dann?

Ach, nur seit fünf Jahren Davids Freundin! Keine große Sache.

Langsam werde ich sauer und fühle mich gedemütigt. Ich muss tief durchatmen, meine Hände zittern.

Vielleicht waren sie bloß Freunde, schreibt er.

Hast du nicht gerade gesagt, sie sind praktisch übereinander hergefallen? Das klingt nicht nach Freunden.

Das Telefon schweigt.

Wie naiv ich doch bin. Da fliege ich Tausende von Meilen, um ihn auf seiner »Geschäftsreise« zu überraschen. Wie blöd kann man sein? Geschäftsreise, so nennt man das jetzt also?

Dann schreibt der Lyft-Mensch doch noch mal. *Ich will nicht unsensibel sein, aber was soll ich denn jetzt mit dem Telefon machen? Es dir bringen?*

Klar. Meinetwegen.

Wo bist du?

Am Flughafen, wie die letzte Idiotin. Bin gerade aus New York gekommen, um ihn zu überraschen.

Tut mir echt leid, schreibt er. Jetzt hab ich ein schlechtes Gewissen.

Eine Minute später folgt: *Wie erkenne ich dich*?

Grün-blauer Rucksack, Guns-N'-Roses-T-Shirt, Jeans. Schulterlange Haare, dunkel – NICHT BLOND, OKAY? Sonnenbrille. Sitze direkt vor der Ankunftshalle.

5

Wenn der heutige Tag eine Geschichte wäre, wäre sie nicht von mir. Nicht mal, wenn ich die Hauptperson hassen würde.

Noch vor einer Stunde habe ich fröhlich und aufgeregt darauf gewartet, dass David mich zurückruft und ich ihm die große Überraschung eröffnen kann. Seit einer halben Stunde bemühe ich mich, nicht in der Öffentlichkeit zu weinen – oder auch zu schreien, das ändert sich von einer Sekunde zur nächsten. Mein Herz ist gebrochen, ich bin wütend und fühle mich gedemütigt. Und gleich steige ich in ein Flughafen-Shuttle nach Carmel-by- the-Sea. Das ist eine kleine Stadt am Meer. Irgendwo da draußen.

Wie bin ich nur hierhergekommen? Was ist passiert, dass ich erst Davids Handy zurückholen wollte und jetzt nichts mehr mit ihm zu tun haben will? Und warum habe ich Ja gesagt, als der Lyft-Fahrer vorschlug, ich solle einfach in einen Bus klettern, der mich drei Stunden lang in eine Stadt fährt, von der ich noch nie gehört habe?

Vermutlich fing es mit der Erkenntnis an, dass ich erbärmlich bin. Warum wollte ich Davids Telefon überhaupt haben? Wozu? Er ist irgendwo da draußen damit beschäftigt, mich zu betrügen, und ich kümmere mich um seine Habseligkeiten? Ich schrieb dem Lyft-Fahrer, dass er mit dem Handy machen könnte, was er wollte. Von mir aus wegschmeißen. Und dann verriet ich ihm seltsamerweise noch, dass ich heute Geburtstag habe, wie ich mir den Tag eigentlich ausgemalt hatte und wie maßlos enttäuscht ich bin.

Ich kenne einen Ort, der genau so ist, wie du dir Kalifornien anscheinend immer vorgestellt hast. Meer, Strand. Wenn du für deinen Geburtstag von etwas Derartigem geträumt hast, solltest du unbedingt hinfahren und den Tag dort verbringen, schrieb er zurück.

Ich glaube, ich tat ihm leid, und ehrlich gesagt tat ich mir auch selbst leid. Was für ein beschissenes Ende von echt beschissenen vierundzwanzig Stunden. Alles um mich herum ist in sich zusammengestürzt, ein einziger Scherbenhaufen: meine Karriere, mein Liebesleben und nicht zu vergessen mein Dach über dem Kopf – das Apartment läuft auf Davids Namen.

Der Vorschlag des Lyft-Fahrers war nett gemeint, aber auch merkwürdig, weshalb ich zunächst zögerte. Andererseits ist ja schon alles schiefgegangen, was schiefgehen konnte. Was soll jetzt noch kommen? Dass der Bus liegen bleibt? Ein Überfall von Autobahnpiraten? Das wäre bestenfalls das zweitschlimmste Szenario gegenüber der Alternative, noch einen Tag und eine Nacht auf einer Bank vor dem Terminal zu sitzen und einer ungewissen Zukunft ins Gesicht zu blicken. Und es ist ja nicht so, als hätte ich zugesagt, den Tag mit einem Wildfremden zu verbringen. Er wird mich lediglich aus der Ferne herumführen. Als Idee vielleicht verrückt, aber allem Anschein nach zumindest sicher.

Wenn du in Carmel ankommst, habe ich eine Route für dich fertig.

Warum bist du so nett zu mir?, antwortete ich.

Weil niemand es verdient hat, an seinem Geburtstag unglücklich zu sein.

Er scheint ein guter Mensch zu sein, wenn er sich so viel Zeit nimmt, um mir Gesellschaft zu leisten, selbst wenn sie nur virtuell ist. Und das nur, weil ich ihm erzählt habe, dass heute mein Geburtstag ist. Anscheinend gibt es doch noch nette Menschen. Bin ich auch nett? Würde ich das Gleiche für jemand anderes tun? Keine Ahnung. Ich war bisher so in meinem Leben gefangen, dass ich mich nicht mal erinnern kann, wann ich das letzte Mal etwas wirklich Selbstloses getan habe. Das ist doch traurig.

In der Schlange vor dem Bus sehe ich Paare und Familien. Ich bin die Einzige, die allein hier steht. Hoffentlich wird dieser Tag nicht zu einer dieser Geschichten, die man später seinen Kindern als warnendes Beispiel erzählt.

Unwillkürlich denke ich darüber nach, dass nichts von all dem passiert wäre, wenn ich zu Hause geblieben wäre und auf David gewartet hätte. Was bedeutet das? Wäre es mir etwa lieber, betrogen zu werden, ohne etwas davon zu wissen? Was für ein Mensch bin ich denn? Würde ich das wirklich wollen? Das ist doch keine Liebe. Bei Licht betrachtet, weiß ich nicht einmal, ob ich jemals wirklich Liebe erlebt habe. Natürlich lagen mir bestimmte Leute am Herzen, meistens aber leider die falschen. Ich habe mich an sie und unser gemeinsames Leben gewöhnt, aber Liebe … Liebe ist ein großes Wort.

An der ersten Haltestelle steigt eine junge Frau ein. Sie trägt etwas, das aussieht wie ein Brautjungfernkleid. Sie ist barfuß, setzt sich auf den Platz hinter mir und beginnt eine Unterhaltung mit dem Mann neben ihr. Ohne es zu wollen, höre ich Bruchstücke mit. Sie ist sehr gesprächig, und innerhalb weniger Minuten hat sie ihm alles über ihren Ex, der unerwartet aufgetaucht ist, erzählt, und dass sie deshalb gehen musste. Ist sie eine durchgebrannte Brautjungfer? Ich hole mein Notizbuch heraus und notiere mir gerade eine Idee für eine Geschichte mit, wie ich finde, großartigem Potenzial, als ich wieder einen Gesprächsfetzen mitbekomme. Jetzt fragt die junge Frau ihren Nachbarn nach seinem Leben, und dann reden sie über ihre Kindheit. Das ging echt schnell. So offen war ich noch nie zu Leuten, die ich gerade erst kennengelernt habe. Die beiden spielen eine Art »20 Fragen«, und ich lache leise, denn ich habe das Gefühl, dass diese zwei keine von mir ausgedachte Geschichte brauchen, um zu finden, was sie suchen.

Ich rufe Alisa an, um ihr zu erzählen, was passiert ist, und ich wette, dass sie nicht glauben wird, was ich im Moment tue. Wie sie wohl reagiert? Wird sie sagen, dass ich jetzt endgültig den Verstand verliere, oder eher: »Gut gemacht, Süße!« Ich neige zu Letzterem. Leider geht sie nicht ans Telefon, und ich checke die Zeit – in London ist es halb vier nachmittags. Bestimmt sitzt sie in einem Meeting.

Die Fahrt dauert erst zwanzig Minuten, aber die fühlen sich schon an wie eine Ewigkeit. Die beiden hinter mir haben einen Heidenspaß und sind inzwischen in der Spielkategorie »Die peinlichsten Momente meines Lebens« angekommen.

Als mein Handy piept, gehe ich fest davon aus, dass es Alisa ist, aber es ist der Lyft-Fahrer.

Hoffentlich hast du ein Buch dabei. Die Fahrt ist ziemlich langweilig. Sorry!

Ist ganz okay, ich werde von zwei Leuten unterhalten, die sich gerade kennengelernt haben und »20 Fragen« spielen.

Ist das nicht das Spiel, in dem man seine ganzen Geheimnisse einem Wildfremden erzählen muss? Warum fahren manche Leute so darauf ab? Ich hab mich immer gefragt, ob es ein Mythos ist oder ob es stimmt, schreibt er.

Was?

Man sagt doch, es ist leichter, mit jemandem zu reden, den man im wirklichen Leben nicht kennt.

Keine Ahnung. Hab ich nie ausprobiert.

Ich auch nicht, antwortet er. *Außerdem bin ich mehr der Typ für zwei Lügen und eine Wahrheit.*

Ich dachte, es heißt zwei Wahrheiten und eine Lüge, kontere ich.

Dann hab ich es wohl mein Leben lang falsch gespielt. Haha.

Ist sowieso nicht mein Lieblingsspiel, schreibe ich zurück.

Mir fällt ein, dass wir es im College gespielt haben, als David und ich uns noch nicht lange kannten. Er hat sich geweigert mitzumachen und gesagt, er fände es doof. Also hab ich auch angefangen, es doof zu finden, und bin dabei geblieben.

Ups. Klingt, als gehen uns die Spiele aus. Wie wäre es, wenn du mir eine Zahl sagst?

Was?

Ich bin verwirrt. Fragt er mich nach meiner Nummer? Die hat er doch schon.

Es ist ein Spiel für Leute, die sich nicht kennen, und ziemlich einfach. Du schreibst 50 Fragen auf. Ich schreibe 50 Fragen auf, und dann sagst du mir eine Zahl, und ich stelle dir die dazugehörige Frage. Und dann andersrum. Nichts Identifizierendes wie Namen oder wie man aussieht, denn es geht darum, dass man einander kennenlernt, und nicht darum, dass man sich aneinander ranpirscht.

Ich muss lachen, dann werde ich nervös, beruhige mich aber schnell wieder. Schon dafür, dass er daran gedacht hat, wie das vielleicht klingt, kriegt er von mir Punkte.

Scheint ganz nett zu sein. Hab ich noch nie gehört, schreibe ich.

Hab ich gerade erst erfunden.

Ich muss lachen. Ich mag diesen Lyft-Fahrer. Also … es gefällt mir, dass er mich zum Lachen bringt. Ich habe keine neuen Geschichten zu schreiben, keine Bücher zu lesen, aber noch über zwei Stunden totzuschlagen, und momentan ist die

Aussicht auch nicht so prickelnd. Felder. So weit das Auge reicht. Daher antworte ich: *Klar, bin dabei. Machen wir Kategorien oder einfach frei Schnauze?*

Kategorien – warum nicht? Machen wir es ganz traditionell. Hast du jemals/Würdest du jemals? Dieses oder jenes? Lieblingsirgendwas? Wie würdest du …?

Gib mir 15 Minuten, schreibe ich.

Okay. Und du fängst an, schreibt er zurück.

6

Warum zerbreche ich mir so den Kopf darüber? Es ist ein Spiel, Maya. Wen kümmert es, was du fragst? Anscheinend mich selbst, denn ich brauche eine ganze Weile, um mir fünfzig Fragen auszudenken. Meine Fantasie arbeitet einfach genau andersherum. Normalerweise sehe ich eine Person und erfinde eine Geschichte um sie herum. Es fällt mir schwer, mir vorzustellen, was für ein Mensch der Lyft-Fahrer ist und was ich ihn fragen könnte, um ihn kennenzulernen – ohne ihn jemals zu Gesicht bekommen zu haben. Bisher weiß ich, dass er Lyft-Fahrer ist, irgendwo in Nordkalifornien wohnt und nett zu sein scheint. Das ist auch schon alles.

Die Aufgabe erinnert mich an Alisa und ihre Online-Dating-Abenteuer. Nicht dass ich den Lyft-Fahrer für ein Online-Date halte. Überhaupt nicht. Von meiner Seite ist keinerlei romantisches Interesse im Spiel. Ich bin neugierig, mehr nicht. Es ist eine neue Erfahrung, und ich erlaube mir … neugierig zu sein. Das ist das richtige Wort. Ich bin neugierig.

Nummer 7, schreibe ich.

Hast du schon mal was gegessen, das auf den Boden gefallen war?, schreibt er zurück.

Ich lache leise. So was will er wissen? Okay …

Innerhalb der Fünf-Sekunden-Regel?

Außerhalb.

Dann nein.

Ich schon. Nummer 3.

Hast du deine Eltern beim Weggehen jemals angelogen, wo du hingehst?

Ist das eine Fangfrage? Selbstverständlich! Aber das ist lange her.

Ein Hinweis! Lange her, hat er gesagt. Das klingt, als wäre er älter als ich. Obwohl – wenn ich es mir recht überlege, ist die Highschool für mich auch schon ganz schön lange her. *Ich nicht*, antworte ich.

Dann bist du ein viel besserer Mensch als ich.

Ich verdrehe die Augen und kontere: *Wahrscheinlich war ich einfach ein stinklangweiliger Teenager. Nummer 13.*

Hast du jemals etwas getan, was du später bereut hast?, fragt er.

Das ist schwierig. Und irgendwie seltsam ironisch. *Oft sogar. Heute zum Beispiel.*

Ich hoffe, du meinst nicht diesen Ausflug, schreibt er.

Nein.

In meinem Bauch zwickt etwas, nur ein kleines bisschen, aber ich erwische mich dabei, wie ich mein Handy anlächle.

Gut. Nummer 10, kommt von ihm zurück.

Endlich ein bisschen was aus der Kategorie Dieses oder Jenes. *Tee oder Kaffee?*, schreibe ich.

Das ist leicht. Kaffee.

Bei mir auch. Hast du eine Lieblingssorte?

Stark. Und viel, schreibt er zurück und schickt ein paar Lach-Emojis.

Da sind wir ganz auf einer Wellenlänge.

Ich bin dran. Nummer 21, schreibe ich.

Bist du je fremdgegangen?, fragt er.

Nein. Nie, antworte ich.

Und es ist wahr. Ich habe keinen meiner Freunde jemals betrogen.

Das war eine unsensible Frage. Sorry. Und ich bin wütend auf ihn, weil er dir das angetan hat. Das ist einfach inakzeptabel. Vollkommen inakzeptabel, textet er zurück, und trotz der Entfernung – wer weiß, wie groß sie ist – wünsche ich mir, ich könnte ihn in den Arm nehmen.

Sekunden später kommt die nächste Nachricht. *Ich hab auch nie jemanden betrogen. Und werde es auch nie tun.*

Ich lese die Nachricht, und sie gibt mir zu denken. Ich fange an, zurückzuschreiben, halte dann aber inne. Es ist ähnlich wie die peinliche Stille zwischen zwei Menschen, die sich gegenüberstehen. Auch wenn das bei uns nicht der Fall ist.

Dann eine dritte Nachricht von ihm. *Nummer 15.*

Ich nehme eine kleine Korrektur vor, hoffentlich gilt das jetzt nicht als Schummelei. Die richtige Nummer 15 ist: »Würdest du jemals mit Haien schwimmen?« Aber ich frage stattdessen: *Würdest du jemals heiraten?*

Sobald ich auf Senden klicke, bereue ich es auch schon. Jetzt denkt er bestimmt, ich will ihn anbaggern. Blöder Fehler, ich weiß selbst nicht, woher das kam. Vermutlich möchte ich einfach … einfach herausfinden, ob er verheiratet ist. Warum ist das wichtig? Es ist doch nicht so, als ob … na ja, jetzt ist es zu spät, ich kann meine Nachricht nicht zurückholen.

Ich hoffe, dass ich heiraten werde. Irgendwann. Falls und wenn ich die richtige Person finde, antwortet er zwei Minuten später, aber diese zwei Minuten fühlen sich an wie zwei Stunden.

Ich weiß nicht, was ich zurückschreiben soll. Eigentlich möchte ich gern »dito« antworten, aber er fragt nicht, also lasse ich es bleiben und tippe stattdessen eine neue Zahl: *31.*

Was ist deine größte Angst?, fragt er.

Wie viel Zeit hast du?, frage ich fast augenblicklich zurück.

Genauso viel wie du, antwortet er.

Meine Träume nicht verwirklichen zu können, vergessen zu werden, kein guter Mensch zu sein, Fehler zu machen, nicht gut genug zu sein, überhaupt nicht genug zu sein, einsam und allein zu enden. Das Unbekannte, texte ich.

Dann sind wir Angst-Zwillinge, witzig. Ich bezweifle ernsthaft, dass du einsam und allein endest, und niemand kann deinen Wert ermessen außer dir selbst. Vergleiche dich nicht mit anderen. Was das Unbekannte angeht – nichts, was sich zu erreichen lohnt, ist erreicht worden, indem man in der eigenen Komfortzone bleibt. Jetzt machst du einen Schritt. Einen Schritt ins Unbekannte. Allein, schreibt er.

Nicht wirklich allein. Hab ich mich schon bei dir bedankt? Ohne dich hätte ich den Flughafen nicht verlassen.

Du brauchst mir nicht zu danken. Garantiert hättest du das Gleiche getan. Nummer 32.

Hätte ich tatsächlich das Gleiche getan? Schon das zweite Mal in kurzer Zeit frage ich mich das, dabei ist es mir vorher noch nie in den Sinn gekommen. Vielleicht, weil ich wusste, dass mir die Antwort nicht gefallen würde: Ich hätte es nämlich nicht getan. Aber ich glaube, das wird sich ändern.

Wie würdest du dich selbst in drei Worten beschreiben, die alle mit demselben Buchstaben anfangen?

Megagrübler. Menschenfreundlich. Maximus.

Wie der Film-Maximus in Gladiator? *Nicht schlecht.*

Er schickt ein grinsendes Emoji. *Sorry, ich hab eigentlich Maximum gemeint. Ich hasse die Autokorrektur.*

Aber mir gefällt der Name. Maximus. Passt zu dir. Ich bilde mir etwas darauf ein, dass ich gut darin bin, den richtigen Namen für eine Person zu finden. Also, da ich deinen wirklichen Namen nicht kenne – darf ich dich Max nennen?

Möchtest du meinen Namen wissen?, fragt er, und ich schlucke nervös.

Will ich das? Ja … Warum auch nicht? Kann ja nicht schaden, oder? Ich kann ihn doch nicht Mr. Lyft-Fahrer nennen.

Und ein Name wird mir zusammen mit all dem, was ich schon weiß, helfen, mir ein Bild von ihm zu machen.

Weißt du was? Lass uns bei Max bleiben. Nichts Persönliches, haben wir gesagt, und ich möchte mich an unsere Regeln halten. Ich möchte unser Spiel nicht kaputtmachen«, schreibt er, ehe ich eine Chance habe zu antworten.

Schade. Ich hätte ihn wirklich gern gewusst. Aber vermutlich genügt Max. Fürs Erste.

Wir sind gleich in Carmel, schreibe ich.

Vielleicht machen wir dann lieber später weiter. Wenn du möchtest.

Ich grinse von einem Ohr zum anderen, denn ich habe gehofft, dass er das schreibt. Die letzten zwei Stunden sind wie im Flug vergangen.

7

Als ich aus dem Bus steige, wird mir sofort klar, dass dieses Städtchen anders ist als alles, was ich jemals gesehen habe.

Es erinnert mich an die Filmstädte, die vollständig im Studio aufgebaut werden. Die Häuser sehen aus, als hätte sie ein Künstler mit zu viel Fantasie und einer Schwäche für Märchen gemalt, winzig und skurril, und jedes hat vorn eine Plakette mit einem Namen: The Sailboat, Souvenirs, Seventh Heaven, Sans Souci, Casablanca, Sea Horse. Erstaunlich.

Mein Telefon piept. Der Lyft-Fahrer. Max, rufe ich mir ins Gedächtnis. Er heißt jetzt Max.

Als Erstes musst du dein Gepäck irgendwo unterstellen. Ich gehe doch recht in der Annahme, dass du welches hast?

Nur einen Rucksack. Den kann ich gut tragen, kein Problem.

Okay. Zweitens brauchst du ein gutes Frühstück, fährt er fort.

Ich hab im Flieger gegessen, erwidere ich.

Das ist kein Essen. Ich sage dir zwei Möglichkeiten: Bellini oder Café Azure. Deine Wahl.

Was würdest du nehmen?, frage ich. *Ich weiß nicht, welches besser ist.*

Intuition. Haben Frauen nicht diesen sechsten Sinn?

Haha. Ich bezweifle, dass der auch für Restaurants zutrifft. Aber ich wollte schon immer mal nach Paris, und das eine klingt französisch.

Gute Wahl. Ich schicke dir den Link auf Google Maps.

Dolores Ecke Seventh. Nicht weit von meinem Standort, und ich lasse mir Zeit, schlendere durch die Sonne und wärme mich wie eine Eidechse. Zu meiner Linken hübsche Häuser, rechts das Meer und ein weißsandiger Strand. Davon habe ich immer geträumt.

Die Versuchung ist zu stark. Ich ziehe die Schuhe aus und laufe barfuß durch den Sand.

Wenn du den Scenic Road Walkway nimmst, kannst du am Strand eine Pause einlegen, wenn du magst. Es ist schön da, und um diese Uhrzeit dürfte es auch nicht zu voll sein.

Ich schlucke schwer. Ja, genau da bin ich.

Rate mal, was ich gerade tue, fordere ich ihn auf.

Du rennst zur Haltestelle zurück, um den nächsten Bus nach San Francisco zu kriegen.

Warum sollte ich das tun? Es ist wunderschön hier. Nein!, erwidere ich.

Ich bin in Versuchung, ein Selfie zu machen, schicke Max stattdessen aber nur ein Foto vom Strand.

Hübsch! Das Frühstück kann warten, bis du bereit bist.

Ich setze mich in den warmen Sand. Außer mir sind nur wenige Leute hier, links führt ein Pärchen den Hund aus, rechts joggt ein Mann. Alles ist so heiter und gelassen.

Nummer 44, schreibe ich.

Oh, gut. Ich habe schon befürchtet, du hättest womöglich keine Lust mehr zu spielen. Was ist dein Lieblingsbuch?, will er wissen.

Ich habe furchtbar viele. Vor allem die, die ich als Kind gelesen habe. Ich denke, die ersten Plätze lauten: Der geheime Garten, Die Braut des Prinzen *und* Das Zeiträtsel.

Alles großartige Bücher. Meine sind auch Oldies, aber eher die aus meiner späten Teenagerzeit, wie Der große Gatsby, Wer die Nachtigall stört *und* Schöne neue Welt. *Nummer 29.*

Hast du schon mal einen Geist gesehen?, frage ich.

Ich weiß nicht, ob ich an Geister glaube, aber ich hoffe, es gibt ein Leben nach dem Tod. Allerdings finde ich die Aussicht, dann hier festzusitzen und Leute heimzusuchen, alles andere als erstrebenswert, LOL. Bist du schon mal einem Geist begegnet?

Ich weiß nicht. Vielleicht. Wenn ich morgens ungeschminkt in den Spiegel schaue.

Max schickt ein paar Lach-Emojis. *Selbstironie ist liebenswert.*

Mein Gesicht wird heiß. Hätte ich einen Spiegel, würde ich wahrscheinlich sehen, dass ich rot geworden bin.

Nach einer Weile ziehe ich meine Schuhe wieder an und gehe in Richtung des Cafés.

Das Azure ist sehr gemütlich – und bestimmt auch ruhig, wenn es nicht ganz so voll ist wie jetzt gerade. Da es auch ein paar Tische auf dem Gehweg gibt, bleibe ich draußen. Schließlich wollte ich schon immer mal frühstücken wie eine Pariserin.

Eine junge Frau begrüßt mich lächelnd. »Willkommen im Café Azure. Was darf ich dir bringen?«

»Guten Morgen«, sage ich und merke, dass ihr Lächeln sofort auf mich abfärbt. »Ich weiß noch nicht, was hier besonders gut ist. Jemand hat mir euer Café empfohlen. Bekomme ich noch Frühstück?«

»Na sicher. Wie hungrig bist du denn?«

»Halb verhungert«, antworte ich. »Ich hab nur im Flugzeug was gegessen.«

»Alles klar. Magst du lieber Eier oder Müsli und Obst?«

»Klingt alles gut«, antworte ich, und jetzt knurrt auch noch mein Magen.

»Dann überlass es doch einfach mir«, sagt sie und geht wieder hinein.

Wenige Minuten später kommt sie mit einem Glas zurück, das eine rote Flüssigkeit enthält. »Compote de Saison«, erklärt sie. »Kirsch. Meine Lieblingssorte.«

Ein leckeres Getränk, ein Platz in der Sonne, Leute, die auf der Straße flanieren. Alle mit einer eigenen Geschichte. Seit ich hier sitze, habe ich mir schon Ideen für drei Geschichten notiert, und sie sprudeln weiter. Normalerweise habe ich nur eine Idee, nicht zwanzig. Aber jetzt komme ich kaum mit dem Aufschreiben hinterher. Ich bin so beschäftigt mit Schreiben, dass ich es nicht mal mitkriege, als meine Kellnerin mit einem großen Teller vor mir erscheint.

»Frühstück ist fertig!«, verkündet sie mit dem gleichen warmen Lächeln wie vorhin.

Zwei Eier, Baguette, Butter, zwei Sorten Käse und Schinken, Obst. Meine Güte! Und es ist alles so lecker, dass ich nichts übrig lasse. Ich esse, ohne eine einzige Pause einzulegen.

Ich kann mich nicht erinnern, wann ich das letzte Mal allein an einem Tisch gesessen habe, ohne mich unbehaglich zu fühlen. Aber hier scheint es niemandem aufzufallen. Es gibt jede Menge Singles, die Menschen wirken entspannt und unvoreingenommen, und es geht mir schon viel besser mit meiner neuen Situation, obwohl ich nicht verhindern kann, dass ich immer wieder daran denke. Ich trinke einen großen Schluck von meinem roten Saft und flüstere: »Happy Birthday, Maya.«

Und ich bin ja auch gar nicht allein, richtig? Ich schreibe Max und sehe, dass er mir im selben Moment schreibt.

Meine Nachricht lautet: *Danke dir, du hattest recht. Dieses Café ist etwas ganz Besonderes.*

Seine: *Was meinst du? Hast du eine gute Entscheidung getroffen?*

Dann schicken wir uns beide lächelnde Emojis, und ich lächle auch in Wirklichkeit.

Wenn du bereit bist – dein zweiter Halt erwartet dich schon, schreibt er.

Bin bereit.

Mission San Carlos Borromeo de Carmelo. Fünfzehn Minuten zu Fuß.

Als ich mein Telefon in die Tasche stecke, fängt es an zu klingeln, und ich erschrecke so, dass ich einen leisen Schrei ausstoße. Warum ruft er an? Ich bin noch nicht bereit, seine Stimme zu hören. Was soll ich ihm denn überhaupt sagen? Meine Hände sind schwitzig, und ich bin so nervös, dass ich nicht einmal nachsehe, ob er es überhaupt ist.

»Tut mir leid, ich habe deinen Anruf verpasst.«

Ich hole tief Luft und bin sehr erleichtert, Alisas Stimme zu hören.

»Ich war in einer Redaktionssitzung, und dann musste ich noch einen Klienten besuchen. Wie geht es Mr. Fancy Pants? Ich hoffe, er küsst den Boden, über den du schreitest – nach allem, was du dafür getan hast, ihn zu überraschen«, sagt sie.

»Na ja, dass er mit Küssen beschäftigt ist, glaube ich schon, aber mit mir hat das nichts zu tun«, erwidere ich.

»Wie meinst du das? Was ist los?«

»Um ehrlich zu sein – ich bin noch dabei, das alles zu verarbeiten. Er ist mit einer anderen hier.«

»O mein Gott! Du hast ihn mit einer anderen Frau erwischt? Maya, das tut mir so leid. Ich werde ihn umbringen!«

»Könnte sein, dass ich dir zuvorkomme«, sage ich. Inzwischen bin ich hauptsächlich wütend, das merke ich jetzt. Ich fühle mich hintergangen und für dumm verkauft. So viel Lebenszeit habe ich an ihn verschwendet, und wozu? »Ich habe ihn nicht erwischt, aber jemand anderes hat ihn gesehen.«

»Mir bricht das Herz«, sagt sie mitfühlend. »Was machst du jetzt? Bleibst du noch bis morgen in San Francisco, oder kommst du früher zurück? Das ist ja furchtbar. Es tut mir so leid, dass du jetzt ganz allein bist.«

»Ich bin nicht ganz allein.«

»Ach ja?«

»Ich habe jemanden kennengelernt«, erkläre ich und lache leise. »Ich bin ihm nicht wirklich begegnet. Aber das ist eine lange Geschichte, die erzähle ich dir, wenn wir das nächste Mal skypen.«

»Ich wollte schon was sagen, hatte aber Angst, dich zu verletzen.«

»Was denn?«

»Du klingst gar nicht, als wärst du fix und fertig wegen David. Sondern eher ziemlich aufgekratzt.«

»Aufgekratzt? Ich?«

»Ich will alles wissen. Warum kannst du es mir nicht jetzt gleich erzählen?«, drängelt sie.

»Weil ich gerade bei der Kirche angekommen bin, und an der Tür hängt ein Schild, auf dem steht ›Bitte Handys ausschalten‹.«

»An einer Kirche? Heiratest du jemanden, den du gerade erst kennengelernt hast?«

Ich muss lachen. »Klar, weil mir das total ähnlich sehen würde. Nein, Heiraten ist momentan keine Option, entspann dich. Ich schau mir die Kirche nur an, sie ist so eine Art Museum.«

Sie seufzt laut. »Und du bist okay? In Sicherheit? Hast alles, was du brauchst?«

»Ich bin absolut in Sicherheit, und ich rufe dich an, sobald ich morgen wieder in New York bin.«

»Ich hab dich lieb«, sagt sie zum Abschied.

8

Die Missionskirche ist wunderschön. Ich mache eine Führung mit und kann nur staunen, wie viel Geschichte in diesem Gebäude aus dem 18. Jahrhundert steckt.

Eine Stunde später trete ich aus der dunklen Kirche wieder hinaus in die Sonne, wo ich mein Handy einschalte. Ob Max mir wohl geschrieben hat? In meinem Bauch verspüre ich eine kleine Unruhe, und als ich das Gefühl erkenne, muss ich lächeln, weil ich es ewig nicht hatte – zuletzt, als ich als Teenie am Telefon hockte und sehnsüchtig auf den Anruf meines Schwarms wartete.

Tatsächlich ist da eine Nachricht von ihm. *Fährst du gern Fahrrad?*

Das Lächeln auf meinem Gesicht wird noch breiter.

Im Allgemeinen?

Nein. Im Besonderen. Haha.

Ich bin als Kind zuletzt geradelt. Keine Ahnung, ob ich es noch kann.

Aber den Ausdruck, etwas ist »wie Fahrradfahren«, kennst du, oder nicht?

Ja. Aber ich glaube nicht, dass das auf mich zutrifft.

Du schaffst das schon. Außerdem ist es ein E-Bike, also ist es noch leichter. 201 Mission Street.

Wie du willst, schreibe ich zurück. *Hoffentlich mache ich mich nicht lächerlich.*

Und wenn schon, Hauptsache, du hast Spaß!, antwortet er.

Ich stehe an der Ecke Ocean Avenue und Mission Street, vor einem Geschäft an der Red Eagle Lane, gegenüber von

Tiffanys. Diese Stadt hat ungeheuer viele Facetten. Insgesamt sind wir vielleicht acht oder neun Leute, die sie auf Rädern erkunden wollen, ein Mann in einem knallroten T-Shirt hebt die Arme über den Kopf und winkt. »Alle bereit?«

Ein älteres Paar jubelt ihm zu. Die beiden halten Händchen. Ein wunderbarer Anblick. Ob es seltsam wirkt, wenn ich mein Notizbuch aus meinem Rucksack hole und etwas schreibe? Egal, es geht nicht anders.

»Wir wollen jetzt los«, höre ich den Mann mit dem roten Shirt hinter mir, als er mein Notizbuch sieht.

Mit einem unschuldigen Lächeln stopfe ich es wieder in den Rucksack. »Schriftsteller schreiben eben«, murmle ich amüsiert. Dann geht es los.

Ehe wir nach Pebble Beach kommen, biegen wir auf die Scenic Road ein und radeln, wie unser Führer uns erklärt, das schönste Stück amerikanische Küstenstraße entlang: den 17 Mile Drive. Als wir den Golfplatz hinter uns gelassen haben, halten wir am Lone Cypress Tree, und ich mache mit dem Handy ein paar Fotos. Eins davon schicke ich Max, der mit Smileys antwortet und fragt, ob ich mich gut amüsiere.

Es ist echt toll!

Wusstest du, dass er der meistfotografierte Baum der Welt ist?

Natürlich wusste ich das nicht. Wer hätte gedacht, dass mich ein Tag, der so katastrophal begonnen hat, hierherführen würde? Obwohl mir schrecklich wehtut, was passiert ist, obwohl ich keine Ahnung habe, was aus mir werden soll, und obwohl ich die letzten vier Jahre bitter bereue – sowohl, was meinen Job, als auch, was meine Beziehung mit David angeht –, strahle ich übers ganze Gesicht, während Max und ich hin- und herschreiben. Ich fühle mich überhaupt nicht einsam, was ich nicht erklären kann – nicht einmal mir selbst.

Wir sind jetzt beim Ghost Tree und dem Cypress-Point-Aussichtspunkt angekommen, wo wir wieder haltmachen. Auf den großen Felsen im Meer sonnen sich Seehunde und Otter, die fantastische Aussicht raubt mir schlicht den Atem.

Wir fahren weiter zu Fanshell Cove, Seal Point, Point Joe und schließlich zur Spanish Bay, wo wir am Strand eine Rast einlegen. Hier gibt es jede Menge Türmchen aus aufeinandergestapelten Steinen, und natürlich mache ich wieder Fotos. Zu schade, dass ich meine Kamera nicht dabeihabe! Noch trauriger werde ich, als mir einfällt, dass sie in Davids Wohnung liegt, die bis vor Kurzem unsere gemeinsame war. Wie immer es weitergeht – ich muss meine Sachen aus diesem Apartment holen. Und wo soll ich damit hin? Wo werde ich wohnen? Das ist die Frage. Vermutlich im Haus meiner Mom. Ich habe nie in Erwägung gezogen, nach Hartford zurückzukehren, aber vielleicht sollte ich aufhören, überhaupt irgendetwas zu planen. Inzwischen ist doch wohl ziemlich offensichtlich, dass das sinnlos ist und sowieso nur zu Enttäuschungen führt.

Zu wissen, dass Max nur eine Textnachricht weit weg ist und mir hilft, diesen Tag zu bewältigen, ist sehr tröstlich. Ich fühle mich wohl und gar nicht einsam, obwohl ich ja allein hier bin. Am allerbesten an diesem Tag gefällt mir aber – und das ist für mich eindeutig die größte Überraschung –, wie viel Spaß es mir macht, ihn immer besser kennenzulernen. Und – so herrlich dieser Ausflug auch ist – ich merke, dass ich auf sein Ende warte, weil ich mich darauf freue, mich in Ruhe irgendwo hinsetzen und wieder mit Max unterhalten zu können. Ich kann mich nicht erinnern, wann ich mich das letzte Mal so gefühlt habe.

Schließlich verabschiede ich mich von meinen Fahrradkumpeln und schreibe Max.

Was für eine großartige Stadt!

Freut mich, dass sie dir gefällt. Sie ist aber auch eine der hübschesten in der Bay Area. Manche meinen sogar, die hübscheste überhaupt. Möchtest du dich ein bisschen entspannen? Atem holen?

Ja, bitte, antworte ich.

Als ich auf meine Uhr schaue, kann ich gar nicht glauben, dass die Radtour volle drei Stunden gedauert hat.

Jetzt ist es schon mitten am Nachmittag, die Sonne brennt nicht mehr so stark. Die beiden Wasserflaschen, die ich mir für die Radtour gekauft habe, sind leer – zum Glück hat unser Führer uns daran erinnert, uns etwas zu trinken mitzunehmen –, aber ich habe immer noch Durst und bin müde. Auf eine gute Art müde – ich lächle die ganze Zeit und bin echt hingerissen.

Ich glaube, ich kenne die Antwort auf diese Frage, aber ich stelle sie trotzdem: lieber Snacks und was zu trinken am Strand ODER auf einer Terrasse?

Strand, antworte ich wie aus der Pistole geschossen.

Weil ich heute Vormittag nur ein paar Minuten dort war, möchte ich wahnsinnig gern noch mal zum Strand. Ich lebe zwar in Brooklyn, sehe das Meer aber bestenfalls bei gelegentlichen Ausflügen nach Long Island. Und den Pazifik kenne ich noch gar nicht.

Max erklärt mir, wo ich etwas zu trinken bekomme und wie ich am besten zum Carmel Beach gelange.

Beeindruckend, wie gut er sich hier auskennt, aber als Lyft-Fahrer muss man das wohl, oder?

Als ich in einem Geschäft ein Regal mit Sonnenbrillen entdecke, frage ich ihn auf der Stelle: *Was meinst du?*, und schicke ihm dazu drei Fotos mit drei verschiedenen Modellen – wobei ich die Brillen aber nicht aufsetze, sondern in der Hand behalte, denn wir vermeiden ja alles Persönliche.

Kauf dir die pinke. An seinem Geburtstag darf man das Leben ruhig mal durch eine rosarote Brille sehen.

Am Strand angekommen, lege ich mich in den Sand, starre hinauf zu den Wolken und lausche dem Rauschen der Wellen. Ich könnte mir gut vorstellen, hier zu leben. Alles wäre ganz anders, glaube ich. In New York hetzt jeder durch den Tag. Hier dagegen scheint die Zeit stillzustehen. Man hat den Raum, tief Luft zu holen.

Wer ist dran?, nehme ich unser Spiel von vorhin wieder auf.

Du, wenn du magst.

In Ordnung. Legen wir los mit Nummer 22.

Was ist dein persönliches Lieblingsärgernis?

Da ist es das Gleiche wie mit meiner Ängste-Liste. Zu viele, um sie zu zählen. Aber ich versuche es mal: lautes Kauen, Zuspätkommen, Leute, die »ganz ehrlich« sagen und einem dann himmelschreiende Lügen erzählen, Leute, die »wortwörtlich« vor etwas sagen, was keinesfalls wörtlich gemeint ist, Leute, die mitten auf der Straße plötzlich stehen bleiben.

Das Letzte ist ein typisches New Yorker Lieblingsärgernis, stellt er fest. *Gut, dass wir uns im wirklichen Leben nicht kennen, denn ich bin der Typ, der laut kaut, immer zu spät kommt und ständig »wortwörtlich« und »ganz ehrlich« sagt. Ganz ehrlich.*

Hahaha. Das glaube ich dir nicht, schreibe ich.

Warum nicht?, fragt er.

Du kommst mir nicht vor wie diese Art Mensch.

Was für eine Art ist das denn?

Die absolut unausstehliche.

Ich hab dich bloß auf den Arm genommen, weil ich so ein guter Textnachrichten-Schreiber bin.

Obwohl ich ziemlich sicher bin, dass es ein Scherz ist, werde ich nachdenklich. Und es wird immer schwierig, wenn ich nachdenke. Weil ich nicht einfach nur denke. Ich denke zu viel, analysiere und seziere. Normalerweise würde ich jetzt mit Alisa darüber reden, aber in London ist es Mitternacht, und ihr Telefon schaltet sofort auf Voicemail. Folglich muss ich das wohl oder übel allein hinkriegen. Was, wenn er tatsächlich so großartig mit Worten umgehen kann? Ich kenne diesen Mann ja gar nicht. Wir reden jetzt seit sieben Stunden miteinander, und ich habe jetzt schon mehr über ihn erfahren, als ich über David nach den ersten sieben Monaten unserer Beziehung wusste. Trotzdem kenne ich ihn natürlich nicht wirklich. Ich habe ein ganz bestimmtes Bild von ihm, aber er könnte auch ganz anders sein. Womöglich hat er eine piepsige Stimme. Oder eine ganz tiefe. Seine Marotten könnten mich in den Wahnsinn treiben. Das Alter ist nur eine Zahl, es würde keinen Unterschied machen, ob er zwanzig oder dreißig ist – dass er älter ist, bezweifle ich. Aber irgendetwas an unserem bisherigen Gespräch lässt mich glauben, dass wir uns altersmäßig wahrscheinlich relativ nahe sind. Ob wir Freunde werden könnten, wenn wir uns von Angesicht zu Angesicht begegnen? Würde ich das überhaupt wollen? Ich weiß nicht, warum ich immer wieder darauf zurückkomme. Was für ein Charakter ist er wohl? Und was für eine Geschichte würde ich mir über ihn ausdenken?

Das Allerseltsamste ist: Ich bin jetzt schon eifersüchtig auf die Frau, die ich mit ihm zusammenbringen würde. Hochgradig albern, ich weiß, aber so empfinde ich es.

Ich schaue auf mein Telefon und bin stark in Versuchung, ihn einfach anzurufen. Ich würde warten, bis er Hallo sagt, und dann schnell auflegen. Dann wüsste ich wenigstens, ob seine Stimme zu seiner Persönlichkeit passt … Also wirklich – wie alt bin ich? Fünf? Anrufen und schnell wieder auflegen? Das wäre so was von daneben und würde höchstwahrscheinlich alles kaputtmachen. Außerdem könnte er ja auch mich anrufen, wenn er wollte. Warum will er nicht?

Jetzt bricht die Gedankenlawine endgültig los, wie immer. Hat er Familie? Er ist nicht verheiratet, das weiß ich – oder glaube es jedenfalls. Aber vielleicht war er schon einmal verheiratet, vielleicht hat er Kinder oder betagte Eltern, um die er sich kümmern muss, vielleicht muss er irgendwelche Kunden fahren, statt mit mir zu schreiben. Vielleicht hat er schlicht etwas anderes vor. Dränge ich mich ihm auf, stehle ich seine Zeit? Vielleicht sollte ich unseren Chat beenden. Womöglich hat er das Gefühl, mir etwas schuldig zu sein, was ja überhaupt nicht der Fall ist – er hat schon mehr als genug für mich getan. Mehr hat nie jemand für mich getan – und schon gar nicht ein Wildfremder.

Ich hab gerade gedacht, du weißt hoffentlich, dass du mir nicht den ganzen Tag Gesellschaft leisten musst. Wenn du was anderes zu tun hast, kannst du mir die interessanten Orte einfach im Voraus sagen, erkläre ich.

Willst du mich loswerden?, fragt er zurück.

Ich beeile mich zu antworten, denn das will ich auf gar keinen Fall! *Nein, nein. Überhaupt nicht. Mir gefällt deine Gesellschaft ausnehmend gut.*

Flirte ich jetzt etwa mit ihm? Nennt man das Flirten? Wenn ich nicht mal das weiß, bin ich jedenfalls bestimmt keine Meisterflirterin.

Gut. Denn mir gefällt deine Gesellschaft auch sehr, und ich habe nicht vor, mich aus dem Staub zu machen.

Ich sehe mein Handy an. Mit einem Lächeln, das ich nach dem heutigen Tag eigentlich nicht zustandebringen dürfte.

9

Bist du bereit für eine weitere Tour?, fragt er.

Ja, bin ich. Wohin gehen wir?

Als ich auf Senden klicke, wird mir plötzlich klar, was ich gerade gesagt habe. Wohin gehen *wir*. Ich würde darüber lachen, wenn es sich nicht so wahr anfühlen würde. Wer und wo immer Max auch sein mag, es ist, als wären wir hier zusammen. Als entdeckten wir gemeinsam diesen Ort und erlebten diesen Tag miteinander. Und ich liebe es.

Seit einer ganzen Weile schon habe ich nicht mehr an David gedacht, und das habe ich einzig und allein Max zu verdanken. Wie seltsam das Leben doch ist.

Märchenhäuser, schreibt er.

Sind das diese Häuschen, die ich gesehen habe, als ich aus dem Bus gestiegen bin?

Das sind nur die touristischen. Warte nur, antwortet er.

Ich mag es, dass er offenbar ein Gefühl dafür hat, wann er mir einen Schubs geben muss, aber er hetzt mich nicht, sondern macht es freundlich, auf eine attraktive, verantwortungsvolle Art.

Andererseits gehört Geduld nicht zu meinen allergrößten Stärken, und das schreibe ich ihm mit einem grinsenden Emoji zurück.

Bei manchen Dingen lohnt es sich zu warten, antwortet er mit einem Sonnenbrillen-Emoji.

Ich schlucke. Keine Ahnung, warum eigentlich, aber ich lese noch etwas anderes in die Nachricht hinein.

Geh weiter zur Carmel Plaza, gegenüber von Devendorf Park in der Ocean Avenue, zwischen Junipero und Mission.

Halte Ausschau nach der Trompeter-Bronzestatue und dem Brunnen vor Kate Spade.

Ich folge seinen Anweisungen und stehe zehn Minuten später vor dem Trompeter.

Jetzt überquere die Ocean Avenue bei Junipero und gehe durch den Devendorf Park. Verlasse ihn auf der Sixth.

Wohin jetzt?

Du gehst sehr schnell, textet er und schickt dazu ein rennendes Emoji.

Ich freue mich eben aufs Ankommen, antworte ich.

Halte dich rechts und überquere Junipero bei Surf and Sand Liquors. Kurz danach findest du die Torres Street. Bieg links ab und geh den Hügel hinauf. Auf der anderen Seite des Parkplatzes am Best Western wirst du es sehen.

Oh, wow! Was ist das denn?

Ich sehe ein hinreißendes kleines Haus, das tatsächlich aus einem Märchen zu stammen scheint. Und ich erkenne auch sofort, aus welchem – Hänsel und Gretel. Als ich näher komme und das Schild davor entziffern kann, lese ich »Hänsel« und muss grinsen. Es sieht aus wie ein echtes Lebkuchenhaus mit einer hübschen hellgrünen Rundbogentür und dazu passenden Fensterrahmen. *Das ist ja wunderschön.* Keineswegs perfekt, und es kommt mir ein bisschen schief vor, aber das macht es umso bezaubernder.

Echt schön, stimmt's?, schreibt er.

Ein paar Minuten später meldet er sich wieder.

Komm, wir gehen den Hügel wieder hinunter und biegen auf der Sixth Avenue links ab. An der Ecke von Torres und Sixth steht das historische Grant Wallace House, ein Häuschen im Bilderbuch-Tudorstil.

Ich liebe es, wie er über all das redet, als wäre er neben mir. Genau wie ich es selbst vorhin aus Versehen gemacht habe.

Sieht aus wie ein Elfenhaus.

Ich lache und starre es ehrfürchtig an, dann mache ich natürlich ein paar Fotos und schicke ihm eines davon.

Stimmt genau.

Daneben ist The Woods, das ich ebenfalls fotografiere.

Auf der Torres Street gehe ich zurück zur Sixth Avenue, biege nach rechts ab und sehe ein Haus mit einem großen Schild davor, auf dem steht: »Hugh Comstock Residence«. Und darunter »Comstock Studio«.

Wer ist dieser Hugh Comstock?, frage ich. *Ist das der Architekt, der all diese Häuser entworfen hat?*

Er hat in den zwanziger Jahren die originalen Cottages gebaut, aber er war kein Architekt, sondern bloß ein junger Kerl, der nach Carmel gekommen ist, sich dort Hals über Kopf verliebt und geheiratet hat, und als seine Frau sich ein Feenhaus im Wald wünschte, hat er sich einfach an die Arbeit gemacht. Sie war Künstlerin, glaube ich, hat Puppen gemacht und wollte sie ausstellen. Und dann fanden alle die kleinen Häuser so toll, dass sie auch eines wollten.

Das ist wirklich die netteste Geschichte, die ich je gehört habe. Fast noch schöner als meine eigenen. Solche Dinge passieren wirklich! Nicht nur in meiner Fantasie.

Hast du bemerkt, dass sie nicht ganz waagerecht sind?, schreibt er. *Echt skurril.*

Als würde man das Wort »schräg« googeln und denken, die Seite kippt.

Ha! Genau. Das gleiche Gefühl, sagt er.

Seit ich weiß, dass dieser Mann keine entsprechende Ausbildung hatte und das erste davon aus Liebe gebaut hat, mag ich die Märchenhäuser noch mehr. Wirklich großartig!

Ich wandere von einem Häuschen zum anderen, bis ich vor einem besonders Verträumten stehe, einem mit einem dreifach unterteilten winzigen Rundbogenfenstern und grünen Fensterläden mit einem ausgeschnittenen Herz.

Und sie sehen aus, als hätte er sie für ihre Puppen gebaut. So winzig.

Ja, einige sind echt klein. Das, vor dem du gerade stehst, hat nicht mal vierzig Quadratmeter Wohnfläche, schreibt er.

Ich halte die Luft an. Das Haus vor meiner Nase? Woher weiß er denn, was ich mir gerade ansehe?

Auf einmal überkommt mich ein unheimliches Gefühl, und ich schaue mich um. Außer einem Mann und einer Frau, die an der Ecke der Kreuzung stehen und sich unterhalten, ist kein Mensch in der Nähe.

Welches meinst du denn?

Eine Minute verstreicht. Keine Antwort.

10

Das, von dem ich dir eben erzählt habe. The Woods, antwortet er ein paar Minuten später.

Ich bin schon weitergegangen. Jetzt bin ich bei dem Häuschen mit den Herzen, erwidere ich, und statt erleichtert zu sein, bin ich enttäuscht. Eine Sekunde lang habe ich gedacht, vielleicht … ach, ich weiß auch nicht, was genau ich eigentlich gedacht habe. Ich glaube, es war nicht direkt ein Gedanke, es war Hoffnung. Die Hoffnung einer hoffnungslosen Romantikerin. Manchmal fällt es mir sehr schwer, meine Fantasie von der Realität dieses Lebens zu trennen. In der solche Dinge bekanntlich nicht vorkommen.

Our House, sagt er.

Our House, ja. Es ist zweifellos das schönste, das ich heute gesehen habe. Absolut traumhaft.

Aber ich bin immer noch ein bisschen enttäuscht. Wie albern. Was habe ich mir denn vorgestellt? Dass Max irgendwo in der Nähe ist? Das ist doch lächerlich. Nur weil jemand nett zu mir ist, heißt das noch lange nicht, dass mehr dahintersteckt. Und überhaupt – wie würde ich denn reagieren, wenn er tatsächlich hier auftauchen würde? Hätte ich Angst, wäre ich nervös, würde ich mich freuen? Warum sollte ich Angst haben? Alisa würde mir empfehlen, schnellstmöglich wegzulaufen, weil dieser Max ja sonst wer sein könnte – ein Psychopath, ein Stalker. Aber er ist nicht sonst wer, oder? Er ist Max. Und ich kenne Max. Was sollen denn diese ganzen Fragen auf einmal? Ich weiß es nicht, aber jetzt kann ich sie wirklich nicht brauchen. Es geht mir gerade so gut, ich habe so viel Spaß. Jemand ist nett zu mir und führt mich hier herum, jemand, der nicht wollte, dass ich unglücklich bin und meinen Geburtstag allein auf dem Flughafen verbringe. Vielleicht befinde ich mich in einer Märchenstadt, aber mein Leben ist kein Märchen. Es ist keine meiner Geschichten. Alberne Gedanken einer albernen Frau.

Ich habe Hunger, schreibe ich, nachdem ich mir noch ein paar Häuser angeschaut habe.

Hatte schon gehofft, dass du das bald sagen würdest. Ich weiß einen guten Ort fürs Abendessen.

Hoffentlich nichts zu Schickes, ich bin dafür nämlich nicht angezogen. Ich kann mich aber auch umziehen gehen. Weißt du was? Ich würde mich gern umziehen. Ich stecke schon zu lange in meinen Klamotten.

Er erklärt mir, wo ich mich umziehen kann – auf der Toilette einer Pension ganz in der Nähe –, und ich bin angenehm überrascht, dass man mich dort wie einen zahlenden Gast behandelt und niemand mich mit empörten Blicken mustert. Eine Frau macht mir sogar Komplimente und wünscht mir einen schönen Abend. Ich trage den kurzen schwarzen Jumpsuit, der eigentlich für den Abend mit David – bäh!- gedacht war, dazu meine Ballerinas und die Haare zu einem Knoten hochgebunden. Ich bin der Frau echt dankbar, obwohl ich ihr nicht ganz glaube. Aber es ist schon eine Stufe besser als zerrissene Jeans und Converse.

Wohin jetzt?, erkundige ich mich bei Max.

Mission Ranch Hotel and Restaurant. In der Dolores Street.

O-kay, antworte ich und mache mich auf den Weg.

Als ich links abbiege, fällt mein Blick auf ein wahrhaft überwältigendes zweistöckiges Haus.

Ich schicke Max ein Foto davon. *Du hast eines vergessen. Ich dachte,* Our House *wäre mein Favorit, aber ich habe mich geirrt. Dieses hier! Das ist es!*

Was für ein wundervolles Haus! Wie könnte man denn hier kein märchenhaftes Leben führen?

Es sieht noch aus wie ein Cottage und fühlt sich auch so an, aber es ist ein bisschen größer, mit einem kleinen Balkon oben – gerade groß genug für zwei Stühle –, weißen und blauen Topfblumen, einem Bogen über der Pforte und hohen Mauern, die das Anwesen vor neugierigen Blicken wie meinen schützen.

Ich springe hoch, um einen Blick in den Garten werfen zu können, und sehe dahinter … das Meer. Was für einen Blick man von hier genießen kann!

Ich könnte mir vorstellen, jeden Morgen vor dem Kaffeetrinken die Blumen auf der hinteren Terrasse zu gießen – mit Blick aufs Meer. Die Füße hochzulegen und alle Sorgen der Welt zu vergessen, schicke ich hinterher.

Das ist La dolce Far Niente, textet er zurück. *Du hast einen guten Geschmack.*

Als ich im Restaurant ankomme, ist es voll. Und fabelhaft.

Die Hostess fragt nach meinem Namen und schaut in ihr großes Notizbuch.

»Ich habe keine Reservierung«, erkläre ich mit einem verlegenen Lächeln und frage mich, ob dies auf meiner unglaublichen Reise heute die erste Station sein wird, die nicht klappt. Alle Tische sind mit elegant gekleideten Männern und Frauen besetzt, Paare, Familien. Mein Jumpsuit wirkt in diesem Ambiente definitiv wenig überzeugend, Satin hin oder her.

Der Blick aus dem Fenster ist atemberaubend. Ein Mann erklärt gerade seiner Begleiterin, was wir sehen, während sie beide wie ich auf einen Tisch warten: »Das ist Point Lobos und der Carmel River State Beach.«

Darauf starre ich also. Den Pazifik kann ich auch sehen, und ich vermute, dass der Blick von jeder anderen Stelle dieses Restaurants ebenso umwerfend ist. Das Grundstück scheint sich endlos zu erstrecken – so weit das Auge reicht.

Als ich Klaviermusik höre, schaue ich mich im Wartebereich nach Lautsprechern um, aber nein – zu meiner Linken ist eine Piano Bar, und ein Mann im Smoking spielt »Close to You« von den Carpenters. Im nächsten Moment kommt die Hostess auf mich zu, in der Hand ein Tablett mit zwei Weingläsern – rot und weiß. Instinktiv mache ich einen Schritt zurück, um ihr auszuweichen, aber sie bleibt direkt vor mir stehen.

»Hätten Sie gern etwas zu trinken, Miss?«

Ich nicke nervös und greife nach dem Rotwein.

»Geht aufs Haus«, sagt die Frau mit einem Lächeln, als ahne sie meine Sorge, wie viel Geld ich dafür ausgeben muss. »Ihr Tisch wird in ein paar Minuten bereit sein«, fügt sie hinzu, was mich überrascht – angesichts dessen, wie viel sie zu tun hat.

Doch sie hält Wort. Kurz darauf kehrt sie zurück und führt mich zu einem Tisch am Fenster.

»Unser Restaurant bietet die spektakulärsten Ausblicke auf die Halbinsel von Monterey. In der Ferne sehen Sie die Santa Lucia Mountains, und das dort ist Point Lobos«, erklärt sie mir lächelnd.

Ich nicke und erwidere das Lächeln. »Wunderschön«, sage ich leise.

Ehe ich Gelegenheit habe, die Speisekarte richtig zu studieren, erscheint ein Kellner. Als ich frage, was er mir empfiehlt, nennt er fünf Gerichte, erwähnt das Filet Mignon aber zweimal.

»Filet Mignon in Rotwein mit einer Röstschalotten-Glasur, Gemüse der Saison, Kartoffelgratin«, ergänzt er. »Spezialität unseres Küchenchefs.«

»Das nehme ich«, sage ich entschlossen.

»Waren Sie schon einmal hier, Miss?«, fragt er. In der Hand hält er ein großes Glas mit zusammengefalteten Zetteln.

»Nein, heute ist mein erstes Mal. Was ist das denn?«, frage ich und deute auf das Glas.

»Etwas ganz Spezielles für unsere Gäste«, antwortet er und streckt mir das Glas entgegen. »Sie greifen hinein und erfahren Ihr Schicksal, Miss.«

Ich kenne den Brauch nur aus chinesischen Restaurants, aber ich will mich keineswegs beklagen – meine Zukunft lasse ich mir immer gern vorhersagen.

»Angeblich sind die Weissagungen korrekt«, erklärt er mir noch, bevor er geht.

Liebe, weil sie das einzige wahre Abenteuer ist.

Was bleibt mir da übrig als zu lächeln? Nicht, dass ich an solche Art Prophezeiungen glaube – ganz gleich, ob sie aus Asien oder Amerika stammen –, aber dieses Mal möchte ich sie als Zeichen werten. Nur dieses eine Mal.

Hast du schon deine Zukunft erfahren?, fragt Max mich wenig später.

Allerdings.

Etwas Gutes?

Etwas unerwartet Gutes sogar, schreibe ich zurück. *Genau wie der ganze Tag heute.*

Nach einer Weile füge ich noch hinzu: *Du weißt so viel über Carmel. Bist du oft hier?*

Ich weiß, das ist eine persönliche Frage, aber er ist so ein guter Fremdenführer.

Jeder, der in der Bay Area wohnt, kennt Carmel. Jetzt lasse ich dich aber in Ruhe dein Essen genießen und nerv dich eine Weile nicht, schreibt er.

Aber mit wem kann ich dann das Fragespiel weitermachen? Vielleicht sollte ich die Leute hier fragen und sehen, ob sie Lust hätten, scherze ich.

Flirte ich mit ihm? Meine Wangen sind wieder ganz heiß, also muss es wohl so sein.

Nein, tu das nicht, antwortet er in Sekundenschnelle.

Sag mir eine Zahl. Du bist dran.

Nummer 44.

Ich tippe und sende: *Gibt es ein Geheimnis, das du noch nie mit jemandem geteilt hast?*

Diesmal dauert es ein paar Minuten, ehe er antwortet. *Und wenn ich es mit jemandem teilen würde, wäre es kein Geheimnis mehr, stimmt's?*

Stimmt. Aber ich bin nicht irgendwer.

Da tue ich es schon wieder. Eigentlich bin ich überhaupt keine Flirterin und frech schon gar nicht. Aber unser Arrangement hat etwas Unkonventionelles, Unerwartetes an sich, das sowohl anregend als auch befreiend auf mich wirkt. Deshalb sage und tue ich Dinge, die ich in meinem Alltag niemals sagen oder tun würde.

Nein, bist du nicht. Aber dieses bestimmte Geheimnis bin ich nicht bereit zu teilen.

Ist es etwas Schlimmes?, frage ich.

Willst du wissen, ob ich polizeilich gesucht werde oder auf der Top-50-Liste des FBI stehe?

Ist es denn so?

Nein. Aber vielleicht bin ich bei den Top 100.

Ich halte die Luft an, bin aber neunundneunzigprozentig sicher, dass er Witze macht.

War nur ein Scherz. Nein, nichts Schlimmes.

Ich atme tief durch. Das ganze Essen hindurch unterhalten wir uns, und ich danke ihm für seine exquisite Wahl.

Tatsächlich ist das Dinner großartig, das Essen superlecker, der Wein die perfekte Ergänzung – das merke ich, obwohl ich keine Expertin bin. Und mit diesem Blick und dem Sonnenuntergang über dem Pazifik fühle ich mich so zufrieden, dass man durchaus sagen könnte, ich sei glücklich. Zwar bin ich allein hier, aber es ist mir kein bisschen unbehaglich zumute, ganz anders als sonst. Ich fühle mich nicht einsam, was mich wirklich wundert. Aber ich bin eben nur körperlich allein. Im Vergleich zum »Allein zu zweit« mit David kommt es mir vor, als wäre ich vom billigen Reisebus in die erste Bahnklasse umgestiegen.

Lass uns anstoßen, textet Max, als sich das Dinner dem Ende entgegenneigt. *Schließlich hast du heute Geburtstag.*

Schon seit einigen Stunden weiß ich, dass ich ihn gern hier bei mir hätte, aber jetzt tippe ich es zum ersten Mal als Nachricht an ihn.

Ich wünschte, wir könnten persönlich anstoßen.

Dann lösche ich die Nachricht. Und schreibe sie erneut. Ich kann das nicht. So bin ich einfach nicht. Und wenn er wollte, hätte er es ja vorschlagen können. Also will er es offensichtlich nicht. Ich lösche die Nachricht erneut und schiebe mein Telefon weg.

Meinst du, du hast die Energie für noch eine Unternehmung? Oder möchtest du, dass ich dir eine Übernachtungsmöglichkeit vorschlage? Das Hotel, in dem du dich vorhin …

Ich bin nicht müde. Hoffentlich klingt das jetzt nicht zu dringlich und übereifrig.

Aber ich möchte einfach nicht, dass der Abend schon vorbei ist. Ich möchte nicht daran denken, was als Nächstes kommt. An die Rückkehr nach New York. Ich bin noch nicht bereit.

Wunderbar, das habe ich gehofft. Am Wochenende gibt es am Strand immer mehrere Lagerfeuer. Für dich ist das nächste an der Scenic Road auf der Höhe der 10th Avenue. Ich glaube, du hättest Spaß daran.

Ich war noch nie bei einem Lagerfeuer. Großartige Idee, da würde ich total gern hin.

Ziemlich viel von dem, was ich heute getan habe, habe ich zum ersten Mal getan. Nein, nicht ziemlich viel. Alles.

11

Um das Feuer haben sich recht viele Leute versammelt, und anfangs fühle ich mich unbehaglich. Es ist mitten in der Nacht, niemand weiß genau, wo ich bin – abgesehen von Max natürlich –, es könnte alles Mögliche passieren. Aber die Menschen sind freundlich und entgegenkommend, und so taue ich ein bisschen auf.

Ich setze mich neben einen Typen mit Gitarre, der mir erklärt, dass er Remy heißt. Nachdem wir uns ungefähr zehn Sekunden unterhalten haben, weiß ich, dass er ein Frauenheld ist. Außerdem hält er sich für den nächsten Elvis, so viel dazu. Als er mich fragt, wie es sein kann, dass ein hübsches Mädchen wie ich an einem Sonntagabend allein ist, versuche ich, das Gespräch möglichst schnell zu beenden.

Remy starrt mir lange in die Augen, dann nimmt er seine Gitarre und wirft mir ein Kusshändchen zu. »Dieses Lied ist für die entzückende Maya, deren Augen so tief sind wie der Ozean«, sagt er laut, und alle drehen sich zu uns um.

Er fängt an »Can't Help Falling in Love« zu spielen, und obwohl ich nach außen lächle und so tue, als wäre ich geschmeichelt, verdrehe ich innerlich die Augen.

Gegenüber von mir, auf der anderen Seite des Feuers, reden und lachen eine Frau und zwei Männer miteinander. Sie scheinen sich großartig zu amüsieren, aber als Remy zu spielen anfängt, verstummen sie. Ob sie ihm zuhören oder nicht, kann ich nicht erkennen. Remy spielt nicht schlecht, ein bisschen klingt es nach Karaoke, aber nicht schlimm. Da ich ihn nicht ermutigen will, schaue ich lieber nicht in seine Richtung, sondern ins Feuer. Einer der Männer mir gegenüber tut wohl das Gleiche, denn für eine Sekunde begegnen sich unsere Blicke. Der Wind bläst in die hohen Flammen und lässt die Schatten tanzen, einen kurzen Moment ist auch sein Gesicht beleuchtet. Kurz darauf steht er auf, und ich schaue weg. Doch dieser Blick war sehr intensiv, und ich frage mich, ob sich mein Gegenüber wohl darüber amüsiert, dass Remy sich so produziert und ich das Opfer seiner Avancen bin.

Ist es falsch, dass ich mir wünsche, Max würde mir so in die Augen blicken? Je weiter der Abend fortschreitet, desto stärker wird der Wunsch, er wäre hier, bei mir. Ich habe mich die ganze Zeit bemüht, den Gedanken zu verdrängen, aber dieser unglaubliche Tag neigt sich seinem Ende entgegen, die Aufregung und die Lust am Abenteuer sind fast verpufft, und ich bin irgendwie wehmütig.

Ich möchte so gern mit ihm reden, ihn sehen. Klar, ich mag unser Spiel, aber es wäre schön, sich einfach zu unterhalten, ohne Zahlen und Fragen. Einfach so, meinetwegen die ganze Nacht. Aber ich wüsste gar nicht, wo ich anfangen und was ich sagen sollte, also nehme ich Zuflucht bei der einzigen Methode, die ich beherrsche.

Sag eine Zahl, schreibe ich.

33, antwortet er sofort.

Oh, wenn du mir alles darüber erzählen möchtest, brauchst du bestimmt eine Weile. Die Frage lautet: Was ist dein Lieblingstag? Von allen Tagen deines Lebens. Könnte einer aus der frühen Kindheit sein oder sonst einer, jeder beliebige. Bestimmt hast du eine Menge davon.

Da irrst du dich, erwidert er, auch jetzt fast augenblicklich.

Du hast nicht viele Lieblingstage?

Es wird auch nicht lange dauern, dir alles darüber zu erzählen.

Wie das?

Weil es heute ist. Heute ist mein Lieblingstag, schreibt er.

Ich schlucke und kriege mich vor Aufregung und Nervosität kaum mehr ein – so viele mögliche und unmögliche Gefühle, von denen ich bisher nichts ahnte! Hat er wirklich das gesagt, was ich zu verstehen glaube? Ich lese die letzten Nachrichten noch dreimal durch, um ganz sicherzugehen. Ich will nichts anderes antworten als: »Meiner auch! Heute ist mein Lieblingstag, der schönste aller Tage. Und du bist der interessanteste, großherzigste, lustigste Mensch, mit dem ich mich jemals unterhalten habe.« Mitten in Remys Song, hier vor dem wunderschönen Lagerfeuer, nehme ich mein Handy, fange einfach an zu tippen und drücke sofort auf Senden, damit ich es mir nicht in letzter Sekunde anders überlegen kann. Das erlaube ich mir diesmal nicht. Jetzt oder nie!

Bitte versteh mich nicht falsch … Ist es sonderbar, wenn ich sage: Ich wollte, du wärst hier? Ich kenne dich gar nicht, aber diesen wunderschönen Tag, all diese großartigen Erlebnisse habe ich dir zu verdanken, und obwohl ich hier nicht allein bin und mich nicht mal einsam fühle – was für mich ungewöhnlich ist –, hätte ich all das liebend gern zusammen mit dir erlebt …

Schon irgendwie irre, oder? Und riskant. Nein, es ist nicht riskant. Warum denn auch? Ich würde es spüren, wenn da etwas nicht stimmen würde. Nein, ich möchte einfach einem netten Menschen persönlich danken. Weiter nichts. Genau. Oh Mann, wem mache ich hier eigentlich was vor? Ich möchte Max unbedingt im realen Leben begegnen, weil er mir irgendwie schon so vertraut ist. Ich bin ihm ja schon »begegnet« und habe ihn heute über den Tag immer besser kennengelernt. Wenn wir nebeneinandersäßen, würden wir einfach das Gespräch dort wieder aufnehmen, wo wir aufgehört haben. Es sei denn, es wäre peinlich. Ich weiß nicht. Hoffentlich nicht.

Habe ich das gerade wirklich getan? Ich checke meine Nachrichten. Ja. Gesendet.

Ich hole tief Luft, und mir läuft ein Schauer über den Rücken. Nicht zu fassen, wie nervös ich bin.

Inzwischen sind mehrere Minuten vergangen, und von Max immer noch keine Antwort. Meistens braucht er nur ein paar Sekunden. Jetzt hab ich alles verdorben, oder? Vielleicht sollte ich ihm schreiben, dass ich nur einen Witz machen wollte. Oder ich könnte ihn auch direkt fragen, ob er sich mit mir treffen möchte. Vielleicht hat meine Nachricht ihn ja einfach verwirrt. Aber kann ich denn so direkt sein? Nein. Ich möchte gern, aber ich kann nicht. Das ist nicht meine Art. Heute – oder eigentlich eher gestern, Mitternacht ist ja schon vorbei – war total untypisch für mich. Allein an einem wildfremden Ort, diese ganzen spannenden Unternehmungen – nein, so bin ich nicht.

Also tue ich, was ich am besten kann. Ich kneife und trete den Rückzug an.

Tut mir leid, ich wollte nicht, dass du dich unbehaglich fühlst. Es ist bloß so, dass niemand je etwas so Nettes für mich getan hat und ich von dem ganzen Wein und Bier ein bisschen wirr im Kopf bin. Hab am Lagerfeuer eine ganze Menge getrunken. Eigentlich wollte ich einfach nur Danke sagen, das ist alles. Es wäre total seltsam, wenn du da wärst. Wir kennen uns ja überhaupt nicht. Bitte ignoriere einfach, was ich gesagt habe.

Aber auch darauf antwortet er nicht. Was habe ich da bloß angestellt? Genau deshalb benehme ich mich ja nie so, deshalb finde ich es besser, in meinem Trott zu bleiben. Keine hochfliegenden Träume zu verfolgen, keine irren Fantasien. Alles Magische, Übertriebene, Einmalige ist einfach nichts für mich.

Das Feuer ist heruntergebrannt. Einige Leute gehen weg, andere legen sich in den Sand und schlafen ein. Selbst Remy hat den Versuch aufgegeben, mich zum Besuch einer Nachtbar zu überreden, und ist verschwunden. Gott sei Dank.

Ich bin traurig. Und jetzt fühle ich mich tatsächlich einsam. Und dumm. Ich sollte auch weggehen und vor dem Rückflug morgen wenigstens noch ein bisschen schlafen. Da piept endlich mein Handy.

Das ist überhaupt nicht sonderbar und schon gar nicht peinlich. Ich wünsche mir auch, ich wäre bei dir am Lagerfeuer.

Mein Lächeln kommt ganz von selbst. Aber wieso hat er denn so lange gebraucht? Bestimmt denkt er über das Gleiche nach wie ich. Bestimmt findet er die Situation verrückt. Wir kennen uns doch gar nicht.

Was soll ich denn jetzt antworten? Was kann ich noch sagen? Meine Botschaft war klar genug. Wenn er nichts vorschlägt, dann sicher, weil er es nicht will – aus welchem Grund auch immer.

Inzwischen ist das Feuer fast vollständig erloschen. Ich stehe auf.

Und da piept mein Handy schon wieder.

Sag eine Zahl, schreibt er.

Jetzt? Jetzt soll ich ihm eine Zahl sagen? Eigentlich möchte ich nicht mehr. Vielleicht ist alles ein Spiel für ihn, und vielleicht hätte es für mich genauso sein sollen, aber dieser Bus – ha! – ist längst abgefahren.

Ich seufze und antworte trotzdem: *49*.

Die Frage lautet: Würdest du je in Erwägung ziehen, dich persönlich mit mir zu treffen?, schreibt er.

Ich glaube nicht, dass ich jemals so empfunden habe wie in diesem Moment. Fassungslosigkeit, gemischt mit Aufregung, Freude, Nervosität, Glück. Bin ich glücklich? Muss wohl.

Aber natürlich fange ich sofort an, alles in Zweifel zu ziehen – wie üblich.

War das wirklich die Frage Nummer 49?

Nein.

Ich lache leise, und meine Hände, in denen ich das Telefon halte, zittern.

Und wenn ich »je« sage, dann meine ich heute. Nur damit das klar ist. Wenn du nicht zu müde bist und noch ein bisschen durchhältst – auf dem Carmel Beach den Sonnenaufgang zu beobachten ist ein einmaliges Erlebnis. Um sechs ist es so weit. Ich würde dich – wenn die Antwort Ja lautet – sehr gern dort treffen. Es gibt da ein paar große Felsen – du kannst sie nicht verpassen – und direkt daneben eine alte grüne Bank.

Ich lese und muss kurz nach Luft schnappen. Jetzt zittern meine Hände noch mehr, und mir ist mächtig flau in der Magengrube. Das ist alles so neu für mich – dieses Gefühl. Und ich kann nicht still stehen. Dabei muss ich mich unbedingt beruhigen und in Ruhe nachdenken.

Langsam gehe ich zum Meer hinunter. In der Dunkelheit rauschen die Wellen, und vor mir bewegt sich ein Schatten. Sofort drehe ich mich um und gehe in die entgegengesetzte Richtung, zum oberen Rand des Strands, zu den Lichtern. Dort setze ich mich auf die Betonmauer und fange an zu tippen. Womöglich ist es das Verrückteste, was ich in meinem Leben jemals getan habe, aber ich würde mich irgendwann hassen, wenn ich das Risiko nicht einginge.

Sorry, ich konnte nicht gleich antworten. Ich habe nachgedacht. Normalerweise tue ich so etwas nicht; ich möchte, dass du das weißt. Aber der vergangene Tag hatte etwas an sich, das anders ist. Vermutlich ist das meine komplizierte Art, »Ja« zu sagen. Ich möchte sehr gern die letzte Stunde meines

Geburtstags damit verbringen, die Sonne aufgehen zu sehen … mit dir. Ich werde um sechs da sein.

Eigentlich ist es gar nicht mehr mein Geburtstag, aber es ist trotzdem Teil dieses fantastischen vierundzwanzigstündigen Geburtstags-Abenteuers, deshalb lasse ich mich auf seinen Vorschlag ein. Aber vermutlich wäre mir jede Ausrede, ihn zu sehen, ihn zu treffen, recht.

Also drücke ich auf Senden.

Und dann sofort: *Möchtest du wissen, wie meine Frage Nummer 50 lautet?*

12

Ich öffne die Augen, und mir wird bewusst, dass ich am Strand liege. Meine letzte Erinnerung ist, dass ich die Nachricht geschickt und auf seine Antwort gewartet habe. Seither müssen mehrere Stunden vergangen sein. Bin ich etwa hier eingeschlafen? Na super, meine erste Nacht als Obdachlose. Mein Rucksack liegt neben mir, also hat mich wenigstens niemand ausgeraubt. Als ich versuche aufzustehen, fällt etwas in den Sand. Ein dunkler Kapuzenpulli, der mir definitiv nicht gehört. Er ist zu groß und zu ... zu grau für meinen Geschmack. Jemand muss mich damit zugedeckt haben, während ich schlief. Beim Gedanken, dass jemand mich so gesehen und offenbar Mitleid bekommen hat, durchläuft mich ein Schauder.

Ich sehe auf meine Uhr – es ist halb sechs. Die Sonne ist noch nicht aufgegangen, es ist ziemlich kühl. Hoffentlich habe ich mich nicht erkältet, denke ich und bedanke mich im Stillen bei dem, der den Pulli über mich gelegt hat, wer immer es gewesen sein mag. Carmel ist wirklich ein netter Ort mit vielen netten Leuten. Zuerst will ich den Hoodie ordentlich gefaltet auf einer Bank liegen lassen, damit ihn sich sein Besitzer zurückholen kann. Doch dann stopfe ich ihn, einem Impuls folgend, in meinen Rucksack. Ein Souvenir aus Carmel.

Mein Telefon ist in meiner Handtasche, die ich beim Schlafen als Kopfkissen benutzt und mir damit massive Kopfschmerzen beschert habe. Ich ziehe es heraus und sehe, dass der Akku fast leer ist.

Keine Nachricht, aber einige verpasste Anrufe von ihm – insgesamt zehn, um genau zu sein.

Warum hat er angerufen, statt zu schreiben? Wir haben sechs Uhr vereinbart. Ich bin doch noch nicht zu spät dran, oder? Der letzte Anruf ist erst ein paar Minuten her. Was, wenn er nicht kommen kann und es mir sagen wollte?

Klar, wir befinden uns nicht in einer meiner Geschichten, wo jede Szene so geschrieben ist, dass sie perfekt in die Handlung passt, aber ich habe mir vorgestellt, wir würden einander persönlich sehen und hören. Ich muss ihn zurückrufen und herausfinden, was los ist.

Ich hole tief Luft und tippe auf Anrufen. Es klingelt ein Mal, und vor dem zweiten Klingeln höre ich seine Stimme, starre noch mal auf mein Handy und halte es dann wieder ans Ohr.

»Maya, Maya, kannst du mich hören?«

»David …?«, stammle ich, dann bleiben mir die Worte im Hals stecken.

David hat sein Telefon wieder. Aber wie? Wann? Was ist passiert? Was hat das zu bedeuten?

»Alles okay bei dir? Wo bist du denn? Warum hast du mir nicht gesagt, dass du kommst?«

»Ich hab's versucht, aber du bist nicht ans Telefon gegangen.«

»Weil ich es verloren hatte. Hab es gerade eben erst zurückgekriegt.«

Hat Max es ihm zurückgegeben? Oder es irgendwo für ihn hinterlassen?

»Wie denn?«

»Spielt das eine Rolle? Ich habe es gestern in einem Lyft liegen lassen.«

Er tut so, als wäre nichts passiert. Als hätte er nichts getan.

»Wo bist du denn?«, fragt er noch einmal, in leicht genervtem Ton. »Bist du noch am Flughafen?«

Wo sollte eine dämliche Frau wie ich auch sonst sein? Natürlich wartet sie am Flughafen.

»Nein, ich bin nicht am Flughafen.«

»Wo denn dann?«, hakt er nach.

»In Carmel. Kennst du nicht.«

»Was machst du in Carmel?«, fragt er weiter.

Ich antworte nicht. Schließlich muss ich mich ihm gegenüber nicht rechtfertigen.

»Ich bin in Monterey«, sagt er, dann höre ich, wie er mit jemandem redet, ehe er sich wieder an mich wendet: »Ich bin in spätestens zehn Minuten bei dir. Wir treffen uns am Hotel Marin.«

»David …«

Aber er hat schon aufgelegt.

Wir treffen uns? Ich will ihn nicht treffen. Was wird er mir erzählen? Dass er nicht mit dieser Frau zusammen war? Der einzige Mensch, den ich treffen will, ist Max, um sechs, bei der Bank. Obwohl, will ich das wirklich? Ich weiß es nicht mehr. Jetzt, wo David hierher unterwegs ist, ist plötzlich alles anders. Es ist wie ein Weckruf. »Hallo, hier ist deine Realität. Was tust du da eigentlich?« Bin ich mutig genug, mein Vorhaben durchzuziehen? Bei Tageslicht ist alles so anders. Als hätte ich gestern in dieser sorgfältig konstruierten, aber sehr fragilen Blase gelebt, und jetzt, wo gleich die Sonne aufgeht, ist sie geplatzt. Ich sehe schrecklich aus, brauche dringend eine Dusche und habe Sand in den Haaren. Genau genommen überall. Wenn ich Max so begegne, reicht ein einziger Blick, und er ergreift die Flucht.

Soll ich in den Bus steigen und allein nach New York zurückfliegen? Aber was soll ich dort anfangen? Ich habe keine Wohnung, keinen Job. Nein, es wird auf Hartford hinauslaufen, darauf, dass ich eine Weile bei meiner Mom unterkomme.

Jetzt ist es Viertel vor sechs. Was soll ich tun? Was mache ich hier?

Die Minuten vergehen, und je mehr ich darüber nachdenke, desto panischer werde ich.

Ich versuche, mir Max' Gesicht vorzustellen, wie er bei der Bank auf mich wartet, versuche, mir vorzustellen, wie er reagiert, wenn er mich sieht, schaue auf meine zerknautschten, sandigen Klamotten hinunter und muss fast würgen.

Was, wenn ich kneife und das bitter bereuen werde? Wenn Max der Mann ist, der für mich bestimmt ist? Wenn das, was ich gestern empfunden habe, der Beginn einer Liebesgeschichte war, die keiner anderen gleicht, einer Liebesgeschichte von der Art, wie ich sie mir bislang ausgedacht habe? Was, wenn so etwas passieren könnte? *Mir* so etwas passieren könnte? Unwillkürlich muss ich lächeln, denn ich male mir aus, was ich Alisa von diesem Tag erzählen werde.

Mit einer schnellen Bewegung schnappe ich mir meinen Rucksack und renne über die Straße zu Starbucks. Dem Himmel sei Dank, dass es Starbucks gibt. Ich laufe zu den Toiletten, wasche mir das Gesicht, putze mir die Zähne und ziehe mich um. Sieben Minuten dauert das alles in allem.

Dann renne ich wieder nach draußen, wobei ich die neugierigen Blicke ignoriere, mit denen die Barista mich mustert.

Ich muss das machen. Inzwischen ist es fünf Uhr fünfundfünfzig. Ich sollte es einfach riskieren.

Was kann denn schon passieren – schlimmstenfalls? Wenn sich etwas so richtig anfühlt, kann es doch nicht falsch sein.

Ich setze meinen Rucksack auf und gehe zurück zu den Felsen, von denen Max mir erzählt hat, zu der Bank.

Die Straßen sind menschenleer, es ist noch so früh.

Meine Hände zittern, ich bin so nervös, aber ich werde durchhalten. Ich kann das.

13

In der Ferne sehe ich schon die Bank, da hält ein Auto neben mir.

Es ist zu spät.

David steigt aus und kommt auf mich zu. Sobald er sich bis auf Armlänge genähert hat, stürzt er sich auf mich, packt mich und drückt mich fest an sich. Dann presst er seine Lippen auf meine. Ich habe nicht mal die Zeit zu reagieren.

»Was machst du denn da?«, frage ich und schubse ihn weg.

»Ich küsse dich – was denn sonst? Herzlichen Glückwunsch zum Geburtstag, Maya. Tut mir leid, dass ich ihn verpasst habe.«

»Mir tut auch vieles leid.«

»Du benimmst dich seltsam, vorhin am Telefon und jetzt wieder.«

»Du hättest nicht herkommen sollen«, sage ich.

»Warum? Ich habe dir doch schon erklärt, warum ich nicht ans Telefon gegangen bin, und mich dafür entschuldigt, dass ich dir deinen Geburtstag verdorben habe.«

»Eigentlich hatte ich den besten Geburtstag meines ganzen Lebens. Ohne dich.«

»Heute Morgen bist du ja besonders fies.«

»Und du tust besonders unschuldig«, fauche ich zurück.

»Hab ich irgendwas verpasst?«

»Soweit ich weiß, verpasst du momentan eine Blondine, die sich an dich hängt.«

Er verzieht das Gesicht.

»Fehlen dir die Worte? Fällt dir so schnell keine passende Lüge ein?«

»Mir fällt dazu nichts ein, weil ich keine Ahnung habe, wovon du überhaupt redest.«

»Schon gut. Ich habe auch nicht erwartet, dass du es zugeben würdest.«

»Was soll ich denn zugeben? Was ist das für eine Blondinengeschichte?«

»Jemand hat dich gestern mit einer Frau gesehen.«

Er zuckt die Achseln. »Na und?«

»Na und? Das ist ja ganz was Neues.«

»Ich bin meistens mit irgendjemandem unterwegs. Zwar kann ich mich an keine Blondine erinnern, aber wenn eine dabei war, muss es wohl eine Arbeitskollegin gewesen sein.«

»Eine Arbeitskollegin, von der du nicht die Finger lassen konntest? Ihr seid praktisch übereinander hergefallen? Anscheinend hast du sehr interessante Kolleginnen.«

»Hast du das alles selbst gesehen, Maya? Mich mit einer anderen Frau?«

Ich bin so frustriert. »Nein.«

»Dann hat das jemand erfunden. Aber wer hat dir denn diesen Bären aufgebunden? Ich dachte, du kennst niemanden in Kalifornien.«

»Darauf hast du dich verlassen, was?«

»Ich hab mich auf gar nichts verlassen, weil ich ja gar nicht wusste, dass du kommst. Das Ganze ist schlicht absurd.«

»Du behauptest also, dass du gestern nicht zusammen mit einer Frau in einem Lyft unterwegs warst, dass ihr geknutscht und weiß der Himmel was sonst noch alles getan habt?«

»In einem Lyft?«, wiederholt er und hält inne. Seine Nasenflügel beben, sein Gesicht läuft knallrot an. »Ich wusste doch, dass mit dem Knaben irgendwas nicht stimmt, ich hätte ja schon fast die Polizei gerufen, weil er mir mein Handy nicht zurückgeben wollte. Hat dieser Kerl dir etwa den ganzen Unsinn erzählt?«

»Ja, aber es ist kein Unsinn. Wieso sollte er lügen? Er kennt mich ja nicht mal.«

»Weil er nicht richtig tickt, deshalb. Dass er dir hierher gefolgt ist, macht mir mehr Sorgen – wahrscheinlich hast du noch mal Glück gehabt, dass er dir nichts getan hat. Er hätte über dich herfallen oder dich entführen oder dir sonst was tun können.«

»Er ist mir nicht gefolgt.«

»Wie habt ihr dann miteinander gesprochen? Ich hätte doch die Polizei rufen sollen.«

»Wir haben am Handy geredet.«

Genau genommen habe ich nicht mal Max' Stimme gehört …

Ich lehne mich zur Seite und schaue an David vorbei zu der alten Bank hinüber. Sie ist leer. Kein Mensch in der Nähe. Wo ist Max? Hat er es sich anders überlegt?

David packt mich an den Schultern, ich versuche, mich loszumachen, aber er ist zu stark.

»Es gab keine Frau. Weder in einem Lyft noch sonst wo. Das ist alles gelogen. Ich habe gestern den ganzen Tag gearbeitet oder hatte irgendwelche Meetings. Nach meinem Termin im Embarcadero bin ich zurück ins Büro, danach musste ich zu einem Geschäftsessen. Mehr war nicht.«

Er macht einen Schritt zurück. »Deine Vorwürfe sind eine Beleidigung. Eigentlich dachte ich, du kennst mich besser, aber da habe ich mich wohl geirrt.«

Er klingt ehrlich aufgebracht und enttäuscht. Sagt er womöglich die Wahrheit? Hat Max mich angelogen? Vielleicht war es ja auch schlicht ein Fehler. Oder eine Verwechslung. Vielleicht hat er einen anderen blonden Typen mit einer blonden Frau gesehen. Durchaus möglich. Unwahrscheinlich, aber nicht ausgeschlossen.

»Lass uns doch in meinem Büro anrufen. Dort wird man dir bestätigen, wo ich gestern war. Es wird zwar richtig peinlich, aber das nehme ich auf mich, um die Sache zu klären. Ehrlich gesagt tut mir das ziemlich weh. Wie kannst du mit mir zusammen sein und mir so wenig vertrauen, dass du lieber einem Wildfremden glaubst? Der obendrein auch noch komplett irre ist?«

David ist sehr überzeugend. Was nicht verwundert, schließlich verdient er seinen Lebensunterhalt damit, überzeugend zu sein. Er ist Prozessanwalt, und zwar ein richtig guter. Meine Zweifel werden größer. Wenn er bereit ist, in seinem Büro anzurufen, dann sagt er doch bestimmt die Wahrheit. Oder?

»Ich rufe jetzt an, und wenn es sein muss, wecke ich auch meinen Chef, weil du mir ja offensichtlich nicht glaubst. Aber danach sollten wir noch einmal gründlich über unsere Beziehung nachdenken. Ich weiß nicht, ob ich mit einer Frau zusammen sein kann, die mir nicht vertraut.«

Wieder spähe ich zu der Bank und linse auf meine Uhr. Niemand sitzt dort, niemand nähert sich ihr. Viertel nach sechs. Ich wende mich nach links, nach rechts. Nur David und ich sind hier, ansonsten ein paar Frühaufsteher, die joggen oder den Hund ausführen. Ein Mann geht in die andere Richtung, entfernt sich von den Felsen. Eine Frau läuft an uns vorbei. Aber Max ist nicht da, und mein Herz wird immer schwerer.

Vielleicht hast du ja noch mal Glück gehabt, Maya, sage ich mir. Vielleicht ist es besser so.

Es hätte niemals funktionieren können. So etwas hält nicht lange, wie eine Sommerromanze. Nein, wie ein Märchen. Vielleicht war es genau das: ein Märchen – ein virtuelles Märchen –, konzentriert in einem einzigen perfekten Tag. Eine meiner perfekten Geschichten. Und jetzt sind wir auf der letzten Seite. Ende.

Was nun? Was sind meine Optionen? Eigentlich habe ich nur zwei: David zu glauben oder nicht.

Als er sein Telefon nimmt und zum Wählen ansetzt, halte ich ihn auf.

Ich hole tief Luft und sage: »Nein, lass gut sein. Ich glaube dir.«

Ich möchte ihm glauben. Zumindest will ich es versuchen.

»Es tut mir leid«, füge ich hinzu. »Ich hätte nicht an dir zweifeln sollen.«

»Habe ich dir je Grund dazu gegeben? Nein, nie.« Er klingt schon wieder sehr selbstsicher. »Habe ich dich etwa gefragt, was du gestern gemacht oder wo du die Nacht verbracht hast?«

Jetzt bin ich diejenige, die wegschaut.

Er mustert mich prüfend. »Sollte ich?«

»Solltest du was?«

»Dich fragen, was du die letzten vierundzwanzig Stunden in Kalifornien gemacht hast.«

Ich packe meinen perfekten Tag ein und verstaue ihn irgendwo ganz tief in meinem Herzen. Er gehört mir, nur mir, mir ganz allein.

»Ich habe die Stadt erkundet. Sonst wusste ich nichts zu tun«, erkläre ich, ohne ihm in die Augen zu blicken.

Er schaut auf die Uhr. »Wir müssen los. Mein Flug geht in

zwei Stunden. Hast du den gleichen gebucht? Wenn nicht, sollten wir das ändern, damit wir zusammen zurückfliegen können.« Er küsst mich noch einmal und nimmt mich in den Arm. »Ich hab dich vermisst«, sagt er.

»Lass uns nach Hause gehen«, sage ich.

Ein Jahr später

14

Ich bin nicht glücklich, nicht mal annähernd. Nicht einmal zufrieden.

Wenn jemand mich bitten würde, das letzte Jahr mit einem Wort zusammenzufassen, würde ich »Bedauern« wählen. Oder »Ärger«. Ich bin noch immer unentschieden. Ich bedaure, David geglaubt zu haben. Ich ärgere mich, ihm geglaubt zu haben. Ich bedauere, dass Max nicht aufgetaucht ist, ich ärgere mich, dass er nicht aufgetaucht ist. Ich bedauere, dass ich mich dazu habe bringen lassen, an eine Fantasie zu glauben und das Leben durch eine rosarote Brille zu sehen. Ich ärgere mich über die rosarote Brille. Ich bedaure, dass ich zurückgekommen bin. Ich ärgere mich, dass ich zurückgekommen bin.

Bis zum Gehtnichtmehr habe ich über Max und diesen Tag nachgedacht, habe jede Sekunde, jede Textnachricht genauestens analysiert. Habe mir jedes meiner Gefühle, jede Empfindung in Erinnerung gerufen, jedes einzelne Lächeln. Manchmal denke ich, das könnte den stärksten Mann zum Wahnsinn treiben, und ich bin weder ein Mann noch sonderlich stark.

Als David und ich nach New York zurückkamen, war ich völlig blockiert. Ich fühlte mich wie ein Hamster, der nirgendwohin kommt, obwohl er pausenlos in seinem Laufrad rennt. Er wird nur müde, und für mich gilt das Gleiche. Ein ganzes Jahr schon renne ich. Und bin erschöpft.

Nach meiner Rückkehr suchte ich wochenlang erfolglos nach einem Job und fühlte mich wie die totale Versagerin. Genau wie befürchtet, weigerte Janice sich, mir eine Empfehlung zu schreiben, und niemand wollte mich einstellen, sodass mir schließlich nur noch die Option blieb, zu Kreuze zu kriechen und bei ihr um Gnade zu winseln. Was eine der demütigendsten Erfahrungen meines Lebens war. Natürlich ließ sie mich den »riesigen Gefallen«, den sie mir tat, keine Sekunde vergessen.

Danach geriet ich sehr schnell wieder in den alten Trott, aber die Zeit verging, und ich merkte, dass – zu Anfang kaum spürbar – doch etwas anders geworden war. Vielleicht nahm niemand die Veränderung wahr, aber ich fühlte sie. Das Apartment war das gleiche, mein Job war der gleiche, David war der Gleiche. Das Einzige, was sich in meinem Leben geändert hatte, war offenbar ich.

Eine Weile wusste ich nicht, was mit mir los war, nur, dass ich traurig und einsam war.

Zuerst gab ich dem Job die Schuld. Meine Arbeitszeiten waren noch mieser als zuvor, die Bezahlung blieb unterirdisch, ich bekam nur Aufträge, die kein anderer meiner Kollegen wollte. Ja, der Job machte mich definitiv unglücklich.

Dann gab ich NYC die Schuld. Auf einmal fühlte die Stadt sich dreckig, laut und überfüllt an. Der Winter war zu lang, der Sommer zu heiß. Aber eine Stadt macht einen Menschen nicht glücklich oder unglücklich. Eine Stadt ist einfach nur eine Stadt.

Dann suchte ich die Schuld bei meiner Beziehung mit David. Vor Carmel war sie nicht perfekt gewesen, aber es gab auch nichts Großes daran auszusetzen. Das hatte sich geändert: Es gab nun den Schatten des Zweifels. Obwohl ich es versuchte, vertraute ich ihm nach Carmel nie mehr voll und ganz. In den ersten Wochen vermied ich es, das Thema zur Sprache zu bringen, aber irgendwann konnte ich einfach nicht mehr so tun, als wäre alles in Ordnung. Als ich ihn schließlich fragte, ging es los mit dem Streiten, den Vorwürfen und gegenseitigen Schuldzuweisungen. Er warf mir vor, ich sei verrückt, würde ständig nach Gründen suchen, ihn schlechtzumachen, mich überhaupt nicht wirklich um ihn kümmern und so weiter. Ich schimpfte ihn einen Heuchler, beschuldigte ihn, mich zu belügen und zu betrügen und sich nie Zeit für uns und unsere Beziehung zu nehmen. Immer wieder dachte ich an Carmel. Irgendwann hörte das Streiten auf, ich glaube, wir hatten einfach keine Energie mehr.

Jetzt scheint es zwischen uns nichts mehr zu geben außer dem unbehaglichen Schweigen, wenn wir gemeinsam zu Abend essen, ich vermeide Davids Nähe und schlafe auf der Couch. Meine Mom hört nicht auf nachzubohren, was wahrscheinlich jede Mutter tut, wenn sie das Gefühl hat, dass etwas bei ihrem Nachwuchs im Argen liegt.

»Ich bin einfach müde«, antworte ich gewöhnlich auf ihre Fragen.

Und ich bin tatsächlich müde. Ich bin dieser ganzen Sache müde. Aber ich bin auch feige. In letzter Zeit quält mich immer wieder die Frage, was davon überwiegt. Feigheit oder Müdigkeit?

David zu verlassen wäre emotional und logistisch schwierig, und allmählich glaube ich, dass ich nur noch aus logistischen Gründen in der Beziehung bleibe. Deshalb habe ich mich doch letztes Jahr nicht von ihm getrennt, oder? Weil ich keine Bleibe hatte, keinen Job und die Entscheidung für ihn mir Sicherheit bot? Na ja, daran hat sich nichts geändert. Klar, jetzt habe ich einen Job, aber mit dem Geld, das ich verdiene, könnte ich es mir niemals leisten, in der City zu wohnen. Und was würde ich ihm überhaupt sagen? Ich verlasse dich, weil du mich letztes Jahr betrogen hast? Weil ich dich deswegen nicht mehr liebe? Warum bin ich dann noch so lange bei ihm geblieben? Und wann habe ich eigentlich aufgehört, ihn zu lieben? Aber die viel schwerer wiegende Frage lautet doch: Habe ich ihn jemals wirklich geliebt?

Je mehr ich darüber nachdenke, desto klarer wird mir, dass Carmel mich verdorben hat, weil ich dort einen Blick auf etwas erhascht habe, das bislang nur in meiner Fantasie existierte. Diese intensiven Gefühle, die Schmetterlinge im Bauch, die Aufregung, die Begeisterung, die Möglichkeiten und diese einmalige Empfindung, dass man leichter ist als Luft und glücklicher als jemals zuvor. Genau damit habe ich die Figuren meiner Geschichten ausgestattet, ein ums andere Mal. Und dann erlebte ich sie selbst. Für einen Tag.

Erst nach Carmel wurde mir klar, wie sehr mir das alles fehlte. Und wie sehr ich mich danach sehnte. Und mich immer noch sehne. Ich denke nach wie vor an Max. Stelle mir Fragen, grüble, überlege. Ich versuche, mir sein Gesicht vorzustellen, seine Stimme. Denke mir Gründe dafür aus, warum er an jenem Morgen nicht aufgetaucht ist. Warum er nie Kontakt zu mir aufgenommen hat, obwohl er doch meine Nummer hatte. Ich konnte es ja nicht, ich besitze seine Nummer nicht. Ich weiß ja nicht einmal, wie er wirklich heißt. Und was hätte ich tun sollen? Noch einmal nach Kalifornien reisen und mit sämtlichen Lyft-Fahrern in der Bay Area sprechen?

Außerdem hat er mich versetzt. Der Gedanke tut immer noch weh. So oft schon habe ich mir gewünscht, er würde mir einfach eine Nachricht schicken und mir erklären, warum er nicht zu unserer Verabredung gekommen ist. Vielleicht würde er mir einfach sagen, dass es ihm nichts bedeutet hat. Oder dass er mich angelogen hat und in Wirklichkeit verheiratet ist. Oder dass er da war, einen Blick auf mich geworfen und daraufhin beschlossen hat, dass ich nicht die bin, die er will. Irgendetwas. Egal was. Damit ich die Geschichte endlich hinter mir lassen kann.

Ich war da, an der Stelle, die wir verabredet hatten. Er nicht. Und obwohl so viel Zeit vergangen ist, begreife ich das immer noch nicht. Ich weiß, was ich gefühlt habe, und ich dachte, es ginge ihm genauso. Wie kann ich mich so geirrt haben? Ich brauche einfach Antworten. Ich möchte in seine Augen schauen, hören, was er zu sagen hat, ganz gleich, wie schmerzhaft oder schwierig es für mich wäre, mich dann umdrehen und weggehen, in dem Wissen, dass ich alles getan habe, was ich konnte.

Mehr will ich nicht. Eine Chance, mit all dem abzuschließen. Aber wahrscheinlich wird sie niemals kommen.

15

2. Juni

Ich schaue auf den Wandkalender und schlage die Seite für Mai um. Kaum zu glauben, dass schon Juni ist, und ich hab es nicht mal bemerkt. Bald habe ich Geburtstag, und ich kann nicht verhindern, dass ich bei dieser Erkenntnis laut aufseufze. Ich wünschte mir, ich wäre ein anderer Mensch. Die Person, die ich an meinem Geburtstag vor einem Jahr war. Diese mutige, unbekümmerte, abenteuerlustige, verspielte, lustige Person, die keine Angst davor hatte, allein zu sein.

David kommt in die Küche, und ich fange an, das Geschirr abzuwaschen, um einem Gespräch aus dem Weg zu gehen.

»Kann ich dich kurz aufhalten?«, fragt er. Sein Ton ist anders als sonst.

Ich drehe mich um, und sein Blick passt zu seinem Ton.

»Ja?«, antworte ich und trockne mir die Hände ab.

Er möchte sich von mir trennen. Ich wusste, dass dieser Tag kommen würde, aber es ist trotzdem nicht einfach.

»Ich denke schon eine ganze Weile darüber nach …« Er bricht ab. »Über uns. Was wir da tun.«

Gleich wird es so weit sein.

»Ich glaube, wir sollten heiraten«, fährt er fort.

Ich starre ihn an. »Heiraten?«

»Wir sind seit fünf Jahren zusammen, und ich möchte Kinder, solange ich noch jung bin. Meine Karriere läuft großartig, wir können die Wohnung hier verkaufen und uns ein Haus irgendwo in den Randbezirken zulegen.«

Ich starre immer noch.

»Heiraten?«, wiederhole ich, was sich ziemlich dämlich anhört. Es kam so unerwartet. »Aber unsere Beziehung lief in letzter Zeit doch gar nicht so gut«, bringe ich schließlich heraus. »Warum sollten wir dann heiraten?«

»Ich denke, es war ein bisschen holprig, weil wir schon so lange zusammen sind, uns aber nicht gebunden haben. Und je mehr ich darüber nachgedacht habe, desto klarer ist mir geworden, dass es niemals perfekt sein wird. Du bist nicht perfekt, ich bin nicht perfekt. Und weißt du was? Perfektion ist langweilig.«

Mir schwirrt der Kopf. David heiraten? Wir küssen uns so gut wie gar nicht mehr, und obwohl wir ein paar Nächte in der Woche das Bett teilen, ist es seit Monaten nicht mehr dasselbe. Es gab keinerlei Anzeichen, dass er mit einem solchen Vorschlag kommen würde. Ich kann ihn nicht heiraten. Oder doch? Tatsächlich heiraten Menschen ja aus den unterschiedlichsten Gründen. Weil sie sich gernhaben. Hab ich David gern? Oder wegen der finanziellen Sicherheit. Die hätte ich bei ihm. Hübsche Kinder, auch das. Ein nettes Haus. Ja, bestimmt. Wenn man all diese Dinge auf eine Liste setzt, machen sie Sinn. Aber was ist mit Liebe? Mit Vertrauen? Was ist damit, dass man bei der Vorstellung, zusammen alt zu werden, lächelt und nicht erschrocken zusammenzuckt?

»Ich hab dir keinen Ring gekauft, weil ich dachte, wir können zusammen zu Tiffanys gehen, dann kannst du dir einen aussuchen. Ich weiß nicht, was dir gefällt.«

Was ist damit, dass man die Vorlieben und Abneigungen des anderen kennt?

»David, hör zu, ich …«

»Du brauchst mir nicht sofort zu antworten. Denk darüber nach. Ich bin heute Abend zurück, und …«

»Wo gehst du denn hin?«

»Zu Jasons Junggesellenabschied, erinnerst du dich?«

Nein, ich erinnere mich nicht. Vielleicht hat er es mir gesagt, aber ich habe es weggefiltert, wie so vieles in letzter Zeit.

»Sind wir glücklich zusammen? Ich meine ...«

Er runzelt die Stirn. »Ich bin glücklich.«

»Mit mir?«, frage ich einigermaßen verblüfft.

»Ja, natürlich mit dir. Bist du etwa nicht glücklich? Wenn du nicht glücklich bist, wieso sind wir dann noch zusammen?«

Das ist eine gute Frage. Eine berechtigte Frage.

»Ich liebe dich«, fährt er fort, und ich möchte ihm gern das Gleiche antworten. Einfach sagen: »Ich liebe dich auch.« Aber die Worte wollen mir nicht über die Lippen kommen.

»Lass uns morgen den Ring kaufen gehen.«

Damit beugt er sich zu mir, küsst mich, und ich lasse es geschehen.

Ich fühle nichts. Das ist schlecht. Schlimmer, als ich dachte.

Eine Stunde später ist er startbereit.

Ich habe immer gedacht, wir kommen alle gleich auf die Welt. Zu gleichen Teilen feige und mutig. Im Lauf der Zeit verschieben unsere Persönlichkeit und unsere Erfahrungen die Skala in die eine oder in die andere Richtung. Bin ich eher mutig oder feige? Der heutige Abend hat mir gezeigt, dass ich mich im letzten Jahr verändert habe und dennoch eine Menge gleich geblieben ist. Ich bin immer noch eher feige. Deshalb sage ich ihm nicht, was ich ihm sagen will. Was ich ihm schon seit einem Jahr sagen will.

Zwischen uns ist nichts mehr.

16

Jetzt weiß ich endlich, was ich tun muss.

Als David weg ist, rufe ich sofort meine Mutter an. Für gewöhnlich telefonieren wir samstags, und das war gestern, daher ist ihr sofort klar, dass irgendetwas los ist.

»Sag nichts – kommst du nächstes Wochenende nicht?«, fragt sie.

»Eigentlich wollte ich gern heute kommen.«

»Ist alles in Ordnung?«

»Ja. Alles gut.«

»Kommt David auch?«

»Nein. Er ist weg.« Ich halte inne. »Er hat mich gefragt, ob ich ihn heiraten will.« Keine Ahnung, warum ich das jetzt gesagt habe.

»Endlich!«, ruft meine Mutter aufgeregt. »Das freut mich sehr für euch, Maya. Ich kann gar nicht erwarten, den Ring zu sehen und es allen zu erzählen.«

»Ich hab ihm noch keine Antwort gegeben. Ich bin nicht …«

»Was bist du nicht?«

»Ich bin nicht sicher, was ich tun soll.«

»Ach. Ich dachte, es wäre alles klar. Eure Beziehung. Wenn ein Paar schon fünf Jahre zusammen ist …«

»Ich weiß, Mom. Ich weiß«, falle ich ihr ins Wort.

Garantiert hat sie augenblicklich den Verdacht, dass ich in letzter Zeit nicht so gut zurechtgekommen bin. Dass ich Zweifel habe. Vielleicht kennt sie den Grund dafür nicht so genau, aber eine Mutter spürt so etwas vermutlich.

»Alles wird gut«, sagt sie. »Ich bin sicher, dass du die richtige Entscheidung treffen wirst.«

»Hoffentlich.«

»Kommst du nur für einen Tag?«

»Ich muss mir über ein paar Dinge klar werden und bleibe vielleicht etwas länger, wenn das für dich in Ordnung ist.«

»Aber selbstverständlich. Egal, wie lange du brauchst. Aber was ist mit deinem Job?«

Mein Job ist in letzter Zeit immer schrecklicher geworden. Wirklich gut war er noch nie, aber seit ich zurückgekommen bin, ist es noch viel schlimmer geworden. Die Redaktion ist toxisch. Die ganze Umgebung ist toxisch. Wenn an einem Tag mal niemand weint, liegt es nur daran, dass der oder die Betreffende im Urlaub ist oder morgens Xanax geschluckt hat. Die Redaktion ist kein Ort, an dem man sein möchte, und definitiv keiner, an dem man zwölf Stunden oder mehr am Tag verbringen sollte. Fünf Jahre bin ich schon dort. Genauso lange, wie ich mit David zusammen bin. Erst jetzt fällt mir diese Parallele auf.

»Ich habe eine Unmenge Urlaubstage angehäuft, ich werde sehen, ob ich freikriege – eine Woche oder so.«

Wie gut, dass mir das gerade eingefallen ist, ich brauche tatsächlich eine Auszeit. Natürlich wird eine Woche keine Wunder bewirken, aber es ist besser als nichts.

»Großartige Idee. Ich freue mich sehr, wenn du kommst. Wir unternehmen lauter schöne Frauensachen. Maniküre, Pediküre, Kino. Ist schon so lange her, dass wir eine ganze Woche für uns hatten.«

»Ja, Mom«, antworte ich. Ich brauche zwar hauptsächlich Zeit für mich, zum Nachdenken, und ich weiß nicht recht, ob ich die beste Gesellschaft bin, aber ich möchte meine Mom auch nicht traurig machen.

»Komm einfach nach Hause, Schatz«, sagt meine Mutter. »Dann besprechen wir alles.«

»Danke, Mom.«

»Du brauchst dich nicht zu bedanken, du bist hier immer willkommen. Hier ist dein Zuhause, egal, was passiert.«

Dagegen könnte ich einiges einwenden, denn in der Vergangenheit dachte ich schon so manches Mal, dass ich im Notfall nicht nach Hause könnte, weil man mich keineswegs mit offenen Armen empfangen würde. Und das habe ich nicht einfach nur vermutet, in meiner Teenagerzeit und meinen frühen Zwanzigern war es die Realität. Die ganze Highschool hindurch war die Beziehung zu meiner Mutter schwierig, und als ich auf dem College war, so gut wie nicht existent. Ein paar Jahre nach meinem Abschluss haben wir uns ganz vorsichtig wieder angenähert, und erst in letzter Zeit wurde unser Verhältnis besser.

Die Beziehung zu meinem Vater hat sich nie von einem Streit vor zehn Jahren erholt. Und tatsächlich war einer der Gründe, warum ich David nach den Ereignissen in Carmel noch eine Chance gegeben habe, mein Vater. Ich war sechzehn, als er meine Mutter betrog und es rundweg leugnete, genau wie David. Nur dass meine Mutter ihm nicht verzieh. Sie versuchte es gar nicht erst, sondern warf ihn kurzerhand raus. Eine Weile war er deprimiert, aber schon ein paar Monate später fand ich heraus, dass er wieder geheiratet hatte und seine neue Frau ein Kind erwartete. Als ich ihm vorwarf, uns nie geliebt zu haben, brach er den Kontakt ab. Ich habe ihn seit neun Jahren weder gesehen noch mit ihm gesprochen, und er hat seinerseits auch keinen Versuch unternommen, das zu ändern. Als wäre ihm seine neue Familie tatsächlich wichtiger als wir.

Ich hatte meiner Mutter immer die Schuld am Zerbrechen unserer Familie gegeben, und als ich dann vor der gleichen Entscheidung stand, habe ich mich verhalten, als wollte ich ihr beweisen, dass ich die ganze Zeit recht gehabt hatte. Doch das Einzige, was ich damit bewiesen habe, ist, dass meine Mutter von Anfang an recht hatte. Nur weil man ein gemeinsames Zuhause und viele Jahre zusammen verbracht hat, kann man einen Menschen nicht an sich binden. Man kann nicht so tun, als glaube man dem anderen, wenn man ihm tief im Herzen nicht mehr vertraut. In den meisten Fällen kommt verlorenes Vertrauen nicht mehr zurück. Aber vor allem kann man sich nicht zwingen, jemanden zu lieben.

Ich schaue mich in der Wohnung um, mache im Geist eine Liste und komme zu dem Schluss, dass mein ganzer Besitz in zwei Koffer passen müsste. Meine Bücher packe ich in Kartons, und was dann noch übrig bleibt, werde ich einfach in den Kofferraum meines Autos stopfen.

Ganz unten in einer Schublade finde ich meine alten Notizbücher. Sie zu sehen macht mich traurig. Im letzten Jahr habe ich kaum geschrieben, nur eine Geschichte, und die ist in einem dicken gelben Umschlag zwischen den anderen Notizbüchern versteckt: Mein Manuskript, die schnellsten 80.000 Wörter, die ich jemals zu Papier gebracht habe. Die Geschichte meines Tags in Carmel. Unsere Geschichte, die von Max und mir. Ich hatte mir geschworen, nie wieder einen Roman zu verfassen, aber es war unmöglich, diesen hier *nicht* zu schreiben. Ich konnte nicht schlafen, ich konnte überhaupt nichts anderes tun, bis ich ihn fertig hatte. Na ja, bis auf das Ende. Ich habe es nicht über mich gebracht, zu erzählen, wie es in Wirklichkeit war, und meiner weiblichen Hauptfigur das Herz zu brechen. Es wäre mir grausam vorgekommen. Aber jede andere Version erschien mir unrealistisch und an den Haaren herbeigezogen. Also ist der Roman nicht ganz fertig.

Ich habe ihn niemandem gezeigt, vor allem nicht Alisa, denn ich weiß, sie hätte mit den besten Absichten versucht, nett zu sein, aber ich hätte keine weitere Enttäuschung verkraftet. Diese Geschichte ist zu wichtig für mich, und ich werde nicht zulassen, dass mir jemand sagt, sie sei nicht gut genug. Also lege ich das Manuskript zu dem Ordner mit meinen wichtigen Dokumenten und verstaue beides in einem Karton. Doch dann überlege ich es mir anders und packe es stattdessen in einen meiner Koffer. Ich will es nicht aus den Augen lassen.

Drei Stunden später bin ich fertig mit Packen, und auf dem Küchentisch liegt mein Brief an David.

David,

tut mir leid. Ich wünschte, ich könnte diesen Brief mit etwas anderem beginnen als mit Bedauern, aber:

Es tut mir leid, dass ich im letzten Jahr nicht ehrlicher gewesen bin, was meine Gefühle angeht. Es tut mir leid, dass ich Dir dies alles nicht ins Gesicht sagen kann, aber Du weißt ja, dass ich mit so was immer besser bin, wenn ich es aufschreiben kann. Wenn ich jemandem gegenüberstehe, neige ich dazu, nervös zu werden, und dann gebe ich nach, lasse mich beeinflussen und womöglich zu etwas verleiten, was ich eigentlich nicht will. Deshalb schreibe ich Dir diesen Brief. Denn Du kannst mir jetzt nicht in die Augen schauen und mich überreden, uns noch eine Chance zu geben. In letzter Zeit war ich nicht glücklich. Es fällt mir schwer zu erklären, warum, aber es liegt nicht nur an Dir. Ich habe Dir vorgeworfen, du hättest mich betrogen, und bin nie darüber hinweggekommen, aber das ist nicht der einzige Grund.

Weißt Du, an jenem Tag in Kalifornien habe ich jemanden kennengelernt. Jemanden, der mein Leben ver-

ändert hat, und seither habe ich mich ziemlich verloren gefühlt. Gefangen in unserem Leben. In New York. In meinem Job. Ich muss weg von hier und anderswo neu anfangen. Du hast es verdient, mit einer Frau zusammen zu sein, die genauso ist wie Du, einer Frau, die weiß, wer sie ist und was sie will, die fest entschlossen ist, ihre Ziele zu erreichen, koste es, was es wolle. Und die Dich über alles liebt. Ich fürchte, ich bin nicht diese Frau, und das tut mir leid.

Ich plage mich damit herum, was ich will und wer ich sein möchte. Ja, dafür bin ich eigentlich ein bisschen zu alt, und ich sollte mir darüber längst im Klaren sein, aber das ist leider nicht der Fall. Ich weiß immer noch nicht, was für eine Art von Beziehung ich mir wünsche und was ich für den anderen Menschen empfinden sollte, um sicher sein zu können, dass er der Richtige für mich ist.

Natürlich weiß ich nicht hundertprozentig, ob Du mich tatsächlich betrogen hast. Aber eigentlich spielt das auch gar keine Rolle – ich hätte schon damals unsere Beziehung beenden sollen. Aber ich war nicht stark genug, und es tut mir leid, dass ich diese Entscheidung so lange vor mir hergeschoben habe, obwohl ich tief im Innern wusste, dass es für uns beide keinen gemeinsamen Weg gibt.

Ich weiß, dass Du damit leben kannst und Dein Glück finden wirst. Es tut mir leid, dass es nicht mit mir sein kann.

Lebe wohl,
Maya

Vielleicht wird er überrascht sein, dass ich gegangen bin. Vielleicht wird mein Brief ihn im ersten Moment traurig machen.

Aber wenn er ein bisschen darüber nachgedacht hat, wird er froh sein, da bin ich mir ganz sicher. Wir sind einfach nicht die Richtigen füreinander.

Der Rucksack, den ich letztes Jahr in Carmel dabeihatte, steht neben der Tür. Als ich ihn dort sehe und mich an diesen Tag erinnere, wird mir klar, wie sehr mich jeder Tag seither belastet hat.

Vielleicht war ich mit zweiundzwanzig einfach zu jung. Mit dreiundzwanzig dachte ich, ich hätte mich verliebt, mit vierundzwanzig war ich von den Möglichkeiten geblendet, und mit fünfundzwanzig wollte ich an das glauben, was David mir versprach. Vielleicht habe ich mit sechsundzwanzig immer noch gehofft. Aber mit siebenundzwanzig wusste ich, was ich hätte tun sollen, und habe es trotzdem nicht getan. Das bedaure ich. Dass ich dieses eine Jahr vergeudet habe, das schmerzt mich besonders. Und dass ich dieses Jahr nie zurückbekommen werde – das Jahr, das mein Leben für immer hätte verändern können.

17

Ich schaue mich noch einmal in der Wohnung um. Natürlich bin ich nach einem halben Jahrzehnt hier ein bisschen wehmütig, immerhin glaubte ich eine Weile, hier glücklich zu sein. Oberflächlich betrachtet lief es gut für mich, nach dem College begann ich meine Journalistenlaufbahn und hatte eine Beziehung mit einem Mann, um den mich alle meine Freundinnen beneideten.

Aber wir sind nicht mehr dieselben wie damals. Ich jedenfalls bin es nicht.

Gerade als ich aus der Tür gehen will, klingelt mein Handy.

Es ist Alisa. Ihre Stimme quietscht – ein sicheres Zeichen, dass sie aus irgendeinem Grund aufgeregt ist.

»Du wirst nicht glauben, was ich gerade lese.«

»Was denn?«

Ein Locked-Room Mystery? Ein rätselhaftes Verbrechen in einem geschlossenen Raum? Bestimmt hat wieder jemand ein Manuskript eingereicht, das sie toll findet. Inzwischen managt Alisa die Thriller/Krimi-Abteilung des Verlags. In letzter Zeit hatte sie einen richtigen Lauf und konnte etliche neue Autorinnen und Autoren unter Vertrag nehmen. Einige der frühen Exemplare habe ich gelesen – die mailt sie mir immer –, und da ich jedes Mal genau verstehe, warum sie die Verfasser vom Fleck weg verpflichten möchte, werde ich natürlich mal wieder neidisch und unsicher.

»Hör zu, ja? Es geht um die Geschichte von Max Meridian, einem unglücklich verliebten Kalifornier um die dreißig, der davon träumt, ein erfolgreicher Künstler zu werden, aber als Fahrer bei einem Fahrdienstleister arbeitet, um seinen Lebensunterhalt zu verdienen. An einem Tag wie jedem anderen ist Max auf dem Weg zu einem Klienten, als in seinem Auto das Telefon klingelt. Eine Frau ruft an. Als Max das Gespräch annimmt, hat er keine Ahnung, dass diese Frau in den nächsten vierundzwanzig Stunden sein einsames Herz heilen und ihm den Glauben an die Magie der Liebe und des Schicksals zurückgeben wird. Wenn der Morgen kommt und er sie nicht wie geplant trifft, wird diese Geschichte dann tragisch ausgehen oder mit einem Happy End? Inspiriert von der realen Liebesgeschichte eines jungen Künstlers, den der Autor schon sein ganzes Leben kennt. Ein tief berührender und faszinierend schöner Roman über eine Liebe, die – einmal gefunden – unvergesslich bleibt, eine Geschichte über die Magie zufälligen Glücks und den Herzschmerz schlechten Timings.«

Ich schnappe nach Luft. »Was ist das?«

»Der Klappentext für ein Buch, das demnächst rauskommt.«

»Ein Buch? Eins von deinen Büchern?«

So eine dämliche Reaktion! Aber mein Hirn ist vollkommen blockiert.

»Klingt das für dich vielleicht wie ein Thriller? Nein, dieses Buch hat nichts mit mir oder unserem Imprint zu tun. Eine Talentsucherin, die ich neulich kennengelernt habe, hat mir davon erzählt und konnte gar nicht aufhören, davon zu schwärmen, also hab ich sie gebeten, mir den Klappentext zu mailen. Anscheinend ist der Mann, der den Roman geschrieben hat, ein New-York-Times-Bestsellerautor, aber bei Autoren von Liebesgeschichten bin ich nicht auf dem Laufenden. Sein Name ist Ethan Delphy.«

»Ethan Delphy«, wiederhole ich. »Kannst du mir das Ganze bitte noch einmal vorlesen? Und zwar ganz langsam?«

Sie kichert. »Na klar.«

Als sie fertig ist, bin ich immer noch genauso schockiert wie nach dem ersten Mal.

Nachdem ich mit meinem Manuskript fertig war, habe ich zum Zeitvertreib einen Klappentext geschrieben – und der war fast wie der, den ich gerade gehört habe. Außer dass es nicht die Geschichte von Max Meridian war, nicht die des Mannes von dem Taxi-Unternehmen, der eine Frau kennenlernt, sondern die Geschichte von Dawn Davis, die in Kalifornien einen Lyft-Fahrer kennenlernt.

Ich bin sprachlos.

»Das ist unheimlich, oder? Die Ähnlichkeit mit deiner Carmel-Geschichte.«

Im Lauf des letzten Jahres musste Alisa sich via Skype nicht nur unzählige Male meine Geschichte anhören, sondern auch noch spätabendliche Analysen und alberne, nicht enden wollende Gedankenspiele über diesen Tag ertragen.

»Doch, das ist unheimlich.«

»Könnte reiner Zufall sein«, meint Alisa.

»Max Meridian«, wiederhole ich den Namen und fange an zu lachen.

Definitiv ein nervöses Lachen.

»Melodiöser Name«, meint Alisa.

»Das ist nicht der Punkt – erinnerst du dich, warum ich ihn Max genannt habe?«

»Wegen *Gladiator*?«

»Und wie lautet der vollständige Name des Gladiators?«

»Weiß ich nicht. Maximus Irgendwas.«

»Meridius«, erwidere ich.

»Himmel. Der Kerl hat echt Humor«, sagt sie.

»Und wie hieß der Autor noch mal?«

»Ethan Delphy. Hast du schon mal von ihm gehört? Ein Buch von ihm gelesen?«, fragt sie.

»Nein. Ich glaube nicht. Aber ich … ich bin total durcheinander. Ich verstehe einfach nicht, wie dieser Typ namens Ethan Delphy so viel über meinen Tag rausgefunden hat.«

»Das hab ich dir doch gerade vorgelesen. ›Inspiriert von der realen Liebesgeschichte eines jungen Künstlers, den der Autor schon sein Leben lang kennt.‹ Vermutlich sind Max – oder wie immer er in Wahrheit heißt – und dieser Schreiberling gute Freunde. Wenn ich schreiben würde, hätte ich die Geschichte auch aufschreiben können, ich kenne sämtliche Details. Vielleicht sogar noch besser als du.«

»Nein, das hättest du niemals gemacht«, widerspreche ich entschieden.

»Warum denn nicht?«

»Weil es nicht deine Geschichte ist, also steht es dir nicht zu.«

»Warum bist du denn so grantig? Ich dachte, du würdest dich freuen. Du warst dermaßen fixiert auf diesen Mann und diesen Tag, und das sind doch gute Neuigkeiten. Wir können uns bei diesem Ethan Delphy nach den Kontaktdaten des Kerls erkundigen, mit ihm sprechen. Dann haben wir alles, was wir brauchen, und du kriegst endlich, was du willst.«

»Ja, klar, vermutlich. Kann ich dich später noch mal anrufen?«

»Sicher. Ich recherchiere unterdessen ein bisschen weiter.«

Eigentlich müsste ich glücklich sein, wie Alisa meint, aber stattdessen bin ich wie betäubt. Ich kann kaum atmen, es ist, als hätte sich eine schwere Last auf meinen Brustkorb gelegt.

Das ganze letzte Jahr habe ich versucht, mir Gründe dafür auszudenken, warum Max nicht erschienen ist, warum er keinen Kontakt aufgenommen hat. Irgendwann war ich überzeugt, dass etwas passiert sein musste. Aber nun klingt es, als wäre das gar nicht der Fall gewesen, sondern er hätte einfach die Entscheidung getroffen, nicht zu unserem vereinbarten Treffpunkt zu kommen. Aber warum? Ich begreife das nicht.

Genauso wenig verstehe ich, warum er jemandem von unserem Tag erzählt hat. Sein Roman wird als magische Liebesgeschichte angepriesen, die ihn für alle Zeit verändert hat. Also muss er sich doch genauso in mich verliebt haben wie ich mich in ihn. Aber was ist dann geschehen? Das muss ich wissen. Ich möchte, dass er – wer immer er sein mag – mir in die Augen schaut und es mir erklärt. Das zumindest ist er mir schuldig.

Alisa ruft wieder an. »Ich habe seiner Lektorin eine Mail geschrieben, allerdings ist heute Sonntag, deshalb antwortet sie wahrscheinlich nicht. Aber sie ist in New York, also ist es noch ziemlich früh. Ich habe sie nach Ethan Delphys Mailadresse gefragt.«

»Glaubst du, du könntest das Buch besorgen?«

»Ich werde versuchen, ein Rezensionsexemplar zu bekommen, ja. Was hast du vor? Möchtest du das Buch lesen, bevor du Kontakt zu ihm aufnimmst?«

»Ich weiß nicht, ob ich die Wahrheit anhand eines Buchs herausfinden möchte oder ob es besser ist, sie von ihm zu hören.«

»Vergiss nicht, dass es eine fiktive Geschichte ist. Ich kenne den Stil von diesem Delphy nicht, aber vielleicht hat er Ereignisse hinzugefügt oder weggelassen oder anders interpretiert. Sonst wäre er ja kein Romanschreiber«, sagt sie. »Okay, dann reden wir später, ja?« Sie kichert. »Hey, das fühlt sich an, als wären wir zusammen auf geheimer Mission.«

»Nur dass es keine ist, sondern mein Leben«, stelle ich bitter fest.

»Sorry, so hab ich das nicht gemeint …«

»Nein, ist schon okay. *Mir* tut es leid. Ich versuche immer noch, das alles zu verarbeiten. Ich bin dir dankbar, Alisa. Für alles. Ich weiß nicht, was ich ohne dich anfangen würde.«

»Gern geschehen. Ich würde schrecklich gern dabei helfen, euch beide zusammenzubringen.«

18

Ich nehme meinen Rucksack, gehe die Treppe hinunter und steige in meinen verbeulten Elantra. In einer Hand halte ich mein Handy, mit der anderen stütze ich mich aufs Lenkrad. Was in aller Welt soll ich jetzt bloß tun? Soll ich zu meiner Mutter fahren und von dort aus suchen? Oder lieber hierbleiben? Wenn dieser Ethan in New York wohnt wie die meisten Autoren, die ich kenne, dann ist es wahrscheinlich einfacher, wenn ich auch hier bin.

Ich google seinen Namen und bekomme unzählige Links. Anscheinend hat er bisher drei Romane veröffentlicht; das neue Buch wäre sein viertes. Die anderen drei waren auch Liebesgeschichten. Auf Wikipedia sehe ich das erste Foto von ihm – nicht, dass es mich sonderlich interessieren würde, wie er aussieht. Es ist eins dieser »Sitz an deinem Schreibtisch und tu möglichst professionell und autorenhaft«-Bilder. Er hat kurze, dunkle Haare, einen ziemlich buschigen dunklen Bart und Augen von unbestimmbarer Farbe – vielleicht braun? – hinter einer Brille mit einem breiten, dunklen Gestell von der Art, die man sich aussucht, wenn man besonders intellektuell wirken möchte. Zur Krönung des Ganzen trägt er ein schwarzes Polohemd. Und er lächelt, ein bisschen schief.

Ich starre das Foto an; das also ist der Mann, der meine Geschichte geklaut hat. Er sieht nicht aus, als wüsste er das Geringste über die Liebe, und je mehr ich darüber nachdenke, desto wütender werde ich. Niemand hat mich um Erlaubnis gebeten, meinen wundervollen Tag in Carmel mit der gesamten Welt zu teilen. Oder mich gefragt, ob ich dieses Erlebnis vielleicht lieber für mich behalten würde. Es ist sehr privat.

Deshalb habe ich mein eigenes Manuskript nicht verschickt. Glaube ich. Aber der Grund ist auch egal, das Entscheidende ist, dass es sich hierbei um eine wunderschöne, aber sehr schmerzhafte Herzensangelegenheit handelt. Und sie gehört mir. Mir und Max. Ganz sicher nicht diesem Ethan Delphy.

Ich lese weiter.

Ethan Delphy (geboren am 8. August 1985 in Carmel-by-the-Sea, Kalifornien) ist ein amerikanischer Schriftsteller und Drehbuchautor. Er hat drei Romane und ein Sachbuch veröffentlicht, die es alle auf die Bestsellerliste der *New York Times* geschafft haben und mit über fünf Millionen verkauften Exemplaren weltweit in mehr als fünfundzwanzig Sprachen übersetzt wurden.

Leben

Ethan Delphy kam als Sohn des Enthüllungsjournalisten Tim Delphy und der Bäckerin und Gastronomin Anne Marie Delphy (geb. Thoene) zur Welt und hat eine Zwillingsschwester, Celine Delphy, die heute das Familiengeschäft führt – ein Art-Nouveau-Café in der Bay Area.

Ethan Delphy ist französisch-englisch-irischer Herkunft.

Er wuchs in Carmel by the Sea auf und war in der Schulzeit in diversen Sportarten aktiv. Nach der Highschool studierte er an der University of California, machte seinen Abschluss in Englischer Literatur und besuchte danach die UC Irvine, wo er seinen Master in Creative Writing ablegte.

2013 traf er auf einer Reise durch Europa in Madrid Isabella Andres, seine jetzige Frau. Delphy und Andres heirateten am 1. September 2014. Sie leben in Carmel-by-the-Sea.

Karriere

Bereits im ersten Jahr am College begann Delphy zu schreiben. Angeblich basieren alle seine Romane auf wahren

Ereignissen und seine Charaktere auf echten Personen. Er bezeichnet seinen eindrucksvollen Freundeskreis gern als »unerschöpfliche, stets von Neuem überraschende Quelle der Inspiration«.

Romane

2012: *Need No Words*

2013: *Early Summer Dreams*

2014: *A Million Minutes*

2019: *June After Midnight* (noch nicht erschienen)

Ich hasse diesen Titel. »Nach Mitternacht im Juni« – wie banal und nichtssagend ist das denn?

Da auf Wikipedia steht, dass Ethan Delphy in Carmel lebt, macht es wenig Sinn, in New York zu bleiben. Ob Max wohl auch in Carmel wohnt? Das würde jedenfalls erklären, warum er die Stadt in- und auswendig kannte.

Und wenn ich hinfahre? Carmel ist eine sehr kleine Stadt, schätzungsweise dreitausend Einwohner. Wie schwer kann es da schon sein, einen berühmten Autor zu finden? Wahrscheinlich steht er als Sehenswürdigkeit, von Scheinwerfern angestrahlt, auf dem Marktplatz, so nach dem Motto: »Schaut alle her, ich bin's – der talentierte, erfolggekrönte, steinreiche Autor, der die Geschichten anderer Leute klaut!«

Nein, nach Carmel zu fahren, um ihn ausfindig zu machen, wäre Blödsinn.

Je länger ich über das Buch nachdenke, desto mehr ärgere ich mich, und meine Wut gilt einzig und allein dem Autor. Wer gibt ihm das Recht, meine Geschichte zu erzählen? Ist er überhaupt ein guter Schriftsteller und dieser Aufgabe gewachsen? Ich gehöre doch zu dieser Geschichte dazu! Eigentlich kann er gar nicht ermessen, was ich empfunden habe und was dieser Tag mir bedeutet hat, oder? Wie grundlegend mein Leben sich durch diese Stadt und diesen Mann verändert hat.

Leise vor mich hin murmelnd, sitze ich in meinem Auto, als eine Frau vorbeigeht und mir einen irritierten Blick zuwirft.

»Wir sind in New York, hier hat jeder das Recht, in seinem Auto Selbstgespräche zu führen«, rufe ich aus dem Fenster.

Dann schaue ich mir das Foto des Autors noch einmal an. Was für ein arroganter Gockel.

»Sein eindrucksvoller Freundeskreis«, murmle ich. »Wer sagt denn so was?«

Er hätte mich um Erlaubnis bitten müssen. Ich bin Journalistin, ich weiß, wie das läuft. Eine einzelne Informationsquelle reicht nicht, um eine vollständige Geschichte zu erzählen. Man braucht mindestens zwei. Er hätte mich kontaktieren und fragen müssen, dann hätte ich die Chance gehabt zu sagen: »NEIN. Nein, Sie dürfen nicht über mein Leben schreiben.«

Es regt mich auf, dass er weiß, was ich niemals in Erfahrung bringen konnte. Was passiert ist. Warum Max nicht aufgetaucht ist. Warum er mir das Herz gebrochen hat. Was danach aus ihm geworden ist. Frustriert schlage ich aufs Lenkrad. Es ist mir vollkommen egal, wie viele Bücher er geschrieben hat und wie viele Millionen Exemplare davon verkauft wurden. Es steht ihm nicht zu, diese Geschichte zu erzählen, sie ist nicht seine. Sondern meine. Und ich habe sie geschrieben. Ich hasse diesen Typen.

19

Ich finde seine Social-Media-Profile, alle mit demselben Foto, alle nur Werbung für seine Bücher. Keine E-Mail-Adresse, kein gar nichts.

Als Nächstes durchforste ich Zeitungen und Zeitschriften. In den meisten geht es nur um seine Bücher, Rezensionen und Neuigkeiten. *People Magazine, Huffington Post, Chicago Tribune*. Keiner der Artikel ist aktuell, der neueste, den ich finde, stammt von Anfang 2016. Delphy wird nur nebenbei erwähnt. Dazu ein Foto, das in vielen Zeitschriften auftaucht, von ihm und einer attraktiven jungen Frau. Arm in Arm bei einer Preisverleihung. Die Bildunterschrift lautet: »Ethan und Isabella Delphy, März 2016.« Sie grinst übers ganze Gesicht; er lächelt wieder nur ansatzweise. Vielleicht lächelt er immer so.

Sie trägt ein langes blaues Kleid, er einen dunklen Anzug, und im Vergleich zu ihr wirkt er groß. Sie ist viel jünger als er. Anfang zwanzig, schätze ich.

Sie sieht so schick aus, ich kann sie nur ungläubig anstarren. Zumindest optisch passen die beiden gut zusammen, jedenfalls ihr Kleidungsstil. Ich sehe auf meinen eigenen Jeans-Overall hinunter und brauche keinen Spiegel, um zu wissen, dass meine Frisur eine Katastrophe ist – wollte man gnädig sein, könnte man sie als Pferdeschwanz bezeichnen. So schön wie diese Isabella würde ich niemals aussehen, selbst wenn man mich für eine Oscar-Verleihung zurechtmachen würde. Dieses ganze »Wenn ich mich in Schale werfe, sehe ich richtig gut aus« trifft nicht auf jeden Menschen zu.

Er schaut in die Kamera. Mit diesem Bart und der intellektuellen Brille sieht er aus wie einer dieser Typen in der Aftershave-Werbung. Aus irgendeinem Grund dachte ich, alle Männer aus Carmel wären das komplette »T-Shirt, Flipflops, Sonnenbrille und zerzauste Haare«-Gesamtpaket. Ich hoffe, dass wenigstens Max so ist.

In diesem Moment bekomme ich eine Nachricht von Alisa. Ein Screenshot von einer Website. Eine zweimonatige Lesereise für *June After Midnight*, die in weniger als drei Wochen anfängt; um genau zu sein, an meinem Geburtstag. Die erste Station ist Carmel-by-the-Sea, dann San Francisco, L.A., Phoenix, Austin, Houston, New Orleans, Jacksonville, Savannah, Charlotte, Richmond, Baltimore, Philadelphia, New York City, Hartford, Boston, Portland, Chicago und Seattle.

Alisa ruft an.

»Okay, hier sind alle Infos, die ich bisher gesammelt habe. Max ist ganz sicher ein Freund von Ethan Delphy – das bestätigt, was wir schon wussten. Es wird ein paarmal erwähnt, dass er sich von seinen Freunden und Bekannten inspirieren lässt.«

»Das habe ich auch gesehen.«

»Außerdem habe ich eine Pressemitteilung gefunden. Eins seiner Bücher wird verfilmt, und er wird direkt nach der Lesereise, die ich dir gerade geschickt habe, nach Neuseeland fliegen, also eine Weile außer Landes sein.«

»Meinetwegen kann er fünf Jahre in die Antarktis ziehen. Soll er doch den Pinguinen ihre Geschichten stehlen, mal sehen, wie das für ihn läuft.«

»Alles okay?«, erkundigt sich Alisa.

»Ja, alles bestens. Ich hab nur einen kleinen Nervenzusammenbruch.«

»Warum? Was ist los?«

»Allein die Vorstellung von diesem Buch – dass meine Gefühle in aller Welt breitgetreten werden – regt mich auf. Ich will das nicht zur gleichen Zeit lesen wie Millionen anderer Leute. Ich hab was Besseres verdient.«

»Deshalb versuche ich ja, dir seine Mailadresse und ein Leseexemplar zu besorgen. Bitte beruhige dich.«

»Ich bin ganz ruhig«, behaupte ich, während ich mitten in der Upper East Side einen sehr öffentlichen Wutanfall habe. Noch dazu an einem Sonntag. Ich verkrafte das wirklich sehr gut …

»Von der Lesereise und dem Film habe ich dir nur erzählt, weil es um einiges schwieriger werden könnte, Antworten von ihm zu bekommen, wenn er erst mal auf Reisen ist. Aber bis dahin hast du noch über zwei Wochen, also reichlich Zeit.«

»Reichlich«, wiederhole ich.

»Moment«, sagt sie. »Ich habe gerade eine Antwort von der Assistentin seines Agenten bekommen. Sie schreibt, dass man ihn direkt über seine Autoren-Website kontaktieren kann. Und an wen wir uns wenden können, wenn es um Filmrechte, Übersetzungsrechte und so weiter geht. Okay, also geh auf seine Website.«

»Da war ich gerade erst, und ich konnte keine Mailadresse finden. Moment, ich schau noch mal nach. Ich stelle dich auf Lautsprecher.«

»Okay.«

Ich gehe wieder auf seine Website und klicke auf jede Schaltfläche und jeden Link, bis ich ganz unten in der »Über mich«-Sparte, die kaum mehr als eine Kopie des Wikipedia-Eintrags ist, ein schlichtes Kontaktformular finde.

Du möchtest Kontakt aufnehmen? Ich kann leider nicht jede Nachricht beantworten, und selbst wenn ich antworte, könnte es eine Weile dauern, aber hier kannst du mir schreiben.

Das Kontaktformular besteht aus drei Feldern: Name, Mailadresse und Nachricht.

»Ich habe ein Kontaktformular gefunden, keine Mailadresse.«

Alisa stöhnt. »Na ja, besser als nichts, und ich weiß, wie sehr du es hasst, warten zu müssen. Ich versuche weiter, seine Mailadresse rauszufinden. Alternativ könntest du auch versuchen, ihn auf Social Media zu kontaktieren. Ich bin sicher, dass er dort präsent ist.«

»Gute Idee«, sage ich, zögere dann aber. »Was soll ich in das Formular schreiben?«

Sie lacht leise. »Sag ihm, wer du bist und dass du letztes Jahr in Carmel einen Mann kennengelernt hast, dessen Namen du nicht kennst, und sehr gern Kontakt mit ihm aufnehmen würdest. Frag, ob er dir Max' richtigen Namen und seine Mailadresse schicken kann. Fass dich kurz.«

»Klingt einleuchtend«, sage ich und gehe vor Nervosität fast die Wände hoch. »Okay, okay, wir reden später.«

»Ruf mich an, sobald er dir antwortet, ja?«

»Das kann dauern. Ich glaube nicht, dass Mr. Superwichtig regelmäßig seine Mails checkt.«

»Man kann nie wissen«, entgegnet Alisa.

20

»Mr. Delphy …« »Lieber Mr. Delphy …« Nein. Kein »Lieber«. Ich schreibe die Nachricht und lösche sie wieder, schreibe und lösche, bis ich halbwegs zufrieden und endlich bereit bin, auf Senden zu drücken, es mir doch anders überlege und noch mal von vorn anfange. Und irgendwann allen Mut zusammennehme und die Nachricht abschicke.

Ich müsste Janice anrufen, schiebe es aber immer wieder auf.

Besser, ich fahre gleich nach Hartford. Es ist schon spät.

Genug Aufregung für einen Tag, sage ich mir, als ich auf den FDR Drive abbiege und die Ausfahrt nach New Haven nehme.

Als ich gerade in Connecticut angekommen und noch etwa eine Stunde von Hartford entfernt bin, informiert mein Handy mich, dass ich eine Mail bekommen habe. An einer Tankstelle mache ich halt und parke im Schatten neben einem Truck.

Dann öffne ich mein Mail-Programm.

Von: contact@ethandelphy.com
An: Maya Maas
Betreff: RE: Kontaktdaten benötigt

Liebe Maya,
vielen Dank für deine Nachricht. Wir freuen uns immer, wenn Ethan Delphys Leser*innen Kontakt zu uns aufnehmen, weil wir wissen, wie viel Wert er darauf legt, von seinen Fans zu hören. Es tut mir leid, dir mitteilen zu müssen, dass wir deiner Bitte nach Informationen nicht nachkommen können. Die In-

spirationsquellen des Autors und die Namen der seinen Charakteren zugrunde liegenden Personen dürfen wir nicht weitergeben.
Ich wünsche dir ein schönes Wochenende und danke dir, dass du Fan von Ethan Delphy bist!
Nikky Hurlock
PR/PA

Fan? Ich bin kein Fan! Was an meiner Nachricht hat sie auf den Gedanken gebracht, ich wäre ein Fan? Und dieser Typ ist nicht James Patterson oder Danielle Steel, dass er eine PR/PA-Managerin seine Mails beantworten lässt.

Ich schreibe zurück:

Könnte ich direkt mit Mr. Delphy sprechen? Seine Antwort lautet vielleicht anders, wenn ich ihm alle Details erzähle.

Dann hole ich mir an der Tankstelle einen Kaffee und setze mich ein paar Minuten auf dem Parkplatz in die Sonne, bevor ich weiterfahre. Wenn sie Nein sagt, könnte ich es über Social Media versuchen. Welche Möglichkeiten habe ich sonst noch? Ihn stalken?

Zehn Minuten später, als ich gerade aufbrechen will, piept mein Handy. Eine neue Mail.

Demnächst startet die Lesereise für *June After Midnight*. Wenn einer dieser Veranstaltungsorte für dich erreichbar ist (siehe Anhang), kannst du natürlich gerne vorbeikommen und Hallo sagen. Ethan ist ein netter, aufgeschlossener Mensch, der sich immer Zeit nimmt, sich mit seinen Leser*innen zu unterhalten.
Nikky

Ein netter, aufgeschlossener Mensch? Ja, klar. Wenn du meinst.

Angehängt ist der Tour-Flyer. Danke, das ist nicht hilfreich. Den habe ich schon, und ich will nicht warten, bis das Buch erschienen ist, um mit ihm zu reden. Ich warte schon ein Jahr darauf, endlich zu erfahren, was damals in Carmel passiert ist. Das ist lange genug.

»Ich habe eine Antwort«, sage ich, sobald Alisa abnimmt.

»Was hat er gesagt? Hast du Max' richtigen Namen rausgefunden? Und seine Adresse?«

»Nein. Delphy hat meine Nachricht nicht mal selbst beantwortet, sondern es eine Assistentin erledigen lassen.«

»Okay, und was hat sie gesagt?«

»Die Informationen sind vertraulich, und ich soll zu einer Autogrammstunde kommen, wenn ich mit ihm reden will.«

»Das habe ich befürchtet. Tut mir leid, Maya. Also, wirst du hinfahren?«

»Die erste ist am 17. Juni. Bis dahin halte ich es nicht aus.«

»In der Zwischenzeit kriegen wir hoffentlich das Buch an Land, damit kannst du dich ablenken.«

Ich halte einen Moment inne. Tausend Gedanken gehen mir durch den Kopf. »Ich frage mich ...«

»Ja?«

»Meinst du, es wäre völlig irrsinnig, wenn ich hinfahre?«

»Zu der Buchpräsentation?«

»Nein. Jetzt gleich. Er wohnt in Carmel, richtig? Wie schwer kann es schon sein, ihn zu finden?«

Schweigen.

»Du findest die Idee irre, oder?«

»Ein bisschen schon, ja. Andererseits weiß ich, wie viel dir das bedeutet, und aus dieser Perspektive ist dein Vorhaben deutlich weniger irre. Du redest schon seit einem Jahr pausenlos von diesem Tag. Die meisten Leute kommen viel schneller über so etwas hinweg. Die Tatsache, dass er dir immer noch so wichtig ist, und jetzt dieses Buch … Vielleicht ist das ein Zeichen.«

»Genau das dachte ich auch. Da mache ich endlich mit David Schluss und zack! Am selben Tag erfahre ich von diesem Buch.«

»Moment mal – was hast du gerade gesagt? Du hast mit David Schluss gemacht? Wann denn? Wieso erfahre ich das erst jetzt?«

»Wow, ach ja, das hab ich dir noch gar nicht erzählt. Bei der ganzen Aufregung um Ethan Delphy hab ich das ganz …«

»Was ist passiert?«

»Er hat mir sozusagen einen Heiratsantrag gemacht. Auf seine eigene Art.«

»Ironie des Schicksals, was? Ich hätte nie gedacht, dass ein Antrag nötig sein würde, damit du ihn endlich abservierst. Alles okay mit dir?«, fragt sie.

»Ja. Mir geht's gut.«

»Aber wo wirst du wohnen?«

»Ich finde schon was. Gerade bin ich an einer Tankstelle zwischen New York und Connecticut, auf dem Weg nach Hartford – ich wollte ein paar Tage zu meiner Mom. Aber jetzt …«

»Jetzt nimmst du die nächste Ausfahrt nach New York, dann die zum JFK Airport, und damit hat es sich.«

Ich stoße einen tiefen Seufzer aus.

»Ich weiß, dass du die Dinge gerade überanalysierst, weil du das immer machst. Aber hör auf damit. Tu es einfach. Alles ist besser, als nie die Wahrheit zu erfahren, oder? Selbst wenn die Antworten nicht so ausfallen, wie du sie dir erhoffst. Dann kannst du wenigstens mit der Sache abschließen.«

»Ja, du hast ja recht. Aber die Aussicht auf ein Treffen mit ihm macht mich einfach furchtbar nervös. Was, wenn sich herausstellt, dass er nicht aufgetaucht ist, weil ihm der Tag damals einfach nichts bedeutet hat?«

»Maya, er hat die Geschichte einem Typen erzählt, der ein Buch daraus gemacht hat. Das zeigt doch wohl, wie viel es ihm bedeutet. Ich muss wirklich zusehen, dass ich ein Leseexemplar in die Finger kriege. Oder zwei, schließlich will ich es auch lesen. Ich versuche es noch bei einer anderen Lektorin. Hoffentlich mailen sie es uns als PDF, aber schick mir für alle Fälle die Adresse deines Hotels, wenn du in Kalifornien bist, ja?«

»Okay«, sage ich.

»Und schreib mir oder ruf mich an. Ich will wissen, wie es läuft.«

»Klar, auf jeden Fall.«

»Viel Glück. Und hör auf, dir Sorgen zu machen.«

21

Bevor ich weiterfahre, rufe ich noch Janice an, aber wie üblich lässt sie mich nicht mal zu Wort kommen.

»Ich wollte dich gerade anrufen. Hast du Pläne für morgen früh?«, fragt sie. »Andy ist beschäftigt, ich bin übers Wochenende weg, und Debbie ist krank. Du musst für mich nach Long Island fahren.«

»Ich bin auf dem Weg nach Hartford«, entgegne ich, in der Hoffnung, dass sie jemand anderen suchen wird.

»Gut, das ist nicht weit weg. Kannst du nicht einfach rüberfahren? Dauert höchstens eine Stunde. Rein und raus.«

»Tut mir leid, ich hab schon was vor.«

»Maya, haben wir nicht erst neulich darüber gesprochen?«

Ja, bestimmt. Jedes Mal, wenn ich irgendetwas vorhatte, musste ich erst Janice um Erlaubnis fragen. Wenn ich meine Mutter zum Geburtstag besuchen, zur Hochzeit einer Freundin fahren, ja sogar, wenn ich sonntags mal ausschlafen wollte.

»Ich maile dir die Einzelheiten«, sagt sie jetzt.

»Janice, warte …« Ich zögere. »Ich kann dieses Wochenende nicht nach Long Island fahren, deshalb rufe ich an. Ich muss ein paar Tage freinehmen – vielleicht eine ganze Woche. David und ich haben uns …«

»Wer?«

»David. Mein Freund.«

Als hätte ich seinen Namen in den letzten fünf Jahren nicht Hunderte Male erwähnt …

»Wir haben uns getrennt, und ich kann nicht in New York bleiben, weil ich keine Wohnung mehr habe.«

»Warum erzählst du mir das? Ich werde dich nicht aufnehmen«, sagt sie und lacht.

»Ich wollte dir nur mitteilen, dass ich fürs Erste bei meiner Mutter in Hartford unterkommen werde. Von dort kann ich nicht täglich nach New York fahren, also muss ich ein paar Tage freinehmen. Außerdem hatte ich seit vier Jahren keinen Urlaub mehr.«

»Du kannst hinziehen, wo du willst. Wenn du jeden Tag die über hundert Meilen von Connecticut nach New York pendeln willst, halte ich dich bestimmt nicht davon ab.«

»Darum geht es mir doch gerade. Das kann ich nicht.«

Wenn sie jetzt schon angesichts meiner Notlage so aggressiv wird, wie hätte sie dann erst reagiert, wenn ich ihr erzählt hätte, dass ich nach Kalifornien will, um mich mit einem Mann zu treffen? Diese Frau ist wirklich ein Fall für sich.

»Was denkst du denn, was das hier ist? Ein Callcenter?«

»Nein, das denke ich nicht. Ich brauche nur eine Woche Urlaub.« Meine Stimme stockt.

»Dir fehlt anscheinend jede Spur von Respekt. Ich habe dir eine zweite Chance gegeben, obwohl mir alle gesagt haben, dass das ein Fehler ist. Und jetzt beweist du, dass sie recht hatten – du hast mein Mitleid überhaupt nicht verdient.«

Jeder Mensch hat seine Grenzen. Wenn sie überschritten werden, vergisst du, dass du ein Feigling bist. Du vergisst, dass das, was du tust, Konsequenzen nach sich zieht, dass du keinen Plan B parat hast und dass dich deine Entscheidung womöglich teuer zu stehen kommt.

»Ich arbeite mehr als irgendjemand sonst. Ich bin als Erste da und gehe als Letzte. Ich schreibe die meisten Artikel, und ich verdiene am wenigsten«, stoße ich hervor und beiße die Zähne zusammen, unsicher, ob ich es tue, um nicht zu schreien oder um nicht zu weinen.

»Hör auf zu jammern. Wir alle arbeiten hart. Fahr nach Long Island, und wir sehen uns morgen.«

»Nein!«

»Nein?«

»Nein.«

»Willst du gefeuert werden?«

»Wer wird die ganze Arbeit erledigen, wenn du mich feuerst?«

»Du bist eine undankbare Göre. Ich sollte dich feuern.«

»Das kannst du nicht, weil ich kündige!«

»Was?«

»Du hast mich genau gehört. Das hätte ich schon längst tun sollen.«

Wortlos legt sie auf.

22

Plötzlich trifft es mich wie ein Schlag. Ich habe David verlassen. Ich habe meinen Job gekündigt. Ich werde endlich erfahren, wer Max ist. Seit heute Morgen ist in meinem Leben kein Stein mehr auf dem anderen. Schon wieder. Fast genau ein Jahr nach dem Tag in Carmel, der mein Leben verändert hat, taucht etwas auf, das mit Carmel zusammenhängt, und fegt durch mein Leben wie ein Wirbelsturm. Es ist, als würde sich ein Kreis schließen.

Ich bin allein und arbeitslos, habe kaum Geld auf dem Konto, so gut wie keine Zukunftsaussichten und jage einem Mann nach, der allem Anschein nach nichts mit mir zu tun haben will. Reichlich irre, oder?

Einen Moment überlege ich, zurückzufahren, den Brief an David zu zerreißen und einfach so zu tun, als wäre nichts passiert. Doch der Moment geht vorbei. Ich habe das Richtige getan. Für uns beide. Genauso richtig war es, Janice zu kündigen. Dass ich jetzt zum Flughafen fahre, ist richtig. Ich muss das tun. Ich MUSS einfach. Für mich selbst. Für das letzte Jahr und all die schlaflosen Nächte. Für das, was ich an jenem Tag und seither empfunden habe.

Ich zögere erneut, als ich an einer UPS-Versandstelle halte, um meine Bücherkisten nach Hartford zu schicken. Das kostet mich ein Vermögen. Nicht der beste Zeitpunkt, um einen Haufen Geld auszugeben.

Ich zögere, bevor ich an den Schalter trete und ein One-Way-Ticket – das billigste, das ich so kurzfristig kriegen konnte – mit zwei Zwischenlandungen nach San Francisco buche.

Ich zögere noch einmal, bevor ich meine Mutter anrufe und ihr von der Planänderung erzähle.

»Sorry, Mom, ich kann dieses Wochenende leider doch nicht nach Hause kommen. Ich bin auf dem Weg zum Flughafen.«

»Zum Flughafen? Wo willst du hin?«

»Kalifornien«, sage ich. »Um mich mit …«

Ich will sagen, dass ich mich mit Freunden treffe, aber ich hasse es zu lügen. Ich hasse es! Also nehme ich all meinen Mut zusammen und sage ihr die Wahrheit.

»Nur damit ich das richtig verstehe: Du fährst nach Kalifornien, um einen Mann zu finden, mit dem du einen Tag verbracht hast, ohne mit ihm zu reden oder ihn zu sehen, und das, während du noch mit David zusammen warst?«

»So in etwa. Es ist kompliziert.«

»Maya, er könnte ein Psychopath sein. Das ist dir doch klar, oder?«

»Er ist kein Psychopath. Mom, bitte hab ein bisschen mehr Vertrauen in mich.«

»Schatz, deine Entscheidungen, wenn es um Männer geht, sind nicht gerade …«

»Diesmal ist es anders.«

»Warum?«

»Weil ich glaube, dass ich keinen meiner bisherigen Freunde geliebt habe. Anfangs vielleicht, aber dann wusste ich ziemlich schnell, dass es nicht funktioniert.«

»Und du glaubst, du liebst diesen Mann, den du überhaupt nicht kennst?«

»Ich weiß es nicht. Aber ich schulde es mir, ihn wenigstens zu treffen und mit ihm zu reden.«

»Schatz, warum kommst du nicht her, verbringst das Wochenende hier, und wir reden darüber? Machst du das wegen

David? So eine übereilte Entscheidung sieht dir gar nicht ähnlich.«

Das ist gut. Das Ich, das sie kennt, hat sein Leben lang nur beschissene Entscheidungen getroffen. Diese Version von mir tausche ich gerne aus.

Obwohl ich Mom sage, dass ich mir sicher bin, zögere ich noch mehrmals.

Doch eine Stunde später sitze ich im Flugzeug, sehe mein Spiegelbild in dem kleinen, runden Fenster, das breite Grinsen in meinem Gesicht und bin stolz auf mich. Ich komme mir verwegen vor, mutig. Ich gehe ein Risiko ein. Zumindest für diesen einen Moment, so kurz er auch sein mag, gibt es für mich kein Zögern mehr, und vor mir liegt eine neue, aufregende Welt voller Möglichkeiten.

So frei habe ich mich nicht mehr gefühlt, seit ich vor einem Jahr mit unbekanntem Ziel in den Bus gestiegen bin. Einfach frei!

23

Es ist Montagnachmittag, als ich in San Francisco lande. Ich schalte mein Handy wieder ein und sehe als Erstes zwei verpasste Anrufe von David und zwei Mailbox-Nachrichten. Kurzentschlossen lösche ich sie – wenn ich nicht mit ihm rede, wird er schneller darüber hinwegkommen. Außerdem ist die Trennung noch zu frisch, und ich mache mir Sorgen, dass ich einknicke, wenn ich jetzt antworte.

Ich lade meinen Koffer auf einen Gepäckwagen und gehe zum Ausgang des Terminals. Alles wirkt so vertraut. Als ich zum letzten Mal hier war, nahmen die Dinge eine überraschende Wendung, dieses Mal ist es umgekehrt: Zuerst hat sich mein Leben unerwartet verändert, und das hat mich hierher zurückgeführt.

Vor dem Flughafengebäude stehen so viele Lyfts, dass ich unweigerlich an Max denke und mich frage: Was wäre, wenn? Natürlich ist mir klar, was für ein Riesenzufall das wäre. Ich bin versucht, ein Lyft nach Carmel zu nehmen, doch als ich die App öffne und sehe, wie viel es kosten würde, überlege ich es mir anders. Die Wahrscheinlichkeit, dass Max mein Fahrer wäre, beträgt 0,01 Prozent, und dafür kann ich nicht Geld ausgeben, das ich nicht habe. In den letzten vierundzwanzig Stunden bin ich genug Risiken eingegangen und habe schon ein paar Hundert Dollar meines sehr knappen Budgets ausgegeben – und »knapp« ist noch milde ausgedrückt. Ich muss mir mein Geld gut einteilen, um mir Unterkunft und Verpflegung leisten zu können und noch genug für den Rückflug nach New York übrig zu haben.

So entscheide ich mich für den Bus. Denselben wie letztes Jahr.

Diesmal kommt mir die dreistündige Fahrt nach Carmel unfassbar lang vor. Ich sehe aus dem Fenster, und mir wird klar, wie anders dieses Mal alles ist. Ich fühle mich allein. Damals habe ich mich keine Sekunde allein gefühlt, weil Max da war – wer weiß, wo genau – und mir alle paar Minuten eine Nachricht schickte, mich zum Lachen brachte und sich mir ganz langsam immer mehr öffnete.

Dass ich so kurz vor meinem Geburtstag hier bin, fühlt sich surreal an. Vielleicht passieren manche Sachen wirklich auf ihrer eigenen Zeitlinie und folgen ihren eigenen Regeln, die ich nicht wirklich verstehe.

Ich hole mein Notizbuch heraus, schlage es auf und klappe es wieder zu. Abgesehen von den Artikeln für die Redaktion und meinem Manuskript habe ich letztes Jahr nichts geschrieben. Jedes Mal, wenn ich jemanden sah, der ein Charakter in einer meiner Geschichten hätte sein können, war mein nächster Gedanke: »Daraus wird ohnehin nichts, also warum sollte ich mir die Mühe machen?«

Drei Viertel der Fahrt bin ich halbwegs ruhig, doch als es dunkel wird und wir uns Carmel nähern, beschleicht mich wieder diese Unruhe, die ich schon gespürt habe, als ich mit Alisa telefonierte. Diese Mischung aus Fassungslosigkeit und Sorge. Max ist für mich »derjenige, der es eigentlich hätte sein sollen, aber verschwunden ist«. Wieder hier zu sein, so nahe bei ihm, und ihn – hoffentlich – endlich zu treffen, fühlt sich an, als würde ich eine dieser ungeschriebenen Regeln brechen. Nämlich die, die besagt, dass man von so einem die Finger lassen muss. Denn er wird ja nicht ohne Grund verschwunden sein. Und es verstößt auch noch gegen einen anderen meiner Grundsätze: »Was passieren soll, wird passieren, ganz gleich, was du tust.« Aber wenn ich nicht in Carmel aussteige und nach ihm suche, wird es nicht passieren. Ich fasse es nicht, dass ich so hin- und hergerissen bin. Wo ist die Zuversicht geblieben, die ich noch im Flugzeug hatte? Was ist aus der mutigen Maya geworden? Plötzlich bin ich wieder das reinste Nervenbündel.

»Nächster Halt: Carmel-by-the-Sea«, verkündet der Fahrer.

»Möchte jemand in Carmel aussteigen?« Im Rückspiegel lässt er den Blick über die Passagiere wandern. Es sind nicht mehr viele übrig, sechs oder so.

Ich hebe die Hand.

24

Die Pension zu finden fällt mir so leicht, als wäre ich schon hundertmal dort gewesen. Ein schönes Gefühl, hier zu sein und alles als so vertraut zu empfinden. Normalerweise baue ich nicht so schnell eine emotionale Verbindung zu einem Ort auf – oder zu einem Menschen –, aber diese Stadt hat einen tiefen Eindruck hinterlassen. Vielleicht das Abenteuer, das fast magische, märchenhafte Gefühl an jenem Tag, vielleicht die unvergessliche Schönheit und Ruhe, die freundlichen Leute, das Meer, die Hoffnung auf ein Leben, von dem ich gar nicht wusste, wie sehr ich mich danach sehnte.

»Guten Abend«, sagt die Frau an der Rezeption, als ich mein Gepäck abstelle. Hoffentlich ist ein Zimmer für mich frei. Schließlich ist Carmel eine Stadt am Meer, und wenn hier auch nur annähernd das Gleiche gilt wie für Cape Cod oder Newport an der Ostküste, dann ist sie im Sommer sicher sehr beliebt.

Ich werfe einen Blick auf die Preisliste an der Wand. Drei Nächte kann ich mir leisten; vier, wenn ich aufs Essen verzichte. Das müsste reichen – mehr Zeit werde ich vermutlich nicht benötigen.

»Guten Abend. Ich hätte gern ein Zimmer für drei Nächte, vielleicht auch mehr; das werde ich aber erst morgen mit Sicherheit sagen können.«

»Da habe ich gute und schlechte Nachrichten«, sagt sie. »Es gibt zwar ein freies Zimmer, aber nur für zwei Nächte. Übermorgen kommen zwei große Touristengruppen an. Der Wahnsinn hat am Memorial Day begonnen und wird erst am Labor Day aufhören.«

Nicht unbedingt das, was ich hören wollte, aber wenigstens habe ich jetzt einen Platz zum Schlafen. Morgen muss ich mich in der Stadt umsehen und was anderes finden.

»Geht in Ordnung«, sage ich. »Ich nehme es.«

Ich gebe ihr meinen Pass und meine Kreditkarte und bekomme meinen Zimmerschlüssel. Zimmer Nummer sieben.

»Machen Sie hier Urlaub?«, fragt die Rezeptionistin. »Treffen Sie sich hier mit jemandem?«

»Nein. Ich bin allein unterwegs.«

Ich rede nicht sonderlich gern mit Fremden. Ich versuche, nicht unfreundlich oder überheblich rüberzukommen, aber so bin ich einfach. Weil es mir schwerfällt, mich Leuten zu öffnen, lasse ich diejenigen, zu denen ich Vertrauen gefasst habe, auch nicht so schnell wieder los. Wenn ich es mir recht überlege, ist das wohl ziemlich seltsam, angesichts des Jobs, den ich die letzten fünf Jahre gemacht habe. Als Journalistin muss man mit einer Menge Leute reden. Aber das ist nur ein Job, nicht das wahre Leben.

Das war eine der zahlreichen Überraschungen, als ich letztes Jahr hier war. Wie schnell ich mich daran gewöhnte, den ganzen Tag mit Fremden zu reden und mich dabei auch noch wohlzufühlen. Fast, als hätte jemand anderes Besitz von meinem Körper ergriffen. Oder als hätte ich sämtliche Unsicherheiten und Hemmungen am Flughafen zurückgelassen.

Am verblüffendsten war, wie schnell ich Vertrauen zu Max gefasst hatte und mit ihm über Gott und die Welt redete. Wie leicht es war, mich ihm zu öffnen. Vielleicht lag es daran, dass wir uns nur geschrieben haben. Unwahrscheinlich, dass ich im echten Leben so offen mit ihm geflirtet hätte.

Darüber habe ich oft nachgedacht und mich gefragt, ob ich es wirklich durchgezogen hätte, mich mit ihm zu treffen, wenn David nicht aufgetaucht wäre. Vielleicht hätte ich im letzten Moment doch gekniffen, mich irgendwo versteckt, die Lage gepeilt und mich dann schnell aus dem Staub gemacht. Ich weiß es nicht. Mein Verhalten an jenem Tag war so untypisch für mich, dass ich es immer noch nicht mit Sicherheit sagen kann. Und was mir alles hätte passieren können … aber ich habe nur die Aufregung, das Abenteuer gesehen. Wie glücklich ich war. Die Umgebung und meine wachsende Faszination für Max waren so überwältigend, dass ich die Schutzmauern, hinter denen ich mich für gewöhnlich verbarrikadiere, gar nicht brauchte – obwohl ich mich allein an einem fremden Ort befand. Vielleicht lag es daran, dass ich mich noch nie auf Anhieb mit jemandem so gut verstanden habe, mit jemandem, der auch noch einen ganz ähnlichen Sinn für Humor hatte wie ich, der aufrichtig nett und einfach genau richtig für mich zu sein schien. Noch nie habe ich nach so kurzer Zeit so viel für einen Menschen empfunden.

Und schaut mich jetzt an, ein Jahr später. Allein der Gedanke, ihm gegenüberzustehen, lässt mein Herz schneller schlagen, meine Hände werden schwitzig, und mein Magen schlägt Purzelbäume. Ich kann immer noch nicht glauben, dass ich ihn womöglich ganz bald treffen könnte.

Es ist zu spät, um jetzt noch mit meiner Suche anzufangen, also frage ich die Frau an der Rezeption, die sich inzwischen als Susan vorgestellt hat, ob es in der Pension auch etwas zu essen gibt. »Ein Sandwich oder eine Suppe würde völlig reichen«, sage ich, und sie teilt mir mit, dass es mehrere Optionen gibt, wenn ich mich beeile. »Die Küche schließt in einer halben Stunde.«

Ich sitze allein in einem kleinen Speiseraum mit einem schönen Blick auf den Garten der Pension, und zehn Minuten später bringt mir Susan einen gemischten Salat, den ich in Windeseile verdrücke.

Morgen ist ein großer Tag, und ich muss duschen und mich ordentlich ausschlafen.

Vorher schreibe ich noch meiner Mom, dass ich gut angekommen bin und wir wie üblich am Samstag telefonieren. Gegen elf Uhr rufe ich Alisa an.

»Bisher läuft alles nach Plan. Bin gut angekommen und habe ein Zimmer in einer Pension.«

»Super. Ich wollte dich gerade anrufen. Wie war der Flug? Du klingst müde.«

»Bin ich auch. Total erschöpft. Gibt es Neuigkeiten?«

»Nein, hier ist es erst sieben Uhr morgens«, erklärt sie. »Die Woche fängt gerade erst an.«

Ach, stimmt ja. Die Zeitdifferenz vergesse ich immer. »Halt mich auf dem Laufenden, ja?«

»Klar, mache ich. Du mich auch, okay?«

»Versprochen.«

25

4. Juni

»Guten Morgen«, sagt Susan mit einem strahlenden Lächeln, das mich sofort dazu bringt, es zu erwidern. Was soll ich sagen? Wir sind in Carmel – selbst wenn du nicht lächeln willst, lächelst du. Das ist wie ein Reflex.

Susan ist Mitte fünfzig und trägt Shorts, ein ärmelloses Shirt mit goldenen Pailletten und Flipflops. Ob wohl jeder in Carmel so lässig drauf ist? Nach allem, woran ich mich erinnere, scheint es mir so. Hier würde ich gerne leben. Moment, was rede ich denn da? Ich bin nur für ein paar Tage hergekommen.

»Möchten Sie hier frühstücken?«, fragt Susan.

»Nur einen Kaffee, danke. Ich muss bald los.«

»Soll ich Ihnen ein Lyft rufen oder benutzen Sie dieses Handy-Dingens? Mein Sohn ist dort angemeldet.«

»Lyft?«, frage ich und schlucke schwer.

»Ja, genau! Komischer Name.«

Die Idee, ein Lyft zu nehmen, lässt mein Herz schneller schlagen. Das ging mir selbst in New York so, obwohl das völlig idiotisch war. Ich hoffe, diese Qual hat bald ein Ende, damit ich nicht jedes Mal nervös werde, wenn ich einen Lyft-Fahrer sehe oder jemand auch nur das Thema aufbringt.

»Nein, schon gut, vielen Dank. Ich gehe zu Fuß.«

»In Ordnung. Aber dann lassen Sie mich Ihnen wenigstens etwas zu essen bringen«, sagt Susan und lächelt wieder.

Sie bringt mir nicht nur eine Tasse leckeren, starken Kaffee, sondern auch noch einen großen Teller überbackene Mini-

Sandwiches mit Käse und Schinken und etwas Obst. Ich sehe wohl aus, als könnte ich eine ordentliche Mahlzeit vertragen. Um ehrlich zu sein, habe ich in letzter Zeit ziemlich Gewicht verloren und hatte von vornherein nicht allzu viel.

Während ich esse, ruft schon wieder David an, aber ich gehe nicht ran. Wenn er mich doch in Ruhe lassen würde! Ich habe gute Laune und bin zuversichtlich, dass ich Max bald finden werde – da will ich mir von nichts und niemandem die Stimmung verderben lassen.

Eine halbe Stunde später stehe ich vor einem Buchladen. Das war mein erster Gedanke, als ich anfing, einen Schlachtplan für die Suche nach Ethan Delphy auszuhecken. Wenn er so berühmt ist und hier wohnt, müssen die Buchhändler doch wissen, wo ich ihn finde.

Ich gehe zu den Liebesromanen, kann jedoch keines seiner Bücher finden.

»Entschuldigen Sie«, sage ich zu der Verkäuferin, »haben Sie vielleicht die Romane von Ethan Delphy?«

Wenn ich seine Bücher gekauft habe, werde ich einfach so tun, als wäre ich an einem Autogramm interessiert. Oder so. Ich weiß es noch nicht genau, dieser Teil meines Plans ist noch nicht ausgereift.

Die Frau grinst. »Ethan, natürlich«, sagt sie und geht zu den Bestsellern. »Hier sind alle drei, und wir zählen schon die Tage bis zum vierten.«

Ihr ist deutlich anzumerken, wie begeistert sie ist. »Er ist ein großer Star hier in der Gegend. Selbstverständlich nicht nur hier, aber wir sind extra-überglücklich, weil er einer von uns ist.«

Extra-überglücklich – ach du meine Güte. Diese Frau ist über sechzig, also muss sie ihn schon von Kindesbeinen an kennen. Kein Wunder, dass sie stolz und überschwänglich ist wie Mama Bär persönlich. Carmel ist so groß wie ein einziger Straßenblock in New York – okay, das ist vielleicht übertrieben, aber der Ort ist wirklich sehr klein. Hier kennen sich bestimmt alle.

»Er ist so ein netter, bescheidener junger Mann. Der Erfolg ist ihm nicht zu Kopf gestiegen.«

Ich gebe mir alle Mühe, weiter so zu tun, als wäre ich ein Fan, und keine Miene zu verziehen.

Als ich alle drei Bücher bezahlt habe, bietet die Buchhändlerin mir noch an, den neuen Roman für mich vorzubestellen, wenn ich das möchte.

Natürlich habe ich fest vor, das Buch schon vor dem 17. Juni zu lesen, aber so kann ich ihr mein Interesse noch deutlicher zeigen.

»O ja, natürlich, sehr gern.«

Sie notiert meine Daten, doch als wir zu meiner Postadresse kommen, halte ich inne, denn ich habe ja keine. »Kann ich es auch einfach abholen, sobald es vorrätig ist?«

Nicht, dass ich am 17. Juni noch hier sein werde … Na ja, wer weiß, aber ich bezweifle es stark. Was sollte ich zwei Wochen in Carmel machen? Ich habe nicht genug Geld, um so lange in Kalifornien zu bleiben, so viel steht fest. Ich habe gerade genug für fünf bis allerhöchstens sechs Nächte in einer Pension, und wenn ich noch die Ausgaben fürs Essen und so weiter dazurechne, nicht einmal das. Womöglich hätte ich das Ganze besser planen müssen.

»Tut mir leid, ich dachte, Sie wären Touristin. Ich habe Sie hier noch nie gesehen. Das ändert alles. Wussten Sie, dass Ethan zum Auftakt seiner Lesereise in unserem Buchladen eine Lesung macht?«

»Ach ja?«

Dass Carmel der Startpunkt seiner Lesereise ist, wusste ich wohl, aber nicht, dass die Lesung in genau diesem Buchladen stattfindet. Allerdings gibt es in der ganzen Stadt auch nur zwei Buchhandlungen, also stand die Chance, die richtige zu erwischen, fünfzig zu fünfzig.

»Ja. Die erste Lesung macht er immer in seinem Heimatort. Sie müssen unbedingt kommen, dann können Sie sich das Buch auch signieren und sich vielleicht mit Ethan fotografieren lassen. Er ist so nett. Er macht Fotos mit all seinen Fans.«

»Ich würde sein Buch am liebsten schon früher lesen, ich bin ganz aufgeregt«, sage ich, um die Lage zu peilen.

»Das Warten lohnt sich, das können Sie mir ruhig glauben. Ich hab es gelesen.« Sie zwinkert mir zu. »Sein bestes Buch bisher. Wirklich wundervoll.«

»Sie haben es schon gelesen? Könnte ich mir Ihr Exemplar ausleihen? Ich bezahle es natürlich.«

Die Frau lacht leise. »Nein, tut mir leid. Das ist nur für – Sie wissen schon – Buchhändler und ausgewählte Leute. Ein Leseexemplar – und absolut fantastisch«, fügt sie mit leuchtenden Augen hinzu.

Ausgewählte Leute. *Ich* sollte zu diesen ausgewählten Leuten gehören, es ist meine Geschichte!

»Sie sollten definitiv zum Signieren kommen. Am 17. Juni. Ist ja nicht mehr so lange. Sie müssen sich online anmelden, aber vielleicht haben wir noch einen Platz frei«, sagt sie, obwohl ich durch nichts zu verstehen gegeben habe, dass ich kommen möchte. Ich will ihn jetzt treffen. Jetzt sofort. Und das Buch auf der Stelle lesen.

»Es ist eine sehr, sehr lange Liste«, erklärt sie, während sie auf ihrem Computer nachschaut.

Ich versuche, nicht die Augen zu verdrehen, als ich mir die Heerscharen von Frauen vorstelle, die sich in den kleinen

Buchladen drängen werden, um sich das ohne Zweifel hochtrabende Geschwafel von Ethan Delphy anzuhören. Sein Foto ist auf der Rückseite aller drei Bücher zu bewundern. Das Foto, auf dem er aussieht wie Steve Jobs. Ich unterdrücke ein Lachen.

Die Verkäuferin nickt. »Sie haben Glück; wir haben noch ein paar Plätze frei. Dann werde ich Ihren Namen mal auf die Liste setzen.«

»Danke«, sage ich lächelnd.

»Wunderbar, dann sehen wir uns am 17. Juni«, sagt die Frau und will sich dem nächsten Kunden zuwenden.

»Sie sagten, Ethan Delphy wohnt in der Stadt?«, frage ich, die Unschuld in Person.

»Sie sind vor ein paar Jahren nach Florida gezogen. Aber er kommt öfters her, um seine Schwester zu besuchen und natürlich um seine Bücher vorzustellen«, erklärt sie mit einem stolzen Grinsen.

Ich runzle die Stirn. Was mache ich dann hier? Ich kann nicht bis zum 17. Juni hierbleiben. »Seine Schwester?«

»Ja, ihr gehört das Café an der Ecke Seventh und Dolores.«

Was für eine herbe Enttäuschung. Aber wenigstens habe ich eine Spur, der ich nachgehen kann.

Draußen vor dem Buchladen muss ich erst mal tief durchatmen. Ich war nie gut darin, Leute zu manipulieren, um an Informationen zu gelangen, und Janice hat mir sogar vorgeworfen, ich sei unfähig, von Politikern mehr als die einstudierten Standardsätze zu bekommen. Nimm das, Janice. Ich kann auch hinterlistig sein. Das ist wohl nichts, worauf man stolz sein sollte, aber wenigstens habe ich gezeigt, dass sich Janice geirrt hat.

Bis zu dem Café brauche ich zu Fuß zehn Minuten. Gut. Also habe ich genug Zeit, um den Kopf freizubekommen und meine Nerven zu beruhigen. Mir einen Plan zurechtzulegen. Beim Gedanken, noch jemanden manipulieren zu müssen, wird mir ganz anders. Die Vorstellung, Ethans Schwester auszunutzen, die bald die Wahrheit erfahren wird, ist zutiefst unangenehm. Hoffentlich bist du es wert, Ethan Delphy, und sagst mir, was ich wissen muss, denke ich und gehe los.

26

Unterwegs zum Café rufe ich Alisa an, doch sie geht nicht ans Telefon.

Also schicke ich ihr stattdessen eine Nachricht.

War im Buchladen. Schlechte Neuigkeiten. Delphy ist nicht hier, aber seine Schwester hat ein Café in der Stadt. Drück mir die Daumen. Und ruf mich zurück. Nein, schreib mir lieber. Für den Fall, dass ich nicht allein bin.

Ich stehe mitten auf der Kreuzung Seventh und Dolores, das Café direkt vor mir, und traue meinen Augen nicht. Café Azure. Es ist das Café Azure!

Max hatte mir zwei Orte zur Auswahl genannt, und ich habe mich für dieses hier entschieden, das der Schwester seines Freundes gehört. Echt jetzt? Was war die andere Option? Die Kneipe des Bruders seines Freundes? Seiner Mutter? Was, wenn er mich hierhergeführt hat, damit sie mich alle checken und sehen können, ob ich »es wert« bin? Der Gedanke gefällt mir ganz und gar nicht. Aber nein, so etwas würde Max nicht tun. Andererseits, woher soll ich wissen, was Max tun würde?

Das Café war sehr schön, das weiß ich noch, auch jetzt sind die Tische im Freien alle besetzt, und es sind mehr als beim letzten Mal. Obwohl ich immer noch keinen klaren Plan habe, gehe ich rein. Womöglich ist Ethans Schwester gar nicht da, und selbst wenn sie da ist, wie schaffe ich es, ihr unauffällig zu entlocken, wo ich ihren Bruder finde? Drinnen ist es noch voller als letztes Jahr, die Schlange zieht sich fast bis zur Tür.

Hinter dem Tresen steht eine Frau, die mir, genau wie das ganze Etablissement, bekannt vorkommt. Hat sie mich vielleicht beim letzten Mal bedient? Oder ich bin ihr in der Stadt begegnet. Ich war so auf mein Abenteuer und den Chat mit Max konzentriert, dass mein Gehirn alles außer ihm in eine große »Carmel«-Blase gepackt hat. Namen, Gesichter, Orte.

Es dauert fast zehn Minuten, bis ich endlich den Anfang der Schlange erreiche.

»Hi«, sage ich, mustere sie und bin immer noch unsicher, ob ich mich richtig erinnere.

»Hallo«, erwidert sie mit demselben Gesichtsausdruck, den ich vermutlich auch habe.

»Ich kenne dich«, sagt sie. »Nein, warte, sag es mir nicht.« Sie kneift die Augen zusammen.

»Ich war vor ziemlich genau einem Jahr hier. Vielleicht erinnerst du dich daran.«

Sie lächelt. »Die Pariserin«, ruft sie triumphierend. »Ja, genau. Ich kannte deinen Namen nicht, darum habe ich dich die Pariserin getauft. Du hattest so eine Aura, wie du da draußen an dem Tisch saßt«, erklärt sie und zeigt auf den Tisch, an dem ich letztes Jahr gefrühstückt habe.

»Dein Gedächtnis ist sensationell.«

»Du hast mich an mich selbst erinnert, als ich in Paris gewohnt habe.«

»Du hast in Paris gewohnt?«, frage ich mit einer Mischung von Bewunderung und Neid. »Das muss wundervoll gewesen sein. Nach Paris wollte ich schon immer mal.«

»Es lohnt sich, absolut. Ich hab dort ein Austauschsemester gemacht – kommt mir vor, als wäre es eine Ewigkeit her«, sagt sie mit einem kleinen Lächeln.

So schrecklich lange her kann es aber nicht sein, denn ich würde sie auf höchstens fünfundzwanzig oder sechsundzwanzig schätzen.

»Ich wäre gern länger geblieben, nicht bloß ein paar Monate«, seufzt sie, sichtlich nostalgisch geworden. »Aber schau bloß, wie ich dich hier zulabere. Was möchtest du bestellen …?« Sie hält inne.

»Maya«, stelle ich mich vor. »Obwohl mir ›Pariserin‹ auch gut gefällt.«

Sie lacht. »Maya. Wie schön, dem hübschen Gesicht einen Namen hinzufügen zu können. Danke, dass du wieder zu uns kommst.«

»Ich hätte gern einen Kaffee. Mit doppeltem Espresso und normaler Milch, bitte«, bestelle ich, dann wandert mein Blick von der Tafel über der Theke zur Kühlauslage rechts von mir, die mich stark in Versuchung führt. »Und kann ich bitte noch ein Sandwich mit Brie und Avocado haben?«

»Klar, gern«, sagt sie und blickt sich im Café um. »Schau mal, dort drüben ist gerade ein Tisch frei geworden. Ich räume ihn für dich ab.« Inzwischen stehen mindestens zehn Leute hinter mir.

Außer ihr scheint niemand hier zu arbeiten, was angesichts dessen, wie viel Betrieb hier herrscht, eigentlich verrückt ist. Ist Ethans Schwester ein Geizhals wie Ebenezer Scrooge? Offensichtlich lässt sie diese arme Frau jedenfalls alleine schuften. Das Café ist brechend voll. Ich bezweifle, dass eine einzelne Person diesen ganzen Wahnsinn bewältigen kann, ohne den Verstand zu verlieren oder zusammenzubrechen.

Ich höre ärgerliches Gemurmel hinter mir – offenbar sind die anderen Kunden nicht glücklich, dass sie einfach gegangen ist, um einen Tisch abzuräumen. Sie muss es auch gehört haben, denn sie dreht sich, während sie den Tisch abwischt, zu der Schlange um und sagt mit einem freundlichen Lächeln: »Dauert nur eine Minute. Danke für eure Geduld.«

Doch das Gemurmel hält an.

Es ist nicht das Gleiche, wie draußen in der Sonne zu sitzen und Passanten zu beobachten, aber ich genieße meinen Lunch und die Atmosphäre trotz der Menschenmassen. Gute Musik, ein Regal voller Bücher und eines voller Zeitungen und Zeitschriften. Ob es sich wohl immer wie Urlaub anfühlt, in Carmel zu wohnen, oder liegt das am Sommer und an den Touristen?

Mit ihren Bewohnern und ihrem künstlerischen Vibe fasziniert mich die Stadt genauso wie beim letzten Mal, und mir wird auf einmal klar, wie sehr ich sie vermisst habe.

Gedankenverloren blicke ich aus dem Fenster, als ich einen Mann auf der anderen Straßenseite parken und aus dem Auto steigen sehe. Mein Herz setzt einen Schlag aus. Ist das ein Lyft-Sticker an der Windschutzscheibe? Es überrascht mich nicht, dass ich hier in Carmel, wo Max wahrscheinlich wohnt und arbeitet, so reagiere, aber bei der Erinnerung, dass ich in New York genauso reagiert habe, zucke ich zusammen – wie peinlich … Ich lehne mich zur Seite, um besser sehen zu können. Es ist tatsächlich ein Lyft-Sticker. Der Mann überquert die Straße und kommt direkt auf das Café zu.

Ich erstarre.

Er ist ungefähr im richtigen Alter – zumindest glaube ich das. Mitte dreißig, schätze ich, gut aussehend. Nicht, dass das wesentlich wäre, aber er ist attraktiv. Jetzt steht er in der Schlange, und ich starre ihn ungeniert an. Nicht zu groß, durchschnittlich gebaut, was bedeutet, dass er nicht beim kleinsten Windstoß weggeweht wird, aber man ihn auch nicht jeden Tag im Fitnessstudio findet. Braun gebrannt, helle Haare. Sein Surfer-Look erinnert mich ein bisschen an David, aber da hören die Ähnlichkeiten auch schon auf.

Als er dran ist und etwas bestellt, starre ich ihn immer noch an und spitze die Ohren in der Hoffnung, seine Stimme zu hören. Würde ich ihn überhaupt an seiner Stimme erkennen? Ich weiß es nicht, und ich kann sowieso nichts hören; hier ist es viel zu laut.

Als er sich nach einem freien Tisch umschaut, will ich ihn packen und sagen: »Hey, du kannst dich zu mir setzen. Bist du Max?«

Unsere Blicke begegnen sich, und er sieht nicht weg. Ist er es? Hat er mich erkannt? Wie könnte er? Er weiß ja nicht, wie ich aussehe.

Ich stehe auf und will gerade zu ihm gehen und ihn einfach fragen – was noch ein ganzes Stück verrückter wäre, als nach Carmel zu fahren –, als er sich umdreht und geht. Und ehe ich weiß, wie mir geschieht, braust sein Auto davon.

27

Ich brauche einige Minuten, um die Fassung wiederzuerlangen. Keine Ahnung, warum, aber ich … ich dachte wirklich, er könnte es sein. Wie unglaublich wäre es, wenn ich ihm zufällig an meinem ersten Tag hier begegnen würde?

Aber ich weiß nicht, ob er es war, und ich kann mir das nicht jedes Mal antun, wenn ich einen Lyft-Fahrer sehe. Bestimmt gibt es in Carmel mehr als einen.

Von Celine fehlt bisher jede Spur, also muss ich mir einen Plan ausdenken. Schon wieder.

Nach einer Weile kehrt ein wenig Ruhe ein, und ich bahne mir einen Weg zum Presse-Regal, um zu sehen, ob sie lokale Zeitungen haben. Vielleicht steht darin ja etwas über ihn. Eine Veranstaltung, eine Lesung, was auch immer Autoren so machen. Eine Party, zu der ich uneingeladen aufkreuzen könnte. Ich lache leise in mich hinein. Woher kommen bloß all diese verrückten Gedanken?

Als ich die zweite Zeitung zuklappe, ohne in einer von ihnen etwas über Ethan Delphy erfahren zu haben, schaut die Kellnerin bei mir vorbei, um zu fragen, ob ich noch etwas brauche und ob mir das Essen geschmeckt hat.

Und gerade, als ich ihr antworten will, dass ich fertig bin, und noch überlege, ob ich nach der Besitzerin fragen soll und wie ich das am besten anstelle, höre ich einen Mann rufen: »Celine!«

Ruckartig blicke ich mich nach ihm um.

Die Kellnerin dreht sich ebenfalls um. »Einen Moment, Hugo!«, ruft sie, dann wendet sie sich mit einem strahlenden Lächeln wieder mir zu. »Die Pflicht ruft.«

Mir bleibt fast der Mund offen stehen. Das ist Celine, Ethans Zwillingsschwester. Mein Gott, für dreiunddreißig ist sie wirklich fantastisch in Form. Im Vergleich zu ihr sehe ich alt aus.

Letztes Jahr habe ich sie kennengelernt und hatte nicht die geringste Ahnung, wer sie ist. Witzig, wenn nicht sogar ein bisschen ironisch. Ich mustere sie und suche nach Ähnlichkeiten mit dem Mann auf dem Foto. Sie ist groß, schlank, hat hellbraune Haare mit blonden Highlights und bernsteinfarbene Augen. Sie ist sehr hübsch. Wahrscheinlich hat er auch braune Augen, und auf dem Foto sind seine Haare eindeutig braun. Also sehen sie sich wohl tatsächlich ähnlich.

Als ich langsam wieder zu Verstand komme, bleibt mir nur die Frage: Was jetzt? Soll ich sie nach ihrem Bruder fragen? Und wenn ja, wie? Wenn ich ihr die Wahrheit gestehe, könnte das gründlich schiefgehen. Wenn ich behaupte, ich wäre ein Fan, würde mich das nicht weiterbringen, weil sie bestimmt keine privaten Informationen über Ethan herausrücken würde. Sie scheint nett zu sein, ich will sie nicht anlügen, aber ich weiß auch nicht, was ich tun soll. Das hätte ich mir überlegen sollen, bevor ich hergekommen bin. Okay, ja, nachdem ich lange nichts spontan getan habe, tue ich jetzt alles spontan, aber das ist einfach ein bisschen dumm.

Ich texte Alisa und erzähle ihr, dass Ethans Schwester die Frau ist, die ich letztes Jahr im Café Azure kennengelernt habe. *Schicksal*, schreibt Alisa zurück.

Ja, klar. Verspätetes Schicksal, aber es zählt trotzdem.

Und, hast du irgendwas von ihr erfahren?

Ich weiß nicht, wie ich sie danach fragen soll.

Ich doch auch nicht, Miss »Ich bin auf geheimer Mission«. Ist die Schwester nett? Lass deinen Charme spielen.

Ja, weil ich ja so charmant bin …

Du kannst das. Hast du nicht selbst gesagt, dass du in Carmel ein anderer Mensch bist? Sei diese Person!

Ich habe seine anderen Bücher gekauft. Was, wenn ich eins auf den Tisch lege? Vielleicht sagt sie was dazu.

Da kannst du dich genauso gut als sein größter Fan ausgeben und sie um ein Autogramm anflehen.

Sehr hilfreich.

Ja, unbezahlbar. Jetzt geh und rede mit ihr.

Worüber soll ich mit ihr reden? Hey, wie geht's deinem Bruder? Schreibt er immer noch Bücher? Weißt du, wo ich ihn finden könnte? Es gibt da ein paar Sachen, über die ich mit ihm reden muss.

Nein, daraus wird nichts.

28

Gedankenverloren starre ich in die Ferne und versuche, mir etwas Besseres einfallen zu lassen, da sehe ich einen Zettel am Fenster hängen. Den hat sich der Mann also angesehen. Tja, meine Geschichte war besser.

Der Zettel hängt mit der beschriebenen Seite nach außen, sodass ich ihn rückwärts lesen muss.

Aushilfe gesucht: saisonale Beschäftigung, Juni bis August, flexible Arbeitszeiten von 8 bis 12 Uhr. Bei Interesse bitte im Café melden.

Okay. Okay. Das könnte ich versuchen. Vielleicht wäre das eine Möglichkeit. Auch nicht verrückter als meine anderen Ideen. Schließlich brauche ich Geld, es würde erklären, warum ich hier bin, und außerdem würde sie ihren Bruder bestimmt früher oder später erwähnen.

Celine wischt gerade den Tisch neben meinem sauber.

»Ich hab gesehen, dass ihr eine Aushilfe sucht«, sage ich und deute zum Fenster.

Sie nickt. »Bisher hatten wir leider kein Glück mit saisonalem Personal. Für ein paar Wochen hat ein Mädchen hier gearbeitet, aber es hat nicht geklappt.«

»Ich suche einen Job. Einen befristeten Job.«

»Wirklich?«, fragt sie, sichtlich überrascht.

»Ich bin eine Weile in der Stadt und muss ein bisschen Geld verdienen, während ich mich um ein paar persönliche Angelegenheiten kümmere«, erkläre ich und merke selbst, wie dubios das klingt. Aber es ist keine Lüge, ich sage nur nicht die ganze Wahrheit. Schließlich muss ich mich wirklich um persönliche Angelegenheiten kümmern, und ich brauche einen Job. »Ich könnte aushelfen, bis du jemand Besseres findest«, versuche ich, sie zu überzeugen, denn sie scheint zu zögern.

»Das ist nicht der Grund, warum ich nicht gleich Luftsprünge gemacht habe, als du gefragt hast«, sagt sie lächelnd. »Es ist nur so, dass normalerweise nur Studenten oder Weltenbummler Interesse zeigen. Natürlich würde ich mich über die Hilfe freuen, aber hast du Erfahrung mit der Arbeit in einem Café?«

Ich lächle unschuldig. »Im College hab ich bei Starbucks gearbeitet. Allerdings ist das so ziemlich alles.«

»Trotzdem mehr, als die meisten Bewerber bislang vorweisen konnten«, gibt sie lachend zurück. »Ehrlich gesagt brauche ich dringend Hilfe. Mein Bruder liegt mir schon seit Ewigkeiten in den Ohren, dass ich mir endlich jemanden suchen muss, aber es ist echt schwierig, in der Hochsaison qualifiziertes Personal zu finden. Ich würde es ja alleine machen, aber Memorial Day und Labor Day sind ziemlich brutal. Gutes Geschäft, aber allein eigentlich nicht zu bewältigen.«

Ich lächle. »Also, bin ich eingestellt?«

»Ja, definitiv. Wenn du willst.«

Am liebsten würde ich sie umarmen, aber stattdessen bedanke ich mich etwas zu überschwänglich.

»Die Bezahlung ist …« Sie hält inne. »Tut mir leid. Ich fürchte, du wirst entsetzt sein.«

»Warum sollte ich entsetzt sein?«

»25 Dollar die Stunde plus das gesamte Trinkgeld.«

»Das ist besser, als ich dachte«, sage ich wahrheitsgemäß. Ich stelle schnell ein paar Berechnungen an, das ist nur ein bisschen weniger, als ich bei meinem schicken Journalisten-

Job in New York verdient habe. Und dort gab es kein Trinkgeld.

»Schön zu hören.«

»Ich nehme an, es gibt eine Probezeit«, vermute ich.

»Nur ein paar Stunden. Bezahlt«, sagt sie. »Eine halbe Schicht. Und ich bin sicher, du wirst das super machen.«

Ihr Vertrauen tut mir gut. Ich bin mir da nicht so sicher wie sie, aber ich werde mein Bestes geben.

»Wann soll ich anfangen?«

»Jetzt? Also, ich meine heute? Oder morgen? Wann immer du willst.«

»Ich kann jetzt gleich anfangen.«

»Perfekt. Dann können wir die Probezeit noch heute Abend beenden. Wenn alles gut läuft – und da bin ich mir sicher –, weißt du schon, wie viele Stunden am Tag du arbeiten willst? Vier? Oder mehr?«

»Wie wär's, wenn ich so viele Stunden arbeite, wie du mich brauchst?«

NOCH habe ich keinen Grund, nicht den ganzen Tag hier zu sein. Wenn der Grund auftaucht – hoffentlich bald! –, werden wir noch mal darüber reden. Außerdem will ich sicherstellen, dass ich bei Celine gut angeschrieben bin.

Ihre Augen werden groß. »Wie könnte ich da Nein sagen? Sei vorsichtig, vielleicht nehme ich dein Angebot an und beschließe, dass ich dich von acht Uhr morgens bis Mitternacht brauche.«

Ich lache. »Kein Problem.«

Mein Job in New York war auch nicht anders. Zwar habe ich nicht sechzehn Stunden Kaffee gekocht, aber ich war genauso lange auf den Beinen, und das in einem Job, den ich nicht leiden konnte. Schlimmer ist es hier ganz bestimmt nicht.

Celine ist ganz aus dem Häuschen, und ich habe sofort ein noch schlechteres Gewissen. Sie ist so ein netter Mensch – ihr einziger Makel besteht darin, mit Ethan Delphy verwandt zu sein – und hat es nicht verdient, von mir derart ausgenutzt zu werden. Aber ich habe fest vor, mein Bestes zu geben, und hoffentlich wird sie bald jemanden finden, der den Rest des Sommers hier aushelfen kann.

Lächelnd und mit viel Geduld erklärt Celine mir alles, was ich wissen muss.

»Gibt es eine Uniform oder irgendetwas Bestimmtes, das ich anziehen soll?«

Sie grinst. »Sieh mich an. Denkst du, du brauchst eine Uniform?«

Sie trägt ein langes lila-grünes Batikkleid und dazu passende Sandalen. Celine und ganz Carmel erinnern mich an die Flower-Power-Bewegung und Scott McKenzies Song *San Francisco.* Ich spüre den Impuls, mir Blumen in die Haare zu stecken und auf der Straße zu tanzen. Was ist nur los mit mir?

»Ich brauche nur einen Ausweis und ein paar Infos für die Unterlagen, aber darum können wir uns später kümmern. Ist sowieso alles online. Das dürfte kein Problem sein.«

»Klar«, sage ich und gebe ihr meinen Führerschein, damit sie eine Kopie davon machen kann.

»Okay, nur damit du es weißt, die Leute hier kommen schon ab vier zum Abendessen. Uns bleiben noch ein paar Stunden, bevor es wieder voll wird. Die perfekte Zeit, um dir eine Einführung zu geben.«

Mein Handy klingelt. Schon wieder David – ich drücke den Anruf weg. Eine Minute später schreibt er mir eine Nachricht, dass ich aufhören soll, ihn zu ignorieren. Ich war stark genug zu gehen, aber ich will mir von ihm keine Versprechungen oder Entschuldigungen anhören, denn das ist offensichtlich sein Plan. Ich habe ihn zwar noch nie zuvor verlassen, aber wir haben uns oft genug gestritten, und ich weiß, dass es immer mit den Worten endet: »Diesmal wird es anders sein. Lass es uns noch einmal versuchen.« Jedes einzelne Mal.

»Alles in Ordnung?«, fragt Celine.

Ich stecke mein Handy weg und nicke.

Sie nimmt mich mit in den hinteren Teil des Cafés und führt mich in der Küche herum, wo alles aus frischen Zutaten zubereitet wird. Sie zeigt mir, wo alles hingehört, und versichert mir, dass ich nichts kochen muss – es sei denn, ich möchte es. Das werde ich sicher nicht, denn ich bin gefährlich tollpatschig, wenn ich mit scharfen oder heißen Gegenständen hantiere. Zu guter Letzt zeigt sie mir den Backbereich und die Espresso- und Kaffeemaschine. Ich präge mir alles genau ein, obwohl ich nicht glaube, dass ich Kaffee machen werde. Wahrscheinlich werde ich nur Bestellungen annehmen, Kunden bedienen und Tische abwischen.

Es ist sieben Jahre her, dass ich bei Starbucks gearbeitet habe, und ich bin ein bisschen nervös, aber Celine erklärt mir alles sehr gründlich und versichert mir, dass sie mir helfen wird, wenn ich Unterstützung brauche.

»Du wirst das toll machen, und unsere Kunden sind nett, mit ihnen wirst du keine Probleme haben. Hin und wieder gibt es Touristen, die sich nicht beherrschen können und ungeduldig werden, wenn die Schlange zu lang ist, aber mit denen werde ich fertig. Und wenn dir jemand blöd kommt, dann bleib möglichst ruhig und … lächle, wenn du kannst.«

Ich blecke die Zähne wie ein Äffchen.

»Perfekt«, sagt sie und lacht.

Jetzt ist es vier Uhr. Ich glaube, ich bin bereit. Lasst die Spiele beginnen.

29

In den letzten sechs Stunden bin ich auf diesen hundert Quadratmetern mehr gelaufen als in den letzten sechs Monaten in ganz New York.

Zum Glück waren keine Problemkunden da, sondern ausschließlich nette Leute, was mir den Jobeinstieg sehr erleichtert hat, und ich kenne immerhin schon die Namen von fünf davon, alles Stammkunden, hat Celine mir erklärt.

Meine Wangen schmerzen vom vielen Lächeln, und in Gedanken sage ich immer noch alle paar Sekunden »vielen Dank« und »schönen Tag noch«. Doch die Arbeit hat mir gefallen, was mich ehrlich überrascht. Zugegeben, die ersten Stunden waren hart. Ich bin kein unfreundlicher Mensch, aber *derart* freundlich zu sein, fällt mir nicht leicht. Small Talk zu machen, geduldig zu warten, bis die Kunden sich entschieden haben, jede einzelne Bestellung zu wiederholen, um ganz sicherzugehen, dass ich sie mir korrekt gemerkt habe, und dabei auch noch ununterbrochen zu lächeln. Aber ich habe Celine einfach alles nachgemacht, und danach zu urteilen, was sie mir vor fünf Minuten gesagt hat – »Die Leute lieben dich« –, glaube ich, dass ich es ganz gut hingekriegt habe.

»Du musst nicht bleiben, wenn du müde bist«, sagt sie, nachdem die letzten Kunden gegangen sind.

»Wir müssen doch noch sauber machen«, erwidere ich ganz gelassen und fange an, die Tische abzuwischen.

»Das ist ziemlich viel für deinen ersten Tag.«

»Mein erster Tag? Heißt das, es wird noch einen zweiten geben? Kriege ich den Job?«

»Natürlich. Du hast das toll gemacht.«

»Danke!« Ich bemühe mich, vor allem begeistert und nicht allzu erschöpft zu klingen.

»Ich muss mich bei *dir* bedanken. Du hast dich echt gut geschlagen, aber mir musst du nichts vormachen – ich bin auch müde, obwohl ich an die Arbeit gewöhnt bin. Immerhin mache ich sie schon seit zwölf Jahren.«

»Das ist eine lange Zeit.«

»Ja, stimmt«, sagt sie, tief in Gedanken versunken.

Sie arbeitet offensichtlich sehr gern hier, aber es scheint fast, als sehne sie sich nach mehr.

»Gehört dir das Café Azure eigentlich?«, frage ich.

»Meine Großeltern haben es 1955 eröffnet, meine Eltern haben es übernommen, und jetzt bin ich dran.«

»Schön, dass es in der Familie geblieben ist.«

»Ja. Allerdings ist das auch eine große Verantwortung.«

»Kann ich mir vorstellen. Aber es gefällt dir, oder? Du bist so gut darin, und deine Back- und Kochkünste sind fantastisch! Ganz zu schweigen von deinem Kaffee. Einfach köstlich!«

Sie lacht leise. »Alles Rezepte, die von einer Generation zur nächsten weitergegeben werden. Ich hab sie schon als Kind gelernt; inzwischen kann ich alles im Schlaf.«

»Ich hab mich in einer Küche nie zurechtgefunden«, gestehe ich etwas verlegen.

»Ich bringe es dir gern bei.«

»Irgendwann vielleicht«, sage ich und erinnere mich im selben Moment, dass ich nicht lange hier arbeiten werde. Nur bis ich mit ihrem Bruder geredet und Max gefunden habe – also wird dieser Tag wahrscheinlich nie kommen.

Als wir mit Putzen fertig sind, schließt Celine das Café ab.

»In welche Richtung musst du?«, fragt sie mich vor der Tür.

»Keine Ahnung. Nach links, glaube ich. Ich wohne im Lantern Inn.«

»Oh, in Susans Pension also. Okay. Wie lange bleibst du hier?«

Ich zögere.

»Sorry, wenn du nicht willst, musst du es mir nicht sagen. Ich dachte nur, dass es vielleicht ein bisschen unpraktisch ist, in einer Pension zu wohnen, wenn du länger hierbleibst.« Sie zwinkert mir zu. »Es ist schön bei Susan, aber auch nicht gerade billig.«

Ich lächle. »Das stimmt wohl, aber ich wohne nur noch eine Nacht dort. Morgen muss ich mir eine andere Unterkunft suchen, selbst wenn ich mir die Pension auf Dauer leisten könnte. Bei Susan ist alles ausgebucht.«

»Das überrascht mich nicht. Und hast du schon etwas gefunden?«

»Also, eigentlich wollte ich dich fragen, ob es okay wäre, wenn ich morgen mein Gepäck mitbringe, ich kann alles irgendwo hinstellen, wo es keinen stört. In der Pause – vorausgesetzt, ich habe eine – oder nach der Arbeit laufe ich dann ein bisschen durch die Gegend und suche mir irgendwo ein Zimmer, das ich mieten kann.«

»Klar, kein Problem. Du kannst dein Gepäck in mein Büro stellen. Und lass dir so viel Zeit, wie du brauchst.«

Sie sieht aus, als wollte sie noch etwas sagen, entscheidet sich jedoch dagegen.

»Danke. Dann sehen wir uns morgen um acht. Gute Nacht, Celine«, sage ich lächelnd und wende mich zum Gehen.

»Gute Nacht. Maya …«, setzt sie an und hält einen Moment inne. »Vielleicht hast du ja an so was kein Interesse, aber ich habe zwei freie Schlafzimmer. Ich wohne allein im Haus meiner Familie, also könntest du eins davon mieten, wenn du möchtest.«

»Das wäre super!«

Sie lächelt. »Die Zimmer sind natürlich nicht so schön wie bei Susan, aber auch nicht schlecht.«

Celines Liebenswürdigkeit macht mich sprachlos – mit einem solchen Angebot habe ich wirklich nicht gerechnet. Von ihrem Bruder habe ich ganz und gar keine positive Meinung, und nach allem, was ich über ihn weiß, wird es bestimmt nur noch schlimmer, wenn ich ihn persönlich treffe. Wie können Zwillinge nur so unterschiedlich sein?

»Sie sind bestimmt toll. Aber bist du sicher? Ich meine, du hast mich gerade erst kennengelernt.«

»Das stimmt nicht ganz. Ich kenne dich schon seit einem Jahr«, sagt sie mit einem breiten Grinsen. »Normalerweise kennen Vermieter ihre Mieter am Anfang überhaupt nicht. Also bin ich schon mal besser dran als die meisten. Deine Daten habe ich ja vorhin schon gespeichert, alles Weitere dürfte ein Kinderspiel sein.«

»Ich bin sprachlos. Du bist so eine große Hilfe für mich«, sage ich.

»Warte nur, bis du ein paar Tage mit mir zusammenwohnst. Vielleicht änderst du dann deine Meinung.« Sie lacht. »Ich bin nicht gerade der ordentlichste Mensch.«

»Das ist schon okay. Ich bin es gewöhnt …«

… David hinterherzuräumen. Er war der schlimmste Messie, den man sich nur vorstellen kann.

»Möchtest du vorbeikommen und dir selbst einen Eindruck verschaffen, ob es dir überhaupt gefällt?«

»Jetzt gleich?«

»Ja, klar. Wenn du die Pension morgen früh verlassen musst, hast du nicht mehr viel Zeit.«

»Oh, stimmt. Sehr gerne«, antworte ich, und als wir uns auf den Weg machen, sage ich noch einmal: »Das ist total nett von dir.«

»Ich habe auch eigennützige Gründe. Ganz allein in diesem großen Haus fühle ich mich manchmal einsam. Jetzt, wo Ethan weg ist, habe ich nur noch Marcel …«

Ich weiß, dass ihr Bruder nicht hier wohnt. Die Frage ist: Wann wird er zurückkommen? Ist das jetzt ein guter Zeitpunkt, um mich danach zu erkundigen? Und wer ist Marcel? Ich werfe ihr einen fragenden Blick zu.

»Ethan ist mein Bruder, und Marcel ist mein Kater. Er ist ein alter Griesgram.«

»Dein Bruder oder der Kater?«

»Beide«, antwortet sie lachend, und ich stimme in ihr Lachen ein.

»Dann wohnt dein Bruder nicht in Carmel?«, frage ich, während wir durch die schmalen, von mattem Laternenlicht beschienenen Straßen schlendern.

»Theoretisch schon, aber er reist viel. Das letzte Mal habe ich ihn an Weihnachten gesehen. Momentan wohnt er bei unseren Eltern in Florida«, erklärt Celine und biegt in eine Seitenstraße ein. »Aber er kommt bald zurück. Vielleicht lernst du ihn kennen, wenn du dann noch da bist.«

Celine zeigt auf ein Cottage von der Art, wie ich sie bei meinem letzten Besuch bewundert habe. »Da sind wir schon.«

»Das ist ja wunderschön!«

»Und alt. Es braucht viel Liebe. Ich tue, was ich kann, aber …«

Wir betreten einen etwas wilden Blumengarten, dem man aber ansieht, dass jemand sich um ihn kümmert. Das Cottage hat die Aura eines Strandhauses, mit viel Weiß und Blau in den beiden Wohnzimmern, von denen eines auf eine gigantische Veranda mit Blick aufs Meer hinausgeht. Der Doppelbackofen und die zahlreichen Edelstahlgeräte in der Küche sind eindeutig Celines Touch.

»Komm, ich zeig dir die Schlafzimmer«, sagt sie, und ich folge ihr.

Das erste hat einen traditionelleren Look als der Rest des Hauses, mit massiveren Möbeln. In der Mitte steht ein riesiges Bett, am Fenster ein kleiner runder Tisch und ein Ledersessel. Der Raum gefällt mir, auch wenn er etwas dunkel ist.

»Und das zweite«, sagt Celine, als wir ein helleres, aber auch kleineres Zimmer betreten. Ein nicht ganz so großes Bett, ein Erkerfenster mit Blick auf den Strand, hellblaue schwere Vorhänge und naturweiße Gardinen.

Zwei der Wände werden von mit Büchern vollgestopften Regalen eingenommen. Dieses Zimmer ist hellblau gestrichen. Wenn ich mein eigenes Strandhaus hätte, würde es genauso aussehen. Außer den Büchern – die wären nach Farben oder Genre sortiert, je nachdem, wonach mir gerade ist.

»Ich liebe dieses Zimmer«, verkünde ich. Nach Celines Lächeln zu urteilen, überrascht sie das nicht.

»Dann ist die Sache entschieden«, sagt sie. »Morgen mache ich den Papierkram fertig, sowohl für den Job als auch für das Zimmer. Wöchentliche Miete?«

»Ja, bitte. Weil ich noch nicht weiß …«

»… wie lange du bleibst, klar. Ich erinnere mich.« Sie reibt sich die Hände. »Morgen früh solltest du alles haben, was du brauchst. Wie heißt doch gleich dieses Sprichwort? Zwei Fliegen mit einer Klappe?«

Ich lache. »Ja. Heute hatte ich echt Glück.«

»Das stand in den Sternen«, bestätigt sie lächelnd.

Obwohl der heutige Tag ganz anders gelaufen ist, als ich es erwartet habe, durchströmt mich ein seltsam friedliches Gefühl. Die wunderschöne Stadt, diese nette Frau, das gemütliche Café, das bezaubernde Cottage und das sanfte Rauschen der Wellen, die an die Felsen unter uns branden, geben mir das Gefühl, zu Hause zu sein. Das Gefühl, genau dort zu sein, wohin ich gehöre. Ich kann es mir nicht wirklich erklären und weiß auch nicht, was es bedeutet. Genauso wenig weiß ich, was der morgige Tag bringen wird, ob und wann ich Ethan Delphy treffen werde und wie dieses Treffen laufen wird. Aber jetzt, in diesem Moment, bin ich zuversichtlich. Die Welt ist voller Möglichkeiten. Heute haben sich alle Türen für mich geöffnet.

30

Kurz vor Mitternacht gehe ich zurück in die Pension, und Susan empfängt mich an der Tür.

Ich nicke ihr zu und gähne herzhaft hinter vorgehaltener Hand. Ich bin todmüde.

»Ich wollte Sie nur eben erinnern, dass Sie bis morgen Vormittag um elf Uhr ausgecheckt haben müssen«, sagt sie.

»Ja, klar. Kein Problem. Ich werde schon vor acht raus sein.«

»Schade, dass Sie nicht länger bleiben können.« Sie klingt, als würde sie es aufrichtig bedauern. »Haben Sie eine andere Bleibe gefunden?«

»Ja, ganz in der Nähe.«

»Wundervoll. Das freut mich.«

Ich lächle, bedanke mich, wünsche ihr eine gute Nacht und gehe in mein Zimmer.

Vor dem Einschlafen fällt mir ein, dass ich Alisa noch nicht erzählt habe, was passiert ist, also rufe ich sie an, und wir unterhalten uns ein paar Minuten. Das heißt, ich rede, und sie hört mir zu.

»Ich hab dir geraten, mit der Frau zu sprechen, nicht, dich gleich von ihr engagieren zu lassen.«

»Ich weiß nicht, wie ich ihr sonst wirklich nahekommen soll, schließlich kann ich nicht einfach mit der Tür ins Haus fallen. Außerdem brauche ich das Geld und einen Grund zu bleiben.«

»Du hast wirklich ein Talent dafür, die Dinge zu verkomplizieren. Hat es sich wenigstens gelohnt? Hast du rausgefunden, wo er ist?«

»Ja. In Florida.«

»In Florida?« Sie klingt schockiert. »Was machst du dann noch in Kalifornien?«

»Na ja, Max ist hier irgendwo, und Celine hat gesagt, dass ihr Bruder bald zurückkommt. Oh, außerdem hatte sie auch Zimmer zu vermieten, also ziehe ich morgen bei ihr ein. Ich kann immer noch kaum glauben, wie nett sie ist.«

»Kann ich dich kurz beneiden? Gestern hast du New York mit nichts verlassen, und jetzt hast du einen Job, eine Bleibe und, wie es klingt, auch eine neue Freundin.«

»Ich bin nicht sicher, ob wir schon Freundinnen sind, aber sie ist echt nett. Wie die beiden verwandt sein können, ist mir ein Rätsel.«

»Ich weiß, du hast eine Abneigung gegen ihren Bruder, aber eigentlich kennst du ihn gar nicht, oder?«

»Ich muss ihn nicht kennen. Er hat meine Geschichte gestohlen. Außerdem habe ich ein Foto von ihm gesehen, und ich habe über ihn gelesen. Was gibt es sonst noch zu wissen?«

»Kann es sein, dass du dich von deinen Vorurteilen leiten lässt?«

»Hör auf!«

»Ach, übrigens, ich rufe heute Nachmittag eine Redaktionsassistentin in seinem Verlag an. Die anderen beiden Mädels, die ich wegen eines Leseexemplars angeschrieben hatte, haben nicht geantwortet. Wie lautet denn die Adresse deines Schickimicki-Strandhauses?«

Ich gebe ihr die Adresse.

»O mein Gott«, sagt sie ein paar Sekunden später. »Jetzt beneide ich dich wirklich. Ich hab mir das Haus gerade bei Google Maps angeschaut. Willst du mich verarschen? Es liegt ja wirklich direkt am Strand.«

»Steig in ein Flugzeug und komm her. Vielleicht bekomme ich dich dann endlich mal zu Gesicht. Wie lange ist es her, anderthalb Jahre?«

Sie seufzt. »Ich wünschte, das könnte ich. Aber es gibt viel zu viel zu tun, ich kann jetzt keinen Urlaub nehmen.«

»Ich weiß. Okay. Ich muss schlafen. Morgen ist mein erster vollständiger Arbeitstag in meinem neuen Job.«

»Haha, wer hätte das gedacht? Du eine Barista. Bitte verzichte diesmal auf deine Starbucks-Unfälle. Wir wissen alle, wie das damals ausgegangen ist. Die arme Celine weiß nicht, worauf sie sich eingelassen hat.«

Ich kichere. »Hey, so schlecht war ich auch wieder nicht.«

»Aha. Schon klar. Gute Nacht«, sagt sie.

»Dir einen schönen Tag, Alisa. Schreib mir, wenn du was Neues erfährst. Egal, wann.«

31

5. Juni

Susan checkt gerade jemanden ein, als ich mit meinem Gepäck die Treppe herunterkomme.

Mein Handy piept: eine Nachricht von einer lokalen Nummer.

Guten Morgen! Der Papierkram ist fertig, sieht alles gut aus. Ich hab einen Schlüssel für dich unter die Fußmatte gelegt, falls du dein Gepäck vor der Arbeit vorbeibringen willst. Bis bald. Celine.

Ein toller Start in den Tag.

»Guten Morgen«, begrüßt mich Susan. »Schöner Tag heute. Die Sonne scheint, der Kaffee ist fertig, die Brötchen sind im Ofen«, verkündet sie zufrieden.

»Ach, das war es also«, sage ich lächelnd. »Als ich aufgewacht bin, hat es gleich so gut gerochen.«

»Haben Sie noch Zeit zu frühstücken?«, fragt sie.

»Vielen Dank, aber ich muss zur Arbeit.« Es ist bereits nach sieben, ich bin geduscht, und meine Habseligkeiten sind gepackt.

»Ich wusste gar nicht, dass Sie hier arbeiten«, sagt sie. »Ich dachte, Sie wären nur zu Besuch hier.«

»Ich habe gerade im Café Azure angefangen.«

»In Celines Café?«, fragt sie überrascht. »Wie schön.«

Sie bittet mich, ein paar Minuten zu warten, und kommt mit einem Pappbecher mit Deckel und einer Frischhaltedose zurück. Beide sind noch warm, und dem Geruch nach zu urteilen … hat sie mir Kaffee und frische Brötchen gebracht.

Ich glaube, Susan ist es gewohnt, ihren Willen durchzusetzen. »Sie können sie mit Celine teilen«, sagt sie und zwinkert mir zu. »Mit Empfehlung von der Bäckerin. Fragen Sie sie doch bitte, ob meine Brötchen besser sind als ihre; sie kann sich jederzeit gern mein Rezept borgen.« Sie lacht leise.

»Ich werde es ihr ausrichten.«

Ich checke aus, und nachdem mich Susan einmal im Gasthof und noch ein zweites Mal im Hof umarmt hat, verabschieden wir uns.

»Bist du sicher, dass ich dir kein Lyft rufen soll?«

»Ja, bin ich. Es ist doch nicht weit.«

»Okay. Also dann, lass dich mal wieder blicken. Wir würden uns freuen, dich noch mal bei uns begrüßen zu dürfen«, sagt sie und drückt mir einen Flyer in die Hand. »Wir haben diesen Sommer alle möglichen spaßigen Aktivitäten geplant.«

Ich gehe zu Celines Haus und stelle mein Gepäck an der Tür ab.

Zum Café Azure brauche ich zehn Minuten zu Fuß, zumindest behauptet das Google Maps. Ich kann mich nicht erinnern, wie wir gestern Abend hergekommen sind; ich bin Celine einfach gefolgt und habe nicht auf die Straßennamen geachtet. Wahrscheinlich nehme ich eine längere Route, aber das stört mich nicht im Geringsten. Ich komme an einigen Orten vorbei, an die ich mich von meinem letzten Besuch erinnere, und muss lächeln. Als ich den Strand sehe, spüre ich den Impuls, zu der Stelle zu gehen, wo Max sich mit mir treffen wollte, doch dafür bin ich noch nicht bereit. Ich biege nach rechts auf die Tenth Avenue ab, dann nach links auf die Monte Verde Street, und ehe ich mich's versehe, bin ich in der Seventh Avenue, direkt vor dem Café. An der Ecke sehe ich ihn stehen. Den Lyft-Fahrer von neulich. Er trägt Jeans, ein Hawaii-

Hemd und eine Fliegersonnenbrille. Er betritt das kleine Restaurant auf der gegenüberliegenden Straßenseite, und ich folge ihm, ohne zu zögern. Über der Tür steht der Name: Bellini. Soll das ein Witz sein? Das war doch Max' erster Vorschlag zum Frühstücken. Ob er irgendeine Verbindung zu diesem Bistro hat? Wollte er deshalb, dass ich hierherkomme?

Mein Herz hämmert. Ich tue so, als würde ich die Speisekarte studieren, während ich möglichst unauffällig das Restaurant nach ihm absuche, aber ich kann ihn nirgends entdecken.

»Hi, kann ich Ihnen helfen? Möchten Sie einen Tisch?«, fragt eine junge Frau, und im selben Moment sehe ich ihn aus dem Augenwinkel die Straße überqueren und in sein Auto steigen.

Ich deute auf ihn. »Ist das der Besitzer?«

Sie sieht in die Richtung, in die ich zeige, und dann zurück zu mir. »Möchten Sie mit der Eigentümerin sprechen? Gibt es ein Problem? Ich kann sie bitten herzukommen.«

Ich schüttle den Kopf. »Nein, nein, schon gut. Wissen Sie vielleicht, wer das ist?«, frage ich.

»Wen meinen Sie?«

Aber er ist längst verschwunden. Tja, das war wohl nichts. Schweren Herzens gehe ich zum Café Azure. Ich werde ihn finden. Wenn er es wirklich ist, werde ich ihn finden. Er muss hier irgendwo sein.

Das Café Azure ist schon jetzt gut besucht, nicht so überfüllt wie gestern, aber ziemlich voll.

»Guten Morgen«, begrüße ich Celine, als ich zu ihr an den Tresen trete.

Ein Elternpaar diskutiert darüber, ob die Kinder Muffins oder Müsli zum Frühstück bekommen sollen, und schenkt uns keine Beachtung.

»Guuuuten Morgen«, sagt sie mit Singsangstimme. »O Mann, bin ich froh, dich zu sehen.« Sie macht eine Kopfbewegung in Richtung der langen Schlange und flüstert: »Frag nicht, wie ich ohne dich klargekommen bin.«

»Hatte ich nicht vor«, versichere ich ihr lächelnd. »Was soll ich tun?«

»Halte bitte vorn die Stellung, ich habe Sachen im Ofen.«

»Alles klar«, sage ich und versuche, mich an alles zu erinnern, was sie mir gestern beigebracht hat. »Ach ja, das ist für dich.« Ich reiche ihr die Frischhaltedose. »Von Susan.«

»Frische Brötchen. Manche Dinge ändern sich nie«, sagt sie mit einem merkwürdigen Lächeln und nimmt die Dose mit nach hinten.

32

Ich lerne noch ein paar Stammkunden kennen. Manche kommen zum Frühstück, andere zum Mittagessen. Celine kennt ihre Namen, ihre Familien und weiß, was sie beruflich machen. Ich bin noch in der »Versuch, dir ihren Vornamen zu merken«-Phase, also habe ich noch einen langen Weg vor mir.

Eine von ihnen ist Anna; sie ist Malerin. Auf ihren Armen und Klamotten prangen stets alle Farben des Regenbogens, und als sie heute Morgen auftauchte, hatte sie einen blauen Streifen auf der Stirn. Celine machte sie darauf aufmerksam, doch Anna schien der nicht im Geringsten zu stören. Sie ist etwa in meinem Alter, hat lange schwarze Zöpfe, und sowohl gestern als auch heute kam sie im Overall. Celine hat mir erzählt, dass ihr eine kleine Galerie in der Ocean Avenue gehört. Vielleicht gehe ich irgendwann mal hin. Wenn ich sie so sehe, wünsche ich mir, endlich wieder schreiben zu können, denn ich würde ihr sehr gern zu einem Happy End verhelfen.

Um die Abendessenszeit herrscht genauso viel Betrieb wie gestern, und Celine sagt mir, dass es ab morgen täglich hektischer zugehen wird.

»Und komm mir gar nicht erst mit dem 4. Juli«, seufzt sie. »Du wirst es ja selbst erleben. Der reinste Wahnsinn.«

Ich will ihr nicht widersprechen oder sie gar daran erinnern, dass ich im Juli wahrscheinlich nicht mehr hier bin. Darüber denke ich jetzt lieber nicht nach und nehme jeden Tag so, wie er kommt – ein für mich völlig neues Konzept.

Wir sind fast fertig mit dem Abendgeschäft, und während ich einen Tisch abwische, ruft David erneut an. Das ist schon das fünfte Mal heute. Ich sollte meine Nummer ändern oder seine blockieren.

Es macht mich wütend, dass er einfach nicht lockerlässt, dabei gibt es doch nichts mehr, was uns verbindet. Ich verstehe nicht, warum er nicht einfach sein Leben weiterlebt. Celine hat wohl gemerkt, dass etwas nicht stimmt, denn sie fragt, ob alles in Ordnung ist.

»Mir geht's gut, sorry, das hat nichts mit dir oder dem Job zu tun. Es ist kompliziert.«

»Wenn du darüber reden möchtest – ich kenne mich mit komplizierten Sachen ziemlich gut aus«, sagt sie.

Vielleicht werde ich darauf zurückkommen. Aber nicht heute.

Wir gehen zusammen nach Hause. Dank ihrer Scherze und ihres grundoptimistischen Temperaments bessert sich meine Laune sofort. Doch ich bin auch ein bisschen besorgt. Den ganzen Tag über hat sie ihren Bruder kein einziges Mal erwähnt, und weil im Café so viel los war, konnten wir uns auch sonst kaum unterhalten. Aber ich muss sie fragen. Ich muss es wissen.

»Lass mich nur schnell dein Zimmer fertig machen«, sagt sie, als wir das Haus betreten, und verschwindet, bevor ich reagieren kann.

Also setze ich mich erst mal auf die Couch, unsicher, was ich tun soll.

Kurze Zeit später kommt Celine zurück. »Alles bereit. Du kannst dein Gepäck in dein Zimmer bringen, dich umziehen und es dir gemütlich machen.« Sie lächelt. »Sitzt du da schon die ganze Zeit? Fühl dich wie zu Hause, lass nur bitte die Balkontür nicht offen, denn Marcel hat Houdini-Ambitionen. Hast du Hunger?«

»Nicht wirklich.«

»Aber du musst was essen. Eine Mitarbeiterin, die aus den Latschen kippt, nutzt mir nichts«, ermahnt sie mich mit einem Augenzwinkern. »Wie wäre es mit einer Fleischplatte, Wein und einem Film zur Unterhaltung?«

»Du setzt wirklich alles daran, die perfekte Gastgeberin zu sein.«

»Zumindest heute Abend.« Sie grinst. »Schließlich will ich einen guten ersten Eindruck machen.«

Ich lächle zurück. »Klingt toll.«

»Ich kümmere mich ums Essen. Du kannst dich umziehen, duschen oder auspacken, wenn du willst, wir haben Zeit. Suchst du einen Film aus, wenn du fertig bist? Ich habe alle Streaming-Dienste, die man sich wünschen kann.«

Ich lache leise.

»Was soll ich sagen? Ich führe ein aufregendes Leben. Die Fernbedienung liegt dort drüben.« Sie zeigt auf den Couchtisch.

Ich bringe mein Gepäck in mein Zimmer. Celine hat das Bett frisch bezogen, und in der Luft liegt ein angenehmer Kokosduft – ich sehe den Lufterfrischer in der Steckdose neben der Tür. Auf dem Rand der Badewanne im Bad liegen frische Handtücher, und alles ist angenehm sauber und einladend.

Irgendwie muss ich mich für Celines Freundlichkeit revanchieren. Menschen wie sie sind echt selten.

Ich springe unter die Dusche, ziehe mich um und verschiebe das Auspacken auf später. Zurück im Wohnzimmer, suche ich drei Filme zur Auswahl aus: *Ruhelose Liebe* von 1939, *Damals in Paris* von 1954 und *Ein Stern geht auf* von 1937. Celine entscheidet sich für *Ruhelose Liebe*, was auch meine erste Wahl ist. Wir sind gerade an der Stelle, wo Irene Dunne nach ihrem Unfall auf der Couch liegt. So wie in einem meiner verrückten Szenarios, die erklären, warum Max damals nicht aufgetaucht ist. Was, wenn ihm etwas zugestoßen ist und er deshalb nicht kommen konnte? Alisa meinte allerdings, das sei höchst unwahrscheinlich, womit sie sicher recht hat. Ihm ist nichts zugestoßen. Er hat einfach beschlossen, nicht zu kommen.

Wie aufs Stichwort schreibt Alisa: *Noch nichts Neues von mir. Wie war dein erster Tag?*

Gut. Lang. Meine Füße tun weh.

Was machst du gerade?

Ich bin fertig mit dem Abendessen und schaue mir jetzt einen Film an.

Allein?

Mit Celine.

Aha. Bei dir auch keine Neuigkeiten?

Noch nicht. Wollte nicht zu aufdringlich sein und gleich danach fragen.

Aber dir ist klar, dass du das irgendwann musst, oder? Okay, wir hören uns. Gute Nacht!

Am Ende des Films weinen wir beide. Wir haben alle unser Päckchen zu tragen, und je älter wir werden, desto schwerer wird es. Welche Altlasten schleppt Celine wohl mit sich herum, und warum ist jemand wie sie Single? Sie ist schön, nett, schlau und erfolgreich. Im Vergleich zu ihr bin ich eine Versagerin. Ein noch unvollendetes Werk, pflegte meine Mutter zu sagen. Schon seit ich denken kann, bin ich das: ein noch unvollendetes Werk.

33

6. Juni

Am Donnerstag läuft im Café alles genauso ab wie am Mittwoch. Celine und ich arbeiten bis etwa zehn, halb elf, dann gehen wir nach Hause. David ruft mehrmals an und textet mir alles von *Du machst einen Fehler* bis hin zu *Ich fühle mich so betrogen* und *Was werden meine Freunde und meine Familie denken?* Celine erkundigt sich erneut, ob ich darüber reden möchte, aber das will ich nicht. Es gibt nichts zu bereden. Obwohl David da offensichtlich ganz anderer Meinung ist. Seine letzte Nachricht am späten Abend hat einen anderen Ton. Ganz freundlich bittet er mich, ihm wenigstens zu antworten. Er schreibt, dass er unbedingt mit mir reden möchte und nicht aufgeben wird. Aber ich reagiere trotzdem nicht.

Den Lyft-Fahrer habe ich heute nicht gesehen. Er ist nicht ins Café gekommen, und obwohl ich die Straße im Auge behalten habe, konnte ich ihn nirgends entdecken.

Doch ich habe wieder ein paar Stammkunden kennengelernt. Einer davon ist Alan, ein Mann Mitte, vielleicht auch Ende dreißig, der als Anwalt in Monterey arbeitet und anscheinend jeden Tag nach dem Fitnessstudio zum Frühstücken ins Café Azure kommt. Er bestellt immer einen Milchkaffee, ein Käsecroissant und einen kleinen Schokoriegel. Dann bezahlt er seine Bestellung und fragt Celine – und jetzt auch mich –, wie es uns geht. Im Gegenzug erkundigt sich Celine, wie sein Marathon-Training läuft, und er erklärt, es sei anstrengend, er werde jedoch auf gar keinen Fall aufgeben.

Nachdem wir eine Weile geplaudert haben, setzt er sich ans Fenster und wartet auf sein Frühstück.

Und er kommt auch abends – heute zumindest. »Ich habe einen Fall verloren«, verkündete er mit einem niedergeschlagenen Stirnrunzeln, und Celine nickte verständnisvoll.

»Dann lieber ein Glas Wein statt des üblichen Kaffees?«, fragte sie.

Alan ist attraktiv auf eine klassische Art, scheint gut in Form zu sein und hat offenbar einen lukrativen Job. Bestimmt kommt er bei den Frauen sehr gut an, doch er wirkt irgendwie einsam. Wenn ich ihm letztes Jahr begegnet wäre, hätte ich inzwischen schon einige Ideen für eine Geschichte über ihn. Aber jetzt fällt mir beim besten Willen nichts ein. Zu schade, denn er sieht aus, als verdiene er ein richtig schönes Happy End.

Zurück im Cottage, bestellt Celine Pizza. Nach dem Essen sitzen wir auf der Terrasse, lauschen dem Rauschen der Wellen, trinken frisch zubereitete Limonade und reden.

Es ist ein schöner Abend. So entspannt und zufrieden war ich schon seit Langem nicht mehr. Celine und ich haben uns schnell angefreundet, was untypisch für mich ist, aber nicht ungewöhnlich, wenn es um irgendetwas – oder irgendjemanden –geht, das oder der mit Carmel zu tun hat. Sie hat etwas an sich, das auf mich sowohl einladend als auch tröstlich wirkt, sie fragt mich nicht über mein Privatleben aus und erzählt mir auch selbst nicht übermäßig viel Persönliches, aber wir reden über alles Mögliche. Über Carmel, lustige Kunden, nervige Kunden, Filme, Musik. Ich hoffe, wir werden auch über Bücher und ihren Bruder reden, und versuche, das Gespräch möglichst unauffällig in diese Richtung zu lenken.

»Wolltest du schon immer in einem Café arbeiten?«, frage ich.

»Mit sieben wollte ich Ballerina werden.« Sie lacht. »Aber ich war keine gute Tänzerin. Mir fehlt die Anmut, haben meine Lehrer immer gesagt. Später wollte ich Rennwagen-Mechanikerin werden.«

»Echt?«

»Ich liebe Autos. Und in Monterey gibt es viele Autorennen. Ich bin schon mein ganzes Leben von exotischen, schnellen Fahrzeugen umgeben. Mein Vater war ein leidenschaftlicher Auto-Liebhaber.«

»Warum hast du deinen Traum nicht in die Tat umgesetzt?«

»Wer hätte dann das Familienunternehmen übernommen? Ich musste mich entscheiden. Außerdem gibt es nicht viele weibliche Mechaniker, und ich habe oft hochgezogene Augenbrauen und abfällige Kommentare gehört, als ich gelernt habe, wie man Autos repariert, und mit meinem Vater zu den Rennen gegangen bin. Ich kann dir gar nicht sagen, wie oft ich zu hören bekam, dass eine Frau dort nichts zu suchen hätte, also …«

»Das ist nicht okay«, sage ich. »Du solltest dir nicht von anderen Leuten vorschreiben lassen, was du tun kannst und was nicht. Wenn du etwas willst, solltest du darum kämpfen.« Erst als die Worte aus meinem Mund sind, wird mir klar, was ich für eine Heuchlerin bin und wie bevormundend das klingt. Was gibt mir das Recht, ihr so einen Vortrag zu halten? Ich habe ewig gebraucht, um mich von David zu trennen, obwohl ich unglücklich war. Ich habe auch ewig gebraucht, um meinen Job zu kündigen, und ich weiß nicht mal, ob das mutig war oder ob ich einfach die Schnauze voll hatte. Mutig ist es, eine Entscheidung zu treffen, wenn man mehrere Möglichkeiten hat, und obwohl man weiß, dass es riskant ist, das zu tun, von dem man tief im Herzen weiß, dass es das Richtige ist. Was ich getan habe, ist nicht mehr als ein kläglicher Versuch, mich zu rehabilitieren. Ziemlich erbärmlich, dass jemand wie ich mit dem Finger auf jemanden wie Celine zeigt.

»Ich weiß. Ich hätte mich nicht unterkriegen lassen sollen, aber ich hatte keine Unterstützung außer Ethan, und er hatte seine eigenen Probleme, um die er sich kümmern musste. Und jetzt ist es zu spät. Ich bin zu alt. Zum Laguna-Seca-Rennen zu gehören und mir die Hände mit all diesen Schönheiten schmutzig zu machen, wird wohl ein Traum bleiben.«

Zu spät? Ich werde bald achtundzwanzig und fange gerade noch mal ganz von vorne an. Wie leicht es doch ist, zu erkennen, was getan werden muss, wenn es nicht um dein eigenes Leben geht.

»Was machst du eigentlich so, wenn du nicht gerade in meinem Café arbeitest?«, fragt Celine. »In New York«, fügt sie hinzu. »Das hab ich auf deinem Führerschein gesehen.«

»Ich war Reporterin bei einer Zeitschrift.«

»Cool. Wolltest du immer Reporterin werden?«

Gute Frage.

»Ich habe immer gern geschrieben. Aber ich habe davon geträumt, Bücher zu schreiben statt …«

»Journalismus? Du kannst doch beides machen – Bücher schreiben und für Zeitschriften arbeiten. Das macht Ethan auch.«

Theoretisch hat sie natürlich recht, nichts hält mich auf. Abgesehen von dem neuen Buch ihres Bruders – dem gestohlenen Buch –, das es mir unmöglich macht, mein Manuskript zu veröffentlichen. Und warum habe ich es nicht schon vorher eingereicht? Ganz einfach: weil ich Angst hatte zu versagen. Einen Agenten zu finden, einen Vertrag abzuschließen und meinen Roman in Buchhandlungen stehen zu sehen ist der letzte Traum, an dem ich mich noch festhalten kann – und der wichtigste. Wenn ich damit scheitere, gibt es nichts mehr, worauf ich mich freuen kann. Aber jetzt ist nicht der richtige Moment, um mir den Kopf darüber zu zerbrechen. Hier könnte meine Chance sein, mehr über Ethan Delphy herauszufinden. Endlich ist unser Gespräch da, wo ich es haben wollte.

»Dein Bruder ist also Schriftsteller?«

»Ja.«

»Was für Bücher schreibt er denn?«

O Gott, wenn sie herausfindet, dass ich das alles schon wusste, wird sie sich bestimmt hintergangen fühlen.

»Liebesgeschichten«, erklärt sie lächelnd. »Sie stehen in der Bibliothek, wenn du sie lesen willst.«

»In der Stadtbibliothek?«

Sie lacht. »Nein. In unserer Bibliothek. Komm mit, ich zeig sie dir.«

Was, wenn sie das neue Buch schon hat?

Wir betreten einen Raum voller Bücher, alle ordentlich nach Autor und Genre sortiert. Himmel! In der Mitte steht ein antiker Schreibtisch, flankiert von zwei durchgesessenen roten Ledersesseln.

»Gehört das alles dir?«, frage ich.

»Die Bibliothek? Nein, die gehört Ethan. Und das ist nur ein Teil davon, er hat überall Bücher. Ich lese auch sehr gerne, aber ich komme leider nicht viel dazu. In letzter Zeit bin ich auf Hörbücher umgestiegen.«

Die sechs Regale am Fenster sind von oben bis unten mit Büchern von Ethan Delphy gefüllt.

Ich dachte, er hätte nur drei Romane veröffentlicht, doch dort stehen mindestens hundert.

»Wow«, murmle ich, ohne auch nur zu versuchen, meine Überraschung zu verbergen. »Dein Bruder hat all diese Bücher geschrieben?«

Sie lacht leise. »Ja und nein. Er hat fünf geschrieben. Eine Art Biografie und drei Romane. Ach nein, vier. Es gibt noch ein Neues, aber das ist, glaube ich, nicht hier.« Sie hält inne und sucht danach. »Nein. Noch nicht. Es wird am …« Sie geht zum Schreibtisch. Dort steht ein großer Terminkalender. »… am 17. Juni erscheinen. Genau. Hmm, ich frage mich, ob er an dem Tag herkommen wird. Das macht er für gewöhnlich.«

34

Am 17. Juni. Das sind noch elf Tage in quälender Unwissenheit. Und sie hat das Buch auch noch nicht. Na großartig. Ich hätte in New York bleiben sollen … Im nächsten Moment wird mir klar, dass dieser Gedankengang idiotisch ist. Ich wäre sowieso nicht in New York geblieben. Jetzt gerade würde ich wahrscheinlich allein in Moms Küche stehen, während sie im Zimmer nebenan schläft. Worüber beschwere ich mich also? Es ist, wie es ist. Ich hoffe nur, dass ich diese Reise nicht umsonst gemacht habe und dass Ethan Delphy, wenn er endlich kommt, mir sagt, wer Max ist und wo ich ihn finden kann.

»Das sind alles Übersetzungen«, erklärt Celine. »Dreißig oder so von jedem Buch. Was schreibst du denn so?«

»Liebesgeschichten.«

»Ach, du auch? Wie schön. Da habt ihr ja eine Menge Gesprächsstoff, Ethan und du.«

Das bezweifle ich. Na ja, abgesehen davon, dass er mir sagt, wo Max ist.

»Und es sind ja auch keine Bücher, nur Manuskripte, die niemand haben will«, sage ich und höre selbst, wie verbittert ich klinge.

»Wieso denn?«

»Sämtliche Agenturen, an die ich sie verschickt habe, haben abgelehnt. Das Neueste habe ich nirgends eingereicht, aber …«

»Weißt du, wie oft Ethans Bücher abgelehnt wurden, bevor er seine Agentin gefunden hat?«

Ich starre sie verblüfft an.

»Mehr als hundert Mal, würde ich sagen.«

Weil er ein beschissener Autor ist, der die Geschichten anderer Leute klaut. Ob seine Agentin davon weiß?

»Du solltest es weiter versuchen«, sagt sie. »Warum tust du es nicht?«

Auf diese Frage habe ich keine Antwort. Jedenfalls keine, die ich ihr geben kann.

»Es ist kompliziert«, erkläre ich.

»Versagensängste?«, fragt sie. »Damit kenne ich mich nur zu gut aus.«

Vielleicht sind wir uns ähnlicher, als ich dachte. Obwohl Celine alles im Griff zu haben scheint, höre ich deutlich das Bedauern in ihrer Stimme. Bedauern erkenne ich sofort. Genau mein Ding.

»Wo wir gerade von meinem nervig berühmten Bruder reden, ich sollte ihn anrufen«, sagt sie.

»Jetzt? Ist es in Florida nicht schon spät?«

»Ethan ist eine Nachteule. Er schreibt nachts und überarbeitet tagsüber. Frag mich nicht, warum.«

Das hatte ich auch nicht vor. Es interessiert mich nicht im Mindesten, wie er sein Leben lebt. Wer war es doch gleich, der gesagt hat, er schreibe betrunken und überarbeite nüchtern? Vielleicht ist das seine Interpretation davon.

»Ich hab ihm versprochen, mich zu melden, wenn es Neuigkeiten gibt, also muss ich ihn anrufen.«

»Was für Neuigkeiten denn?«, frage ich neugierig.

»Du«, antwortet sie mit einem Lächeln. »Außerdem muss ich ihn etwas fragen.«

Sie wählt seine Nummer und stellt auf Lautsprecher.

»Hey, Bruderherz, was machst du gerade?«

»Ich schreibe. Wie läuft's zu Hause?«

»Gut. Super. Keine Sorge, ich halte dich nicht lange von der Arbeit ab. Ich wollte nur, dass du meiner Retterin Hallo sagst.«

»Ist das Wunder etwa tatsächlich geschehen? Du hast jemanden gefunden, der dir im Café aushilft?«

»Ja, sie ist den ganzen Weg aus New York gekommen, um mir zu helfen«, sagt Celine und zwinkert mir zu.

»Ähm«, stammle ich verlegen, »na ja …«

Celine gibt mir einen sanften Schubs. »Maya, sag Hallo.«

Der Plan besteht darin, total nett zu ihm zu sein, damit er mir alles erzählt, was er weiß.

»Hi«, sage ich. »Schön, dich kennenzulernen, Ethan. Ich hab schon viel von dir gehört.«

Schweigen.

»Hey, Ethan, bist du noch da?«, fragt Celine.

»Ja, sorry, ihr wart kurz weg.«

»Ach je«, sagt sie. »Maya hat Hallo gesagt.«

»H-hallo.«

»Für einen Schriftsteller kannst du echt erstaunlich schlecht mit Worten umgehen. Sag: ›Willkommen und danke, dass du meiner chaotischen Schwester geholfen hast.‹«

»Willkommen und danke, dass du meiner chaotischen Schwester geholfen hast«, wiederholt er, und ich kann nicht sagen, ob er Witze macht oder nicht. So oder so geht mir seine Stimme jetzt schon auf die Nerven. Nein, nicht seine Stimme, es ist sein Ton. Er klingt genauso abgehoben, wie er auf dem Foto aussieht.

»Okay, genug geplaudert«, sagt Celine. »Ich habe angerufen, weil ich wissen will, wann du zurückkommst.«

Die einzige Antwort ist ein Knistern und die Hälfte eines Wortes, das ich nicht verstehen kann.

»Hör auf zu nuscheln«, befiehlt Celine und lacht.

»Diese Woche, hab ich gesagt.«

Sie sieht mich an und verzieht das Gesicht. »Diese Woche? Haben dich Mom und Dad rausgeworfen?«

»Liegst du mir nicht schon seit Monaten in den Ohren, dass ich endlich nach Kalifornien zurückkommen soll?«

Celine lacht wieder. »Das muss irgendeine andere Schwester gewesen sein. Also, wann planst du hier zu sein?«

»Bald.«

»Okay, das ist vage genug. Könnte diese Woche sein, aber vielleicht auch erst am 17. Juni, richtig?«

Sie legt die Hand aufs Telefon, flüstert mir zu: »Typisch Ethan«, und nimmt die Hand wieder weg.

»Gibst du mir vorher Bescheid? Ich komme zum Flughafen, mit Banner und allem.«

»Nein danke«, antwortet er trocken. »Aber wir sehen uns bald.«

Gott sei Dank. Vielleicht wird mein Plan doch noch aufgehen.

35

Sobald ich an diesem Abend wieder in meinem Zimmer bin, rufe ich Alisa an.

»Delphy kommt zurück nach Carmel. Ich weiß noch nicht genau, wann, aber wahrscheinlich schon vor dem 17. Juni.«

»Ich wusste gar nicht, dass er am 17. Juni nach Carmel kommen sollte.«

»Hab ich dir das nicht erzählt? Sorry. Dann hat unsere Unterhaltung anscheinend nur in meinem Kopf stattgefunden.«

Sie lacht leise.

»Ich habe auch gute Neuigkeiten. Eine der Lektorinnen, die ich um ein Leseexemplar gebeten habe, hat sich gemeldet und versprochen, mir noch diese Woche ein Exemplar zu schicken. Leider kein PDF, also kommt es per Post.«

»Super! Dann war heute doch ein guter Tag.«

Am nächsten Morgen bin ich ein bisschen neben der Spur, weil ich die letzte Nacht kaum geschlafen habe. Vielleicht aus Aufregung und Vorfreude, dass ich endlich meinem Ziel, Antworten zu erhalten und Max kennenzulernen, einen Schritt näher komme. Aber was immer auch der Grund dafür gewesen sein mag, jedenfalls habe ich mich stundenlang im Bett herumgewälzt. Nach einer Tasse starkem schwarzem Kaffee fühle ich mich allmählich wieder wie ein Mensch und kann die Kunden anlächeln, ohne dabei auszusehen, als hätte ich Schmerzen.

Ich liebe den Geruch von Kaffee. Ich glaube, ich mochte ihn schon immer, aber in den letzten Tagen ist er zu einer tröstlichen, vertrauten Konstante in meinem Leben geworden. Wenn man in einem Café arbeitet, ist der Kaffeeduft überall – in deiner Kleidung, deinen Haaren, deinen Händen. Zu versuchen, ihn wegzuwaschen, ist völlig aussichtslos, er bleibt dir erhalten.

Die Routine gefällt mir immer besser. Die Stammkunden näher kennenzulernen ist das Highlight meines Tages, sie zu begrüßen und sogar ein Schwätzchen zu halten. Das ist für mich eine große Sache.

Heute unterhalte ich mich mit Brienne. Von Celine weiß ich, dass sie alleinerziehende Mutter ist, drei Söhne hat und Professorin für Mathematik an der Stanford University ist. Jeden Morgen – zumindest, seit ich hier bin – stürzt sie gegen sieben mit zerzausten Haaren, chaotisch zusammengewürfelten Klamotten und geschwollenen Augen ins Café.

»Lange Nacht?«, frage ich sie, während ich ihren Espresso mit drei kräftigen Shots mache.

Sie nickt, bringt jedoch kaum ein Wort heraus, bis sie ein paar Schlucke Kaffee intus hat. »Ich kann nicht lange bleiben. Die Jungs kommen bald von einer Pyjamaparty nach Hause.«

Ich lächle sie an. Es muss schwer sein, sich allein um drei Jungs zu kümmern.

Brienne nimmt ihr Baguette mit Käse, Salat und Tomaten und die drei Pastrami-Sandwiches für ihre Jungs und verschwindet genauso schnell, wie sie gekommen ist. Gestern Nachmittag hat sie ihre Söhne mitgebracht und sie mit Tablets beschäftigt, während sie Hausarbeiten korrigierte.

Brienne ist eigentlich eine wunderschöne Frau, hat jetzt aber wohl nicht mehr die Zeit, sich um ihr Aussehen zu kümmern.

»Ich habe einfach zu viel zu tun«, hat Brienne gestern auf Celines Frage geantwortet, warum sie es denn so eilig hat. Sie ist höchstens Mitte dreißig, und wegen ihres von Natur aus schönen Teints und ihrer großen braunen, ausdrucksstarken Augen nennt Celine sie gern »Bambi«.

Ein bisschen später treffe ich Hugo, ebenfalls ein Mitglied unseres »Blue Valentine Clubs«, wie Celine die Stammkundschaft nennt. Sie hat mir erzählt, dass er, als er vor drei Jahren zum ersten Mal ins Café kam, glücklich verheiratet war, mit seiner Frau ein Haus kaufen wollte und eine Reise um die Welt plante. Er träumte davon, Kinder zu haben. Sechs Monate später lief sie mit all seinen Ersparnissen und den wenigen Schmuckstücken, die er von seiner Mutter geerbt hatte, auf und davon. Sie hatte behauptet, schwanger werden zu wollen, doch auch das war eine glatte Lüge gewesen, denn sie nahm während der ganzen Zeit die Pille. So blieb er mit der Hälfte seines Vermögens, ohne Haus und natürlich auch ohne Frau zurück. Seitdem datet er nicht mehr und möchte auch keine engere Beziehung zu einer Frau – zwei Scheidungen, so sagt er, seien mehr als genug. Ich finde das schade. Er hat grau melierte Haare, tiefgründige braune Augen, ist charmant, gut in Form und ein fantastischer Gesprächspartner. Obendrein hat er auch noch einen gut bezahlten Job als führender Kommunikationsexperte bei der Stadtverwaltung von Monterey.

»Wo parkst du denn, Maya?«, fragt er mich heute Morgen.

»Ich habe kein Auto, Hugo.«

»Oh, gut. Gut. Heute kommt eine britische Delegation nach Monterey, und sie fahren durch Carmel. Alle Straßen auf der Strecke werden gesperrt, du würdest nicht mehr durchkommen.«

Hugo weiß über alles Bescheid, was in Monterey Bay passiert. Er ist wie ein Lokalblatt auf zwei Beinen. Das Einzige, was er nicht weiß, ist, wie man eine nette Frau von einer unterscheidet, die nur hinter seinem Geld her ist.

Noch habe ich heute keine verpassten Anrufe von David – hoffentlich ist das ein Zeichen, dass er endlich aufgegeben hat und mit seinem Leben ohne mich weitermacht.

Die erste Tageshälfte geht so schnell vorbei, dass ich es kaum mitbekomme, als sich um elf die Tische zu leeren beginnen und die Hektik sich legt. Die Zeit zwischen Frühstück und Mittagessen ist deutlich ruhiger, und so sollte es bis ungefähr ein Uhr bleiben. Eine Erholungspause, die Celine und ich dringend brauchen.

Am späten Nachmittag fragt mich Celine, ob es okay sei, wenn sie mich für etwa eine Stunde allein lässt, weil sie in Monterey ein paar Sachen besorgen muss.

»Ich fürchte, was wir vorrätig haben, wird nicht übers Wochenende reichen, und die nächste reguläre Lieferung kommt erst Dienstag.«

»Geh ruhig«, sage ich. »Keine Sorge. Ich tue mein Bestes, nichts zu vermasseln.«

»Du schaffst das«, versichert sie mir. »Und ich bin ja auch bald zurück.«

36

Anfangs läuft alles gut, doch als immer mehr Leute hereinkommen und sich eine lange Schlange bildet, gerate ich in Panik. Wann kommt Celine endlich wieder? Ich hole mein Handy aus der Tasche und tippe eine Nachricht an sie, überlege es mir dann aber doch anders. Ich will nicht, dass sie denkt, ich komme nicht zurecht.

»Hi«, sagt ein Mann, der schon eine Weile geduldig wartet.

»Hallo«, antworte ich, sehe ihn zum ersten Mal richtig an und lege mein Handy weg, wobei ich fast die Theke verfehle. Seine Augen sind atemberaubend. Und sein Gesicht … ganz allgemein. Er ist einer dieser Männer, die etwas ganz Besonderes an sich haben. Schwarze, wellige Haare, etwas zu lang für meinen Geschmack, aber nicht so lang, dass man sie zu einem Pferdeschwanz zusammenbinden müsste, ein glatt rasiertes, kantiges Gesicht mit einem kräftigen Kinn, und diese Augen. Grün – und wenn ich grün sage, meine ich richtig grün, wie Kontaktlinsen. Er trägt ein weißes T-Shirt und hat auf seinem muskulösen Oberarm ein großes Tattoo von etwas, das ich nicht richtig erkennen kann. Ich schlucke schwer und sehe weg. Warum starre ich ihn an, als hätte ich noch nie einen Mann gesehen? *Reiß dich zusammen, Maya.*

»Ich brauche noch einen Moment. Danke für Ihre Geduld«, sage ich, während ich die letzte Bestellung für eine Gruppe erledige.

Selbst während ich den Kaffee mache, sehe ich immer wieder zu ihm rüber. Er erwidert meinen Blick, und da wird mir klar, wie offensichtlich ich ihn anstarre. Ich versuche wegzusehen.

Was war es noch gleich? Ein Macchiato, glaube ich. Okay. Ich bringe die Bestellung zum Tisch und komme zu dem Mann mit den wunderschönen grünen Augen zurück. »Entschuldigen Sie bitte.« Meine Wangen brennen. »Was darf ich Ihnen bringen?«, frage ich, ohne den Blick auch nur eine Sekunde von ihm abzuwenden. Irgendwas an ihm schlägt mich in seinen Bann. Wie er sich verhält, und dieser eindringliche Ausdruck in seinen Augen …

»Ich … Ich bin …«, setzt er an, doch eine Stimme unterbricht ihn.

»Verzeihung, Miss«, sagt die Frau, für die ich gerade den Caramel macchiato gemacht habe.

»Entschuldigen Sie mich bitte einen Moment«, sage ich zu ihm und gehe hinüber, um zu sehen, was los ist.

»Ich habe einen Caramel macchiato mit Mandelmilch bestellt, aber ich glaube, das ist normale Milch«, erklärt die Frau.

»Bitte entschuldigen Sie«, sage ich. Normalerweise kann ich mir Bestellungen gut merken – warum bin ich denn plötzlich so verpeilt? »Ich mache Ihnen einen neuen und bringe Ihnen unser Gebäck des Tages. Aufs Haus natürlich.«

Dann wende ich mich dem grünäugigen Mann zu. »Es wird noch einen Moment dauern. Ich muss den Macchiato leider neu machen«, erkläre ich ihm. »Sorry«, füge ich zum zehnten Mal innerhalb von fünf Minuten hinzu.

»Schon okay«, meint er gelassen.

In Windeseile mache ich einen neuen Caramel macchiato. »Bin gleich bei Ihnen«, sage ich, als ich auf dem Weg zu dem Tisch an ihm vorbeikomme.

Plötzlich schallt der Klingelton meines Handys durch den ganzen Raum, ich schließe die Augen und beiße die Zähne zusammen – garantiert laufe ich knallrot an. Wie konnte ich vergessen, mein Telefon auf lautlos zu stellen?

Alle wenden sich ruckartig der Theke zu. Ein Mann verdreht die Augen, eine Frau wirft mir einen bösen Blick zu, und der Mann mit den grünen Augen dreht sich um und geht.

Mit einer raschen Bewegung bin ich bei der Theke und lehne den Anruf ab. Es war David. Wer auch sonst?

Bald darauf kommt Celine zurück, und der Rest des Tages verläuft zum Glück ereignislos.

»Hast du schon von deinem Bruder gehört?«, frage ich Celine, als wir das Café abschließen.

Sie zuckt die Achseln. »Ich hab ihn ein paarmal angerufen und Nachrichten auf der Mailbox hinterlassen, aber bisher nicht, nein.«

Wir beschließen, das Abendessen ausfallen zu lassen und direkt zu Wein und den Brezeln überzugehen, von denen Celine mir erzählt hat, doch von beidem ist nichts mehr da, also geht Celine noch kurz einkaufen, während ich unter die Dusche springe.

Etwa zehn Minuten später klingelt es an der Tür. Wahrscheinlich hat Celine ihren Schlüssel vergessen. Das ist neulich schon einmal passiert, als sie Pizza holen wollte, und seither weiß ich, dass unsere Tür sich von innen verriegelt, wenn man sie einfach hinter sich zuzieht.

In Windeseile wickle ich mich in ein Handtuch und sause zur Tür.

Doch dann erstarre ich, die eine Hand am Handtuch und die andere auf der Türklinke, fast zur Salzsäule.

37

Meine Gedanken überschlagen sich in dem fieberhaften Bemühen, zu verstehen, was hier vor sich geht. Was macht er hier? Woher weiß er, wo ich wohne? Ist er mir gefolgt? Ist er irgendein Spinner?

»Hallo«, sagt er, und ich öffne den Mund und schließe ihn wieder wie ein Fisch. Nichts kommt heraus.

»Ich bin Ethan«, sagt er. »Celines Bruder.«

»Ethan.« Ich spüre, wie ich rot werde. »Sie sind ... Sie sind Ethan.«

Ich kann es nicht glauben. Der Kunde von vorhin ist Ethan Delphy. O mein Gott!

Wie ist das möglich? Er sieht überhaupt nicht aus wie auf dem Foto – mal abgesehen von der Form seiner Augen und dem kantigen Gesicht. Seine Haare sind wellig und fast kinnlang, er hat keinen Bart, keine Brille, und seine Arme sehen aus, als verbringe er die meiste Zeit im Fitnessstudio, nicht am Schreibtisch. Und dann noch dieses riesige Tattoo. Wo ist der Steve-Jobs-Look, den ich erwartet habe? Nichts gegen Steve Jobs. Er ist zweifellos ein brillanter Mann.

»Hi«, sage ich, völlig perplex.

»H-Hi.« Er klingt verlegen, als schäme er sich für mich. Was genau das ist, was ich jetzt brauche. »Ich wusste nicht, dass Sie hier wohnen.«

»Das tue ich. Sorry, kommen Sie doch rein.« Ich zerre energisch an meinem Handtuch, damit auch bestimmt nichts zu sehen ist. Wasser tropft von meinen Haaren auf den Boden. Geht's noch peinlicher?

Er geht an mir vorbei, und ich möchte am liebsten im Boden versinken. Und anderswo wieder rauskommen. Egal wo – nur nicht hier.

»Ich wusste auch nicht, dass Sie hier wohnen«, sage ich. »Und wir wussten nicht, dass Sie heute Abend hier auftauchen würden«, füge ich als Entschuldigung hinzu, dass ich ihn so empfange. Und für vorhin, im Café. Eigentlich weiß ich gar nicht mehr, weshalb ich mich so mies fühle.

»Tut mir leid. Ich dachte, Celine hätte Ihnen erzählt, dass wir beide hier wohnen. Wenn ich in der Stadt bin.«

»Leider hat sie mir nichts davon gesagt«, murmle ich.

»Ich habe einen frühen Flug genommen und meinen Schlüssel vergessen«, erklärt er.

»Gut. Wunderbar. Nicht das mit dem Schlüssel natürlich. Ich meinte den Flug.«

Maya, jetzt reiß dich verdammt noch mal zusammen. Du bist ja völlig neben der Spur. Er bemüht sich, mich nicht anzustarren, schaut sich im Raum um, zum Fenster, in alle Richtungen, nur nicht zu mir.

»Würden Sie mich einen Moment entschuldigen? Ich will nur schnell …«

Na, was wohl? Mich anziehen. Mir selbst eine runterhauen. In ein Kissen brüllen – ganz normale Sachen eben.

»Ich bin gleich wieder da«, fahre ich schließlich fort.

»Lassen Sie sich ruhig Zeit. Ich wollte hier nicht so reinplatzen.«

»Es ist das Haus Ihrer Familie. Ihr Haus. Nicht meins. Sie sind nicht reingeplatzt. Ich bin hier nur zu Gast. Ich bin diejenige, die …« Ich halte inne. »Celine müsste jeden Moment zurück sein. Sie ist nur kurz einkaufen gegangen.«

Er nickt, sieht mich aber immer noch nicht an.

»Bin gleich wieder da«, sage ich noch mal und klinge wie die letzte Idiotin.

Ich kann nicht glauben, dass der Typ aus dem Café Ethan Delphy ist. Warum hat er nichts gesagt? Ich dachte, er wäre nur irgendein Kunde. Er hat meinen Beinahe-Nervenzusammenbruch miterlebt, und er hat gesehen, wie ich dieser Frau eine falsche Bestellung gebracht habe. Was wird er jetzt über mich denken? Dass ich unfähig bin, natürlich. Dass es ein großer Fehler war, mich einzustellen. In Gedanken spiele ich unsere Begegnung im Café noch einmal durch. Er hätte sagen können, wer er ist, tat es aber nicht. Hat er sich auf meine Kosten amüsiert? Mich dabei beobachtet, wie ich mich blamiere? Und jetzt hat er mich auch noch fast nackt gesehen. Ein komplettes Desaster.

Ich muss mich beruhigen, schließlich konnte ich nicht wissen, dass er es ist, oder? Er sieht ganz anders aus als auf dem Foto, und er hat auch keinerlei Ähnlichkeit mit Celine. Sie hat hellbraune Haare und bernsteinfarbene Augen, er schwarze Haare und grüne Augen. Und die beiden sollen Zwillinge sein? O Mann, spielt das überhaupt eine Rolle? Er sieht aus, wie er aussieht. Was viel wichtiger ist: Ich habe mich vor ihm zum Deppen gemacht, und sein erster Eindruck von mir muss katastrophal gewesen sein. Das ist kein guter Anfang. Wenn er herausfindet, wer ich bin, erzählt er Max bestimmt gleich, was für eine absolute Katastrophe diese Maya ist. Ich glaube, er gehört zu den Menschen, die so etwas tun würden.

Ich habe mich gerade fertig angezogen, als ich Celines Stimme im Wohnzimmer höre.

»Du bist hier«, sagt sie und klingt so glücklich, dass es mich beinahe auch glücklich macht. »Was für eine Überraschung!«

»Die Delphy-Zwillinge, wieder vereint«, witzelt er und schließt sie in die Arme.

Celine lacht, und als sie mich sieht, kommt sie herüber.

»Ethan, das ist Maya.«

»Wir haben uns schon kennengelernt«, sagen er und ich im Chor. Er grinst, ich schaue schnell weg.

»Das ging ja ruckzuck«, stellt Celine lachend fest. »Sehr schön. Also, wie müde bist du? Wein und Karinas berühmte Brezeln?«

»Du hast welche mitgebracht? Klar, gern. Und Wein klingt auch gut.«

»Rotwein?«, fragt sie an uns beide gewandt.

»Ich bin sicher, ihr habt eine Menge zu besprechen, also lasse ich euch lieber allein und gehe schlafen.«

Ich will mich in meinem Zimmer verkriechen und nie mehr herauskommen. Nie, nie wieder.

»Auf gar keinen Fall!«, protestiert Celine. »Komm schon, Ethan ist gerade mal ein paar Minuten hier. Setzen wir uns auf die Terrasse und gönnen uns ein Gläschen.«

Er öffnet seinen Koffer und holt ein schwarzes T-Shirt heraus. »Habe ich zehn Minuten?«, fragt er Celine. »Ich will nur kurz duschen und mich umziehen.«

»Klar«, antwortet sie. »Aber du musst in Moms und Dads Bad. Wir haben dein Zimmer okkupiert.«

Er lächelt. »Kein Problem.«

38

Wieder allein mit Celine, schwirrt mir immer noch der Kopf von meiner ersten misslungenen Begegnung – oder besser gesagt, meinen Begegnungen – mit Ethan.

»Wohne ich in Ethans Zimmer?«, frage ich. Wann ist endlich Schluss mit diesen Peinlichkeiten?

»Ja, aber das stört ihn nicht.«

»Denkst du nicht, wir sollten tauschen? Ich kann doch das andere Zimmer nehmen.«

»Nein, nicht nötig. Das Bett im Zimmer unserer Eltern ist größer. Er wird es mögen.«

»Bist du sicher?«

»Ja, absolut.«

»Warum hast du mir nicht gesagt, dass er auch hier wohnt?«

»Sorry. Irgendwie dachte ich, du wüsstest es«, sagt sie. »Und keine Sorge. Er ist bald wieder weg.«

Eigentlich möchte ich sie daran erinnern, dass ich auch nicht lange hier sein werde, lasse es dann aber doch bleiben.

Wir nehmen den Wein und das Essen mit nach draußen. Ethan schenkt uns ein.

»Auf uns. Auf uns alle«, sagt Celine.

Wir trinken einen Schluck und knabbern dann eine Weile schweigend an unseren Brezeln, die tatsächlich extrem lecker sind.

Das Ganze ist mir etwas unangenehm, ich fühle mich wie das fünfte Rad am Wagen, außerdem kann ich mir beim besten Willen nicht vorstellen, was in Ethans Kopf vorgeht. Er seinerseits macht einen ganz entspannten Eindruck.

»Wie läuft's mit dem neuen Buch?«, fragt Celine.

»Es geht voran. Mit dem ersten Entwurf bin ich fertig und fange jetzt mit dem Überarbeiten an.«

»Bist du zufrieden damit?«

»Bin ich das je?«, erwidert er lachend. »Mit ersten Entwürfen ist man nie zufrieden.«

Sie wendet sich an mich. »Mein Bruder, der Perfektionist. Weißt du, Maya ist auch Schriftstellerin.«

»Ach ja?«, fragt er.

Ich schlucke schwer. »Ich bin Journalistin. Es ist leichter, zweitausend Wörter zu schreiben als neunzigtausend.«

»Ich fand Kurzgeschichten immer viel schwieriger«, entgegnet er, und obwohl er etwas Nettes sagt, klingt es in meinen Ohren gar nicht nett, sondern überheblich.

»Bei Sachtexten ist das anders.«

Er macht sich nicht die Mühe, mir zu widersprechen.

»Maya schreibt auch Bücher, aber hat noch keinen Agenten«, erzählt Celine.

Ich werde rot. Hier sitzt er, der erfolgreiche Autor, und ich bin ein Niemand. Dann fällt mir wieder ein, dass ich diesen Typen nicht leiden kann. Warum also sollte mir irgendwas peinlich sein? Ihm sollte es peinlich sein, dass er meine Geschichte gestohlen hat. Ich brauche ihn nicht zu beneiden. Ich sollte wütend sein. Innerlich. Denn nach außen muss ich nett und freundlich bleiben. Ich setze ein Lächeln auf.

»Vielleicht könntest du Maya ein paar Tipps geben, wie man den richtigen Agenten findet«, schlägt Celine vor. »Du hast das doch auch durch.«

Er nickt. »Alle Autoren machen denselben Prozess durch«, erklärt er. »Schreiben, überarbeiten, weiterschreiben, abgeben, noch mal probieren.«

Mein Lächeln gerät nicht ins Wanken. Du hast leicht reden, denke ich dabei.

»Ich habe nicht so viel Zeit zum Schreiben«, sage ich. Die lahmste Ausrede, die es gibt. Das sagen alle, die nicht schreiben.

»Ich habe einen Laptop auf der Küchentheke stehen sehen. Ist das deiner?«

Ich nicke.

»Warum nimmst du ihn nicht mit ins Café und schreibst ein bisschen, wenn nicht viel los ist? Selbst wenn es nur hundert Wörter sind. Es läppert sich«, erklärt er und wendet sich dann an Celine. »Das hab ich auch immer gemacht, als wir noch zusammen im Café gearbeitet haben, weißt du noch?«

»Ja, ich erinnere mich. Ich habe die meiste Arbeit gemacht, während du auf einen leeren Bildschirm gestarrt und behauptet hast, du würdest einen Plot entwerfen.«

Beide fangen an zu lachen.

»Ich bevorzuge Stift und Papier«, sage ich.

»Verstehe.« Er nickt. »Noch besser. Das kannst du überall reinschmuggeln.«

Oberflächlich betrachtet sind das alles nette, hilfreiche Tipps, trotzdem schafft er es, herablassend zu wirken. Irgendwie versucht er zu angestrengt, mir zu gefallen, anstatt mir sein wahres Gesicht zu zeigen und endlich so nervig, verklemmt und verdrießlich zu sein, wie ich ihn mir vorgestellt habe. In Wirklichkeit ist er bestimmt so ein Typ, der sich für ein literarisches Genie hält, auf alle anderen hinabschaut und überzeugt ist, etwas Besseres zu sein, weil er Erfolg hat. Bevor ich das Buch von Alisa bekomme – meine Geschichte, die er bestimmt verpfuscht hat –, sollte ich, nur um zu sehen, wie »genial« sie tatsächlich sind, eines seiner anderen Bücher lesen, schließlich habe ich sie ja bezahlt.

»An der Ocean Avenue gibt es einen coolen Laden, der schicke Notizbücher und Stifte verkauft«, sagt Celine.

»Da bin ich vorbeigekommen, wirklich toll, aber schrecklich teuer. Ich könnte mir nichts davon leisten.«

Er starrt mich wortlos an, und ich bin so tief in Gedanken versunken, dass ich es nicht einmal verbergen kann.

Ich glaube, ich empfinde Ethan gegenüber eine seltsame Mischung aus Neid und Hass. Ich hasse ihn, weil er meine Geschichte gestohlen hat und ihm jedes Recht fehlt, über mich oder diesen Tag zu schreiben, und ich beneide ihn, weil er Max kennt, weil er weiß, was Max an diesem Tag gedacht und was er gefühlt hat. Ich stelle mir vor, wie die beiden bis spät in die Nacht miteinander geredet haben wie ich mit Alisa. Und auf einmal fühle ich mich seltsam schutzlos. Noch weiß er nicht, dass ich die Frau aus seinem Buch bin, aber über kurz oder lang wird er es herausfinden, und das könnte peinlich für mich werden. Garantiert hat Max ihm alles über mich erzählt, was David mir angetan hat, er kennt meine Selbstzweifel, meine Gefühle. Das gefällt mir nicht, vor allem, weil Ethan mir nicht gefällt. Sich vor jemandem wie ihm eine solche Blöße geben zu müssen, ist furchtbar, ich bin mir ziemlich sicher, dass er schnell dabei ist, andere zu verurteilen, und ich kann mir nur zu gut vorstellen, was er Max geraten hat. Vielleicht, dass er sich lieber nicht mit mir treffen soll. O nein, bei dem Gedanken könnte ich ihm gleich an die Gurgel gehen.

Ich starre ihn an und versuche, meine Gefühle wieder unter Kontrolle zu bringen. Die Stille ist äußerst unbehaglich.

»Ich habe gehört, du bringst bald ein neues Buch heraus?«, sage ich schließlich.

Eigentlich wollte ich hinzufügen, dass Celine mir davon erzählt hat, aber ich möchte Lügen vermeiden, soweit ich kann.

»Ja, stimmt.«

Das ist alles. Sonst sagt er nichts. Geht nicht ins Detail. Von ihm Informationen über Max zu bekommen wird noch schwieriger werden, als ich befürchtet habe.

Mich beschleicht das Gefühl, dass er mich auch nicht besonders mag. Er lächelt und tut entgegenkommend, aber er hat einfach etwas an sich, das jetzt den Wunsch in mir weckt, mich wie eine Schildkröte in meinen Panzer zurückzuziehen.

»Gefällt es dir in Carmel?«, fragt er plötzlich.

»Ja, es ist toll hier«, antworte ich. »Eine Stadt, wie ich sie liebe.«

Er lächelt höflich.

»Maya war letztes Jahr schon mal hier; es hat ihr so gut gefallen, dass sie zurückgekommen ist«, erklärt Celine.

»Wirklich?«, fragt er, aber sein Ton ist immer noch ausdruckslos, höflich und tendenziell desinteressiert.

Dennoch ringe ich mir ein Lächeln ab.

»Du kommst wieder zurück, und Ethan läuft immer wieder weg.«

»Das ist nicht wahr«, widerspricht er.

Celine verdreht die Augen und lacht. »Wenn du es sagst.«

Irgendwann gehen wir alle schlafen. Es ist schon spät, und morgen müssen Celine und ich in aller Frühe im Café Azure sein.

39

8. Juni

Der Gedanke, Ethan wiederzusehen, macht mich schon beim Aufwachen nervös. Gestern habe ich nicht mit ihm gerechnet, und ich weiß immer noch nicht, wie ich ihn nach Max fragen könnte. So, wie ich das sehe, habe ich drei Optionen:

1. Ganz direkt
2. Ihn irgendwie austricksen, bis er es mir verrät
3. Celine dazu bringen, ihn zu fragen, was ich mir allerdings schon hätte überlegen sollen, bevor er hergekommen ist

Wenn ich ihn direkt frage, sagt er wahrscheinlich Nein, und das war's dann. So komme ich nicht weiter. Ihn auszutricksen, damit er es mir verrät, schön und gut, aber wie soll ich das denn anstellen? Ich habe keine Ahnung. Ich könnte so tun, als wäre ich nur neugierig, aber was dann? Einfach darauf hoffen, dass er sagt: »O ja, das ist mein Freund Max zwei Häuser die Straße runter. Wie wäre es, wenn ich dich ihm vorstelle?« Das klingt dämlich, und ich bin nicht manipulativ genug, um so was glaubhaft rüberzubringen. Selbst in Anbetracht dessen, dass ich mich ja schon unter Vortäuschung falscher Tatsachen in Celines Leben geschlichen habe, möchte ich nicht zu tief sinken.

Das Ganze klang einfach, als ich hergeflogen bin, aber jetzt, wo ich mich mit zwei realen Menschen konfrontiert sehe …

Weil ich nicht riskieren möchte, sie zu wecken, verlasse ich mein Zimmer nicht, sondern rufe Alisa an.

»Er ist hier«, flüstere ich.

»Was?«, fragt sie so laut, dass ich Angst habe, Celine und Ethan könnten es von ihren Zimmern aus hören.

»Schrei nicht so. Sie schlafen noch.«

»Wer?«

»Celine und Ethan.«

»Oh, der Maestro. Wie ist er so? Wie du ihn dir vorgestellt hast? Wie lautet der Plan?«

»Verschone mich mit deinen Verhörstrategien. Und nein, er ist absolut nicht so, wie ich ihn mir vorgestellt habe.«

»Etwas genauer bitte. Spann mich nicht auf die Folter.«

»Erinnerst du dich an das Foto, das wir im Internet gesehen haben?«

»Ja.«

»Na ja, er hat keinen Bart, keine Brille, dafür halblange schwarze Haare und Augen, die direkt in dich hineinstarren, ganz egal, wo du bist.«

Alisa will sich ausschütten vor Lachen. »Wie Mona Lisa?«

Der Vergleich bringt mich auch zum Lachen. »Ja. Genau so.«

»Okay, was noch?«

»Ein riesiges Tattoo von einem Vogel mit ausgebreiteten Schwingen auf beiden Armen. Und er sieht aus wie ein Fitnessfanatiker. Überall Muskeln.«

»Nenn mir einen Schauspieler, irgendwas, womit ich arbeiten kann. Im Moment stelle ich mir diesen tätowierten Typen vor, der dauernd auf Instagram auftaucht. Der mit dem Bart und den ganzen Tattoos.«

»Ich hab dir doch gesagt, er hat keinen Bart. Ein Schauspieler, der ihm ähnlich sieht? Keine Ahnung. Gerard Butler vielleicht.«

Sie lacht wieder. »Du willst also sagen, dass der Frosch in Wahrheit ein schöner Prinz ist?«

»Nein! Um Himmels willen, er ist verheiratet. In solchen Kategorien denke ich nicht über ihn nach.«

»Wie denn? Du hast Gerard Butler erwähnt, oder etwa nicht? Hallo? Kommst du von einem anderen Planeten?«

Sosehr Alisas Reaktion mich amüsiert, ich finde es höchst beunruhigend, dass ich ihn anziehend fand, bevor ich wusste, wer er ist. Sehr anziehend sogar. Ich muss mir alle Mühe geben, das zu verdrängen.

»Reden wir nicht mehr darüber. Er ist Max' verheirateter Freund, und er ist ein Dieb. Wir können ihn nicht leiden, schon vergessen?«

»Klar, wir können ihn nicht leiden. Also, wann fragst du Mr. Butler denn nach Max?«

»Nenn ihn nicht so. Und ich weiß es nicht. Bald. Ich hab ihn erst gestern Abend kennengelernt. Außerdem wohne ich in seinem Zimmer und arbeite für seine Schwester. Wenn er herausfindet, dass ich bloß hier bin, um mit ihm zu reden, verliere ich mein Dach über dem Kopf und meine einzige Verdienstmöglichkeit.«

»Vielleicht. Es sei denn, du sagst ihr die Wahrheit. Es ist ja nicht so, als wolltest du sie verletzen oder anlügen.«

»Aber warum die ganze Scharade, wenn ich drei Tage später doch die Wahrheit sage?«

Schweigen. Dann: »Das fragst du mich? Diese Scharade war deine verrückte Idee.«

Da ist was dran. Es war meine Idee. Ich hätte einfach jeden Tag ins Café gehen können. Und vielleicht hätte ich ihn heute getroffen, und all die Lügen wären nicht notwendig gewesen. Wann werde ich endlich lernen, geduldig zu sein?

»Ich könnte mit ihm reden und ihn bitten, es ihr nicht zu sagen«, überlege ich.

»Damit reitest du dich nur noch mehr rein, das bringt nichts.«

»Dann bringe ich eben irgendwie anders in Erfahrung, wer Max ist.«

»Wie stellst du dir das vor? Gehst du zu einem Hellseher?«

»Nein, du Witzbold, ich werde ihm die Information durch die Hintertür entlocken. Ich frag ihn nur nicht direkt nach Max' Namen.«

»Also machst du mal wieder alles noch komplizierter.«

»Das will ich doch nicht. Ich habe nur Angst, dass er Nein sagt. Was mach ich denn dann?«

»Aber er könnte auch Ja sagen.«

»Würdest du Ja sagen? Und erinnerst du dich noch an die Mail von seiner Assistentin? Er gibt seine Quellen nicht preis.«

Alisa seufzt. »Du sitzt in der Klemme.«

»Ich sitze ganz tief in der Scheiße.«

»Warum wartest du dann nicht, bis du das Buch gelesen hast, vielleicht bekommst du so ein paar Hinweise, und in der Zwischenzeit lernst du Ethan besser kennen. Vielleicht ist Max noch in seinem Freundeskreis, dann führt eins zum anderen, und du triffst ihn.«

»Das wäre schön. Ein bisschen zu schön, um wahr zu sein, aber wer weiß? Irgendwas Neues über das Buch?«

»Ich müsste es heute oder morgen kriegen. Dann schicke ich es dir per Nachtexpress. Tu nichts Unüberlegtes. Tu nichts, was du später bereust, okay?«

»Versprochen.«

40

Ich dusche, ziehe mich an, und als ich ins Wohnzimmer komme, schlüpft Celine schon in ihre Schuhe. Von Ethan keine Spur.

»Guten Morgen«, flüstert sie. »Mr. Schreiberling schläft noch.«

Ich nicke lächelnd, dann schleichen wir uns aus dem Haus und machen uns auf den Weg zum Café.

»Du bist so still heute«, sagt Celine, als wir die ersten Kannen Kaffee kochen und uns bereit machen zu öffnen.

»Ach ja?«

Ich würde ihr so gern alles erzählen. So unfassbar gern. Ich hasse es, Celine die Wahrheit vorzuenthalten, weil ich sie in der kurzen Zeit, die ich hier arbeite, wirklich liebgewonnen habe. Doch ich denke an das Gespräch mit Alisa heute Morgen und halte mich zurück. Ich kann ihr nicht einfach sagen, was los ist. Das wäre zu riskant. Ich muss gründlich überlegen, bevor ich irgendetwas unternehme.

Wann werde ich Ethan wohl wiedersehen? Heute Abend? Ich hoffe, es ist ihm nicht so unangenehm, mit mir zusammenzuwohnen, dass er gleich wieder verschwindet. Wenn ich keinen Kontakt zu ihm habe, erschwert das mein Vorhaben enorm. Und es ist so schon schwierig genug.

Unsere Morgen-Stammgäste strömen ins Café, und ich unterhalte mich ein paar Minuten mit Gaby. Eigentlich heißt sie Gabrielle, ist Anfang vierzig und hat sich vor einer Weile von ihrem Mann getrennt. Nun steht ihr eine unerfreuliche Scheidung bevor, und seit ein paar Tagen kann es jederzeit passieren, dass sie ausrastet, uns anschreit oder in Tränen ausbricht.

Danach entschuldigt sie sich jedes Mal überschwänglich – sie ist nervlich einfach völlig am Ende. Ihr Ex-Mann will ihr die gemeinsame Tochter wegnehmen, macht ihr ständig Vorwürfe, sie würde zu viel arbeiten und sei eine schlechte Mutter, und sogar die Wohnung, die Gaby von ihrem eigenen Geld bezahlt und für alle drei gemütlich eingerichtet hat, wird sie womöglich an ihn verlieren.

»Er hat mich betrogen. Er hat mich betrogen und findet trotzdem immer einen Weg, mir für alles die Schuld in die Schuhe zu schieben«, beklagt sie sich auch heute, als ich sie frage, wie es ihr geht. »Bitte einen Extrastarken«, seufzt sie dann, stützt sich schwer auf die Theke, und ich weiß, es ist Zeit für einen Dreifach-Espresso mit Eis und sehr viel Zucker. »Heute nichts zu essen?«, frage ich, denn Gaby sieht aus wie ein Gespenst, abgemagert, mit dunklen Ringen unter den Augen, und ich möchte sie gern überreden, sich ein bisschen zu stärken. »Ich hab keinen Hunger, danke, Maya«, wehrt sie ab.

Gaby ist eine gebildete, weit gereiste Frau mit einem guten Job und sehr viel Pech. Von Celine weiß ich, dass die bevorstehende Scheidung schon ihre dritte ist, und wenn ihre kleine Tochter nicht wäre, würde sie alles bestimmt nicht so schwer nehmen. Die finanziellen Verluste könnte sie verkraften, doch diesmal liegen die Dinge anders als bei den bisherigen Trennungen, denn sie liebt ihre dreijährige Tochter Annalise abgöttisch, und auch Celine hat mir von der Kleinen vorgeschwärmt, wie süß sie ist und wie gut erzogen. Da Gaby in der Bay Area mehrere Boutiquen besitzt, die super laufen, sind wir uns sicher, dass ihr Ex-Mann sie nur wegen ihres Geldes geheiratet hat und nun das Kind als Druckmittel benutzt, um möglichst viel für sich herauszuschlagen.

»Wenn es um ihr Liebesleben geht, trifft sie katastrophale

Entscheidungen«, sagt Celine, als Gaby wieder davongebraust ist.

»Tun wir das nicht alle?«, sage ich, und nach Celines Gesichtsausdruck zu schließen, habe ich einen wunden Punkt getroffen.

»Scheidungen sind übel«, meint sie. »Ethan hatte großes Glück, das Ganze einigermaßen unbeschadet zu überstehen. Isabella hat einfach die Formulare unterschrieben, ihren Scheck eingesteckt, und weg war sie. Ich hatte da leider nicht so viel Glück …«

Ich weiß nicht, was mich mehr schockiert – dass sie geschieden ist oder dass Ethan geschieden ist. Auf Wikipedia stand, er wäre noch verheiratet. Es ist doch wirklich auf nichts mehr Verlass.

»Tut mir leid«, sage ich. »Das wusste ich nicht.«

»Das ist auch nichts, woran ich mich erinnern will.«

Ich habe keine Ahnung, was passiert ist, aber offensichtlich tut es immer noch weh.

Gegen zehn Uhr kommt Ethan herein. Sofort überfällt mich eine heftige Nervosität. Er ist hier, ich könnte mit ihm reden, aber wie? Wie soll ich das angehen?

Er winkt uns von der Tür aus zu, geht dann hinter die Theke und macht sich selbst einen Kaffee. Wortlos setzt er sich an einen kleinen Tisch am Fenster, holt seinen Laptop heraus und fängt an zu tippen.

Ich sehe Celine an, sie erwidert meinen Blick und fängt laut an zu lachen. »Guten Morgen, Schlafmütze. Den zerzausten Haaren nach würde ich sagen, du bist gerade erst aufgewacht«, ruft sie ihrem Bruder zu.

Er stöhnt, und auf seinem verschlafenen Gesicht erscheint ein kaum sichtbares Grinsen.

Sein Gesicht verändert sich, wenn er lächelt. Es ist kein vollkommenes Lächeln, eher ein Anflug. Genau wie auf dem Foto. Er wirkt dann viel menschlicher und weniger wie ein »echter Kerl«. Beinahe sympathisch.

»Er ist kein Morgenmensch«, erklärt Celine. »Normalerweise warte ich ein paar Stunden, bevor ich ihn irgendetwas frage, was ihm mehr als eine einsilbige Antwort abverlangen würde.«

Zwei Stunden später ist die Schlange nicht kürzer, und Ethan hat noch kein einziges Mal aufgeblickt. Das weiß ich, weil ich ihn beobachtet habe. Er hat Kopfhörer in den Ohren und scheint völlig ins Schreiben vertieft zu sein. Vielleicht spielt er aber auch Solitaire. Eigentlich ist mir das ganz egal. Hauptsache, er schreibt nicht noch eine Geschichte über mich.

Ich wische einen Tisch in seiner Nähe ab – ob absichtlich oder nicht – und mustere ihn. Anscheinend spürt er meinen Blick, denn er schaut von seinem Laptop hoch und sieht mir direkt ins Gesicht.

Mit einer abrupten Bewegung reißt er die Ohrstöpsel heraus und schiebt dabei aus Versehen seine Tasse mit dem Ellbogen über den Rand des Tischs. Sein Versuch, sie aufzufangen, geht schief, aber ich bekomme sie gerade noch rechtzeitig zu fassen. Zum Glück war sie leer, sonst hätte es eine ziemliche Sauerei gegeben. Für einen kurzen Moment berühren sich unsere Hände, nur einen Sekundenbruchteil, und er zieht seine Hand so hastig weg, als hätte ich heißes Wasser auf sie geschüttet. Ich wünschte, ich hätte die Hand als Erste weggezogen und nicht dagestanden wie eine kaputte Marionette.

Warum fühle ich mich so unbeholfen? Benimm dich doch einfach normal, versuche ich mir gut zuzureden.

»Gut gefangen«, sagt er, ohne eine Miene zu verziehen.

»Danke«, antworte ich lächelnd. »Wie läuft es mit dem Schreiben?«

Er starrt mich schweigend an. Okay, jetzt geht das schon wieder los …

»Soll ich dir Kaffee nachschenken?«

»Nein, schon gut«, sagt er. »Den Kaffee muss ich mir selbst machen, ihn mir sozusagen verdienen. Sonst verlangt Celine, dass ich dafür bezahle, oder sie wirft mich raus.«

»O ja, sie kann einem ordentlich Angst einjagen.«

Hoffentlich hat er die Ironie kapiert. Anscheinend nicht, denn er zeigt keine Reaktion. Wie peinlich.

»Wenn sie dich mit mir reden sieht, kriegst du Ärger«, sagt er todernst. »Beziehungen zum Personal aufzunehmen ist strengstens verboten.«

Ich werde knallrot und gerate in Verlegenheit. Habe ich etwas falsch gemacht?

»War nur ein Witz«, beruhigt er mich.

Okay, wir haben hier einen krassen Fall von inkompatiblem Humor, meine Damen und Herren. Das kann ja lustig werden.

Als wir nach Hause kommen, nimmt Celine mich beiseite. »Kann ich dich um einen großen Gefallen bitten?«

»Klar.«

»Könntest du morgen das Café aufmachen?«

»Aber sicher. Alles okay?«

»Ich muss zu einem Meeting nach San Francisco.«

»Alles in Ordnung?«, hake ich nach.

»Ja, natürlich. Ich werde nicht lange weg sein. Nur ein paar Stunden.«

»Kein Problem. Ich sorge dafür, dass alles läuft. Lass dir ruhig Zeit.«

41

9. Juni

Am nächsten Morgen ruft meine Mutter an und entschuldigt sich hundertmal, dass sie unser wöchentliches Samstags-Telefonat verpasst hat. Ich gebe mich so gelassen und entspannt wie möglich, ganz im Urlaubsmodus. Dass ich meinen Job gekündigt habe, sage ich ihr lieber nicht, weil sie sich nur Sorgen machen würde. Über Max rede ich auch nicht, und außer der Frage »Irgendwas Neues?« hakt sie auch nicht weiter nach. Stattdessen erzähle ich ihr von Carmel, wie schön es hier ist und wie viel Spaß ich habe.

»David ruft mich immer wieder an«, berichtet sie.

»Ignorier ihn einfach, Mom. Geh nicht ran.«

Merkwürdig. Jetzt, da sie es erwähnt, fällt mir auf, dass David sich gestern gar nicht bei mir gemeldet hat. Gut. Vielleicht ist die Botschaft ja endlich angekommen.

»Ist dieser Mann das alles wirklich wert, Maya?«

Tja. Jetzt bringt sie das Thema doch auf.

»Ja, das ist er«, antworte ich entschieden.

»Wann kommst du denn zurück?«

»Frühestens in einer Woche. Oder so.«

Glaube ich. Vielleicht. Momentan bin ich mir über gar nichts sicher. Ganz ehrlich.

Mein Solo-Abenteuer im Café Azure hat erst vor ein paar Stunden angefangen, aber außer dem Umstand, dass Ethan gerade aufgetaucht ist, kaum zwei Worte zu mir gesagt und auch keine Hilfe angeboten hat, läuft alles gut.

Ich gehe mit einem Tablett, auf dem ich Kaffeetassen und Gläser mit Limonade und Orangensaft balanciere, an seinem Tisch vorbei. »Guten Morgen. Kann ich dir was bringen?«

Er schreibt gerade etwas auf ein Blatt Papier und scheint beim Klang meiner Stimme zu erschrecken. Hektisch sieht er zu mir auf und macht eine ruckartige Bewegung, als wollte er seinen Stuhl zurückschieben oder aufstehen. Oder mir nicht zu nahe kommen. Überrascht von seiner Reaktion, springe ich zur Seite. Ich weiß nicht, warum. Sein Erschrecken erschreckt mich, und ich fürchte, dass ich zu weit in seine Komfortzone eingedrungen bin. Ganz ehrlich, ich weiß es nicht. Es geht alles so schnell. Jedenfalls fliegen im nächsten Moment alle Tassen und Gläser von meinem Tablett. Scherben überall, Kaffee und klebriger Saft auf dem Tisch. Auf seinen Klamotten. Auf seinem Laptop.

Ich erstarre vor Entsetzen. O mein Gott. Zwei Tage hintereinander. »Es tut mir so, so leid.«

Ich erwarte, dass er mich beschimpft oder mir zumindest Vorhaltungen macht. Doch stattdessen springt er auf, bleibt wie angewurzelt stehen, starrt mich an und bringt kein Wort heraus. Hastig eile ich zur Bar und hole Küchentücher, um ihm zu helfen, seine Klamotten trocken zu wischen, doch als ich die Hand nach seinem Pulli ausstrecke, murmelt er etwas Unverständliches und weicht zurück. Er will nicht, dass ich ihn anfasse. Das muss ich mir merken. Viele Leute mögen es nicht, von Fremden angefasst zu werden, besonders nicht von Fremden, die in ihrem Haus wohnen und gerade ihre Klamotten, vielleicht auch ihren Laptop und ganz bestimmt ihren Tag ruiniert haben. Nicht, dass ich ihn anfassen wollen würde.

Ethan nimmt seine tropfnassen Sachen, stopft sie in seinen Rucksack und geht in die Küche. Das ganze Café starrt mich an, und ich wünschte, der Boden würde sich auftun und mich verschlingen. Ich male mir aus, wie ich Stück für Stück im Steinboden versinke, bis von mir keine Spur mehr zu sehen ist.

Aber das würde mein Problem nicht lösen. So schnell wie möglich mache ich die Bestellungen neu, bringe sie den Leuten, die bereits ungeduldig warten, und entschuldige mich in aller Form für die Verspätung und die Sauerei.

»Tut mir wirklich leid«, sage ich zum wiederholten Male.

Wenn ich so weitermache, wird Ethan mir nie irgendetwas erzählen. Ich bin ein Nervenbündel.

Plötzlich ist es totenstill im Café, und ich fühle mich noch mieser.

Nachdem ich im Hinterzimmer fünf Minuten nach dem Besen gesucht habe, finde ich ihn endlich und fege damit die Scherben zusammen. Ich trockne die Stühle mit Papiertüchern und wische gleichzeitig den Tisch ab. Wie ein Jongleur. Den Tisch hat es am schlimmsten erwischt, eine regelrechte Überschwemmung, und ich muss auch den Boden wischen. Auf einmal erspähe ich dort ein Stück Papier.

Es ist mit Kaffee und Saft durchtränkt. Ich nehme es und werfe es in Richtung Mülleimer.

Als ich endlich mit Putzen fertig bin, gehe ich zurück zur Theke, um das schmutzige Geschirr abzuspülen.

Aus dem Augenwinkel sehe ich, dass das Stück Papier, das ich in den Mülleimer werfen wollte, daneben gelandet ist, also hebe ich es auf – und da bemerke ich, dass darauf etwas steht.

Ohne weiter nachzudenken, falte ich es auseinander.

Es ist mit Tinte beschrieben, die völlig verlaufen ist, aber trotzdem noch lesbar.

Liebes früheres Ich,

du bist nicht verrückt. Nein, du bildest dir das nicht nur ein. Was ist das Schlimmste, das passieren könnte? Spiel den

Narren. Sei mutig. Geh zu ihr. Halt sie davon ab zu gehen. Umarm sie, küss sie, zeig ihr, was du für sie empfindest!

Wenn du es nicht tust …

Dann wirst du nichts als eine längst vergessene Erinnerung sein, wenn du sie das nächste Mal siehst.

Wenn du sie das nächste Mal siehst, wirst du wissen, dass es der größte Fehler deines Lebens war, sie gehen zu lassen.

Jemand reißt mir den Zettel aus der Hand, bevor ich zu Ende lesen kann.

»Der gehört mir. Danke«, sagt Ethan und steckt das Papier in die Hosentasche.

Ich habe ihn nicht kommen hören, und er trägt ein anderes T-Shirt – vermutlich hatte er eins im Rucksack und hat sich still und heimlich umgezogen.

»Das ist für das Buch, das ich gerade schreibe«, erklärt er, obwohl ich nicht danach gefragt habe.

»Dachte ich mir«, sage ich. »Echt süß.«

»Du meinst wohl kitschig.«

»Nein. Nein, ich finde es sehr berührend. Jedenfalls den Teil, den ich gelesen habe.«

Er zieht die Augenbrauen hoch, als zweifle er an meinen Worten. »Ja, entschuldige bitte; ich mag es nicht, wenn Leute meine Sachen lesen, bevor sie fertig sind.«

»Geht mir genauso. Genau genommen mag ich es nicht, wenn irgendjemand irgendwann irgendwas von mir liest«, gestehe ich lachend, um die Stimmung aufzulockern und damit er möglichst schnell vergisst, was ich gerade getan habe.

Er fragt, ob er mir beim Aufräumen helfen kann. »Nein, danke, ich schaffe das schon. Und sorry noch mal, ich wollte nicht …«

»Schon okay«, sagt er. »Kein Problem. Es war meine Schuld. Ich bin ein ziemlicher Tollpatsch.«

Offensichtlich bin ich in seiner Nähe extrem anfällig für Missgeschicke.

Ich sollte ihn fragen. Ich muss ihn fragen.

»Ist der Zettel für ein neues Buch oder für das, das die Tage erscheinen wird?«

Er wirft mir einen fragenden Blick zu. »Nein, das Buch, das demnächst erscheint, ist schon seit Langem fertig. Jetzt schreibe ich an einem neuen.«

»Wovon handelt es denn?«

»Das neue Buch?«

Ich schlucke schwer. Dieses Gespräch ist so offenkundig forciert. »Nein. Das Buch, das jetzt erscheint.«

»Das handelt von einer zufälligen Begegnung, die ...« Er stockt und fährt schließlich fort: »... die anders verläuft als erwartet.«

Dann setzt er sich wieder an seinen Tisch, und ich stehe beklommen neben ihm, viel länger, als gut für mich ist, während er seinen Laptop trocken wischt.

»Ich würde es sehr gern lesen«, sage ich.

»Die Geschichte ist so alt wie die Menschheit«, erwidert er mit einem leisen Lachen.

»Ach ja?«

»Junge trifft Mädchen. Junge verliebt sich in Mädchen. Mädchen bricht ihm das Herz.«

»Das ist traurig.«

Und entspricht nicht der Wahrheit. Überhaupt nicht. Mir liegt eine scharfe Erwiderung auf der Zunge.

Er blickt zu mir empor. »Alles, was einen Wert hat, ist ein bisschen traurig.«

»Wie bricht sie ihm denn das Herz?«, stoße ich zwischen zusammengebissenen Zähnen hervor.

Er antwortet nicht, sieht mich nur gedankenverloren an.

»Tut mir echt leid für deinen Freund«, sage ich.

Aber ich bin wütend. Denn so stimmt die Geschichte nicht. *Er* hat *mir* das Herz gebrochen.

»Für meinen Freund?«

O nein. Schnell, lass dir was einfallen! Was soll ich bloß sagen? Warum muss ich auch immer gleich die Klappe so aufreißen?

»Celine hat mir erzählt, dass du dich bei deinen Geschichten vom wahren Leben inspirieren lässt. Von deinen Freunden.«

Eine Lüge. Und keine von der harmlosen Sorte. Hoffentlich erwähnt er das nicht Celine gegenüber.

»Ach wirklich?«

Komm schon. Verrat mir endlich was. Ich muss schon diese furchtbare Erzählung über mich ergehen lassen, die überhaupt nicht der Realität entspricht. Lass es wenigstens nicht umsonst sein.

»Also, was ist mit deinem Freund passiert? Konnte er sein Herz heilen? Hat er sich wieder verliebt?«

Ethan tippt irgendwas. Ein Zeichen, dass sein Computer trotz der Saftdusche immer noch funktioniert. Und auch ein Zeichen, dass meine Anwesenheit nicht mehr erwünscht ist.

»Vielleicht.«

Was soll das denn nun wieder heißen? Bitte sag mir, dass er keine Freundin hat. Sag mir, dass er sich nicht in eine andere verliebt hat. Ich bin nicht Tausende Meilen geflogen, nur um herauszufinden, dass er inzwischen verheiratet ist und Kinder hat. Moment. Bin ich deswegen hergekommen? Nein. Nein! Ich bin hergekommen, um persönlich mit ihm zu reden und ihn zu fragen, warum. Das ist kein verzweifelter Versuch, einem Mann nachzujagen, der mich nicht will. So erbärmlich bin ich nicht. Oder etwa doch?

»Ich würde ihn gern kennenlernen«, sage ich.

»Warum?«

»Ich weiß nicht.«

Das ist eine dumme Antwort. Mit dieser Frage habe ich einfach nicht gerechnet.

»Wenn du es weißt … gib mir Bescheid. Vielleicht könnte ich dich ihm vorstellen.«

Ich bin so schockiert, dass ich nicht einmal versuche, es zu verbergen. »Wirklich?«

»Warum nicht?«

»Wie heißt er denn?«, frage ich. Ich habe einen Lauf. Ich schaffe das.

»Max Meridian.«

Pfft. Komm schon. »Nicht im Buch. Ich meine im echten Leben.«

»Woher weißt du, dass er in dem Buch Max Meridian heißt?«

Okay. Zwei Ausrutscher direkt nacheinander. Ich sollte mir den Mund mit Klebeband zukleben. Was jetzt?

Ich senke den Blick. »Ich hab dich gegoogelt. Gestern Abend.«

»Aha. Hast du was Interessantes gefunden?« Das kleine Lächeln ist zurück.

»Ich wollte nur …«

»Ja?«

»… Genaueres über dein Buch erfahren. Du weißt schon, die Neugier einer Autorin.«

Es missfällt mir, zugeben zu müssen, dass ich ihn gegoogelt habe. Aber es ist das erste Körnchen Wahrheit, das ich ihm erzählt habe. In gewisser Hinsicht ist es gar nicht schlecht, etwas in Umlauf gebracht zu haben, das keine Lüge ist.

»Glaub nicht alles, was du im Internet liest.« Sein Blick schweift durch das Café. »Da wartet jemand auf dich«, sagt er und zeigt auf einen Mann, der sich ungeduldig umblickt. Ich nicke und gehe wieder hinter die Theke. Aus dem Augenwinkel sehe ich, wie Ethan seinen Laptop einpackt und das Café verlässt.

Dieses Gespräch ist noch nicht vorbei. Ich war so nah dran herauszufinden, wer Max ist. Und ich werde es schaffen. Außerdem muss ich so schnell wie möglich Ethans Buch lesen. Es gefällt mir nicht, was ich über die Geschichte gehört habe. Denn sie ist gelogen.

42

Es ist schon nach neun. Wir geben immer noch alle paar Minuten Bestellungen aus, als Ethan mit einem hinterhältigen Lächeln im Gesicht hereinkommt und im Café herumstolziert wie ein Pfau.

Celine, die normalerweise das reinste Energiebündel ist, wirkt erschöpft, und obwohl ich auch müde bin, gebe ich mir Mühe, sie aufzumuntern.

»Worüber bist du denn so glücklich?«, fragt sie Ethan, als er zu uns hinter die Theke kommt. Sie ist nicht direkt unfreundlich, aber in ihrer Stimme schwingt ein Anflug schlechter Laune mit.

»Ich hatte nur einen schönen Nachmittag, das ist alles«, sagt er. »Braucht ihr Hilfe?«

»Wonach sieht es denn aus?«

»Es sieht aus, als schlagt ihr euch großartig«, sagt er mit einem leisen Lachen und schiebt sie zu einem Stuhl neben der Kaffeemaschine in der Ecke. »Setz dich lieber einen Moment. Du siehst aus, als könntest du jeden Moment umkippen.«

Sie wehrt sich nicht, was endgültig beweist, dass sie völlig erledigt ist.

Ethan ist sofort im Aktionsmodus. »Gibt es irgendwelche Essensbestellungen?«

Celine schüttelt den Kopf. »Alles erledigt, nur noch Getränke. Tische 3, 8, 9 und 12.«

Er macht die Getränke fertig, und ich höre ihn murmeln: »Wer trinkt denn so spät noch Kaffee?«

Unsere Zusammenarbeit verläuft lautlos, wir reden kein Wort miteinander. Er packt die einzelnen Bestellungen zusammen mit der ausgedruckten Quittung auf ein Tablett, und ich bringe sie an den jeweiligen Tisch, eine nach der anderen.

»Ich bin echt am Verhungern«, sagt Celine eine Weile später, »und wir haben nichts im Kühlschrank. Ich hätte vorhin was machen sollen, als ich noch genug Energie hatte.«

»Ich kann uns doch schnell was holen«, schlage ich vor.

»Das Pasticcio hat noch geöffnet. Wir können dort essen, wenn wir aufgeräumt haben«, sagt Ethan.

»Bist du verrückt? Da kriegen wir bestimmt keinen Tisch mehr. Gehen wir ins Taquitos an der Ocean Avenue. Eliza wird schon was für uns finden. Sie schuldet mir noch was für den Porsche.«

Ich werfe Celine einen fragenden Blick zu, und sie erklärt: »Ich hab vor ein paar Monaten ihr Auto repariert, einen Bruchteil von dem dafür verlangt, was alle anderen wollten, und für die Reparatur halb so viel Zeit gebraucht. Natürlich hat sie ihrem Vater nicht gesagt, dass ich es war, weil er den Porsche sonst akribisch durchgecheckt hätte, um sicherzustellen, dass ich auch bestimmt nichts kaputt gemacht habe.«

Also repariert sie tatsächlich Autos, es ist nicht nur ein ferner Traum. Aber sie macht es aus Gefälligkeit, sie schafft es nicht, sich ganz darauf einzulassen. Genau wie ich auf das Schreiben. Genau wie mir fehlt es auch ihr an Vertrauen in ihre eigenen Fähigkeiten. Wer hätte das gedacht?

Ethan zieht eine Augenbraue hoch. »Das Taquitos ist laut und so eng, dass man kaum Luft kriegt, aber wenn du darauf bestehst …«

»Ja, ich bestehe darauf. Bei deinem schicken italienischen Restaurant würden wir nur Zeit vergeuden, und am Ende müssten wir doch auf Fast Food zurückgreifen.«

Er zuckt die Achseln.

Es ist nach Mitternacht, als wir das Café endlich zumachen und die drei Straßen zu dem mexikanischen Restaurant laufen.

Ethan hatte recht mit dem Taquitos – sosehr es mir missfällt, das zugeben zu müssen. Die Musik ist laut, und mit siebzig bis achtzig Leuten im Raum ist das Stimmengewirr und der ununterbrochene Lärm des auf Geschirr klappernden Bestecks nahezu ohrenbetäubend.

Wir bestellen, aber es dauert ewig, bis das Essen kommt, und unsere Margaritas bestehen zu 99,9 Prozent aus Wasser und Limettensaft und nur zu 0,1 Prozent aus Tequila und Orangenlikör. Ich bräuchte eher das umgekehrte Mengenverhältnis. Es war ein verdammt langer, anstrengender Tag.

Eine Weile herrscht unbehagliches Schweigen, womit ich nicht gerechnet habe. Celine ist offenbar zu müde, um so munter zu sein wie sonst und ein Gegengewicht dafür zu schaffen, dass ich wortlos in mein Glas starre und Ethan gedanklich abschaltet. Ich weiß nicht, warum es so schwer ist, mit ihm zu reden. Fühle ich mich etwa unwohl, weil ich zugegeben habe, dass mich seine Arbeit interessiert? Und er sagt nichts, weil er mich für eine Art Groupie hält?

Celine nippt an ihrer Margarita. »Mein Gott, wir hätten unsere eigene Flasche Tequila mitbringen sollen«, sagt sie und fängt nun doch an zu lachen.

»Genau das dachte ich auch gerade«, stimme ich zu. »Ein bisschen mehr wäre echt nett gewesen.«

Tatsächlich blickt auch Ethan von seinem Glas auf. »Harter Tag?«, fragt er seine Schwester.

»Kann man so sagen. Das Meeting in San Francisco war ziemlich unangenehm.«

Ich sehe sie an, und auf einmal wird mir klar, was für eine

schlechte Freundin ich bin. Deshalb wirkte sie so bedrückt! Und ich habe sie nicht einmal danach gefragt.

»Tut mir leid«, sagt er. »Willst du, dass ich mit ihm rede?«

»Ich glaube nicht, dass das helfen würde«, seufzt sie und trinkt noch einen großen Schluck.

»Was ist denn los?«, frage ich.

»Ich hab dir doch von meiner Scheidung erzählt, weißt du noch?«

Ich nicke.

»Mein Ex hat eine Unterhaltsklage gegen mich eingereicht.«

»Eine Unterhaltsklage? Habt ihr denn Kinder?«

Sie schüttelt den Kopf.

»Wie kann er dann Unterhalt einklagen?«

»Anscheinend kann er das. Ich hatte schon gehört, dass sein Anwalt dafür bekannt ist, selbst unmögliche Fälle zu gewinnen, also …«

»Ich werde ein paar Anrufe machen, das bringen wir in Ordnung, versprochen«, sagt Ethan und legt seine Hand auf ihre.

Mir fällt es nicht leicht, mir vorzustellen, dass Ethan zu so viel Mitgefühl fähig ist. Das hätte ich ihm nicht zugetraut. Andererseits verdient er seinen Lebensunterhalt ja damit, Liebesgeschichten zu schreiben. Doch wenn ich es mir recht überlege, ist das vermutlich nicht relevant, schließlich sind Krimiautoren ja auch keine Mörder. In Wahrheit ist Ethan mir einfach immer noch ein Rätsel.

»Ich habe genau das Richtige, um dich abzulenken. Man hat mir zwei Tickets für die Off-Broadway-Premiere eines Musicals zugeschickt, eine Matinee. Morgen, in San Francisco«, erzählt er.

»Eine Verpflichtung also«, vermutet sie und mustert ihn grimmig.

»Ja, irgendwie schon, aber es könnte durchaus auch Spaß machen.«

»Danke für das Angebot, aber Musicals sind nicht so mein Ding. Außerdem muss ich arbeiten, Ethan.«

»Ich kann im Café Azure die Stellung halten«, biete ich an. »Ich glaube, es würde dir gefallen. In New York war ich auch bei ein paar Vorstellungen, und die waren echt toll.«

»Warum gehst du nicht mit, Maya? Anscheinend magst du so was viel lieber als ich. Und ganz ehrlich – die Arbeit lenkt mich immer am besten von diesem ganzen Schlamassel ab.«

»O nein, ich wollte nicht …«

Ethan sieht mich an. »Das ist eine fantastische Idee, und du würdest mir einen Riesengefallen tun. Es ist eine Last-minute-Sache, aber ich muss da hin und weiß nicht, ob ich es allein überlebe.«

Also würde ich ihm einen Gefallen tun. Und das bedeutet, er würde mir etwas schulden. Meine Güte, wie schnell sich das Blatt doch wenden kann.

»Es wird völlig schmerzlos. Und wenn du möchtest, kann ich den ganzen Weg dorthin den Mund halten.«

Ich ziehe eine Augenbraue hoch.

»Oder die ganze Zeit reden. Ganz nach Wunsch.«

Celine lacht. »So überredet er mich zu allem Möglichen. Weißt du noch, wie wir von zu Hause abgehauen sind, weil du unbedingt Reiten lernen wolltest?«

»Und hatten wir nicht eine Menge Spaß?«, erwidert er grinsend.

»Doch. Bis wir erwischt wurden.«

»Ich wusste nicht, dass es vormittags auch Vorführungen gibt. Außer Sachen für Kinder«, sage ich zu ihm.

»Ich auch nicht. Es ist eine exklusive, frühe Premiere für eine kleine Gruppe Auserwählter. Glaube ich.«

»Muss ich mich schick machen?«

Er lächelt. »Solange du keine Flipflops anhast, ist alles gut.«

»Okay, dann ziehe ich meine Converse an«, sage ich und lache.

43

Als wir ins Cottage zurückkommen, rufe ich Alisa an, die mir vor dem Mittagessen geschrieben hat.

»Bist du noch wach?«, frage ich.

»Ja. Aber die Frage wäre doch eher, warum du noch auf bist. Bei euch ist es … was? Ein Uhr nachts?«

»Wir mussten länger arbeiten, und danach sind wir noch essen gegangen.«

»Ich habe so ein Gefühl, dass Mr. Butler ein wichtiger Teil dieser Geschichte ist. Oh, übrigens sind deine Recherche-Fähigkeiten nicht mehr das, was sie mal waren, Miss Journalistin. Ethan Delphy ist nicht mehr verheiratet.«

»Ich weiß«, sage ich. »Hab ich heute Morgen von Celine erfahren.«

»Na schön. Ruinier ruhig meinen großen Moment. Weiter im Text. Erzähl mir von diesem Essen.«

»Da gibt es nicht viel zu erzählen. Wir sind essen gegangen.«

»Wer sind wir?«

»Wir drei. Ethan, Celine und ich.«

»Okay. Okay. Also ist er nicht mehr Ethan Delphy. Du bist mit ihm per Du.«

»Das geht ja nicht anders. Schon vergessen, warum ich hier bin?«

»Der Aufregung in deiner Stimme nach frage ich mich, ob *du* vergessen hast, warum du dort bist.«

»Nicht lustig. Ich gebe ja zu, dass er nicht so schlimm ist, wie ich anfangs dachte, aber im Grunde hat sich nichts geändert. Er ist immer noch ein Mittel zum Zweck. Er ist mein

Ticket zu Max.« Anscheinend klinge ich ein bisschen nervös, denn Alisa versichert mir sofort, dass sie mich nur necken wollte.

»Dachte ich mir. Aber die ganze Sache ist so schon schwierig genug. Es ist kompliziert, ich muss viel rumlavieren und so tun als ob. Das gefällt mir nicht, und ich hoffe, dass es bald vorbei ist.«

»Ich weiß.«

»Er hat mich eingeladen, morgen mit ihm zu einer Off-Broadway-Show in San Francisco zu gehen. Er meinte, er muss da hin, und wahrscheinlich würde es seltsam wirken, wenn er allein aufkreuzt. Jedenfalls tue ich ihm damit einen Gefallen, und ich hoffe, er honoriert das. Wir haben heute über Max geredet.«

»Ach ja? Und warum erzählst du mir erst jetzt davon? Was hat er gesagt?«

»Er hat angeboten, uns einander vorzustellen.«

»Wow. Problem gelöst. Wann denn?«

»Das hat er nicht gesagt, aber ich habe mir vorgenommen, morgen noch mal nachzuhaken. Ich bin ganz nah dran, Alisa, ich kann es fühlen.«

»Gut gemacht. Du folgst deinem Herzen, und das ist immer das Beste.«

Was sie gerade gesagt hat, macht mich gleichermaßen traurig und glücklich. In letzter Zeit fühle ich eine Veränderung in mir, und das ist die Bestätigung. Aber es ist auch traurig, weil ich schon fast dreißig bin. Alisa kennt mich, seit ich neunzehn war, und erst jetzt sieht sie mich als jemanden, der um das kämpft, was ihm am Herzen liegt.

»Du musst mich morgen anrufen und mir erzählen, wie es gelaufen ist, ja? Ach, übrigens, ich hab das Buch bekommen und es direkt an dich weitergeschickt. Und weißt du was? Sie hat mir zwei Exemplare geschickt, also kann ich es schon heute Abend lesen.«

Nachdem wir aufgelegt haben, versuche ich zu schlafen, finde jedoch keine Ruhe. Ich denke an morgen und überlege, wie mein Gespräch mit Ethan wohl laufen wird. Schon ein paarmal habe ich zu hören bekommen, ich hätte Max das Herz gebrochen, was die Frage aufwirft, wie viel von diesem Buch frei erfunden ist. Oder noch schlimmer, wie viel von dem, was Max Ethan erzählt hat, den Fakten entspricht.

Mein Blick fällt auf Ethans Bücher am Fenster. Ich werde einfach nicht schlau aus ihm. Der Sarkasmus, der gelegentliche Spott, das dünne Lächeln und dieser herablassende Ton, den er manchmal anschlägt – das alles nervt mich. Andererseits kann er auch nett, lustig und herrlich unprätentiös sein. Es gibt Momente, in denen er mir in die Augen sieht und mich alles, was er gerade gesagt hat, total verwirrt.

Ich wälze mich aus dem Bett, schnappe mir sein erstes Buch, *Need No Words*, und fange an zu lesen. Wenn seine Geschichten auch nur die geringste Ähnlichkeit mit ihm haben, werden sie mich noch weiter verwirren. Aber vielleicht helfen sie mir zu verstehen, warum er so ist, wie er ist. Oder warum ich in seiner Gegenwart so bin, wie ich bin.

44

Beim Aufwachen habe ich sofort drei Erkenntnisse.

Erstens: Es ist nie eine gute Idee, nur vier Stunden zu schlafen, wenn man schon auf die dreißig zugeht.

Zweitens: Ethan ist ein begnadeter Schriftsteller. Obwohl mir ein paar Sachen in dem Roman ziemlich weit hergeholt vorkamen, hat das die Schönheit der Geschichte und die Hoffnung, dass die Charaktere ihren Herzschmerz und ihre Ängste überwinden und einander letztlich doch eine Chance geben, keineswegs geschmälert. Ich finde es zwar schwer vorstellbar, dass all die unerwarteten Wendungen – Drama, Verrat und Tragik – von Ethan stammen, aber gleichzeitig überrascht es mich auch nicht. Ein kompliziertes, komplexes Buch. Genau wie er selbst.

Der dritte Punkt hängt eng mit dem ersten zusammen … Ich habe verschlafen, meinen Wecker nicht gehört, und jetzt bleibt mir gerade noch eine Viertelstunde, um mich fertig zu machen. Denn um halb neun bin ich mit Ethan verabredet.

Ich hüpfe kurz unter die Dusche, ziehe meinen schwarzen Bleistiftrock und ein hellila Oberteil an, hole meine Schuhe – keine Converse, obwohl es verlockend ist – und gehe ins Wohnzimmer. Im Haus ist es still. Die Tür zu Ethans Zimmer ist offen, aber er ist nicht da.

In diesem Moment höre ich etwas hinter mir, und als ich mich umdrehe, steht Ethan vor mir, ausgehfein angezogen. Als er mich sieht, bricht er in Gelächter aus. Habe ich meine Sachen verkehrt herum an oder was? Aber dann wird mir klar, worüber er lacht. Wir passen perfekt zusammen – wie eins dieser Paare, die im Partnerlook zu Hochzeiten gehen:

schwarze Hose – schwarzer Rock, helllila Hemd – helllila Oberteil.

Ich muss auch lachen. Bisher habe ich Ethan nur in kurzen Hosen und schlichten T-Shirts gesehen. Außer auf dem Foto in der Zeitung natürlich, aber darauf sah er sowieso aus wie ein anderer Mensch, und ich kann es immer noch nicht mit dem Ethan in Verbindung bringen, den ich kennengelernt habe.

»Interessante Kleiderwahl«, sagt er, sichtlich amüsiert.

»Ist Lavendel deine Farbe?«, frage ich.

»Ich hoffe nicht«, antwortet er mit einem breiten Grinsen.

Dann schnappt er sich die Autoschlüssel – in der Garage stehen zwei Spezialanfertigungen: ein Mustang und ein Porsche. Celine hat mir die Autos gezeigt und erzählt, dass sie an beiden jahrelang herumgebastelt hat, nachdem sie den Mustang für einen Spottpreis von seinem vorigen Besitzer und den Porsche bei einer Autofriedhof-Auktion erworben hat.

»Können wir?«, fragt Ethan.

Er steigt in den leuchtend roten Mustang. Der Wagen wirkt brandneu, obwohl er Baujahr 1964 ist.

»Danke noch mal, dass du mitkommst. Ich weiß, dass ich dich quasi gezwungen habe, aber du hättest auch Nein sagen können, und ich bin sehr froh, dass du es nicht getan hast«, sagt er.

»Nein sagen? Da kennst du Celine aber schlecht«, erwidere ich, und wieder müssen wir lachen. »Ich bin übrigens echt beeindruckt, was sie mit dem Auto gemacht hat. Ich hab gehört, es war ein Wrack, als sie es bekommen hat.«

»Ja, Celine ist echt unglaublich mit Autos, und ich wollte, sie würde sich mehr darauf konzentrieren. Sie ist besser als die meisten Mechaniker, die ich kenne, technisch hochbegabt, aber auch kreativ und mit Leidenschaft dabei. Sie arbeitet gern im Café, aber Autos werden immer ihre große Liebe bleiben.«

»Warum macht sie das dann nicht hauptberuflich?«

Er zuckt die Achseln. »Aus Pflichtgefühl, schätze ich. Ich hab ihr gesagt, dass ich das Café Azure übernehmen könnte. Ich würde auch einen Koch einstellen, wenn sie Angst hat, dass ich ihre Rezepte versaue.«

Ich lache.

»Aus gutem Grund – ich bin kein Meisterkoch«, erklärt er.

»Du kannst nicht schlimmer sein als ich. Zum Glück wollen die meisten Kunden nur etwas zu trinken oder ganz einfache Snacks. Sandwiches, Salate, so was. Ich glaube, wenn man die aufwendigeren Mahlzeiten von der Speisekarte streichen würden, könnten wir es schaffen.«

Einen Moment wendet er sich mir zu, dann richtet er den Blick wieder auf die Straße.

»Ich habe übrigens ein Buch von dir gelesen«, verkünde ich unvermittelt.

»Welches denn?«

»*Need No Words.*«

»Gut. Vom zweiten solltest du besser die Finger lassen. Nicht mein bestes Werk.«

»Das hättest du mir sagen sollen, bevor ich es gekauft habe«, witzle ich.

Er lacht leise.

Ich habe das Gefühl, dass er mich gern fragen würde, wie ich es fand, aber vielleicht ist er zu stolz.

»Ich fand es echt toll«, sage ich.

»Aber …«

»Kein Aber. Na gut, das mit der Instant-Liebe war schon ein bisschen unrealistisch.«

»Instant-Liebe?«, hakt er nach, hörbar amüsiert.

»Du weißt schon. Dieser bedeutende Moment, wie in Zeitlupe, ein Blick vom anderen Ende des Raumes, auf der Straße, an der Bushaltestelle, wo auch immer. Keine Worte nötig, genau wie dein Buchtitel. Hals über Kopf, für immer und …«

»Ewig«, beendet er meinen Satz. »Ja, ich dachte mir, dass du das meinst. Dann glaubst du nicht daran, dass sich zwei Leute verlieben können, indem sie sich einfach nur in die Augen schauen, verstehe ich das richtig?«

Wir stehen in der Schlange vor einer Ausfahrt, und der Verkehr kommt zum Erliegen.

Ich schüttle den Kopf. »Meiner Erfahrung nach gibt es so was nicht, nein. Und was man so allgemein als Liebe bezeichnet, ist im Grunde doch nur Chemie. Unmöglich, jemandem einfach nur in die Augen zu sehen und sich zu verlieben.«

Er sieht mich an; ich sehe ihn an. Wenn die Spannung zwischen zwei Leuten eine Aura wäre, wäre ich jetzt blind. Ich habe ein merkwürdiges Gefühl im Bauch, in der Brust, und mein Herz hämmert wild.

»Hm«, sagt er schließlich und richtet den Blick wieder auf die Straße, wo sich die Schlange langsam in Bewegung setzt. »Bist du sicher?«

Ich zucke die Achseln. »Na ja, auf alle Fälle denke ich, du hast Talent.«

Ein winziges Lächeln erscheint in seinem Mundwinkel. »Ein hohes Lob von einer Schriftstellerkollegin.«

»Oh, ich würde mich nicht als Schriftstellerin bezeichnen.«

»Schreibst du etwa nicht?«

»Früher hab ich geschrieben, aber seit einer Weile eigentlich gar nicht mehr. Und ich habe noch nie etwas veröffentlicht.«

»Dass du noch nichts veröffentlicht hast, heißt nicht, dass du keine Schriftstellerin bist«, erwidert er.

Ich zucke die Achseln. »Erzähl mir lieber was über dein neues Buch.«

»Fragst du das aus professionellem Interesse?« Er wirft mir noch einen kurzen Seitenblick zu und schaut dann wieder auf die Straße.

»Was denn sonst?«

Er lächelt. »Also eigentlich wollte ich auch darüber mit dir reden …«, setzt er an, verstummt dann aber.

»Ja?«, frage ich nach und halte die Luft an. Mein Gott, ich hoffe, er ist mir nicht auf die Schliche gekommen.

»Kann ich dich zuerst was fragen?«

»Klar«, antworte ich ein bisschen zu eifrig.

»Du hast gesagt, du würdest gerne Max Meridian treffen.«

Ich schlucke schwer und nicke.

»Warum?«, will er wissen.

»Warum was?«

»Warum willst du ihn treffen?«

Jetzt hätte ich die Chance, ihm die Wahrheit zu sagen. Sie liegt mir auf der Zunge. Ich will es. Das Lügen bringt mich um, es ist einfach nicht mein Ding. Doch bevor ich Gelegenheit dazu habe, halten wir vor dem Orpheum-Theater. Wir haben nur noch knapp zwanzig Minuten, bis die Vorstellung beginnt.

Ich habe nicht damit gerechnet, dass das Theater so voll sein würde, und es dauert ein paar Minuten, bis wir unsere Plätze vorn in der Mitte gefunden haben.

Ethan lehnt sich zurück und schließt die Augen.

»Machst du jetzt ein Schläfchen?«, frage ich ihn.

»Schön wär's«, seufzt er.

Nach etwa einer Viertelstunde setze ich mich anders hin, aus Versehen berührt mein Bein das seine. Er öffnet die Augen und sieht mich an. Ich erwidere seinen Blick und forme lautlos mit den Lippen: »Sorry.«

Als ich das nächste Mal nach links sehe, ist Ethans Aufmerksamkeit auf die Bühne gerichtet.

Ich beuge mich zu ihm und flüstere: »Ist der Stuhl nicht bequem genug für ein Nickerchen?«

Ich weiß nicht, warum mir diese Bemerkungen in den Sinn kommen, aber ich muss zugeben, dass ich es genieße, ihn zu necken. Es macht keinen Spaß, Tischtennis mit einer Wand zu spielen, aber wenn man einen Partner hat, ist es sehr unterhaltsam.

»Wir haben ja noch die zweistündige Rückfahrt nach Carmel. Ich dachte, ich kann mir genauso gut eine Meinung bilden, weil du mir, danach zu urteilen, wie fasziniert du auf die Bühne starrst, nachher bestimmt ein Ohr abkauen wirst«, flüstert er zurück.

Ich hatte nicht vor, auf der Rückfahrt mit ihm über das Stück zu reden. Wir haben Wichtigeres zu besprechen. Max zum Beispiel. Aber es gefällt mir, dass wir es zusammen ansehen; das ist ein gutes Gefühl. Nicht, dass ich so auf Musicals stehen würde – es ist einfach schön, dieses Erlebnis mit jemandem zu teilen. Kaum zu glauben, dass ich ihn noch vor ein paar Tagen erwürgen wollte und mir schon der Gedanke an ihn verhasst war.

Nach der Pause, im zweiten Akt, macht er sich an seinem Handy zu schaffen, es rutscht ihm aus den Fingern und fällt auf den Boden. Als er sich vorbeugt, um es aufzuheben, berühren sich zufällig unsere Hände. Ich drehe mich um und sehe ihn an, und einen Moment verharren wir so, schauen uns tief in die Augen, dann flüstert er lautlos: »Sorry.«

Dieses Gefühl, das mich bei unserer ersten Begegnung überkommen hat und seitdem noch ein paar – oder eher ein paar Dutzend – Male, erfasst mich auch jetzt wieder. Ich weiß nicht, was es ist oder wie ich es beschreiben soll. Ich weiß nicht, ob es an meinem schlechten Gewissen liegt oder an irgendetwas anderem, aber Ethan so nahe zu sein ist sowohl beruhigend als auch nervenaufreibend. Und ich bin solch verwirrende Gefühle nicht gewohnt. Für mich gibt es nur Schwarz oder Weiß. Mit Graustufen kenne ich mich nicht aus.

45

Nach der Vorstellung gehen wir gemächlich in Richtung Ausgang, doch auf dem Weg dorthin müssen wir durch einen weitläufigen Korridor. Eigentlich ist es eher ein prachtvolles Foyer mit roten Wänden, gigantischen Kronleuchtern und einer dieser geschwungenen Marmortreppen wie im Film.

»Das ist beeindruckend«, sage ich zu Ethan.

Er wendet sich mir zu und lächelt.

Ich blicke mich um. In der Halle drängen sich vielleicht hundert, vielleicht noch mehr Leute, und anscheinend hat niemand es eilig zu gehen. Überall stehen kleine und größere Grüppchen herum, man unterhält sich und schlürft Sekt.

Ich werfe einen Blick auf die Uhr. »Sind das deine Leute? Die Sekt-und-Theater-um-ein-Uhr-Gruppe?«

Ethan lacht leise, nickt ein paar Leuten zu, die an uns vorbeikommen, lächelt und schüttelt einem Mann die Hand.

»Wenn wir schnell genug sind, kommen wir einigermaßen unbeschadet hier raus«, flüstert er mir zu.

Aber es ist brechend voll, und wir können nicht einfach die Flucht ergreifen. Wir müssen uns von einer Seite des Raums zur anderen durchschlängeln.

»Ethan«, höre ich eine Frauenstimme hinter uns.

Er bleibt abrupt stehen. »Wohl doch nicht ganz unbeschadet«, raunt er mir ins Ohr, sein Mund so nahe an meinem Gesicht, dass ich instinktiv zurückweiche.

»Dinah«, sagt er und umarmt eine Frau um die sechzig in einem langen schwarzen Kleid, mit silberweißen, zu einem eleganten Dutt aufgesteckten Haaren und baumelnden Ohrringen, die im Licht der Kronleuchter funkeln.

»Ich freue mich sehr, dass du es geschafft hast. Cameron wird bestimmt glücklich sein, dass du zu seiner Premiere gekommen bist. Er ist hier irgendwo. Dreht seine Runden, du weißt schon.«

Ethan lächelt. Ein ganz anderes Lächeln, als ich es von ihm kenne. Es erinnert mich ein bisschen an seinen Gesichtsausdruck auf dem Foto bei der Preisverleihung mit seiner Exfrau. Steif, fast ein bisschen gequält.

»Natürlich. Das hätte ich mir um nichts auf der Welt entgehen lassen. Danke, dass ihr …« Er stockt. »… uns eingeladen habt.«

»O ja«, sagt sie. Auf einmal gilt ihre Aufmerksamkeit nur noch mir, ihre dunklen Augen durchbohren mich wie Röntgenstrahlen. »Und wer ist deine hübsche Freundin?«

»Das ist Maya«, stellt er mich vor.

»Maya? Die berühmte Maya? Es freut mich so sehr, dich endlich kennenzulernen, Maya. Was für eine Freude. Ich wusste nicht, dass ihr zwei …«

Ethan drückt meinen Arm und sieht mir in die Augen, als wollte er sagen: Bitte spiel einfach mit.

Obwohl ich keine Ahnung habe, wobei ich mitspielen soll, tue ich mein Bestes.

»Davon muss ich Cameron erzählen«, sagt Dinah. »Ich bin gleich wieder da. Rührt euch nicht von der Stelle.«

Als sie weg ist, stößt Ethan einen tiefen Seufzer aus. »Tut mir leid, ich wusste nicht, dass sie hier ist. Meine Schuld.«

»Worum ging es denn da gerade? Dachte sie, ich wäre jemand anderes?«

»Ja. Nein. Lange Geschichte. Ich erzähle es dir auf dem Heimweg, aber bitte sei erst mal einfach …«

»Einfach Maya?«

Er lächelt. »Ja, genau.«

»Ich glaube, das werde ich schaffen.«

»Und was immer ich sage oder tue, ist Teil dieser, du weißt schon …«

»Der Scharade, die du abziehst?«

»So in etwa.«

Er hat kaum zu Ende gesprochen, da kommt Dinah mit einem Mann zurück, etwa in ihrem Alter, ebenso elegant gekleidet wie sie. Hinter ihnen steht ein Typ mit einer Kamera und einem langen Objektiv, wie Mason es benutzt hat – allerdings eher für Sportveranstaltungen als für gesellige Treffen.

Cameron, der sicher zwei Köpfe größer ist als Ethan und wesentlich stämmiger, stürzt sich auf Ethan und umarmt ihn ungestüm.

»Ethan, mein Sohn«, ruft er begeistert, und seine donnernde Stimme zieht einige neugierige Blicke auf sich.

Als er ihn wieder loslässt, zupfe ich verstohlen an Ethans Ärmel. »Ist das dein Vater?«, flüstere ich, und man hört mir sicher an, wie überrascht und schockiert ich bin.

Er beugt sich kurz zu mir und antwortet ebenso leise: »Nein, er nennt mich nur so. Auch eine lange Geschichte.«

»Danke, dass du gekommen bist und deine wunderschöne Freundin mitgebracht hast«, fährt Cameron unbeirrt fort. »Wir haben so viel von dir gehört, Maya.«

Ich lächle, ein unechtes, gezwungenes Lächeln, aber ich gebe mir Mühe.

Mag sein, dass ich nicht immer die Wahrheit gesagt habe, aber wie mir scheint, ist das nichts im Vergleich zu dem, was Ethan diesen Leuten erzählt hat. Wer immer sie sein mögen.

»Kommt, wir machen ein Foto von uns allen zusammen«, schlägt Dinah vor und stellt sich, ohne eine Antwort abzuwarten, links neben mich, während Cameron rechts von Ethan in Position geht.

Der Fotograf drückt ein paarmal auf den Auslöser, und Ethan und ich sind beide wie erstarrt, wahrscheinlich mit ungefähr dem gleichen aufgesetzten Lächeln im Gesicht.

»Und nun noch ein Foto von euch beiden«, fordert Cameron aufgeregt.

Im Handumdrehen stehen Ethan und ich allein da, während Dinah und Cameron sich neben dem Fotografen vor uns aufbauen und uns erwartungsvoll anstarren.

»Seid nicht so schüchtern, alles in Ordnung. Ignoriert einfach die Kamera«, befiehlt Cameron.

Er und Dinah starren uns weiter an, der Fotograf macht keinerlei Anstalten, in Aktion zu treten.

Ich werfe Ethan einen Blick zu und versuche, ihn stumm zu fragen: Was jetzt? Was wollen diese Leute von uns?

Ich glaube, er hat mich verstanden, denn er nimmt meine Hand und zieht mich an sich.

Ich lasse es zu. Dasselbe Gefühl wie vorhin. Doch diesmal zieht sich obendrein noch eine Gänsehaut über meinen ganzen Körper. Macht nichts, ruhig bleiben. Es ist ja nicht real. Es ist nur … was auch immer es ist.

»Lächle einfach«, flüstert Ethan mir zu.

»Könnt ihr euch in die Augen schauen?«, fragt der Fotograf.

Immer noch Händchen haltend, drehen wir uns um und sehen einander an. Ich habe Ethan schon oft in die Augen gesehen. Am ersten Tag im Café, am ersten Abend auf der Terrasse, und die letzten paar Tage – unzählige Male. Okay, vielleicht nicht unzählige, aber doch schon einige Male. Irgendwie ist es jetzt aber anders.

»Sehr schön«, lobt uns der Fotograf, und ich höre seine Stimme, als käme sie aus weiter Ferne.

Wir sehen uns immer noch an, und ich verliere jedes

Zeitgefühl. Vergeht eine Sekunde? Eine Minute? Ich vergesse fast, dass wir von Leuten umringt sind.

Wie aus einer anderen Dimension höre ich die Frage: »Ein Kuss?«, aber ich kann nicht sagen, ob wirklich jemand die Frage gestellt hat oder ob sie ein Produkt meiner Fantasie ist. In diesem Moment weiß ich nur eins mit Sicherheit: Meine Lippen sind nur wenige Zentimeter von seinen entfernt. Oder sind seine Lippen nur noch wenige Zentimeter von meinen entfernt? Wer ist näher gekommen? Er oder ich? Seine Hand streicht zärtlich über meine Wange. Und dann, einfach so, treffen sich unsere Lippen, und ich kann mich nicht erinnern, wann ich mich zum letzten Mal so gefühlt habe. Es ist schwindelerregend und überwältigend, und ich bekomme keine Luft mehr.

Auf wackligen Beinen löse ich mich von ihm und starre ihn an. Er hält meinen Blick fest.

»Perfekt, ich habe den Moment eingefangen.« Die Stimme des Fotografen holt mich jäh in die Realität zurück.

Panik erfasst mich. Was geht hier vor? Was mache ich bloß? Warum habe ich diesen Mann geküsst? Er ist Max' Freund. Was habe ich getan?

Ich trete einen Schritt zurück, und Ethan lässt meine Hand los.

»Ich muss gehen«, sage ich, und weder Cameron, Dinah noch der Fotograf achten auf mich, als ich mir einen Weg durch die Menge bahne. Nach draußen. Ich brauche frische Luft.

An der Tür schließt Ethan zu mir auf.

»Was war das, Ethan? Wir hätten uns nicht …« Mir fehlen die Worte.

»Maya, ich … Hör zu, es gibt da etwas, das ich dir schon seit einer Weile sagen möchte. Ich hatte auf eine bessere Gelegenheit gehofft, aber das hier habe ich nicht kommen sehen. Ich nehme an, jetzt wäre ein guter Zeitpunkt.«

Er macht einen Schritt auf mich zu, und ohne nachzudenken, platze ich heraus: »Ethan, diese Fotos dürfen nicht online gestellt werden. Ich weiß nicht, wer diese Leute sind oder was sie damit machen wollen. Sie können sie behalten, aber sie dürfen sie nicht teilen oder auf Social Media oder sonst wo posten. Nirgendwo, wo andere Leute sie sehen können, okay?« Ich höre selbst, wie hysterisch ich klinge. »Er darf sie auf keinen Fall sehen. Was gerade passiert ist, war nicht real. Das weißt du, und ich weiß es auch. Es hat nichts bedeutet. Aber andere Leute, die das Foto sehen, werden denken, es wäre real. Das war ein Fehler, und was immer du mit dieser erfundenen Beziehung vorhattest, ich hätte nie dabei mitmachen dürfen.«

Mein Handy klingelt, und ich hole es nervös heraus.

»Nicht jetzt, David«, murmle ich und drücke seinen Anruf weg.

Ethan sieht mich an, ohne auch nur ein Wort zu sagen. Den Ausdruck in seinem Gesicht habe ich noch nie gesehen. Ich weiß nicht einmal, wie ich ihn deuten soll. Verletzt? Schockiert? Wütend? Genervt?

»Verstehe«, sagt er schließlich. »Tut mir leid. Es war ein Fehler. Mein Fehler. Ich wusste nicht …«

»Ich nehme ein Lyft oder einen Bus oder so«, entscheide ich.

Schweigend starrt er mich an.

»Wenn du das wieder in Ordnung bringen willst und es dir wirklich leidtut, dann sorg bitte dafür, dass die Fotos nirgendwo gepostet werden.« Ich gehe davon, ohne zu wissen, wohin. Nur weg von ihm.

46

Wie konnte ich nur so dumm sein?

David ruft schon wieder an. Ich lehne den Anruf wieder ab und versuche stattdessen, Alisa zu erreichen.

»Was ist los? Ich hab nicht erwartet, schon so bald wieder von dir zu hören. Ich dachte, du wärst erst nach drei zurück in Carmel.«

Ich versuche, die Tränen zurückzuhalten, schaffe es aber nicht.

»Hey, hey, was ist denn los mit dir? Was ist passiert?«

Ich kriege kein Wort heraus.

»Maya, du machst mir Angst. Rede mit mir!«

»Ich hab was Dummes gemacht. Etwas ganz Dummes.«

»Was denn?«

»Ich …«

»Maya, was hast du gemacht?«

»Ich hab Ethan geküsst. Oder er hat mich geküsst. Ich weiß es nicht. Und es war nicht mal real. Es war irgendeine PR-Aktion oder so was. Ich bin mir nicht sicher. Und ich bin weggelaufen, und ich weiß nicht, wo er ist, und ich nehme einen Bus.«

»Maya, beruhige dich erst mal. Ich verstehe überhaupt nichts. Du und Ethan, ihr habt euch geküsst?«

»Ja.«

»Wow. Okay. Alles okay. Wenn euch beiden danach war, ist alles gut. So was passiert. Ich verstehe nicht, warum das so eine Tragödie ist. Ich weiß, das war nicht der Plan, aber Pläne ändern sich doch manchmal.«

»Nein! Das ist es nicht. Ich musste für eine Frau, die mich mit irgendjemandem verwechselt haben muss, so tun, als wären Ethan und ich zusammen. Und dann haben sie Fotos gemacht, und jetzt hat sich das Ganze womöglich schon im Internet verbreitet. Wer weiß? Ethan ist schließlich ein berühmter Autor.«

»Hol erst mal tief Luft und erzähl mir alles der Reihe nach.«

Ich setze mich auf den Bordstein in einer Seitenstraße, und berichte ihr alles, was passiert ist.

Alisa weiß immer, was zu tun ist, aber als ich fertig bin, sagt sie eine Weile gar nichts.

»Ich bin verwirrt«, gesteht sie schließlich.

»Ich auch.«

»Hast du Gefühle für ihn, Maya?«

»Was denn für Gefühle? Nein, ich habe keine Gefühle für Ethan. Nein, das ist gelogen. Ich empfinde etwas für ihn. Hass. Ich hasse ihn, okay? Ich hasse ihn!«, brülle ich. »Ich kann ihn nicht ausstehen. Er ist der nervigste Mensch, dem ich je begegnet bin. Du weißt, warum ich hier bin. Ethan ist nur ein Mittel zum Zweck.« Ich putze mir die Nase. »Und jetzt hat er mir alles kaputt gemacht.«

In diesem Moment höre ich ein Geräusch hinter mir. Langsam und mit einem ganz schlechten Gefühl drehe ich mich um.

»Ich ruf dich zurück«, sage ich zu Alisa.

Denn dort steht Ethan, reglos wie eine Statue. Wenn Blicke töten könnten, wäre ich jetzt tot.

47

»Du hasst mich also? Gut zu wissen«, sagt er nach einem langen Schweigen. »Da kann ich nichts machen, aber ich hab dich hierher mitgenommen, also muss ich dich auch nach Carmel zurückbringen.« Ich weiß, dass er mich gehört hat. Kann dieser Tag noch schlimmer werden?

»Gehen wir«, sagt er in schroffem Ton, macht sich auf den Weg zum Parkplatz, und mir bleibt nichts anderes übrig, als ihm zu folgen. Ich habe großen Mist gebaut, und ganz ehrlich, ich weiß nicht, ob es eine Möglichkeit gibt, das wieder in Ordnung zu bringen.

Auf der Fahrt blicke ich schweigend aus dem Fenster. Was soll ich auch sagen?

Wir haben schon die Hälfte der Strecke zurückgelegt, als er sich einen kurzen Moment zu mir dreht.

»Es tut mir leid. Was passiert ist, war ein Fehler. Ich verstehe, dass es jemand anderen gibt …« Für ein paar Minuten kehrt Stille ein.

Ich weiß nicht, was ich sagen soll.

»Warum hast du das getan, Ethan? Wer waren diese Leute?«

»Die Hauptperson in meinem neuen Buch ist Maya June«, erklärt er. »Cameron ist ein hohes Tier in dem Verlag, bei dem meine Bücher erscheinen. Sie versuchen schon seit Monaten, mich dazu zu kriegen, Max' und Mayas wahre Identität preiszugeben, zu Promo-Zwecken, weil meine Geschichten bekanntlich vom wirklichen Leben inspiriert sind. Als sie uns zusammen gesehen haben und ich dich als Maya vorgestellt habe, dachten sie …«

»Was? Was dachten sie?« Mir verschlägt es den Atem, als mir klar wird, worauf er hinauswill. »Dass ich die Maya aus deinem Buch bin, richtig? Moment, aber wir haben uns geküsst; was denken sie jetzt?«

Er zuckt die Achseln. »Wen kümmert das schon?«

»Mich kümmert es«, blaffe ich ihn an. »Das wird sich wie ein Lauffeuer im Internet verbreiten, oder etwa nicht? Ich sollte zurückgehen und mit dem Fotografen reden. Ich werde ihn dafür bezahlen, dass er die Fotos nicht weitergibt. Komm, lass uns gehen.«

»Ich habe schon mit Cameron geredet«, sagt er. »Ich habe ihm gesagt, dass ich nicht will, dass die Fotos veröffentlicht werden.«

»Und?«

»Er meinte, er wird sehen, was sich machen lässt, dass er mir aber nichts versprechen kann.«

Meine Gedanken überschlagen sich.

»Wer ist er denn überhaupt? Du musst mir sagen, wer er ist, damit ich es ihm erklären kann.«

»Wen meinst du?«

»Max!«

»Warum? Warum willst du das wissen?«

»Weil ich die Maya aus deiner Geschichte bin! Hast du sie nicht deshalb so genannt? Weil er dir meinen richtigen Namen gesagt hat?«

Er starrt stumm geradeaus.

»Ethan, du wirkst nicht überrascht. Warum bist du nicht überrascht?« Mich überläuft es eiskalt. »Wusstest du etwa, dass ich es bin?«

»Wie könnte ich?«, erwidert er, den Blick auf die Straße gerichtet.

»Wenn du es wüsstest, würde dich das zum schlechtesten

Freund der Welt machen. Max tut mir leid. Und wenn nicht, hast du gerade irgendeine Person, die zufällig den gleichen Namen hat wie deine Romanfigur, für deine eigenen Zwecke missbraucht … und wofür? Um dein Buch noch besser zu vermarkten? Du hast mich gebeten, heute mitzukommen, damit sie uns zusammen sehen. Du hast mich vor ihren Augen geküsst, um ihnen Werbematerial zu liefern. Soll das ein Witz sein? Wer gibt dir das Recht dazu? Ist es nicht schon mehr als genug, dass du meine Geschichte geschrieben hast, ohne mich zu fragen? Ich habe sie zuerst geschrieben, und mein Manuskript wird deinetwegen nie das Licht der Welt erblicken.«

»Ich habe nichts gestohlen«, entgegnet er. »Und was hält dich davon ab, dein Manuskript einzureichen?«

»Welchen Sinn hätte das denn? Wer würde die gleiche Geschichte noch mal lesen wollen?«

»Jede Geschichte hat zwei Seiten.«

»Es geht nicht um mein Manuskript! Und ja, jede Geschichte hat zwei Seiten. Zwei, nicht drei. Deine gehört nicht dazu. Es war meine und seine Geschichte. Aber das hat dir wohl nicht gereicht, oder? Du musstest noch eins draufsetzen und mich in diesen Schlamassel mit reinziehen. Mich anlügen. Mich benutzen.«

»Hast du das nicht auch gemacht, Maya? Leute benutzt? Celine, mich?«

Mir laufen Tränen übers Gesicht. »Sag mir doch einfach, wer er ist. Bitte hab wenigstens den Anstand, das für mich zu tun.«

»Ich verstehe nicht, warum du unbedingt wissen willst, wer Max ist. Warum du so darauf beharrst. Wenn du nicht von meinem Roman gehört hättest, wärst du niemals nach Carmel zurückgekehrt. Offensichtlich hast du es nicht seinetwegen getan, sonst wärst du schon viel früher gekommen oder noch besser … sonst wärst du gar nicht erst verschwunden. Du bist offenbar darüber hinweggekommen, wenn dir überhaupt jemals etwas an ihm lag. Wenn dieser Tag dir überhaupt etwas bedeutet hat. Tja, ihm hat er etwas bedeutet. Sehr viel sogar. Warum tust du ihm das an? Warum setzt du ihn dieser Tortur noch einmal aus?«

Seine Nasenflügel blähen sich, und ich starre ihn schockiert an. Er ist so wütend.

»Ich tue ihm das an? Vielleicht solltest du mal einen Blick in den Spiegel werfen. Deinetwegen kursiert womöglich ein Foto von unserem Kuss im Internet. Und du willst mir einreden, ich setze ihn dieser Tortur aus? Du hast wirklich Nerven.«

»Ich kenne ihn besser als du. Er hat diese Geschichte längst hinter sich gelassen. Ihm würde es nichts ausmachen.«

Mir kommen wieder die Tränen.

»Was willst du von mir?«, fragt er aufgebracht. »Warum bist du überhaupt hier? Willst du vielleicht auch noch Tantiemen? Publicity hast du ja schon von mir gekriegt. Warst du nicht darauf aus? Anscheinend interessiert dich doch sowieso nur, was du selbst geschrieben hast, und so ein Foto hilft bestimmt. Warum ziehst du dann noch diese Opfernummer ab? Es ist wahrhaftig nicht so, als hätte dich irgendjemand gezwungen, mich zu küssen, das hast du aus freien Stücken getan, vor einer Kamera. Was hast du denn erwartet?«

»Solche Fragen würdige ich keiner Antwort.«

»Natürlich nicht, weil du darauf keine hast. Aber darum ging es dir doch von Anfang an, richtig? Berühmt zu werden. Kannst du gern haben. Viel Spaß damit! Aber halte Max gefälligst da raus. Er hat etwas Besseres verdient.«

»Warum bist du so gemein? Du kennst mich nicht mal. Nur weil du unsere Geschichte geschrieben hast, gibt dir das noch lange kein Recht, darüber zu urteilen, was Max verdient hat. Oder ich. Und die Gründe dafür, dass ich Max finden will, sind ganz allein meine Sache. Ich werde nicht mit einem Mittelsmann darüber diskutieren, der nichts anderes im Sinn hat, als mein Leben zu ruinieren.«

»Dein Leben ruinieren? Ich wollte noch nie irgendetwas ruinieren«, erwidert er deutlich ruhiger.

»Schwer zu glauben. Dann wirst du mir seinen richtigen Namen also nicht verraten? Das ist dein letztes Wort?«

»Selbst wenn ich es täte, glaube ich nicht, dass er mit dir reden wollen würde.«

»Das ist nicht deine Entscheidung.«

Er schüttelt den Kopf. »Deine auch nicht.«

»Na gut. Dann frag ihn. Hör dir an, was er dazu sagt. Weiß er überhaupt, dass ich hier bin?«

Mit grimmiger Miene starrt Ethan auf die Straße.

»Also, weiß er es?«, hake ich nach. »Frag ihn. Nach allem, was passiert ist, schuldest du mir zumindest das.«

»Ach ja?« Jetzt ist sein Ton spöttisch. Sarkastisch.

Er will mich provozieren. Mich zur Weißglut bringen. Wie kann ein Mensch nur so frustrierend sein?

»Halt an«, fordere ich ihn auf.

»Wir sind auf der Autobahn, ich kann nicht anhalten.«

»Ich will aber aussteigen«, zische ich vor Wut kochend.

»Wenn der Klang meiner Stimme dich so aufregt, halte ich eben den Mund.«

»Ich muss eine Weile allein sein, und ich will mich nicht mehr streiten. Ich hasse es zu streiten.«

»Ach, was du nicht sagst. Dabei bist du so gut darin, ich wäre glatt darauf reingefallen.«

Er nimmt die nächste Ausfahrt nach San José und setzt mich vor einem Starbucks ab.

Ohne ein weiteres Wort steige ich aus. Warum fährt er nicht weg? Ich will, dass er wegfährt.

Aber er tut es nicht.

48

Mir schwirrt der Kopf, als ich hineingehe, mir einen Caramel macchiato hole und mich auf einen Barhocker am Fenster setze. Um mich zu beruhigen, beobachte ich die Leute, die vorbeikommen, vermeide es, in Ethans Richtung zu schauen, und überlege, was ich als Nächstes tun soll.

Ich dachte, es wäre so schlau von mir, über Celine und Ethan irgendetwas rauszukriegen, aber letzten Endes ist der Schuss nach hinten losgegangen. Ich wusste doch, dass ich nicht das Zeug dazu habe. Ich bin eine lausige Lügnerin und auch nicht fähig zu manipulieren.

Alles okay? Kannst du jetzt reden?

Eine Nachricht von Alisa.

Ich rufe sie an.

»Heute ist der schlimmste Tag meines Lebens. Ethan stand hinter mir. Er hat alles gehört.«

»Das ist nicht gut. Was hat er gesagt?«

»Was hat er nicht gesagt? Unter anderem wusste er anscheinend, wer ich bin.«

»Wie konnte er das wissen?«

»Jetzt klingst du wie er«, sage ich bitter. »Und weißt du was? Die Hauptfigur in seinem Buch heißt Maya. Er hat meinen richtigen Namen benutzt.«

»Nein! Warte mal kurz.«

Ich höre das Rascheln von Papier.

»Also, ich bin auf Seite fünfzig, aber bisher wurdest du noch kein einziges Mal erwähnt, und dieser Tag auch nicht. Es geht um sein Leben vorher. Moment.« Erneutes Papierrascheln. »Okay, weiter hab ich noch nicht gelesen, nur nach

Namen gesucht. Ja. Hier ist sie – Maya June aus New York. Und ihre Beschreibung trifft genau auf dich zu.«

»Woher wusste er, wie ich aussehe? Das verstehe ich nicht. Er hat mich doch noch nie gesehen.«

Noch mehr Seiten werden umgeblättert. Papiergeraschel. Und immer wieder ein erstauntes »Oh!« und »Ah!«

»Das solltest du selbst lesen. Moment, ich schaue mal schnell in der Sendungsverfolgung nach.«

Ich warte. Eine Minute. Zwei. »Also?«

»Ähm, also, was das betrifft … Du wirst mich umbringen. Es tut mir so leid. Ich hab einen Fehler gemacht.«

»Was?«

»Ich hab das Buch aus Versehen zu dieser Pension geschickt. Keine Ahnung, wie das passieren konnte. Ich hab die Adressen wohl verwechselt. Kannst du es dort abholen? Hier steht, es wurde heute Morgen geliefert.«

»Klar, kein Problem. Aber jetzt hab ich Angst, es zu lesen.«

»Brauchst du nicht. Ich glaube, es ist einfach nur anders, als wir dachten.«

»Ach ja, die zweite schockierende Nachricht hab ich dir noch gar nicht erzählt. Er hat mich vorsätzlich heute zu der Show mitgenommen.«

»Was meinst du mit ›vorsätzlich‹?«

»Er hat mich benutzt, um Promo für sein Buch zu machen. Er wusste genau, dass Fotografen und leitende Angestellte seines Verlags da sein würden. Du hättest die Gesichter dieser Leute sehen sollen, als er meinen Namen gesagt hat. Als wäre ich Madonna oder so.«

»Das verstehe ich nicht. Wovon redest du da? Wussten sie von dir?«

»Von der Maya im Buch. Maya im wirklichen Leben. Ethan hat die wahre Identität von Max und Maya geheim gehalten, und als die Leute uns zusammen gesehen haben, dachten sie wahrscheinlich …«

»Dachten sie was?«

»Dass Ethan Max ist, nehme ich an. Warum sonst sollte ›Maya‹ mit ihm zusammen sein?«

»Das ist lächerlich. Ethan hat selbst gesagt, dass Max ein Freund von ihm ist«, gibt Alisa zu bedenken. »Vielleicht dachten sie, du würdest Max mit seinem Freund betrügen. Das sorgt für noch mehr öffentliche Aufmerksamkeit.«

»Ich weiß nicht, was ich dir sagen soll, und das spielt auch keine Rolle. Wichtig ist jetzt nur, dass es Fotos von unserem Kuss gibt und dass ich mit Max reden muss, bevor er sie sieht. Ich bezweifle, dass Ethan ihm die Wahrheit sagen wird.«

»Wie kann ein Freund so etwas tun? Ehrlich, mir schwirrt allmählich der Kopf von dieser ganzen Geschichte. Ich hätte nie gedacht, dass deine Suche in eine so komplizierte Affäre ausartet.«

»Sprich nicht von Affären, sonst muss ich kotzen.«

»Sorry.«

»David ruft immer noch ständig an, und ich kann einfach nicht mehr.«

»Ach je, das tut mir leid. Wenn ich dir irgendwie helfen kann, sag Bescheid. Es gefällt mir gar nicht, dich so zu sehen.«

»Du tust schon so viel für mich. Ohne dich hätte ich längst den Verstand verloren.«

»Warum lässt du es heute nicht ruhiger angehen? Hol das Buch ab, geh Ethan aus dem Weg, und dann wollen wir doch hoffen, dass er wenigstens den Anstand hat, dir Max' Kontaktdaten zu geben. Er ist viel raffinierter, als ich dachte. Offenbar hattest du vollkommen recht, was ihn angeht. Mit deinem Bauchgefühl lagst du goldrichtig.«

»Was nutzt mir das, wenn ich nicht darauf gehört habe?«

»Keine Sorge, wir werden schon eine Lösung finden. Das ist nicht das Ende dieser Geschichte.«

Ich wünschte, ich könnte sie umarmen. Wenn sie nur wüsste, wie viel mir unsere Freundschaft bedeutet. Wie verloren ich ohne sie wäre.

49

Ich suche auf Google Maps, doch in der Nähe gibt es keine Bushaltestelle. Anscheinend bin ich zu nahe an Carmel für einen Reisebus und zu weit weg, um zu Fuß zu gehen. So ungern ich das Geld auch ausgebe, weil Celine mich noch nicht bezahlt hat – ich bekomme meinen wöchentlichen Lohnscheck montags, sodass ich momentan von der Hand in den Mund lebe –, muss ich doch irgendwie zurückkommen.

Also rufe ich ein Lyft und bekomme die Benachrichtigung, dass die Wartezeit fünf Minuten beträgt.

Als ich aus dem Fenster schaue und das Lyft sehe, überkommt mich ein heftiger Schwindel. Es ist *das* Lyft. Das Lyft, das ich schon so oft in Carmel gesehen habe. Es ist der Mann, dem ich an meinem ersten Tag hier begegnet bin. Da bin ich mir sicher.

Der kurze Fußweg zum Auto scheint ewig zu dauern. Als ich es endlich erreiche, krampft sich meine Hand um den Türgriff, und ich kann mich nicht von der Stelle rühren. Gleich werde ich ihn treffen, und ich bin mehr als nervös. Tief durchatmen. Tief durchatmen. Das geschieht wirklich.

Ich öffne die Tür. Ethans Auto steht immer noch auf dem Parkplatz. Er wartet, bis ich in das Lyft steige, dann fährt er los.

»Maya?«, fragt der Fahrer, als ich mich auf den Rücksitz setze. Ist er etwa Max? Ist das Max' Stimme?

»Ähm … Woher weißt du das?«

»Steht in der App.«

Wie dumm von mir. Natürlich steht das in der App. Ich rufe sie auf – sein Name ist Aaron.

»Wie läuft dein Tag bisher?«, erkundigt er sich. »Es freut mich, dass du mich gerufen hast. Ich habe schon nach einer Fahrt zurück in die Pension gesucht.«

Ich höre ihm einfach nur zu und vergleiche seine Stimme mit der von dem Max aus meiner Vorstellung.

»Wohnst du bei uns?«, fragt er.

»Wie bitte?«

»In der Pension.«

»Arbeitest du dort?«, frage ich verwirrt.

»Sie gehört meiner Mutter. Susan. Hast du sie getroffen?«

»Susan ist deine Mutter?«

Wow. Die Pension gehört also seiner Familie? Die Pension, in die Max mich letztes Jahr zum Umziehen geschickt hat? Ist das ein Zufall?

Er nickt. »Entschuldigung – sind wir uns vielleicht schon mal begegnet?«, fragt er, und ich sehe, dass er mich aufmerksam im Rückspiegel mustert.

Mir stockt der Atem. Ich weiß, ich sollte mir schnell eine Antwort überlegen, statt ihn nur stumm anzustarren, aber ich kann nicht anders. Ich war so auf die Sache mit Ethan konzentriert, dass ich es völlig versäumt habe, eigene Nachforschungen anzustellen. Ich hätte schon früher nach dem Lyft-Fahrer suchen sollen, statt so viel Zeit mit Ethan zu verplempern. Dann hätte sich das Fiasko vorhin nie ereignet. Ich starre ihn an. *Bist du es? Bist du Max?*

»Ich habe kurz in der Pension gewohnt, bin dann aber zu … zu einer Freundin in Carmel gezogen.«

»Wie schön. Ich hoffe, es hat dir im The Lantern gefallen.«

»Ja, hat es. Es ist bezaubernd, und deine Mutter ist einfach wundervoll.«

Er lächelt. Ein schönes Lächeln. Nicht, wie ich mir Max' Lächeln vorgestellt habe, aber schön. »Willst du beim Karaoke mitmachen?«

»Wie bitte?«

Er lacht. »Ich dachte, du nimmst vielleicht an dem Wettbewerb heute Nachmittag teil.«

»Nein, ich muss nur ein Päckchen abholen, das mir versehentlich dorthin geschickt worden ist.«

Unterwegs erklärt er mir einige der Sehenswürdigkeiten, an denen wir vorbeikommen, fragt mich, was ich in Carmel schon besichtigt habe und ob er mir Tipps geben soll, und ich habe ein Déjà-vu. Je mehr er redet, desto überzeugter bin ich, dass er Max ist. Klar, ich weiß, dass mein Name nicht ganz selten ist, aber ... weiß er, dass ich diejenige bin, die er mal kannte, wie er es ausdrückt? Hat er womöglich einen Verdacht in diese Richtung?

»Ich komme aus New York«, sage ich, um zu sehen, wie er darauf reagiert.

»Ach ja? Geschäftlich oder zum Vergnügen?«

Ich schlucke schwer. »Nicht geschäftlich, nein.«

Er hat eisblaue Augen – Mum würde sie als Husky-Augen bezeichnen –, buschige, sandfarbene Augenbrauen, ein attraktives Gesicht, und ich wünschte, ich würde bei seinem Anblick mehr empfinden. Diese irre, augenblickliche Anziehung. Aber müsste ich wirklich sofort etwas für ihn empfinden? Vielleicht nicht. So etwas gibt es nur in Büchern oder Filmen. Im wirklichen Leben entwickeln sich solche Dinge erst mit der Zeit. Vielleicht ist es eine dieser emotionalen Verbindungen, die im echten Leben eine Weile brauchen, bis sie eine körperliche Wirkung zeigen.

»Da wären wir«, sagt er, als wir vor der Pension anhalten.

Wir steigen aus. Ich nehme mir fest vor, nicht wegzugehen, ohne ihn gefragt zu haben, ob er tatsächlich Max ist.

Susan ist nicht da, also geht Aaron selbst hinter die Theke. »Du hast gesagt, du willst ein Paket abholen? Mal sehen«, sagt er. »Maya, Maya …«

»Maya Maas.«

»Genau. Da haben wir es schon.« Er reicht mir einen dicken Luftpolsterumschlag. Endlich habe ich das Buch, bald werde ich meine Antworten haben – vielleicht stehen sie ja schon vor mir!

»Darf ich dich noch was fragen?«

»Klar.«

»Gibt es viele Lyft-Fahrer in Carmel?«

»Ein paar. Ich, Candace, Mr. Harris und noch einer, glaube ich. Wahrscheinlich bin bald nur noch ich übrig – Mr. Harris ist nämlich schon über achtzig, er sieht nicht mehr so gut, und Candace will nach Kanada ziehen. Aber in Monterey und Umgebung gibt es mehr als genug Fahrer. Warum?«

Ich schlucke schwer. Ja, warum? Gute Frage.

»Ach, nur aus Neugier. Vielleicht will ich ins Geschäft einsteigen, deshalb interessiert es mich, wie groß die Konkurrenz ist, mit der ich rechnen muss.«

Er lacht. »Die ist nicht sehr groß, nein.«

»Fährst du nur Lyft oder …?«

»Fragst du mich, ob Lyft-Fahren mein Vollzeitjob ist? Nein. Ich mache das nur, um Mum zu helfen, das heißt, wann immer ich kann, fahre ich Leute zur Pension oder von dort irgendwohin. Aber eigentlich bin ich Künstler. Oder versuche es zumindest.«

Mein Herz pocht wie wild. »Ach ja? Was denn für ein Künstler?«

»Ich bin Bildhauer.«

»Oh, wow.«

Ich starre ihn an. Die Puzzleteile fügen sich zusammen, eins nach dem anderen.

»Kann ich dich noch was fragen?«

»Klar. Schieß los.«

»Kennst du Ethan Delphy?«

Er wirft mir einen verwunderten Blick zu, bevor er antwortet.

»Ja, wir sind zusammen aufgewachsen und seit über zwanzig Jahren befreundet.«

Tief durchatmen. Tief durchatmen. »Und eins noch.«

Er lächelt und nickt.

»Du hast gesagt, ich komme dir bekannt vor. Kann es sein, dass wir uns letztes Jahr hier getroffen haben?«

Er stutzt und sieht mich an, als überlege er, ob er darauf antworten soll oder nicht.

»Maya, du bist zurück!«, erklingt in diesem Augenblick Susans Stimme hinter mir, und ich drehe mich um.

»Susan, wie schön, dich zu sehen.«

»Und ich freue mich, dass du vorbeikommst. Wolltest du nur Hallo sagen oder machst du beim Karaoke-Wettbewerb mit?«

»Ich wollte nur Hallo sagen«, erkläre ich ihr und sehe im selben Moment, wie Aaron auf den Flur hinausgeht.

»Schönen Tag noch, Maya!«, ruft er mir zu. »Ich hoffe, wir sehen uns bald wieder.«

Er hat meine Frage nicht beantwortet. Warum? Ist er Max? Er muss es sein. Alles passt zusammen.

50

Als ich unterwegs zum Cottage bin, um mich umzuziehen, rufe ich noch einmal Alisa an.

»Ich fürchte, ich treibe dich heute zum Wahnsinn. Aber weißt du was? Ich glaube, ich habe ihn gefunden. Und das ohne Hilfe von Mr. Schickimicki-Schriftsteller. Ha. Nimm das, du Angeber!«

»Du hast Max gefunden? Echt jetzt?! Wer ist er? Jetzt erzähl schon!«

»Er arbeitet als Lyft-Fahrer.«

»Klar, das wussten wir doch schon.«

»Und er ist Bildhauer.«

»Okay. Okay. Also ein Künstler. Wie im Roman.«

»Er wohnt in Carmel.«

»Da waren wir uns nicht ganz sicher, oder?«

»Aber jetzt schon. Und er ist schon mit Ethan befreundet, seit sie beide Kinder waren.«

»Dann muss er es sein! Wie heißt er? Ist er attraktiv?«

»Sein Name ist Aaron, und er sieht definitiv gut aus. Ich würde nicht sagen, dass ich bei seinem Anblick aus den Latschen gekippt bin, aber wegen der Sache mit Ethan bin ich echt vorsichtig geworden.«

»Wie meinst du das?«

»Weiß ich nicht genau. Ich hatte so eine starke Reaktion, als ich Ethan zum ersten Mal gesehen habe, und das … na ja, du weißt ja, was für ein Chaos das verursacht hat …«

»Verstehe.«

»Und das Beste kommt noch. Das Erste, was Aaron mich gefragt hat, war, ob wir uns vielleicht schon mal gesehen haben.«

»Das wollte er wohl unbedingt erwähnen.«

»Und als ich ihn gefragt habe, ob es sein kann, dass wir uns letztes Jahr getroffen haben, ist er der Frage ausgewichen.«

»Er muss es sein. Du hast ihn gefunden! Super! Moment. Aber … jetzt bin ich verwirrt.«

»Warum?«

»Wenn er es ist, hätte er dich doch erkennen müssen.«

»Wie denn?«

»Du musst das Buch lesen. Es sei denn, Ethan hat diesen Teil nur erfunden. Was ja nicht überraschend wäre. Er muss es ja nicht genauso erzählt haben, wie es sich abgespielt hat. Nicht, dass die wahre Geschichte nicht aufregend genug wäre, aber er ist schließlich Schriftsteller. Damit verdient er seinen Lebensunterhalt.«

»Du willst mir nicht sagen, wovon du redest, oder?«

»Ehrlich gesagt hab ich es selbst noch nicht gelesen. Als ich den Text auf der Suche nach ihrem – also deinem – Namen überflogen habe, bin ich auf ein paar Stellen gestoßen, bei denen ich dachte, dass seine Version der Ereignisse schon ziemlich anders ist als deine. Aber ich will dir jetzt lieber keine Kleinigkeiten erzählen, die aus dem Zusammenhang gerissen sowieso keinen Sinn ergeben.«

»Verstehe. Übrigens hab ich gerade dein Päckchen abgeholt, also werde ich den Roman so bald wie möglich selbst lesen. Wenn ich es schaffe, am besten noch heute.«

Auf dem Weg zum Café Azure frage ich mich, ob Ethan wohl schon zurück ist und ob er Celine erzählt hat, was passiert ist. Er ist nicht dort, und nach dem Lächeln zu urteilen, mit dem Celine mich empfängt, hat sie keine Ahnung, was in San Francisco zwischen uns vorgefallen ist.

Ich weiß, dass ich es ihr erzählen muss. Und ich kann nicht länger bei ihr wohnen. Ich muss einen Plan schmieden, um mit Aaron ins Gespräch zu kommen und herauszufinden, ob meine Vermutung stimmt, dass er Max ist.

»Du bist zurück«, ruft Celine und umarmt mich. »War es schön? Erzähl mir alles.«

Wo soll ich anfangen?

Aus dem Augenwinkel sehe ich Ethan auf das Café zugehen. Er will gerade hereinkommen, als er mich entdeckt und abrupt kehrtmacht. Natürlich habe ich keine Ahnung, wohin er jetzt will, aber ich bin froh, dass ich ihn jetzt nicht sehen oder in seiner Nähe sein muss. Am liebsten würde ich ihm eine reinhauen.

51

Der Rest des Tages vergeht unglaublich langsam, und ich sehe öfter zur Tür, als ich mir eingestehen möchte. Nicht dass ich mir aktiv wünsche, Ethan wäre hier, aber es fühlt sich seltsam an, dass er nicht da ist. Jetzt, da ich mich etwas beruhigt habe, bin ich hauptsächlich verwirrt und längst nicht mehr so wütend. Ich will mit ihm reden und ihm sagen, dass ich mir fast hundertprozentig sicher bin, dass Aaron mein Max ist, damit er es mir bestätigt.

Ich sehe zu Celine, die gerade einen Kunden bedient. Es macht mich traurig, dass ich ausziehen muss. Ich habe mich daran gewöhnt, sie um mich zu haben, und ich mag unsere geselligen Abende – mit ihr Filme zu schauen, gemeinsam zu essen. Doch wenn sie die Wahrheit erfährt, muss ich weg. Außerdem kann ich nicht länger im selben Haus wohnen wie Ethan. Das wäre mehr als unangenehm. Aber wo soll ich hinziehen? Zurück in Susans Pension, um näher bei Aaron zu sein?

Den ganzen Nachmittag lässt Ethan sich nicht blicken, und auch am Abend erscheint er nicht.

»Wo ist eigentlich Ethan?«, frage ich Celine so beiläufig wie möglich.

»Auf dem Weg zum Lake Tahoe. Wenn er nicht schon da ist.«

»Ich wusste gar nicht, dass er wegfährt.«

»Er hat mir vorhin geschrieben und meinte, er braucht dringend frische Luft.«

»Wann kommt er denn zurück?«

»Keine Ahnung. Das letzte Mal, als er hingefahren ist, war er etwa eine Woche dort.«

Ich nicke dämlich, weil ich nicht weiß, was ich sagen soll.

Sie mustert mich mit forschendem Blick. »Ich weiß. Ich bin auch traurig. Ich hatte gehofft, diesmal würde er länger hierbleiben«, sagt sie. »Besonders, da …«

Ich höre ihre Stimme, kann aber nicht länger zuhören.

Traurig? Drückt mein Gesicht das aus? Trauer? Ha. Ich bin alles andere als traurig. Ich bin wütend, weil er einfach abgehauen ist, ohne sich auch nur zu verabschieden. Wie ein kleines Kind. Er hat mit dem Fuß aufgestampft, sein Spielzeug genommen und sich aus dem Staub gemacht.

Er kann nicht einfach abhauen. Er schuldet mir was. Ich brauche Antworten. Ich will ihn nach Aaron fragen. Und nach den Fotos.

Als wir ins Cottage zurückkommen, erwarte ich fast, Ethan dort vorzufinden, obwohl ich genau weiß, dass er weg ist.

»Hey«, sagt Celine, »Ethan hat was für dich dagelassen.«

»Was ist das?«, frage ich, als sie mir ein kleines, in mattgelbes Papier eingeschlagenes Päckchen reicht.

»Mach es auf, dann können wir nachschauen.«

Ungeduldig reiße ich das Papier auf, und darunter kommen zwei Kästchen zum Vorschein. In dem ersten befindet sich ein wunderschönes, in Leder gebundenes Notizbuch, in dem anderen, kleineren ein silberner Stift, genau wie der, den ich in dem schicken, teuren Schreibwarenladen gesehen habe.

Und eine Karte von ihm.

Das wollte ich dir nach unserer Rückkehr aus San Francisco geben, aber es ist leider nicht so gelaufen, wie ich es mir erhofft hatte. Also auf diesem Wege …

Fassungslos starre ich Notizbuch und Stift an – ich habe keine Ahnung, wie ich darauf reagieren soll. Was will er damit erreichen? Denkt er, er kann mich mit Geschenken kaufen? Nein, warum sollte er? Wovon rede ich denn da? Vielleicht wollte er sein Gewissen beruhigen, weil er wusste, was uns in San Francisco erwartet. Ich weiß es nicht.

Celine sieht mich an, sagt kein Wort und lächelt nur.

»Kannst du mir seine Telefonnummer geben? Ich möchte mich bedanken.«

»Klar.«

Das ist nicht wahr. Na ja, irgendwie doch. Ich will mich bedanken, weil ich kein Neandertaler bin, aber ich will ihn auch nach Aaron fragen. Dass er nicht da ist, ändert nichts an meinen Plänen.

Ethan, danke für das Geschenk. Das wäre doch nicht nötig gewesen.

Ich drücke auf Senden und warte. Hoffentlich antwortet er. Fünf Minuten später piept mein Handy.

Gern geschehen. Ich hoffe, du wirst viele wundervolle Geschichten reinschreiben. Vielleicht deinen nächsten Roman.

Ich hätte gern persönlich mit dir darüber geredet, aber da du eine Weile weg sein wirst, wollte ich fragen, ob du Neuigkeiten von Max hast. Und ob ich mit meiner Vermutung recht habe: Heißt Max eigentlich Aaron?

Fünf Minuten. Zehn. Zwanzig. Immer noch keine Antwort. Er hat nicht bestätigt, dass es Aaron ist, aber es auch nicht bestritten. Meine Gedanken schweifen zum heutigen Tag zurück. Zu allem, was passiert ist. Dass Ethan fort ist, was in San Francisco geschehen ist, unser Streit. Ein paar Minuten später schreibe ich ihm erneut.

Ich hoffe, du hast nicht meinetwegen dein Haus verlassen. Wenn jemand gehen muss, dann doch wohl ich.

Interpretier da nicht zu viel rein. Am besten gar nichts. Mein Weggang hat nichts mit dir zu tun. Ich laufe nicht weg, selbst wenn die Dinge kompliziert sind. Muss nur ein paar Sachen erledigen.

Das hat sich angefühlt wie eine Ohrfeige. Ganz toll gemacht, Maya, warum tust du auch so, als würde sich die ganze Welt um dich drehen? Im Grund hat er mich schlicht in die Schranken gewiesen. Autsch!

Ich sage Celine, dass ich müde bin und ins Bett muss, dann wünsche ich ihr eine gute Nacht und gehe in mein Zimmer, wo ich sofort den Luftpolsterumschlag aufreiße und das Buch heraushole.

Das Cover ist fantastisch! Fast unheimlich. Zwei Silhouetten, ein Mann und eine Frau, mit dem Rücken zueinander, beide mit einem Handy in der Hand.

Das sind wir. Oh, mein Herz!

Ich schlage das Buch auf, überspringe die Kapitel, von denen Alisa mir erzählt hat, die von seinem Leben vor diesem Tag – *unserem* Tag – handeln, und fange an zu lesen, wo wir uns zum ersten Mal schreiben.

June After Midnight, von Ethan Delphy

Ich lache, als sie mir schreibt, was sie anhat. Ich dachte, ich wäre der Einzige, der noch auf Guns N' Roses steht.

Ich mag kein Ride-Pooling. Auf den Routen gibt es viel zu viele Halte, und die Leute zwängen sich in mein Lyft, aber anscheinend ist das die beliebteste Option. Als ich gerade die dritte Person am Embarcadro in San Francisco abgesetzt habe und unterwegs bin zum letzten Halt, höre ich dieses nervige Geräusch, wie ein Sonar. Ununterbrochen. Pausenlos. Zuerst denke ich, es ist das Handy meines letzten Passagiers.

»Ist das dein Telefon?«, fragt der Typ auf dem Rücksitz, und mir wird schlagartig klar, dass es nicht ihm gehört.

Meines ist es auch nicht, denn das liegt auf dem Armaturenbrett. Das Klingeln hört auf. Doch als der Mann aussteigt, fängt es wieder an, also halte ich am Straßenrand und folge dem Geräusch, bis ich schließlich zwischen dem Rücksitz und der Tür ein Handy finde.

Eigentlich habe ich nicht vor, ranzugehen oder zurückzuschreiben. Mein erster Impuls ist, es bei Lyft zu melden, aber dann sehe ich die Nachrichten und habe plötzlich das Gefühl, reagieren zu müssen.

Irgendwann fahre ich zum Flughafen. Als ich dort ankomme, ist wie üblich die Hölle los, doch es dauert nicht lange, bis ich sie sehe. Ich halte direkt gegenüber von ihr.

Sie ist wunderschön auf eine ganz natürliche Art. Und sie sieht so unschuldig aus. Was hat ein Mädchen wie sie bei einem Idioten wie ihm verloren?

Als ich gerade aussteigen will, schreibt sie mir erneut.

Weißt du was? Ich will sein Telefon nicht. Du kannst es behalten. Wirf es meinetwegen weg. Ich hab wichtigere Sorgen.

Ich steige aus und sehe sie einfach nur an.

Was zum Beispiel?, schreibe ich zurück.

Dass ich am Flughafen übernachten und mich von Snacks aus dem Automaten ernähren muss. Mein Rückflug geht erst morgen. Gott, das ist der schlimmste Geburtstag meines Lebens!

Sie legt das Handy neben sich auf die Bank und wischt sich mit dem Handrücken über die Wange. Sie weint. Der Anblick bricht mir das Herz, und ich fühle mich schuldig. Wenn ich ihr nicht geschrieben hätte, wüsste sie nichts davon. Sie hätte keine Ahnung, dass er sie betrogen hat. Aber würde ich so etwas an ihrer Stelle nicht wissen wollen? Wenn mir so etwas passieren würde, würde ich doch wollen, dass es mir jemand sagt.

Du hast Geburtstag?

Leider ja. Ich hatte schon ein paar deprimierende Geburtstage, aber dieser ist bei Weitem der schlimmste.

Anstatt unser Gespräch abzubrechen, wieder ins Auto zu steigen und wegzufahren, lasse ich mich von dieser Fügung des Schicksals leiten. Sie ist wunderschön – wie könnte ich sie einfach gehen lassen? Und sie ist ganz allein. Und in gewisser Hinsicht ist das meine Schuld, oder nicht?

Du solltest nicht an deinem Geburtstag am Flughafen herumsitzen. Warum machst du nicht einen Ausflug? In der Bay Area gibt es so viele schöne Orte.

Das Einzige, was ich hier tun wollte, war, das Meer zu sehen und fünf Minuten am Strand zu verbringen. Und ich habe nicht viel Geld, also kann ich es mir nicht leisten, herumzufahren oder mir ein Hotelzimmer zu nehmen. Ich hab gehört, dass in Kalifornien alles total teuer ist.

Ich kann dir ein bisschen Geld überweisen, und du kannst es mir später zurückzahlen.

Ich fürchte, da müsstest du lange warten. Ich habe gerade meinen Job verloren, und ohne Dan habe ich auch keine Wohnung mehr. Also bin ich arbeitslos, mittellos und obdachlos.

Das klingt hart. Tut mir echt leid. Mir macht es nichts aus zu warten. Ich will nur helfen.

Das ist echt nett von dir. Danke, aber nein. Versteh das bitte nicht falsch, aber ich kenne dich überhaupt nicht.

Das stimmt. Sie kennt mich nicht. Eine Minute später schreibt sie mir erneut.

Vielleicht sollte ich gar nicht zurückfliegen. Was wartet dort schon noch auf mich?

Dann flieg nicht. Bleib hier, texte ich zurück. Einfach so. Ich weiß nicht einmal genau, warum.

Sobald ich auf Senden drücke, wird mir klar, dass ich wie ein Arsch klinge, also schicke ich ihr gleich noch eine Nachricht.

Wo auch immer du hingehst, du wirst einen neuen Job und eine neue Wohnung finden. Und was deinen Freund angeht, bin ich sicher, dass eine Frau wie du keine Probleme haben wird, einen neuen zu finden. Einen besseren.

Ihrem Gesichtsausdruck nach zu urteilen, ist Interesse von Männern ihr geringstes Problem.

Eine Frau wie ich? Danke, aber du kennst mich doch gar nicht.

Was tue ich hier? Sie hat recht. Ich weiß nichts über diese junge Frau, und benehme mich, als wären wir eng befreundet. Ja, sie ist wunderschön, aber ich bin nicht auf der Suche nach einer Beziehung, und ich darf auch nicht vergessen, dass sie nur mit mir redet, weil ich ihr erzählt habe, was für ein Arschloch ihr Freund ist, also ist sie ganz bestimmt auch nicht auf der Suche. Und selbst wenn sie es wäre, hätte sie bestimmt kein Interesse an mir.

Sorry, ich wollte nichts andeuten. Wollte dich nur ein bisschen aufmuntern.

Gehört das zum Lyft-Service?

Manchmal.

Okay, na ja, ich hab dich lange genug aufgehalten. Danke für die Hilfe, das weiß ich wirklich zu schätzen. Es ist schön zu wissen, dass es auch noch nette Leute auf der Welt gibt. Ich gehe zurück zum Flughafen. Schönen Tag noch!

Okay. Dir auch, tippe ich, lösche die Nachricht aber wieder. Ich schreibe noch ein paar Nachrichten, die ich aber auch wieder lösche. Sie ist traurig, und es fühlt sich furchtbar an, sie dort sitzen zu sehen und zu wissen, dass sie ihren Geburtstag am Flughafen verbringen wird. Schrecklicher kann man seinen Geburtstag wohl kaum begehen.

Niemand verdient es, an seinem Geburtstag am Flughafen festzusitzen. Ich hab eine Idee, was du machen könntest. Natürlich nur, wenn du willst.

Ich sehe zu, wie sie meine Nachricht liest und zu schreiben beginnt, es sich dann aber offensichtlich anders überlegt. Keine Antwort.

Ich kenne einen Ort, der genau so ist, wie du dir Kalifornien anscheinend vorgestellt hast. Meer, Strand. Wenn du davon für deinen Geburtstag geträumt hast, solltest du unbedingt hinfahren.

Wie heißt der Ort?

Carmel-by-the-Sea. Vermutlich hast du noch nie davon gehört. Es ist eine kleine Stadt.

Nein, ich kenne Carmel nicht. Und es ist eine schöne Idee, aber ich weiß nicht recht. Ich bin es nicht gewohnt, allein zu sein. Ich kenne dort niemanden. Was soll ich den ganzen Tag lang machen?

Ich könnte dich abholen und dir Gesellschaft leisten, wenn du magst.

Das ist mehr als aufdringlich – was ist nur in mich gefahren? Ich glaube, ich habe zu viel Zeit damit verbracht, ernst zu bleiben und einer Routine zu folgen, und jetzt schieße ich übers Ziel hinaus.

Ich sehe, wie sie die Nachricht liest, doch sie antwortet nicht. Jetzt hält sie mich für einen Spinner. Na super.

Nicht böse gemeint, aber ich kenne dich nicht. Sorry, ich weiß, dass du nur nett sein willst, aber …

Ich hab es dir nur angeboten, weil du meintest, du willst nicht allein sein. Ich denke, du solltest hinfahren … selbst wenn niemand dich begleitet. Was ist die Alternative? Vierundzwanzig Stunden auf einem Plastikstuhl sitzen?

Sie steht auf und läuft unruhig hin und her. *Okay, ich mach's.*

Ich fasse es nicht. Sie hat tatsächlich Ja gesagt. Das ist bei Weitem das Verrückteste, was ich je getan habe.

Okay. Super! Du musst einen Shuttlebus nach Carmel nehmen. Das Ticket kostet vierzig Dollar. Folg einfach den Schildern zur Bushaltestelle, dort wirst du ihn sehen. Wenn du in Carmel ankommst, schicke ich dir einen Reiseplan.

Sie drückt das Handy an die Stirn, dann schreibt sie zurück.

Warum bist du so nett zu mir?

Weil niemand es verdient, an seinem Geburtstag allein und unglücklich zu sein.

Danke! Und tut mir leid, wenn ich ein bisschen unsozial gewirkt habe. Ich tue nicht nur so, so bin ich einfach. Haha. Ich bin ziemlich verkorkst. Mag es nicht, allein zu sein, kann aber auch nicht sonderlich gut mit Leuten umgehen.

Keine Sorge, du machst das toll. Und gern geschehen!

52

Es ist total surreal, Max' Perspektive einzunehmen. Fast so, als wäre ich in seinem Kopf.

Jetzt weiß ich, was Alisa damit meinte, dass seine Version der Ereignisse anders ist als meine. Er hat mich gesehen. Er weiß, wie ich aussehe. Aber ich hätte gern gewusst, dass er an diesem Tag den ganzen Weg bis zum Flughafen gefahren ist. So etwas hätte ich mir niemals vorstellen können. Hätte ich mich doch nur umgeschaut! Vielleicht hätte ich ihn dann entdeckt.

Dass er unsere ganze Unternehmung auch verrückt fand, bringt mich zum Lachen. Sie war verrückt – das Verrückteste, was ich in meinem Leben jemals getan habe. Und es ist interessant, dass mein Name bisher das Einzige ist, was genau der Wahrheit entspricht. Er hat Davids Namen geändert, wenn auch nur ein bisschen.

Ich lese weiter. Ich kann es kaum erwarten, mehr herauszufinden.

June after Midnight

Würde sie ausflippen, wenn sie wüsste, dass ich mit ihr in den Bus gestiegen bin? Würde sie mich für einen Stalker halten, der Frauen unter dem Vorwand verfolgt, nett und hilfsbereit zu sein? Wahrscheinlich schon. Und ist das wirklich so weit von der Wahrheit entfernt? Zumindest habe ich die Ausrede, dass ich so etwas noch nie getan habe.

Ich habe definitiv nicht die Absicht, ihr Angst zu machen,

ich will nur dafür sorgen, dass es ihr gut geht. Ein wachsames Auge auf sie haben. Schließlich fühle ich mich für sie verantwortlich. Typisch. Da tue ich ausnahmsweise einmal etwas, das mir nicht ähnlich sieht, und mache mir dann endlos Gedanken. Aber es ist nur ein Tag. Nicht mal ein ganzer Tag. Nur ein paar Stunden. Morgen wird sie nach New York zurückfliegen, und damit hat es sich. Sie wird in ihr Leben zurückkehren und ich in meines. Alles wieder wie gehabt. Aber wenn ich meinen Job richtig mache, wird sie sich vielleicht ihr Leben lang an diesen Tag erinnern. Nicht, weil ihr Freund sie betrogen hat, sondern weil sie ein tolles Abenteuer erlebt hat.

Ich setze mich nach hinten und vergewissere mich, dass Daniels Handy auf lautlos gestellt ist. Wer benutzt denn heutzutage ein Handy, ohne es mit einem Passwort zu schützen? Nur ein Schwachkopf. Ich will nicht seine Fotos und Nachrichten durchgehen, oder vielleicht doch? Vermutlich bin ich jetzt auch noch auf der Suche nach etwas, womit ich mein Verhalten rechtfertigen kann. Bei den Kontakten finde ich die Nummern einer Unmenge von Frauen. Selbst wenn ich jetzt noch Zweifel hätte – was nicht der Fall ist –, wären sie damit endgültig beseitigt. Er ist ein Arschloch. Und siehe da, er ist auch noch auf Tinder. Warum ist er auf Tinder, wenn er in einer festen Beziehung lebt?

Obendrein finde ich auch noch einen Chat zwischen Daniel und einem Freund – zumindest nehme ich an, dass die beiden befreundet sind. Dieser Typ beschreibt Mayas Äußeres wenig schmeichelhaft und ist offensichtlich der Meinung, Daniel solle sich ruhig anderswo umschauen. Im ersten Moment tut mir hauptsächlich Maya leid, aber dann überfällt mich eine unbändige Wut. Hat dieser Kerl keine Augen im Kopf? Maya ist wunderschön! Ich sehe doch, wie schön sie ist, was faselt der Typ da? Weder an ihren Haaren noch an ihrem Gesicht noch an ihrer Art, sich zu kleiden, ist das Geringste auszusetzen. Im Gegenteil! Ganz ehrlich: Sie ist etwas ganz Besonderes.

53

Ich höre auf zu lesen, unsicher, was mich mehr schockiert. Dass Max die ganze Zeit mit mir im Bus saß, dass er mich schön fand? Oder dass David noch hundertmal schlimmer war, als ich dachte?

Vielleicht sollte es mich wütend machen, dass Max heimlich ein paar Reihen hinter mir saß, aber dann wird mir klar, wie gut er es gemeint hat. Er wollte dafür sorgen, dass ich in Sicherheit bin. Er war kein Stalker. Trotzdem bringt mich das alles ein bisschen durcheinander. Er war da. Hätte ich es doch nur gewusst! Doch wenn ich ehrlich bin, glaube ich, dass ich das Ganze falsch verstanden hätte. Ich hätte es ihn nicht erklären lassen, und wir hätten uns nie so kennengelernt, wie wir es getan haben. Niemals hätte ich die Gefühle für ihn entwickelt, die ich jetzt in mir spüre.

Was David angeht, würde ich gern behaupten, dass ich das, was ich hier lese, entsetzlich finde. Aber das ist keineswegs der Fall. Sicher, es tut weh, aber es ist keine große Überraschung. Einmal ein Betrüger, immer ein Betrüger, möchte ich fast sagen. Aber ich bin froh, dass es vorbei ist, auch wenn ich mehr denn je die Zeit bereue, die ich an ihn verloren habe. An einen Mann, der mich überhaupt nicht verdient hat. Dass er es nach all dem immer noch wagt, mich anzurufen, ist eigentlich unfassbar.

Das Schlimmste daran ist, dass es bald die ganze Welt lesen wird. Zum Glück ahnt – hoffentlich – niemand, dass es meine Geschichte ist, denn alle gehen davon aus, dass der Roman Ethans Fantasie entsprungen ist.

Sie steigt zuerst aus, und ich folge ihr.

Ihre Reaktion, als sie die Stadt sieht, ist wahrhaft bezaubernd. Diese Unschuld, die mir als Allererstes an ihr aufgefallen ist, ist so offensichtlich, und ihre Freude herzerwärmend. Ich bin sehr froh, dass ich ihr das ermöglichen konnte.

Im Café will ich kein Risiko eingehen, also verdrücke ich mich über die Straße zu dem kleinen Imbiss an der Ecke. Zum Glück setzt sie sich nach draußen, sodass ich sie immer noch sehen kann.

Der erste Zwischenfall ereignet sich, als wir uns Fahrräder ausleihen. Ich schließe mich der Gruppe als Letzter an und verrate mich fast, als sie eine Kurve so schnell nimmt, dass sie um ein Haar stürzt. Da mein erster Instinkt mir befiehlt, sie aufzufangen, eile ich zu ihr, so rasch ich kann, und fasse sie stützend am Ellbogen, doch genau in diesem Moment holt uns das ältere Ehepaar ein und erkundigt sich, ob alles mit ihr in Ordnung ist. Sie sieht sich nicht um, ob noch jemand da ist, sondern geht wohl davon aus, dass einer der beiden sie vor dem Sturz bewahrt hat, denn sie entschuldigt sich und erklärt ihnen, sie sei eben ein Tollpatsch.

Mit meinem Mineralwasser und dem Gebäck, das ich mir ein paar Minuten nach ihr in der Bäckerei an der Ocean Avenue gekauft habe, setze ich mich ein ganzes Stück von ihr entfernt an den Strand.

Während ich sie von fern beobachte und hin und wieder aufs Meer hinausblicke, merke ich, dass ich mich seit Jahren niemandem so nahe gefühlt habe wie ihr, obwohl wir uns noch nicht einmal Hallo gesagt haben, und das ist so seltsam und schön, dass ich mir ein Lächeln nicht verkneifen kann.

Doch dann schreibt sie mir: *Wenn du was anderes zu tun hast, kannst du mir die interessanten Orte einfach im Voraus sagen, damit ich dich nicht die ganze Zeit nerve,* und aus heiterem Himmel erfasst mich für einen Moment die nackte Panik, ein schreckliches Gefühl. Ich schreibe sofort zurück und versichere ihr, dass sie mir nicht im Geringsten auf die Nerven geht.

Dieses unerwartete Abenteuer, das wir miteinander teilen, wird nur noch ein paar Stunden andauern, und ich will nicht, dass es jetzt schon vorbei ist.

Aber worauf ich ganz und gar nicht gefasst bin, ist das Gefühl, das mich überkommt, als ich ihr texte:

Willst du mich loswerden?

Mein Herz rast. Immer schneller und schneller mit jeder Sekunde, die verstreicht.

Als sie mit einem Nein antwortet, atme ich erleichtert auf und sehe sofort zu ihr, als hätte ich Angst, dass sie mich gehört hat. Obwohl ich genau weiß, dass das vollkommen unmöglich ist.

Ich schreibe zurück, und dann sitze ich einfach nur da, vergrabe die Füße im warmen Sand, lasse mir den Wind um die Nase wehen und lächle vor mich hin. Ich kann einfach nicht aufhören zu lächeln, so voller Freude bin ich, vor Aufregung regelrecht aus dem Häuschen. Was ist nur los mit mir?

Doch ich versuche nicht, mir meine Gefühle zu verbieten, sie aufzuhalten, ich lasse sie einfach zu. Uns bleibt nicht mehr viel Zeit, und die Uhr tickt immer schneller, doch ich nehme alles dankbar entgegen. Jede Sekunde dieses Tages. Denn seit Jahren habe ich nicht mehr eine solche Freude empfunden, und ich genieße sie von ganzem Herzen.

Wir machen die Cottage-Tour, alles läuft hervorragend. Ich liebe es, ihre Reaktionen zu sehen, das Lächeln auf ihrem Gesicht, wie sie Fotos macht und sie mir zuschickt. Hänsel und Gretel, das Grant Wallace Cottage, Carmel Woods, die Hugh Comstock Residence und das Comstock Studio.

Sie sind so winzig, fast als wären sie für Märchenfiguren gebaut worden.

Ja. Einige sind echt klein. Das, vor dem du gerade stehst, hat weniger als vierzig Quadratmeter.

Sobald ich auf Senden drücke, wird mir klar, wie dumm das war. Ich muss mir schnell etwas einfallen lassen, doch in diesem Moment sehe ich eine Frau mit ihrem Hund Gassi gehen. Ist das nicht die Tochter der Bibliothekarin? Cora? Kara?

»Wie geht's? Lange nicht gesehen«, sage ich.

Einen Moment wirkt sie verwirrt, dann zeigt sich ein Ausdruck des Erkennens auf ihrem Gesicht.

Ich habe sie seit Jahren nicht gesehen. Das Letzte, was ich von ihr gehört habe, war, dass sie nach Los Angeles gezogen ist.

»Ganz gut, danke. Und dir? Ich bin übers Wochenende hier, um meinen Vater zu besuchen.«

»Du weißt ja, wie es ist«, sage ich und sehe über ihre Schulter zu Maya.

Ich entschuldige mich, um Maya zurückzuschreiben. *Das, von dem ich dir eben erzählt habe. The Woods.*

Sie antwortet sofort. *Ich bin schon weitergegangen. Jetzt bin ich bei dem herzförmigen.*

Our House, schreibe ich.

Our House, antwortet sie. *Lustiger Name.*

Das war knapp. Zu knapp. Warum habe ich solche Angst, dass sie mich sieht und weiß, dass ich hier bin? Ist das, was ich hier tue, irgendwie nicht okay? Aber sie ist verletzlich und einsam und braucht niemanden, der ihr heimlich folgt. Das würde sie missverstehen. Sie würde sich in den erstbesten Bus zurück nach San Francisco setzen und die Polizei rufen. Und dieser wundervolle Tag würde sich in einen Albtraum verwandeln.

54

Ha! Ich wusste es. ICH WUSSTE ES! Genau in diesem Moment habe ich seine Gegenwart gespürt. Oh, hätte er doch nur geahnt, wie gern ich ihn persönlich kennenlernen wollte. Hätte er mir doch nur verraten, dass er ganz in meiner Nähe war. Zu diesem Zeitpunkt hätte ich sofort zugestimmt, ihn zu treffen.

June After Midnight – Kapitel 28

Ich halte mich bewusst vom Feuer fern. Aus dieser Distanz kann sie mich bestimmt nicht sehen. Es ist zu dunkel.

Was ich hier mache, ist gefährlich, ich weiß es genau. Trotzdem bin ich hier. Ich weiß nicht, ob ich damit weitermachen sollte, aber bisher klappt es so gut. Sie hatte viel Spaß, dieser Geburtstag wird ihr gewiss in guter Erinnerung bleiben. Doch in ein paar Stunden fliegt sie wieder nach Hause, und auf einmal bin ich nicht mehr sicher, warum ich eigentlich hier bin. Wahrscheinlich konnte ich einfach nicht wegbleiben, weil ich sie unbedingt wiedersehen wollte. Schon den ganzen Tag beobachte ich sie aus der Ferne. Es wäre wundervoll, neben ihr am Feuer zu sitzen, ihr Lächeln aus nächster Nähe zu sehen. Ich möchte wissen, wie ihre Stimme klingt. Auf der Fahrradtour habe ich sie ein paar Sekunden gehört, aber da hatte ich solche Angst, entdeckt zu werden, dass ich mich nicht auf sie konzentrieren konnte. Ich möchte wissen, welche Farbe ihre Augen haben.

Je mehr ich darüber nachdenke, desto hartnäckiger stellt sich mir die Frage: Warum bin ich immer noch hier? Werde ich ihr sagen, wer ich bin? Werde ich einfach zu ihr rübergehen und mich vorstellen?

»Hey, Maya. Ich bin der Lyft-Fahrer. Es tut mir leid, dass ich dir von deinem Freund erzählt habe, weil es dir wehgetan hat. Und jetzt weiß ich nicht mal mehr, ob es mir wirklich leidtut, weil du hier bist und ich auch. Glaubst du an Zeichen? An Schicksal? Oder was immer es sein mag? Ich tu es, aber erst seit heute. Und sorry, ich hoffe, es stört dich nicht, dass ich hier bin. Ich wollte dich nur treffen. Was ich hier mache? Ähm, ich war nur zufällig in der Nähe.«

Ja, überhaupt nicht creepy. Total normal. So lernen sich Leute kennen.

Und hier ist sie. Sie geht den Weg hinunter zum Strand, zum Feuer, und ich habe wieder dieses merkwürdige Gefühl. Wie Nervosität, gemischt mit angenehmer Aufregung. Mit Freude.

Sie lächelt den Leuten zu, und alle heißen sie herzlich willkommen. Wie üblich.

Sie setzt sich ans Feuer, direkt neben Remy. Er spielt überall in Carmel und Monterey Gitarre, auf Hochzeiten und Geburtstagsfeiern. Er hat Talent und kommt bei den Frauen sehr gut an. Im Gegensatz zu mir braucht er lediglich zehn Sekunden, um ein Gespräch mit Maya anzufangen. Sie unterhält sich mit ihm, scheint jedoch eine gewisse Distanz zu wahren. Ich kann nicht hören, was sie sagen, aber ich hoffe, dass ich ihre Körpersprache richtig deute. Sie ist nicht unfreundlich, doch auf sein Flirten geht sie nicht ein.

Schließlich steht er auf, nimmt seine Gitarre und setzt sich wieder hin, wobei er sie eindringlich mustert.

»Dieses Lied ist für die entzückende Maya, deren Augen so tief sind wie der Ozean.«

Mir wird übel. Ich konnte den Typen noch nie leiden.

Sie lächelt, doch das Ganze ist ihr offensichtlich peinlich.

Er spielt »Can't Help Falling In Love« – total kitschig, aber damit verdient er schließlich seinen Lebensunterhalt. Sie wirkt nicht beeindruckt, und das ist das Einzige, was für mich zählt.

Während er singt, blickt sie gedankenverloren ins Feuer.

Ich kann nicht anders als … sie anzusehen.

Mein Gott, sie ist so wunderschön.

Was tue ich hier? Was tue ich bloß hier? Ich sollte aufstehen und gehen.

Wenn sie einen Ort zum Übernachten braucht, werde ich ihr die Adresse der Pension schicken. Die kennt sie schon, dort hat sie sich vorhin umgezogen.

Ich sollte einfach gehen.

Daniels Handy vibriert. Mir war gar nicht bewusst, dass sie mir schreibt, so sehr war ich mit meinen eigenen Gedanken beschäftigt.

Bitte versteh mich nicht falsch … Ist es sonderbar, wenn ich sage, ich wollte, du wärst hier? Ich kenne dich gar nicht, aber diesen wunderbaren Tag, all diese großartigen Erlebnisse habe ich dir zu verdanken, und obwohl ich hier nicht alleine bin und mich nicht mal einsam fühle – was für mich ungewöhnlich ist –, hätte ich all das liebend gern zusammen mit dir erlebt …

Ich starre die Nachricht an, doch anstatt endlich zu ihr zu gehen und ihr die Wahrheit zu sagen, bin ich wie gelähmt. Ich weiß nicht, was ich tun oder was ich antworten soll. »Ich bin hier«, will ich sagen, tue es aber nicht.

Ich weiß nicht, wie viele Sekunden oder gar Minuten verstreichen, doch ich sehe immer wieder zu ihr, und sie starrt immer wieder auf ihr Handy. Ihr Gesicht nimmt allmählich einen ernsten, fast traurigen Ausdruck an.

Tut mir leid, ich wollte nicht, dass du dich unbehaglich fühlst. Es ist bloß so, dass niemand je so etwas Nettes für mich getan hat und ich ein bisschen wirr im Kopf bin von dem ganzen Wein und Bier. Hab am Lagerfeuer eine ganze Menge getrunken. Eigentlich wollte ich einfach nur Danke sagen, das ist alles. Es wäre total seltsam, wenn du da wärst. Wir kennen uns ja nicht mal. Bitte ignoriere einfach, was ich gesagt habe.

Und ich habe es ruiniert. Natürlich. Dafür habe ich ein Talent.

Ich beobachte sie weiter. Sie wirkt traurig und enttäuscht. Bestimmt macht sie sich Vorwürfe wegen ihrer Nachricht. Und ich weiß genau, dass sie nichts anderes als eine heiße Schokolade getrunken hat.

Das ist überhaupt nicht sonderbar und auch nicht peinlich. Ich wünsche mir auch, ich wäre bei dir am Lagerfeuer.

Das ist keine Lüge. Ich wünschte wirklich, ich wäre bei ihr. Zwar bin ich ihr nahe, aber nicht so nahe, wie ich sein möchte.

Sie sieht noch ein paarmal auf ihr Handy. Hat sie meine Nachricht nicht gelesen? Ihr Gesichtsausdruck ändert sich nicht. Ich habe es vermasselt.

Das Feuer brennt herunter. Einige Leute gehen, andere legen sich in den Sand, um zu schlafen, den Kopf auf ihre Kapuze oder eine kleine Decke gebettet. Mir ist weder zu kalt noch zu warm, und müde bin ich auch nicht. Ich starre Maya unentwegt an. Sie hat mit ein paar Leuten geredet. Ein paar Männer sind auf sie zugekommen, aber sie ist nicht auf ihre Annäherungsversuche eingegangen. Selbst Remy hat schließlich aufgegeben und sucht sein Glück anderswo.

Jetzt, da das Feuer nicht mehr so hell lodert, wird es dunkler. Soll ich ihr schreiben und mich entschuldigen? Ich werfe einen Blick auf das Handy, und da sehe ich es. Meine Nachricht an sie. In meiner Hast und Aufregung habe ich sie nicht abgeschickt. Schnell drücke ich auf Senden.

Sekunden später checkt Maya ihr Handy und lächelt. Genau wie ich lächle, wenn ich sie anschaue.

Ich sehe, wie sie etwas schreibt, aber keine Nachricht trifft ein. Sie legt das Handy weg, dann nimmt sie es wieder zur Hand und fängt erneut an zu tippen. Was versucht sie zu sagen? Worauf hoffe ich? »Warum kommst du dann nicht her? Ich bin immer noch hier. Ich würde dich liebend gern treffen und die letzten paar Stunden meines Geburtstags mit dir verbringen.«

Keine Nachricht. Sie versucht es noch ein paarmal, ich kann die Angst und Anspannung in ihren Augen sehen, sie kämpft mit sich. Mir ist klar, dass sie nicht die Art Frau ist, der so etwas leichtfällt. Das wusste ich schon, als ich sie zum ersten Mal gesehen habe. Ich muss es ihr sagen. Statt so ein Feigling zu sein, muss ich es ihr einfach sagen. Ihr die Demütigung ersparen und den ersten Schritt wagen. Wir wollen doch beide das Gleiche. Glaube ich. Hoffe ich.

Wenn du nicht zu müde bist und noch ein bisschen durchhältst – auf dem Carmel Beach den Sonnenaufgang zu beobachten, ist ein einmaliges Erlebnis. Um sechs ist es so weit. Ich könnte dich – vorausgesetzt, die Antwort lautet Ja – dort treffen. Es gibt da ein paar große Felsen – du kannst sie nicht verfehlen – und direkt daneben eine alte Bank.

Ich nehme mir nicht die Zeit, die Nachricht zu analysieren. Ich denke nicht über die Konsequenzen nach, auch nicht darüber, dass sie in wenigen Stunden abreisen wird, sondern drücke kurz entschlossen auf Senden. Ich sehe, wie sie die Nachricht liest und überrascht die Hand vor den Mund schlägt. Ihre Augen leuchten im letzten Glimmen des Feuers.

Einen kurzen Moment wende ich den Blick ab, um mich zu beruhigen, und als ich wieder hinsehe, ist sie weg. Wo ist sie? Was habe ich getan? Ich bin zu weit gegangen. Ich habe ihr Angst eingejagt. Himmel! Wenn ich das Richtige getan habe, wird es ein Zeichen geben. Sie wird Ja sagen, und alles wird gut.

55

Ich habe Tränen in den Augen. Er hat dasselbe für mich empfunden wie ich für ihn. Wirklich und wahrhaftig.

Nicht nur ich habe mich an jenem Tag verliebt. Wir haben uns beide verliebt.

Was ist geschehen, Max? Warum hast du dich umentschieden?

Voll verzweifelter Ungeduld blättere ich um.

June After Midnight – Kapitel 29

Das Handy klingelt. Jemand ruft an, und es ist nicht sie, also gehe ich nicht ran. Schließlich ist das nicht mein Handy. Es klingelt erneut. Dann bekomme ich eine Nachricht.

Wer immer du bist, du hast mein Handy. Ich will es zurückhaben.

Einen Augenblick setzt mein Gehirn aus. Es ist halb vier morgens. Das musste ja früher oder später passieren.

Panik. Und immer noch keine Nachricht von Maya.

Ich beschließe, Zeit zu schinden und mich dumm zu stellen. *Wer ist da?*

Ich bin Daniel Woodward. Du hast mein Handy. Wer bist du?

Es klingelt erneut, und diesmal gehe ich ran.

»Du hast dein Handy heute in meinem Lyft liegen lassen«, erkläre ich.

»O Mann, ich dachte, jemand hätte es geklaut. Ich komme zu dir. Wo bist du?«

»Es ist mitten in der Nacht. Kann das nicht bis morgen früh warten?«

»Ich kann dir ein Bier mitbringen oder so. Müssen Lyft-Fahrer nicht sowieso früh aufstehen?«

»Nicht in meinem Fall.«

»Komm schon, Mann. Mein Rückflug nach New York geht in ein paar Stunden. Gib mir einfach deine Adresse.«

Ich stöhne. Wenn ich das Handy nicht zurückgebe, kann er mich wegen Diebstahls anzeigen. Ich muss es tun.

Gerade als ich ihm die Adresse der Bushaltestelle schicke, piept mein Handy; eine Nachricht von Maya.

Sorry, ich konnte nicht gleich antworten. Ich habe nachgedacht. Normalerweise tue ich so etwas nicht; ich möchte, dass du das weißt. Aber der heutige Tag hat etwas an sich, das anders ist. Vermutlich ist das meine komplizierte Art »Ja« zu sagen. Ich möchte sehr gern die letzten Stunden meines Geburtstags damit verbringen, die Sonne aufgehen zu sehen … mit dir. Ich werde um sechs da sein.

Das ist das schlechteste Timing, das man sich denken kann. Unfassbar schlecht. Der perfekte Tag, die perfekte Frau, und ich muss mich mit ihrem Freund treffen, um ihm sein Handy zurückzugeben. So geht es zu Ende.

Ich könnte immer noch zu der Bank gehen und sie treffen, mit ihr reden. Es ihr erklären. Ihr sagen, dass ich am Anfang bloß nett sein wollte und es sich dann zu etwas entwickelt hat, das ich nie erwartet hätte. Und sie bitten, mir zu verzeihen.

Ich suche nach Gründen, warum ich das tun sollte, warum es dumm wäre, es nicht zu tun, doch eine Stimme in meinem Hinterkopf sagt mir, es wäre nicht richtig – und außerdem sinnlos. Ich hätte es schon früher tun können – am Feuer. Oder beim Abendessen. So viele Gelegenheiten, doch irgendetwas hat mich zurückgehalten. Das Gleiche, das mich auch jetzt zurückhält. Alle Zeichen deuten in die entgegengesetzte Richtung. Deshalb hat Daniel ausgerechnet jetzt angerufen. Deshalb hat sie so lange gezögert. Weil es nicht sein soll.

Ich gehe am Strand entlang und will nach links auf die Ocean Avenue abbiegen, doch da sehe ich jemanden im Sand liegen, an der Stelle, wo Maya und ich vorhin saßen, wo wir – zusammen und doch getrennt – aßen und tranken. Es macht mich traurig, dass ich die Gelegenheit verpasst habe, sie besser kennenzulernen, diesen Tag mit ihr zu verbringen, sie nicht nur zu beobachten und auf sie aufzupassen, sondern ihr in die Augen zu sehen und ihre Stimme zu hören. Wäre ich doch mutiger gewesen. Doch für Bedauern ist es zu spät.

Im ersten Moment denke ich, meine Fantasie würde mir einen Streich spielen, doch als ich näher komme, sehe ich, dass es tatsächlich Maya ist. Sie ist am Strand eingeschlafen. So leise ich kann, gehe ich zu ihr – ich will sie ja nicht wecken. Dann stehe ich neben ihr, sehe sie einfach nur an und stelle mir vor, was hätte sein können, wenn wir uns unter anderen Umständen kennengelernt hätten.

Maya regt sich, und in meiner Panik drehe ich mich um und hetze kopflos zu meinem Treffpunkt mit Daniel – ich will ihn nicht ihren Freund nennen, weil ich mich immer noch an die Hoffnung klammere.

Er ruft erneut an, um mir zu sagen, dass er in einer Viertelstunde da sein wird. Während ich am Straßenrand warte, wird mir schmerzhaft bewusst, was ich gleich tun muss. Wie hart es werden würde, war mir nicht klar. Anscheinend war es die schlechteste Idee, die ich jemals hatte, denke ich, während ich alle Nachrichten, die ich mit Maya ausgetauscht habe, von seinem Handy lösche und mich vergewissere, dass sie wirklich verschwunden sind.

Daniel kommt mit einem Lyft. Womit auch sonst!

»Hier ist dein Handy«, sage ich und reiche es ihm.

»Danke, Mann. Für deine Mühe.« Er hält mir einen Zwanzig-Dollar-Schein hin.

Ich nehme ihn nicht an. »Danke, alles gut.«

»Nein, nein. Nimm schon.«

»Nein danke«, wiederhole ich und schiebe seine Hand weg.

Er drückt sein Handy ans Ohr und hört sich irgendetwas an. »Verdammt, ich hasse Überraschungen. Meine Freundin ist hier. Hat sie dich angerufen, als du mein Handy hattest?«

Fassungslos starre ich ihn an. Ich will nichts mit diesem Typen zu tun haben. Ich kann ihn nicht ausstehen. Doch eine Frage will ich noch loswerden: »Warum lässt du sie nicht gehen, wenn dir nichts an eurer Beziehung liegt?«

»Komm schon, Mann. Du klingst ja wie meine Mutter. Weißt du, was ich ihr immer sage?«

Na, das wird bestimmt gut.

»Warum wählen, wenn man beides haben kann? Oder alle drei?«, fährt er fort und zwinkert mir zu. Ich muss mich zusammenreißen, ihm nicht in die Fresse zu schlagen.

»Das ist nicht okay«, stoße ich hervor und versuche, mich zu beruhigen. »Du solltest ihr die Wahrheit sagen.«

»Warum? Wie sagt man doch gleich? Was sie nicht weiß, macht sie nicht heiß, richtig?«

»Wer sagt denn so etwas?«

»Was geht dich das überhaupt an?«

»Ich finde, sie hat was Besseres verdient.«

»Pah. Du kennst sie doch gar nicht. Und mich auch nicht. Kümmere dich gefälligst um deinen eigenen Scheiß!«

Er murmelt etwas vor sich hin und steigt wieder ins Auto. Was für ein Arsch.

Es ist fast sechs Uhr, und ich gehe zurück an den Strand, um auf sie zu warten.

Bei Daniel habe ich ein ganz schlechtes Gefühl. Er wird sie bestimmt anrufen. Was, wenn er ihr sagt, er hätte nichts getan? Wird sie ihn zurücknehmen? Wenn er behauptet, er hätte sie nicht betrogen, hat sie keinen Grund, an seinen Worten zu zweifeln – außer dem, was ich ihr erzählt habe.

Worauf habe ich mich da bloß eingelassen? Ich hätte es besser wissen müssen; ich bin doch kein Kind mehr. Was ich getan habe, war einfach dumm, und jetzt muss ich dafür bezahlen.

Fünf Minuten vor sechs kommt sie die Scenic Road herunter, und mir schlägt das Herz bis zum Hals. Ich bin auf der einen Straßenseite, sie auf der anderen, und wir gehen beide, nicht aufeinander zu, sondern zu der Bank.

Sie ist nicht abgereist. Und, was noch wichtiger ist, sie ist nicht mit ihm abgereist. Sie ist hier und will sich mit mir treffen. Das habe ich mir so sehr gewünscht und kann es immer noch nicht ganz glauben. Träume ich womöglich? Am liebsten möchte ich mich kneifen, um sicherzugehen.

Sie kommt näher, ich werde einfach zu ihr gehen und ihr sagen, wer ich bin. Sie bitten zu bleiben. Wenigstens noch einen Tag. Lieber mehr. Warum sollte sie zurückgehen? Sie hat gesagt, in New York gibt es nichts mehr, was sie hält.

Ein paar tiefe Atemzüge. Ich versuche, all meinen Mut zusammenzunehmen, denn den brauche ich, um mich auf diese völlig verrückte Geschichte einzulassen.

Noch ein Schritt näher.

Ja, ich werde es tun. Um keinen Preis möchte ich später bereuen, dass ich nicht mutig genug war. Was ich in den letzten vierundzwanzig Stunden empfunden habe, habe ich noch nie für einen Menschen gefühlt.

Kurz vor dem Ziel halte ich inne. Mein Herz pocht wie verrückt, so, als könnte es jeden Moment aus meiner Brust springen. Ich werde einfach zu ihr gehen und mit ihr reden. Das kann doch nicht so schwer sein, oder? Ich ermahne mich, ganz natürlich zu sein. Ich selbst.

Noch ein Schritt.

Ich höre das Auto nicht und sehe es erst im letzten Moment. Ein Lyft – dasselbe wie vorhin. Er ist hier. Daniel steigt aus und bemerkt mich anscheinend nicht, oder falls doch, erkennt er mich wohl nicht.

Ich habe mich geirrt. Ganz furchtbar geirrt. Maya und dieser Mann sind nicht getrennt. Er ist gekommen, um sie abzuholen.

Inzwischen spüre ich das Herzklopfen bis in die Schläfen, ein Pochen und Donnern, mir ist flau im Magen.

Er geht zu Maya und umarmt sie, und ich weiß, ich sollte den Blick abwenden, ich sollte mir das nicht antun, aber ich kann nicht anders.

Küss ihn nicht. Bitte küss ihn nicht. Was zwischen uns passiert, ist verrückt, und es ging unglaublich schnell, aber solche Gefühle kannst du doch nicht ignorieren. Ich kann es jedenfalls nicht. Schubs ihn doch einfach weg. Entscheide dich für mich.

Für einen Moment schließe ich die Augen, und als ich sie wieder öffne, sehe ich, wie die beiden sich küssen, und jetzt fühle ich nichts anderes mehr als die Übelkeit in meinem Magen. Wie gelähmt starre ich die beiden an.

Ich fühle mich so lächerlich, so betrogen und ausgenutzt. War das alles für Maya doch nur ein Spiel? Ein Spiel, bei dem ich bereitwillig mitgemacht habe, dämlich, wie ich bin. Für sie war es nicht mehr als eine Gelegenheit, die Zeit totzuschlagen und an ihrem Geburtstag nicht allein sein zu müssen, und diese Gelegenheit hat sie ergriffen. Wer hat Schuld daran, dass ich dachte, es wäre mehr als das? Wer hat diesen Tag möglich gemacht? Wer hat die Grenzen überschritten? Wer wollte mehr? Ich war das. Also bin ich schlicht selbst schuld.

Unfassbar, dass ich mich von dieser Fantasie so habe hinreißen lassen. Dass ich es mir erlaubt habe, zu hoffen und von unsinnigen, unrealistischen Möglichkeiten zu träumen. Für Maya war es lediglich ein flüchtiger Moment. Was für eine Ironie des Schicksals, dass nach allem, was ich durchgemacht habe, ausgerechnet dieses größtenteils so wundervolle Erlebnis mir auf eine Art das Herz bricht, die ich nie für möglich gehalten hätte. Kein Gesicht, kein Name, keine Telefonnummer. Keine Bedeutung. Das bin ich für sie.

Mit gesenktem Kopf, das Herz in Stücke gerissen, gehe ich davon, und immer wieder kommt mir dieses alberne Lied, das man in den Neunzigern ständig gehört hat, in den Kopf. Sei still! Jetzt werde ich es nie wieder hören können, ohne mich an diesen Moment zu erinnern.

56

Um vier Uhr morgens lese ich die letzte Seite von Ethans Buch, und mir strömen die Tränen über die Wangen.

Er hat mich mit David gesehen. Er hat gesehen, wie wir uns geküsst haben. Ich habe ihm das Herz gebrochen, obwohl ich das überhaupt nicht wollte. Im Gegenteil.

Aber er hat mir nicht die Chance gegeben, es ihm zu erklären. Wenn ich gewusst hätte, dass er da war und uns beobachtete, wäre ich geblieben. Niemals wäre ich dann mit David zurückgegangen.

Mit unzähligen Fragen und dem Gefühl, etwas unendlich Kostbares verloren zu haben, bleibe ich zurück.

»Er hat mich gesehen. Er war die ganze Zeit bei mir. Am Flughafen, an der Bushaltestelle, auf der Fahrradtour. Den ganzen Tag. Wie konnte ich ihn nicht sehen? Wie konnte ich nicht wissen, dass er da war? Sollte man so etwas nicht spüren? Wie konnte ich bloß so blind sein?«, platze ich heraus, kaum dass Alisa abnimmt.

»Ich weiß, ich habe es gestern Abend auch gelesen. Maya, du wusstest nicht, dass du nach ihm hättest Ausschau halten sollen. Du warst ganz allein in einer fremden Stadt. Du kanntest dort keine Menschenseele.«

»Hast du auch den Teil mit David gelesen?«, frage ich.

»Den über Daniel meinst du? Ethan hat alle Namen bis auf deinen geändert. Vielleicht hat Max ihn ja gebeten, deinen Namen zu lassen, weil er gehofft hat, dass du das Buch liest und dich darin wiedererkennst.«

»Ach was. Er hätte mich auch Prinzessin Leia nennen können, ich hätte es trotzdem gewusst.«

»Und was David angeht, das Ganze hat mich unsäglich wütend gemacht. Nicht nur, dass er dich betrogen hat, sondern dass er auch noch so beiläufig darüber geredet hat. Dass Max ihm eine reinhauen wollte, fand ich richtig toll. Hätte er es doch bloß getan …«

»Hätte Max sich doch bloß zu erkennen gegeben«, seufze ich. »Hätte er mir doch bloß die Wahrheit gesagt. Ich wünschte …« Wieder kommen mir die Tränen. »Ich kriege dieses Bild einfach nicht aus dem Kopf, wie er dort gestanden hat und zusehen musste, wie David und ich uns küssen. Das ist das Allerschlimmste. Er hat gesehen, wie wir uns geküsst haben. Wahrscheinlich hat er auch gesehen, wie wir zusammen weggefahren sind. Er dachte, er hätte mir nichts bedeutet. Ich habe ihn verletzt, Alisa«, schluchze ich und versuche verzweifelt, die Tränen zurückzuhalten. »Das wollte ich ganz und gar nicht!«

»Ich weiß.«

»Er dachte, ich habe mich für David entschieden und dieser Tag hätte mir nichts bedeutet.«

»Na ja, du hast dich ja auch für David entschieden, und ich will mir darüber kein Urteil anmaßen, denn du hast die scheinbar sichere Langzeitbeziehung einem eintägigen Nachrichtenaustausch mit einem Fremden vorgezogen, und …«

»Das ist nicht wahr. Wenn ich gewusst hätte, dass er ganz in der Nähe ist, wäre ich geblieben. Wenn ich gewusst hätte, dass er dasselbe für mich empfindet, hätte ich auf der Stelle mit David Schluss gemacht.«

»Im Leben gibt es keine Garantien, Maya. Das müsstest du doch eigentlich wissen.«

»Ich wollte auch keine Garantie.« Ich halte inne. »Das ist eine Lüge, oder?«, frage ich, mehr mich selbst als Alisa.

»Ja, ist es«, sagt sie sanft.

»Wenn ich mir sicher war, was ich wollte, hätte ich es trotzdem tun sollen. Das Risiko eingehen. Nicht so leicht aufgeben.«

»Aber das spielt jetzt keine Rolle mehr. Was geschehen ist, ist geschehen.«

»Doch, es spielt schon eine Rolle. Bestimmt hasst er mich jetzt. All das, was er an diesem Tag für mich empfunden hat, muss sich in Hass verwandelt haben. Ich habe ihm das Herz gebrochen. Ethan hatte recht.«

»Vielleicht. Vielleicht aber auch nicht. Du hasst ihn nicht, und du hast ihn auch letztes Jahr nicht gehasst, als du dachtest, er hätte dich sitzen lassen. Wenn man sich verliebt, kann man dieses Gefühl nicht so leicht loslassen.«

»Ich hoffe, du hast recht.«

»Habe ich das nicht immer?«

Ich lache und wische die Tränen weg. »Fast immer.«

»Was wirst du jetzt machen?«

»Erst mal ein bisschen schlafen, dann versuche ich zu reparieren, was ich kaputt gemacht habe.«

»Das ist ganz leicht. Geh zu Aaron, sag ihm, was passiert ist, und hör dir an, was er zu sagen hat. Wie er darauf reagiert.«

»Ja, genau das werde ich tun.«

»Viel Glück! Ich kann es kaum erwarten, gute Neuigkeiten zu hören.«

57

11. Juni

Am nächsten Morgen wache ich mit fürchterlichen Kopfschmerzen auf und springe gleich unter die Dusche, doch weder das noch meine erste Tasse Kaffee des Tages führt dazu, dass ich mich besser fühle.

Als ich mit Celine zum Café gehe, kann ich nur daran denken, wann ich am besten zu Susans Pension rüberlaufen kann. Wäre acht Uhr zu früh? Und was werde ich überhaupt sagen? Auf jeden Fall sollte ich mit einer Entschuldigung anfangen. Glaube ich. Und dann eine Erklärung anschließen. Wenn ich mir die Szene vorstelle, macht mich das so nervös, dass mein Mund ganz trocken wird.

»Celine«, sage ich. »Wäre es okay, wenn ich heute für ein, zwei Stunden verschwinde? Ich muss etwas erledigen.«

»Oh. Klar«, sagt sie, und ich weiß sofort, dass es aus irgendeinem Grund überhaupt nicht okay für sie wäre. »Es ist nur so, dass ich um neun meinen jährlichen Gesundheits-Check-up habe. Deshalb wollte ich dich dasselbe fragen«, fügt sie mit einem kleinen Lächeln hinzu. »Aber das ist schon okay. Ich kann den Termin verschieben.«

»Nein, nein, nicht nötig. Was ich vorhabe, kann warten.«

So seltsam das vielleicht klingt – in gewisser Hinsicht bin ich erleichtert. Auf diese Weise habe ich ein bisschen mehr Zeit, um meine Gedanken zu sortieren, bevor ich mit Aaron rede. Ein Jahr habe ich darauf gewartet. Will ich mich jetzt, da der Moment gekommen ist, etwa davor drücken?

»Bist du sicher?«, fragt Celine.

»Ja, hundertprozentig.«

»Danke«, sagt sie, offensichtlich erleichtert. »Ich hätte es dir schon gestern Abend sagen sollen. Sorry!«

»Es muss dir nicht leidtun. Ehrlich.«

Bevor Celine zu ihrem Arzttermin aufbricht, reden wir kaum. Nicht, weil ich ihr böse bin, dass sie weggeht – ganz im Gegenteil –, sondern weil ich meine Gedanken nicht geregelt kriege. Aaron, Ethan und das, was gestern in San Francisco passiert ist, das Buch. Alles. Alles schwirrt mir gleichzeitig im Kopf herum. Ich habe einen Fehler gemacht. Einen Riesenfehler, und sooft ich auch darüber nachdenke, ich habe keine akzeptable Erklärung und keine Entschuldigung für den Kuss. Es hätte einfach nicht passieren dürfen. Unter keinen Umständen. Es ist, als hätte etwas von mir Besitz ergriffen, als Ethan mich so angestarrt hat, als könnte er direkt in meine Seele blicken. Als hätte Aaron nicht schon genug Gründe, mich zu verachten und jeden näheren Kontakt mit mir zu vermeiden.

Ich kann ihm erklären, was letztes Jahr passiert ist, das heißt, ich kann es zumindest versuchen. Warum ich abgehauen bin, warum ich nicht bei der Bank auf ihn gewartet habe, wie wir es ausgemacht hatten. Warum ich David geküsst habe. Aber wie soll ich ihm erklären, dass ich Ethan geküsst habe?

Meine einzige Hoffnung ist, dass niemand die Fotos veröffentlicht hat, dass sie in Vergessenheit geraten und irgendwann gelöscht werden. Vielleicht wird Cameron sie als Andenken behalten. Aber das wäre mir vollkommen egal. Solange sie nur nicht an die Öffentlichkeit gelangen.

Ich bin richtig mies gelaunt, aber ich gebe mir alle Mühe, die Kunden anzulächeln und sie nicht hinter mein erbärmliches Pokerface blicken zu lassen. Sie haben mir nichts getan und verdienen es nicht, dass ich meine schlechte Laune an ihnen auslasse. Doch das fällt mir nicht leicht, ich fühle mich sauschlecht, weil ich Ethan angelogen und sowohl ihn als auch Celine manipuliert habe. Ich nehme es Ethan übel, was er getan hat, aber ich bin keinen Deut besser. Gerade fühle ich mich ganz und gar nicht wie ein guter Mensch, deshalb gebe ich mir noch mehr Mühe. Lächle noch mehr, mache Witze, bin ausgesprochen freundlich. Ich putze die Küche, bis sie blitzt und blinkt. Ich gebe einem Kunden ein Gratisgetränk. Ich blättere eine Zeitschrift durch, um einem Gast einen guten Tipp für einen Tagesausflug nach Monterey und Umgebung geben zu können. Alles nur, um mich etwas besser zu fühlen. Seht her, ich bin nett und hilfsbereit. Doch es funktioniert nicht. Ich fühle mich immer noch schlecht.

Hugo kommt wie üblich herein, um sich seinen schwarzen Kaffee und sein Veggie-Sandwich zu holen. Während er darauf wartet, blättert er in einer Zeitung.

»Wonach suchst du, Hugo?«

»Ich weiß auch nicht. Vielleicht nach einem Wunder. Ich hab beschlossen, meinen Job zu kündigen und mein eigenes PR-Unternehmen zu gründen, aber mein Mietvertrag in Monterey läuft aus, also brauche ich sowohl eine neue Wohnung als auch ein Büro.«

»Herzlichen Glückwunsch! Ein Neuanfang, großartig«, sage ich.

»Nur kann ich mir nichts davon leisten, jedenfalls nicht, wenn ich noch genug übrig haben will, um ein Unternehmen zu gründen.«

»Soll ich mal schauen, ob ich was finde?«, biete ich ihm an.

»Nein, schon okay, Maya. Du bist beschäftigt. Und da steht sowieso nichts drin, was für mich infrage kommt. Trotzdem danke.«

»Dann halte ich aber wenigstens die Augen offen«, verspreche ich und stelle seinen Kaffee und das Sandwich vor ihm auf die Theke.

Als er geht, sehe ich Brienne in der Schlange und ein Stück hinter ihr Alan.

Ich sehe von Brienne zu Alan und wieder zurück, und je länger ich die beiden beobachte, umso klarer wird mir, dass sich dieses schlechte Gewissen, das ich mit mir herumtrage, nicht mehr so erdrückend anfühlen würde, wenn ich jemandem etwas Gutes täte. Letztes Jahr, als Max – Aaron – etwas Nettes für mich getan hat, habe ich mir geschworen, diese Güte weiterzugeben. Doch ich habe mein Versprechen gebrochen. Als ich ihm das Herz gebrochen habe, habe ich sogar mit dem aufgehört, was ich immer als meinen Beitrag zu einer besseren Welt ansah. Ich habe aufgehört, meine Happy-End-Geschichten zu schreiben, und seitdem hat sich die Welt immer irgendwie grau angefühlt.

Ich nehme das Notizbuch und den Stift von Ethan, und während der Kunde vorne in der Schlange die Speisekarte studiert – dem Himmel sei Dank für unentschlossene Kunden –, notiere ich: *Alan und Brienne kennen sich schon lange, doch erst eines schönen Sommertages in ihrem Lieblingscafé beginnt ihre Liebesgeschichte. Ganz unerwartet. An diesem Morgen war viel los …*

»Ich hätte gern einen Latte macchiato«, sagt der Kunde, und ich klappe das Notizbuch zu.

Die freudige Erregung des Schreibens. Das Hochgefühl. Endlich ist es wieder da, und ich kann gar nicht mehr aufhören zu lächeln.

58

Als Brienne den Anfang der Schlange erreicht, kommt mir der Gedanke, dass ich dem Schicksal vielleicht ein bisschen auf die Sprünge helfen könnte. Ich habe meine Geschichten nie ins wirkliche Leben übertragen, aber vielleicht wird es Zeit, genau das zu tun. Das ganze letzte Jahr über war ich so verbittert, dass sogar das Beste in meinem Leben – das Schreiben – darunter leiden musste. Ich glaube daran, dass die Welt von der Liebe regiert wird, und habe auch nicht vor, mich dafür zu entschuldigen. Niemals hätte ich zulassen dürfen, dass meine Überzeugung ins Wanken gerät. Jetzt, wo ich weiß, was falsch gelaufen ist, habe ich das Gefühl, als hätte ich alles zurückbekommen.

Es hätte funktioniert. Er hat sich in mich verliebt, genau wie ich mich in ihn verliebt habe. O nein. Ich lache leise in mich hinein. Ist das die Instant-Liebe, von der Ethan geredet hat, an die ich angeblich nicht glaube? Nein, ist es nicht, und ich will jetzt auch nicht an Ethan denken. Bei dem, was Max … Aaron und ich gemeinsam erlebt haben, ging es nicht nur darum, einander quer durch den Raum anzusehen. Ich muss mich immer wieder daran erinnern, dass er Aaron heißt und nicht Max. Was wir gemeinsam erlebt haben, waren Monate des Kennenlernens an einem einzigen Tag. Als würde man puren Sirup trinken, anstatt ihn mit Wasser zu verdünnen.

»Und könnte ich dazu ein Glas Orangensaft kriegen?«, fragt Brienne, und da wird mir klar, dass ich den Rest ihrer Bestellung nicht mitbekommen habe.

»Pur oder mit Wasser verdünnt?«, frage ich, und sie starrt mich verständnislos an. »Sorry, ich hab nur laut nachgedacht.

Der Orangensaft ist natürlich frisch gepresst. Beachte mich einfach nicht.«

Auf der Suche nach einer Möglichkeit, meinen Plan in die Tat umzusetzen, schaue ich mich im Café um, und mein Blick verharrt auf Ethans Tisch. Es ist noch ein anderer Tisch frei, aber der eignet sich nicht.

Ich nehme Briennes Bestellung entgegen und führe sie zu Ethans Tisch.

Sie bleibt davor stehen. »Bist du sicher? An dem Tisch sitzt doch Ethan immer.«

»Ja, ich bin sicher«, antworte ich und muss mich zusammenreißen, nicht die Augen zu verdrehen. Ich kann kein »Reserviert«-Schildchen darauf entdecken.

Ich bediene die nächsten Kunden und sorge dafür, dass kein Tisch mehr frei ist, als Alan bestellt.

»Dann wohl zum Mitnehmen«, sagt er, sichtlich enttäuscht.

»Ach, Unsinn. Ich weiß doch, wie gerne du dein Frühstück hier isst. Wir finden schon eine Lösung.« Ich lasse demonstrativ den Blick durchs Café schweifen.

»Mir nach«, sage ich, als seine Bestellung fertig ist, und gehe zu Ethans Tisch, wo Brienne mit dem Rücken zu uns am Fenster sitzt.

»Brienne, hast du was dagegen, wenn Alan sich zu dir setzt? Es ist so voll heute«, sage ich so unschuldig und locker wie möglich.

Im ersten Moment wirkt sie erschrocken und sieht Alan kaum an. Er reagiert ähnlich. Die beiden sind wirklich wie füreinander gemacht, denke ich und sehe ihre Liebesgeschichte schon vor meinem geistigen Auge entstehen.

»Ich will dich nicht stören«, sagt Alan, und seine Wangen laufen hochrot an.

»Nein, nein – du störst mich überhaupt nicht«, versichert sie ihm. »Bitte setz dich doch.«

Als ich mich abwende, höre ich ihn sagen: »Ich seh dich fast jeden Morgen hier.«

Brienne erwidert etwas, das ich nicht verstehen kann, und sie lachen beide.

»Wenn ihr noch irgendwas braucht, gebt einfach Bescheid«, sage ich.

»Machen wir«, antworten sie beide gleichzeitig und wenden sich dann wieder einander zu. Ich kann ihr Lächeln sehen.

Vielleicht war ich kein guter Mensch, seit ich hergekommen bin. Vielleicht habe ich Fehler gemacht, habe andere Leute manipuliert und war egoistisch, aber in diesem Moment fühle ich mich besser. Ich habe etwas Gutes getan. Ich sehe zu den beiden hinüber. Er beugt sich zu ihr, sie kichert. Ja, etwas sehr Gutes. Und es könnte funktionieren. Es *wird* funktionieren.

Als es etwas ruhiger wird, beobachte ich Alan und Brienne noch immer. Inzwischen sind sie schon ein paar Stunden hier, und ich hole mein Notizbuch aus der Tasche und schreibe ihre Liebesgeschichte weiter. Die Ironie dessen, dass ich schon wieder in das Notizbuch schreibe, das Ethan mir geschenkt hat, entgeht mir natürlich nicht.

Kurz vor zwölf kommt Celine zurück und entschuldigt sich überschwänglich für die Verspätung. »Der Arzt wurde zu einem Notfall gerufen, deshalb musste ich warten.«

Noch immer in meiner euphorischen Alan-und-Brienne-Stimmung, versichere ich ihr lächelnd, dass das vollkommen in Ordnung ist. Inzwischen bin ich überzeugt, dass es gut war, nicht gleich heute Morgen zur Pension zu gehen, denn wenn ich herausgefunden habe, was aus den Fotos geworden ist, weiß ich viel besser, was ich sagen und wie ich das Ganze angehen will.

»Freut mich, dass du so gute Laune hast. Heute früh war ich ein bisschen besorgt«, sagt Celine.

»Tut mir leid. Jetzt geht's mir wieder gut.«

»Dafür musst du dich doch nicht entschuldigen. Ich wollte nur sagen, wenn du etwas auf dem Herzen hast und darüber reden möchtest – ich koche exzellenten Kaffee, und ich bin eine gute Zuhörerin.«

»Ich weiß«, sage ich lächelnd.

Ich würde gern mit ihr reden. Klar, ich habe Alisa, und sie ist fantastisch, aber sie ist nicht in der Nähe und kennt weder Ethan noch Aaron oder sonst jemanden in Carmel.

»Vielleicht heute Abend beim Essen?«, schlägt sie vor. »Ich will endlich etwas Anständiges für uns kochen.«

Ich weiß nicht, ob ich bereit bin, ihr die Wahrheit zu erzählen. Ethan hat ihr nichts von unserem Streit gesagt, und ich frage mich, warum. Wenn er mich loswerden wollte, hätte er seiner Schwester nur zu erklären brauchen, wer ich bin. Oder mich einfach auffordern zu gehen. Doch vielleicht macht er das mit Absicht. Auf diese Weise lässt er mich in meinem eigenen »manipulativen« Saft schmoren.

Den ganzen Morgen habe ich meinen und Ethans Namen gegoogelt, fand aber nirgends auch nur eine Spur der Fotos. Wenn jemand sie hätte online stellen wollen, wären sie doch mittlerweile bestimmt veröffentlicht worden. Ich glaube, ich bin in Sicherheit. Ich sollte meinen Plan anpacken und mit Aaron reden.

Ein Kunde, der an einem Tisch in der Ecke sitzt, liest die Lokalzeitung – die er wohl selbst mitgebracht hat, denn sie lag vorhin nicht im Regal – und wirft mir einen fragenden Blick zu.

»Kann ich Ihnen etwas bringen?«, erkundige ich mich.

Als ich mich nach Celine umschaue, um ihr zu sagen, dass ich losmuss, sehe ich sie an einem Tisch draußen, wo sie gerade eine Bestellung aufnimmt. Ein Kunde am Nebentisch hält ihr seine Zeitung hin und zeigt ihr etwas.

Celine und der Mann tauschen unbehagliche Blicke. Der Ausdruck auf ihrem Gesicht … und auf seinem.

Mir stockt der Atem. Der Kunde … dieser Kunde ist Aaron. Nein, das kann doch nicht wahr sein!

Meine Hände fangen an zu zittern. Das darf nicht sein. Ich eile zu dem Mann am Fenster.

»Könnte ich kurz Ihre Zeitung haben?«, bitte ich ihn. »Ich würde gern etwas nachschauen.«

»Suchen Sie vielleicht das hier?«, fragt er zurück. »Ich dachte, dass Sie das sind, aber ich war mir nicht ganz sicher.«

Ich unterdrücke die in mir aufsteigende Panik. Die Zeitung ist im Unterhaltungsteil aufgeschlagen – ein halbseitiger Artikel und ein Foto.

Die Geschichte hat ein Happy End … trotzdem, lautet die Schlagzeile, und ich kann nicht mehr weiterlesen.

Mein Blick verharrt auf dem Foto. Ethan und ich. Der Kuss. Aber ich sehe nur Aarons Gesicht. Celines Gesicht. Alles verschwimmt. Wenn ich mich nicht gleich irgendwo festhalte, verliere ich das Gleichgewicht. Hastig packe ich seine Stuhllehne und versuche, mich zu stabilisieren, aber mir ist entsetzlich übel.

»Das sind Sie doch«, sagt er, sichtlich amüsiert.

»Nein, bin ich nicht«, stammle ich. »Bin ich nicht.«

Als ich Celine hereinkommen sehe, weiß ich sofort, dass ich ihr jetzt nicht unter die Augen treten kann. Mit zwei großen Schritten bin ich bei der Theke, schnappe mir meine Tasche und laufe in die Küche. Auf dem Tisch entdecke ich den Notizblock, den sie immer benutzt, wenn sie sich Rezepte aufschreibt, und kritzle hastig – und bestimmt kaum lesbar – darauf: *Tut mir leid. Maya.* Dann renne ich zur Tür hinaus.

59

Jetzt ist alles verloren. Es ist zu spät. Ich hätte nicht so lange warten dürfen, sondern gleich heute früh mit ihm reden müssen. Oder gestern, als ich erkannt habe, dass er Max sein muss.

Ich weine nicht, obwohl mir sehr danach zumute ist. Wahrscheinlich stehe ich unter Schock – mein Körper ist wie betäubt, mein Gehirn ist wie betäubt. Ich spüre nichts als Verzweiflung. Ich habe versagt.

Wie in Trance laufe ich durch Carmel, ohne zu wissen, wohin, ohne zu wissen, was ich jetzt tun soll.

Mein Handy klingelt. Ich muss das ein für alle Male hinter mich bringen. »Hallo, David.«

»Na endlich! Ich versuche schon seit zehn Tagen, dich zu erreichen. Ich stehe immer noch unter Schock, ich kann einfach nicht glauben, dass du weg bist. Was auch immer das Problem ist, ich bin sicher, wir können es in Ordnung bringen. Komm doch einfach zurück und lass uns darüber reden.«

»Ich werde nicht zurückkommen, David. Ich dachte, das hätte ich in meiner Nachricht deutlich gemacht.«

»Wo bist du? Du bist nicht in Hartford. Das hat deine Mutter mir verraten.«

Ach, Mom. Dabei hab ich ihr doch gesagt, sie soll seine Anrufe nicht annehmen.

»Es spielt keine Rolle, wo ich bin.«

»Warum willst du es mir nicht verraten?«

»Wie sagt man so schön? Was du nicht weißt, macht dich nicht heiß.«

»Wie …?«

»Bitte ruf mich nicht mehr an und meine Mutter auch nicht. Es ist vorbei zwischen uns.«

»Maya, ich …«

»Leb wohl, David«, sage ich und lege auf.

Ein paar Minuten später klingelt mein Handy erneut. Gerade will ich Davids Nummer sperren, als ich sehe, dass nicht er es ist, sondern eine lokale Nummer, die ich zwar nicht gespeichert habe, aber trotzdem erkenne. Ethan. Wenn ich rangehe, werde ich ihm die Hölle heiß machen. Meine Wut kennt keine Grenzen mehr. Also lehne ich den Anruf lieber ab.

Inzwischen laufe ich bestimmt schon zwei Stunden ziellos in der Gegend herum. Meine Füße tun weh, mein Kopf dröhnt, und ich bin der Lösung meines Problems keinen Schritt näher gekommen. Ich fürchte, es gibt keinen Ausweg. Wie immer, wenn ich nicht weiter weiß, rufe ich Alisa an, doch ihr Handy ist ausgeschaltet, und als ich einen Blick auf die Uhr werfe, wird mir klar, dass ich weit über zwei Stunden unterwegs bin. Eher vier. Es ist schon fast fünf Uhr, also ein Uhr morgens in London. Ich habe niemanden, mit dem ich reden kann, und keine Ahnung, was ich tun soll. Vielleicht sollte ich meine Sachen holen und nach Hause fliegen. Ich bin erledigt.

Wieder erscheint Ethans Nummer auf dem Display, und ich will seinen Anruf schon ablehnen, da höre ich hinter mir eilige Schritte.

Und als ich mich umdrehe, sehe ich Ethan auf mich zukommen. Ich fasse es nicht. Was fällt ihm ein?! »Was machst du denn hier?«

»Ich bin gerade zurückgekommen.«

»Nein, was machst du *hier*?«

»Celine hat mir gesagt, dass du aus dem Café weggelaufen bist, also habe ich mich auf die Suche nach dir gemacht.«

Er klingt ganz ruhig. Natürlich ist er ruhig. Warum sollte er auch nicht ruhig sein?

»Warum suchst du nach mir?«

Sein Gesicht verfinstert sich. »Celine macht sich Sorgen um dich.«

»Bitte geh. Ich will jetzt nicht mit dir reden.«

»Maya, hör zu …«

»Komm mir jetzt nicht mit irgendwelchen Plattitüden. Ich hab die Zeitung gesehen, Celine hat die Zeitung gesehen. Und was das Schlimmste ist, Aaron hat die Zeitung auch gesehen. Bist du jetzt glücklich? Ich nehme an, du freust dich.«

Er lächelt, und ich würde ihm am liebsten ins Gesicht schlagen. Schon wieder. »Mach dir um Aaron keine Sorgen.«

»Ich soll mir um Aaron keine Sorgen machen? Hör auf, mich zu bevormunden. Für wen hältst du dich?«

»Ich meinte nur, dass es nicht Aaron ist. Aaron ist nicht Max.«

»Max wohnt in Carmel, und hier gibt es nur eine Handvoll Lyft-Fahrer. Er muss es sein.«

»Du irrst dich. Max wohnt nicht mehr in Carmel. Er ist letztes Jahr umgezogen.«

»W-was? Warum sollte ich dir glauben? Warum sollte ich irgendwas glauben, was du sagst?«

Er zuckt die Achseln. »Zum einen, weil Aaron schon seit Jahren in dieselbe Frau verliebt ist.«

Wenn Aaron nicht Max ist und Max nicht mehr hier wohnt, wie soll ich ihn dann finden? Gibt es irgendeinen Weg, der nicht über Ethan führt? Nein, vermutlich nicht.

Ich hole tief Luft. »Okay, sagen wir mal, ich glaube dir,

dass Max nicht Aaron ist. Wer ist es dann? Warum sagst du es mir nicht? Warum bist du so dagegen, dass ich mit ihm rede?«

Er sieht mich an, und obwohl ich immer noch wütend bin und noch vor einer Minute fast auf ihn losgegangen wäre, merke ich, dass ich tatsächlich ruhiger werde. Das gleiche Gefühl wie neulich in San Francisco, als wir einander angeschaut haben, hüllt mich auch jetzt plötzlich ein. Wie eine warme Decke. Was hat dieser Mann an sich, dass ich nicht mehr klar denken kann? Noch nie war ich so hin- und hergerissen, nie waren meine Gefühle so widersprüchlich. Im einen Moment möchte ich ihm einfach nur in die Augen sehen und mich darin verlieren wie ein Teenager, im nächsten gehe ich auf ihn los. Allerdings habe ich auch jede Menge guter Gründe, ihn zu hassen, schließlich steht er zwischen mir und dem Mann, in den ich mich vor einem Jahr verliebt habe. Er steht meinem Glück im Weg.

»Ich werde dir sagen, wer er ist, wenn du mir sagst, warum du nach Carmel zurückgekommen bist. Du hast behauptet, ich hätte unrecht mit der Vermutung, dass du deine Karriere als Autorin ankurbeln wolltest. Dann beweise mir doch das Gegenteil. Sag mir einfach, warum du zurückgekommen bist. Aber diesmal die Wahrheit.«

»Ich muss dir gar nichts sagen, Ethan. Warum verhinderst du den Kontakt zwischen mir und Max? Wir sind doch keine Kinder, die einen Aufpasser brauchen. Max ist ein erwachsener Mann, der selbst auf sich aufpassen kann.«

»Das habe ich dir bereits erklärt: Weil ich nicht will, dass er noch einmal verletzt wird. Er hat mehr als genug durchgemacht.«

»Ach ja? Und du gibst mir die Schuld daran? Ich habe dein Buch gelesen, und es entspricht nicht den Tatsachen.«

»Ich frage lieber gar nicht erst, welche Strippen du gezogen hast, um ein Rezensionsexemplar zu ergattern.«

»Ich würde es dir sowieso nicht verraten.«

»Also, was an meiner Geschichte ist gelogen?«

»Das Ende.«

60

»Ach wirklich? Dann lass hören. Hast du deinen Freund nicht umarmt?«

»Ja, aber …«

»Habt ihr euch nicht geküsst?«

Ich starre ihn wortlos an.

»Hast du dich etwa mit Max getroffen, wie du es behauptest?«, setzt er das Verhör fort.

»Ich war auf dem Weg.«

»Du warst auf dem Weg. Verstehe. Dann kam ein Tornado und hat dich zurück nach New York gefegt. Die Geschichte kenne ich gut, ich hab den Zauberer von Oz gelesen. Aber von einer Schriftstellerin erwarte ich mehr. Sonst noch was?«

»Du verdrehst alles.«

»Inwiefern? Genauso war es doch. Er ist dir den ganzen Tag gefolgt, hat auf dich aufgepasst, hat sich in dich verliebt, und als er seinen ganzen Mut zusammengenommen und dich gefragt hat, ob du dich mit ihm treffen willst, hast du dich für deinen Freund entschieden.«

»Dafür gibt es eine Erklärung.«

»Heb sie dir für jemanden auf, den es wirklich interessiert«, erwidert er bissig.

»Ich dachte, er hätte seine Meinung geändert. Er war nicht am vereinbarten Treffpunkt.«

»Sollte er vielleicht dort aufkreuzen, deinem Freund die Hand schütteln und dann mit dir … in den Sonnenaufgang wandern? Natürlich war er nicht da. Er hatte gerade zugesehen, wie ihr zwei euch geküsst habt.«

»Das ist nicht fair.«

»Nein, ist es nicht. Seit wann ist Liebe denn fair, Maya?«

Nur mit Mühe kann ich die Tränen zurückhalten.

»Er war dir nicht wichtig genug, um ein Risiko einzugehen, und jetzt bist du zurückgekommen. Also frage ich dich erneut: Warum?«

»Um es ihm zu erklären.«

Er macht ein Geräusch, das mich an den Summer bei einem Quiz erinnert. »Falsche Antwort! Du hast schon versucht, es mir zu erklären, und du weißt, wie das gelaufen ist.«

»Max wird nicht so reagieren, er ist anders als du. Er wird es sofort verstehen.«

»Ich glaube, da irrst du dich gewaltig«, knurrt er.

»Nein, tue ich nicht. Ich kenne ihn besser als die meisten anderen Leute in meinem Leben.«

Ethan fängt an zu lachen. »Du hast ihn ja nicht mal gesehen! Nicht mal seinen richtigen Namen kennst du. Wie kommst du auf die absurde Idee, dass du überhaupt das Geringste über ihn weißt?«

»Weil es so ist. Weil – weil man jemanden nicht unbedingt sehen muss, um sich in ihn zu verlieben.«

»Liebe? Jetzt reden wir also von Liebe? Wenn du ihn geliebt hättest, wärst du nicht einfach abgehauen. Das ist keine Liebe. Du hast nicht miterlebt, wie dreckig es ihm danach ging. Aber ich musste die Scherben aufsammeln.«

»Ich hab ihn aber geliebt. Und liebe ihn immer noch, ein Jahr später. Ich habe ihn und unseren gemeinsamen Tag nie vergessen.«

Ich wische mir die Tränen von den Wangen. Ethan ist echt gemein.

»Weiß dein Freund, dass du einen anderen liebst?«

»Welcher Freund denn?«

»Der, der dich ständig anruft. Mit dem du letztes Jahr aus Carmel abgehauen bist.«

Meine Nasenflügel beben, mir schwirrt der Kopf. »Woher weißt du, dass er es ist, der mich anruft?«, frage ich, außer mir vor Wut.

Einen Moment starrt er mich wortlos an. »Weil ich seinen Namen auf deinem Display gesehen habe. Ich bin ja nicht blöd.«

»Nicht, dass dich das etwas angehen würde, aber ich habe endgültig Schluss mit ihm gemacht.«

»War es nicht schon mal vorbei? Und dann doch nicht?«, erwidert er eisig. »Ich nehme an, dieser David wird morgen hier aufkreuzen, dir das Blaue vom Himmel vorlügen, den Mond und die Sterne versprechen, oder was er eben tun muss, damit du deine Meinung änderst, und schon sitzt du wieder im Flieger nach New York.«

»Da irrst du dich gewaltig.«

Er zuckt die Achseln. »Na klar. Wenn du meinst.«

Ich zähle bis drei, dann sage ich einigermaßen ruhig: »Du wirst mir seinen Namen nicht sagen, oder?«

»Ich warte immer noch, dass du mir meine Frage beantwortest. Ob ich es dir sage oder nicht, liegt ausschließlich an dir.«

»Ich weiß nicht, was du von mir hören willst.«

»Die Wahrheit.«

»Die hab ich dir schon gesagt. Ich will ihm erklären, was damals los war.«

»Wenn du ihm nur erklären willst, warum du abgehauen bist, vergeudest du deine Zeit. Und meine«, sagt Ethan und stopft die Hände in die Hosentaschen. »Was bezweckst du damit? Du hast ihm schon einmal das Herz gebrochen, und ich glaube, du wirst es wieder tun. Nichts hat sich verändert.

Der einzige Unterschied ist, dass inzwischen ein Jahr vergangen ist.«

»Das sagst du nur, weil du mich nicht kennst«, gebe ich gekränkt zurück.

Er seufzt tief und sieht auf einmal traurig aus. Mir ist klar, dass er Max beschützen will, genau wie es bei Alisa und mir der Fall wäre. Diese Seite von Ethan gleicht durchaus einen Teil seiner negativen Eigenschaften aus, wie auch seine enge Beziehung zu Celine. Er ist ein fürsorglicher Freund, ein einfühlsamer Bruder, ein talentierter Schriftsteller, er hat einen angenehm schrägen Sinn für Humor und sieht auch gar nicht schlecht aus, wenn er sich etwas Mühe gibt. Und küssen kann er richtig gut. Nicht zu glauben, dass ich ausgerechnet jetzt daran denken muss. Was ist bloß in mich gefahren? Irgendetwas stimmt nicht mit mir, so viel steht fest.

»Vielleicht hast du recht«, räumt er ein, »obwohl ich es bezweifle. Ich glaube, ich kenne dich.«

»Wie kommst du denn auf die Idee? Du hast nicht mal versucht, mich so kennenzulernen, wie ich wirklich bin. Du hast mir überhaupt keine Chance gegeben. Du denkst, du hättest mich durchschaut, aber das stimmt nicht.« Ich bin mit meinem Latein am Ende. »Wie wäre es, wenn wir einen Pakt schließen? Einen vorläufigen Waffenstillstand?«

»Ich dachte, du hasst mich. Warum willst du jetzt auf einmal einen Pakt mit mir schließen?«

»Weil mir der Tag von damals so viel bedeutet. Ich bin zu allem bereit, und ich glaube, wenn du mich kennenlernst, wie ich wirklich bin, wirst du meine Beziehung zu Max nicht mehr so negativ sehen. Ob ich dich hasse oder nicht, ist erst mal irrelevant …«

»Dann hasst du mich also«, sagt er, ohne eine Miene zu verziehen.

»Ja, natürlich!«, antworte ich mit Überzeugung. »Bist du jetzt glücklich?«

»Überglücklich. Also, was für ein Pakt soll das sein?«

Ich öffne den Mund, aber auf einmal bleiben mir die Worte im Hals stecken, und das ganze Ausmaß dessen, was ich vorhabe, trifft mich wie ein Schlag. Kann ich das wirklich durchziehen? Nichts macht mir mehr Angst, als jemandem meine Arbeit zu zeigen – und jetzt auch noch einem Bestseller-Autoren? Es wäre eine Qual. Aber genau das muss ich tun, wenn ich Max finden will. Ich weiß nicht, was ich sonst tun könnte, um Ethan zu überzeugen, wie es in meinem Herzen tatsächlich aussieht.

»Ich lasse dich …« Panik überkommt mich, ich halte inne, um nicht zu hyperventilieren.

»Ja?«, fragt er, und ich höre schon jetzt den ironischen Unterton in seiner Stimme.

Tief durchatmen, Maya. Du schaffst das. »Ich lasse dich mein Manuskript lesen. Du hast gesagt, du weißt nicht, was ich beabsichtige, und du glaubst mir nicht, dass ich die Wahrheit über diesen Tag und meine damit verbundenen Gefühle sage. Also lies meine Geschichte, dann kennst du die Wahrheit.«

Er zuckt nicht mit der Wimper. »Und wie lauten deine Bedingungen?«

»Wenn du mit dem Lesen fertig bist und mich wirklich kennst, sagst du mir seinen Namen.«

»Vorausgesetzt, dass ich dir dann glaube.«

»Das wirst du.«

»Und wenn nicht?«

»Dann verschwinde ich aus deinem Leben und belästige dich und deinen Freund nie wieder.« Ich strecke ihm die Hand entgegen. »Abgemacht?«

Er zögert eine Sekunde, dann ergreift er sie. »Abgemacht.«

61

»Was jetzt?«, fragt er. »Wie läuft dieser vorläufige Waffenstillstand ab? Schließen wir Frieden, während ich dein Buch lese, oder wie lautet der Plan?«

»Ja, Frieden wäre schön. Ein Waffenstillstand ist ein Waffenstillstand.«

Er grinst. »Die Maya in meinem Buch ist nicht so streitlustig. Und nicht so stur.«

»Die Maya in deinem Buch ist eine fiktive Figur. Sosehr du sie mir auch nachempfunden hast, sie ist trotzdem nicht ich. Ich bin ich. Und ich habe noch viel mehr unerfreuliche Überraschungen auf Lager.«

»Das klingt wie eine Drohung.«

»Es ist nur die Wahrheit. So bin ich wirklich. Und ja, Sturheit gehört zum Gesamtpaket.«

»Erträgst du es, ein Stück mit mir zu gehen? Ich bin mir nicht sicher, welches Hass-Level wir gerade haben.«

Ich schnaube. »Bist du immer so dramatisch?«

»Nein. Nur mit dir.«

»Ich Glückspilz!«

Seite an Seite schlendern wir die Scenic Road entlang, und nach einer Weile, als wir aufhören, aufeinander herumzuhacken, und anfangen, uns normal zu unterhalten, ist es eigentlich ganz angenehm.

Ich kann mich nicht gegen das Gefühl wehren, dass ich zum ersten Mal, seit ich wieder in Carmel bin, genau dort bin, wo ich sein sollte. Auf der Suche nach Max, auf meiner Suche nach mir selbst. Meine Beziehung zu Ethan hat in einer Woche mehr Höhen und Tiefen durchgemacht, als ich je erlebt habe, selbst in Beziehungen, die jahrelang gehalten haben. Ich habe ihn gehasst, ich mochte ihn, ich habe ihn bewundert, ihn beneidet, verachtet, war irritiert von ihm und amüsiert von ihm, und einen kurzen Augenblick – oder vielleicht zwei – sogar hin und weg von ihm. Und jetzt gehen wir plötzlich freundschaftlich miteinander um, gehen zusammen spazieren und machen Witze über den Typen in einer sehr engen Jogginghose und den Touristen, der vor irgendwelchen Bäumen Selfies macht.

»Was ist mit Celine?«, frage ich, als wir uns dem Café Azure nähern.

»Ich hab ihr die Wahrheit gesagt«, erklärt er. »Vorhin, bevor ich mich auf die Suche nach dir gemacht habe.«

»Die Wahrheit?«

»Dass es eine Promo-Aktion für Cameron war. Ich schlage vor, wir belassen es dabei.«

»Wie hat sie reagiert?«

»Sie hat sich Sorgen gemacht, wie es dir damit geht. Ich habe ihr gesagt, du hättest dich dazu bereit erklärt, um mir einen Gefallen zu tun.«

»Fühlst du dich nicht schlecht dabei, sie anzulügen?«

»Ich will sie nicht in diese Sache mit reinziehen. Sie hat schon genug um die Ohren. Wenn sie denkt, wir wären Freunde und du hättest mir einen Gefallen getan, schläft sie nachts besser.«

Ich nicke. »Und was ist mit Max? Bist du sicher, dass er die Zeitung nicht gesehen hat und davon weiß?«

»Keine Sorge«, sagt er lächelnd.

»Das sagst du immer.«

»Ja, keine Sorge«, wiederholt er.

»Befindet er sich auf einer Insel mitten im Pazifik? Oder in einem nicht-englischsprachigen Land?«

»Guter Versuch. Aber du kriegst mich nicht dazu, dir irgendwas zu verraten. Du bist nicht die Erste, die das probiert. Ich bin ein Profi darin, Fragen über Max auszuweichen.«

Ich stöhne.

»In meinem Entwurf gibt es ein paar Sachen, die es nicht in die endgültige Geschichte geschafft haben. Sachen, die du wissen solltest vor dem Treffen mit …«

»Max?«

Er nickt. »Ja, vor dem Treffen mit Max. Vielleicht zeige ich sie dir irgendwann. Nachdem ich dein Manuskript gelesen habe, und falls …«

»Falls du mir glaubst. Schon klar«, unterbreche ich ihn.

»Ich wollte sagen, falls ich dein wahres Ich kennenlerne. Und ich mir sicher bin, dass dein wahres Ich ihn nicht erneut verletzen wird.«

Ich grinse. »Jemand, der viel klüger ist als ich, hat mir mal gesagt, dass es im Leben keine Garantien gibt.«

Er nickt gedankenverloren. »Also – ist dein wahres Ich das, das mich vorhin angeschrien hat, oder das jetzt, in diesem Moment?«

Ich zucke die Achseln. »Beides.«

»Und die Maya, die bei diesem Musical die Augen verdreht hat?«, fragt er.

»Das hast du gesehen?«

»Ja. Kein Fan?«

»Hm, es war okay.«

»Das sage ich Cameron lieber nicht. Dieses Stück ist sein Baby.«

»Lass uns nicht über Cameron reden.«

»Okay.«

»Und ich bin auch die Maya, die dich mit Kaffee begossen hat.«

»Ach ja.« Die Erinnerung bringt ihn zum Lachen.

»Außerdem schnaube ich manchmal, wenn ich ganz doll lachen muss, und ich weine bei Liebesfilmen. Ich bin wählerisch, wenn es ums Essen geht, und ich trinke zu viel Kaffee. Ich habe zu viele Bücher auf meiner Leseliste und kaufe trotzdem immer mehr.«

»Das kommt mir bekannt vor.«

»Was davon?«

»Alles. Außer dem Schnauben.«

Ich lächle. Er ebenfalls.

Zurück im Café Azure fragt mich Celine, ob alles okay ist, und ich versichere ihr, dass es mir gut geht. »Alles bestens.« Obwohl ich mich nicht gerade toll fühle, bin ich erstaunlicherweise nicht mehr traurig oder wütend.

Den Rest des Abends tauschen Ethan und ich noch ein paar zufällige Blicke und hie und da ein höfliches Lächeln aus. Wenn wir uns über den Weg laufen, reden wir nicht sonderlich viel.

Nach der Arbeit gehen wir zu dritt nach Hause und sprechen über unsere Pläne fürs Abendessen.

»Wie wär's, wenn ich mein Versprechen halte und etwas für uns koche?«, schlägt Celine vor. »Und ihr sucht einen Film aus.«

»Klar, gern«, sagt Ethan. »Maya?«

Ich nicke. »Wenn du den Film aussuchst.«

»Bist du sicher?«, fragt er. »Ich habe einen ziemlich ausgefallenen Geschmack.«

»Dieses Risiko gehe ich ein.«

Celine lacht. »Du hast es so gewollt.«

Binnen Sekunden entscheiden wir uns für »das schnellste Spaghetti-Gericht, das Celine machen kann« – wir haben alle Hunger, und anscheinend legt keiner von uns großen Wert auf Gourmetkost. Etwa eine halbe Stunde später sitzen wir am Küchentisch und genießen das köstlichste Hähnchen mit Parmesan, das ich je gegessen habe.

Gerade als wir mit dem Film anfangen wollen, klingelt das Telefon, und Celine bittet mich ranzugehen. Es ist ihre Mutter. Ich weiß, dass sie alle paar Tage anruft, aber ich habe noch nie mit ihr gesprochen. Sie klingt wie eine wundervolle Frau, und wir verstehen uns auf Anhieb.

»Ich will euch nicht stören, wenn ihr gerade einen Film anschaut«, sagt sie freundlich. »Sag Celine und Ethan einfach, dass wir morgen nach Kaua'i abreisen und dass sie mich, wenn sie Lust haben zu telefonieren, auf dem Handy anrufen sollen.«

»Sind Sie sicher, dass Sie nicht jetzt mit ihnen reden wollen?«, frage ich.

»Ja, ganz sicher, Liebes. Es klingt, als hättet ihr viel Spaß. Das ist schön«, sagt sie, als sie Celine und Ethan im Hintergrund lachen hört.

Als ich den beiden von der Reise nach Hawaii erzähle, sind sie nicht überrascht. »Unsere Eltern machen dort jedes Jahr einen Monat Urlaub«, erklärt Ethan. »Unsere Pateneltern wohnen auf Kaua'i. Sie haben schon oft gefragt, ob wir mitkommen wollen, aber leider sind wir beide so beschäftigt, dass wir es bisher noch nie geschafft haben.«

»Aber das müsst ihr unbedingt! Wenn ich jemanden hätte, mit dem ich Urlaub auf Hawaii machen könnte, würde ich sofort alles stehen und liegen lassen und ins nächstbeste Flugzeug steigen. Ich war noch nie auf Hawaii, aber es steht definitiv ganz oben auf meiner Wunschliste.«

»Ja, das sollten wir. Und dann nehmen wir dich mit«, sagt Celine, halb im Scherz, halb im Ernst.

»Ich bezweifle, dass Maya mitkommen würde«, sagt Ethan.

»Wirke ich etwa nicht abenteuerlustig und spontan genug?«, necke ich ihn.

Ethan, der auf der anderen Seite der Couch sitzt – zwischen uns sitzt Celine –, beugt sich vor und schaut mich an. »Wenn ich dich bitten würde, jetzt sofort alles stehen und liegen zu lassen, würdest du es tun?«

»Nein, nicht jetzt sofort«, sage ich zögernd und lache, weil ich weiß, dass er nur einen Witz macht.

»Morgen vielleicht?«

»Morgen kann ich nicht. Ich muss arbeiten und …«

»Siehst du?«, unterbricht er mich. »Fall abgeschlossen. Lasst uns den Film gucken.«

Monty Pythons wunderbare Welt der Schwerkraft. Dafür hat Ethan sich entschieden.

Wir lachen, bis wir keine Luft mehr kriegen, und als wir schließlich ins Bett gehen, tut mir der Bauch weh. Da Ethan und ich den Film beide auswendig können, musste sich die arme Celine, die zwischen uns auf dem Sofa eingeklemmt war, die Gags doppelt und dreifach anhören.

Aber es war ein schöner Abend. Ein sehr schöner Abend.

62

12. Juni

Ich kann nicht schlafen. Der Gedanke, dass Ethan mein Manuskript lesen wird, macht mich extrem nervös, besonders, weil es noch gar nicht fertig ist. Nachdem ich mich stundenlang hin und her gewälzt habe, stehe ich schließlich auf, hole mein Manuskript aus dem Umschlag, in dem ich es aufbewahre, und beginne, das Ende zu schreiben, dem ich mich bisher nicht einmal nähern konnte. Handschriftlich, auf Papier, ohne auch nur eine Sekunde innezuhalten, ohne zu lange nachzudenken. Zehntausend Wörter darüber, wie wir einander nach meiner Rückkehr wiederfinden. Wie magisch alles ist, und dass die Liebe triumphiert. Ein wunderbares Ende für diese Geschichte. Unsere Geschichte. Zehntausend Wörter haben mich zum letzten Wort geführt. Zu den beiden Wörtern, von denen ich dachte, ich würde sie nie schreiben. THE END. Und jetzt hat mein Manuskript auch einen Titel. *Our perfect Day*. Persönlich, ohne Umschweife, ich liebe es. Jetzt müsste es mir leichter fallen, ihm das Ganze zu zeigen. Müsste es.

»Ich bin gleich da!«, rufe ich Celine zu, die vor dem Cottage auf mich wartet.

Ich hole den Umschlag mit meinem Manuskript, lege ihn auf die Küchentheke und schreibe eine kurze Nachricht an Ethan:

Es muss noch überarbeitet werden und ist bestimmt nicht perfekt, also konzentriere dich nicht darauf. Wichtig ist nur die Geschichte.

Ich zögere erneut, bevor ich das Haus verlasse, doch ich weiß, dass ich es tun muss. Das war die Abmachung, und nur so kann ich ihm meine Absichten und meine Gefühle deutlich machen.

Celine wartet am Tor auf mich, gut gelaunt wie immer.

»Ich hatte letzte Nacht einen echt süßen Traum«, sagt sie. »Und du kamst darin vor.«

»Ach ja? Erzähl!«

Ich kann mich kaum je an meine Träume erinnern.

»Ich saß auf einer Bank am Rand einer großen Wiese voller Osterglocken. Hunderte. Du standst zwischen ihnen, hast ein paar gepflückt und einen Strauß daraus gemacht. Ich habe versucht, dir zu sagen, dass sie beim kleinsten Windhauch davonwehen werden, aber du warst so aufgeregt, dass ich dir nicht die Freude verderben wollte.«

»Und dann?«, frage ich.

»Dann kam der Wind und hat die Osterglocken tatsächlich weggeweht. Aber du bist hochgesprungen, in die Luft, um sie zurückzuholen, als könntest du fliegen.«

»Wie schön«, sage ich. »Und?«

Sie lächelt. »Das war's.«

»Trotzdem schön.«

»Ja«, bestätigt sie sofort. »Ach ja, und meine Mutter hat angerufen, um mir Bescheid zu geben, dass sie in Kaua'i angekommen sind. Sie hat wohl wieder mal die Zeitdifferenz vergessen.«

Dasselbe tue ich der armen Alisa auch immer wieder an.

Wir gehen ins Café und folgen vor dem Öffnen unserer üblichen Morgenroutine, als ein Mann an der Klinke rüttelt. Offenbar braucht er einen Kaffee, und zwar schnell. Celine lässt ihn herein.

Wir haben noch ein bisschen Zeit vor dem ersten Kundenansturm. Doch ich bin gerne vorbereitet, also arrangiere ich die Stühle und überprüfe die Tischtücher, Servietten und Speisekarten, und nachdem sie den Kunden bedient hat, hilft Celine mit.

Als dann die Frühstückskundschaft hereinzuströmen beginnt, arbeiten Celine und ich mit geteilten Verantwortlichkeiten die Schlange ab wie eine gut geölte Maschine. Bald darauf sind erwartungsgemäß alle Tische besetzt, nicht nur drinnen, sondern auch draußen, denn es ist ein schöner, sonniger Tag. In Carmel genießt man das Leben, und ich schätze mich glücklich, dabeizusein. Ich weiß selbst nicht genau, warum, aber ich möchte ständig lächeln.

Doch dann blicke ich zu Celine hinüber. Wenn sie sich unbeobachtet fühlt, sinken ihre Mundwinkel nach unten, und ein trauriger, fast melancholischer Ausdruck breitet sich in ihrem Gesicht aus.

Als sie merkt, dass ich Mühe habe, die Zeitungen zu sortieren – ich habe nachgesehen, und zum Glück bin ich in keiner von ihnen –, kommt sie zu mir rüber, um mir zu helfen. Sie ist einer dieser seltenen von Grund auf guten Menschen und zu allem bereit, um andere glücklich zu machen – Ethan, ihre Eltern, ja selbst völlig fremde Leute auf der Straße. Ich frage mich, was in ihrer Ehe schiefgelaufen sein könnte, und ich kann auch nicht glauben, dass es ihre Schuld war. Bestimmt hat sie ihr Bestes gegeben, aber irgendwann stößt jeder an seine Grenzen. Sie gehört zu den Menschen, für die man sich ein Happy End wünscht – eine perfekte Familie, ein wunderschönes, von Liebe erfülltes Leben. Und all das sollte sie auch bekommen. Zwar besteht sie darauf, dass es ihr nichts ausmacht, Single zu sein, und dass sie von Männern gründlich die Nase voll hat, aber die Traurigkeit in ihren Augen spricht eine andere Sprache. Ich glaube, sie möchte jemanden an ihrer Seite haben, hat aber zu viel Angst, um noch einmal zu riskieren, dass ihr das Herz gebrochen wird. Und das kann ich ihr wirklich nicht verübeln.

Ich würde zu gern eine Geschichte für sie schreiben. Und mehr noch wünsche ich mir, meine Geschichten wären magisch und die Worte auf dem Papier würden wahr. Ich blicke mich im Café um. Hier verbringt sie den größten Teil ihres Lebens. Vielleicht gibt es ja hier jemanden für sie. Momentan sehe ich niemanden, der ihrer wert wäre, aber ich werde weiter Ausschau halten. Sie muss auf jeden Fall ihre eigene Geschichte bekommen.

»Ich schiebe gleich die zweite Ladung Croissants in den Ofen. Kannst du bitte solange vorn bleiben und alle im Auge behalten?«

»Wird gemacht, Chef«, sage ich und salutiere scherzhaft.

Da seit zehn Minuten keine neuen Kunden hereingekommen und die Croissants aus dem Ofen sind, hole ich Notizbuch und Stift aus meiner Tasche und fange mit Celines Geschichte an. Zwar habe ich noch keinen passenden Kandidaten für sie im Kopf, aber irgendwo muss ich ja anfangen.

Schon komisch. Im letzten Jahr habe ich nichts entdeckt, was mich inspiriert hätte – abgesehen von diesem einen Tag mit Max –, aber jetzt ist es, als wäre der Zauber zurückgekehrt. Ich könnte pausenlos schreiben. Dieser Ort, die Leute, meine Erfahrungen – alles inspiriert mich.

Nach ein paar Seiten höre ich die Glocke und lege mein Notizbuch weg, um den Kunden zu bedienen, der gerade hereingekommen ist. Ich muss zweimal hinschauen. Und wieder habe ich dieses Gefühl im Bauch.

»Guten Morgen, Ethan«, sage ich und lächle ihn strahlend an.

»Du schreibst«, stellt er fest und erwidert das Lächeln.

Verlegen deute ich auf das Notizbuch. »Ja. Und d-danke noch mal«, stammle ich.

»Gern geschehen, es freut mich, dass du die Sachen gebrauchen kannst. Und danke für das Manuskript«, fügt er noch hinzu.

»Langweilt es dich etwa schon?«, frage ich und versuche, meine Unsicherheit zu überspielen. Es klingt, als lege ich es darauf an, Komplimente einzuheimsen, aber so ist es gar nicht. Ich brauche nur ein bisschen Ermutigung, speziell von jemandem wie Ethan.

»Nein, überhaupt nicht. Ich habe sofort angefangen, es zu lesen, und ich finde es großartig.«

Ich nicke, freue mich, und er fährt fort: »Eigentlich wollte ich weiterlesen, aber dann … dann hab ich meine Meinung geändert.«

»Warum?«

Er antwortet nicht, sondern sieht mich einfach nur stumm an. Wie kann es sein, dass ich immer, wenn ich in Ethans Augen blicke, diese Spannung zwischen uns spüre? Ich schlucke nervös.

»Du hast gesagt, du willst, dass ich dein wahres Ich kennenlerne. Da ich sehr langsam lese, dachte ich, wir sollten den Kennenlernprozess etwas beschleunigen«, erklärt er mit einem Lächeln.

»Wo sollen wir anfangen? Mit einer Liste meiner Vorlieben und Abneigungen? Ich könnte dir auch gleich noch meinen Lebenslauf geben«, sage ich und lache leise.

»Warum nicht?« Er lacht mit. »Aber nein, mir schwebt etwas anderes vor. Falls du Lust hast.«

Ich mache ein nachdenkliches Gesicht. »Das kommt ganz darauf an. Ist es gefährlich?«

Er schüttelt den Kopf.

»Peinlich?«

Er zuckt die Achseln, dann lacht er wieder. »Nein, und

keine weiteren Fragen, sonst verdirbst du es noch. Also, ja oder nein?«

Es ist mir unangenehm, wenn ich nicht weiß, was auf mich zukommt, aber diesmal bin ich trotzdem in Versuchung. »Okay, ich bin dabei.«

»Gut«, sagt er, und das schelmische Grinsen in seinem Gesicht lässt mich an meiner Entscheidung zweifeln. »Wann kannst du hier weg? Es müsste spätestens um vier sein.«

»Also um vier«, sage ich, ganz in der Hitze des Augenblicks. Doch dann denke ich noch einmal nach. »Moment, ich muss erst mit Celine reden und sie fragen, ob das okay für sie ist.«

Er nickt und bleibt vor der Theke stehen, als wüsste er nicht, was er tun soll.

»Kann ich dir irgendwas bringen? Bleibst du oder …?«, frage ich.

»Ja, ich bleibe. Warum schreibst du nicht weiter? Ich hab dich lange genug aufgehalten, und bestimmt kommt bald die nächste Kundenwelle. Meinen Kaffee kann ich mir selbst kochen. Willst du auch einen?«

Ich will ablehnen, überlege es mir dann aber doch anders. »Celine hat gesagt, du hast ein Geheimrezept mit Chili und dunkler Schokolade.«

Er grinst selbstzufrieden. »Vielleicht«, sagt er und geht zur Espressomaschine.

Ein paar Minuten später bringt er mir meinen Kaffee und ein Haselnuss-Croissant.

»Ich dachte, du möchtest vielleicht auch was essen.«

»Danke. Das esse ich besonders gern«, sage ich leise.

»Setz dich. Iss.« Er führt mich zu einem Tisch am Fenster.

Um ein Haar lade ich ihn ein, sich zu mir zu setzen, aber in letzter Sekunde halte ich mich zurück. Denn ich weiß noch nicht so recht, wie ich mit diesem Pakt umgehen soll, den wir geschlossen haben. Diesem vorläufigen Waffenstillstand, oder wie immer man es nennen will. Ich weiß nicht, wie ich mich Ethan gegenüber verhalten soll. Meistens improvisiere ich, und das ist gar nicht so leicht, wie man denkt.

63

»Wohin gehen wir?«, frage ich, als wir das Café Azure um Punkt vier Uhr verlassen. Celine musste uns regelrecht hinausjagen, denn nachdem ich ihr schon von unseren Plänen erzählt hatte, fand ich immer noch etwas, das erledigt werden musste.

Ich bin ein bisschen nervös. Zwar gebe ich mir alle Mühe, nicht daran zu denken, aber als wir das letzte Mal etwas allein unternommen haben, lief es ganz und gar nicht so wie geplant.

»Es ist eine Überraschung«, sagt er.

Er mustert mich von Kopf bis Fuß. »Wunderbar – du bist passend angezogen.«

Ich trage Jeans, ein schlichtes weißes T-Shirt – das wundersamerweise keine Kaffeeflecken hat – und blaue Converse. Wenigstens weiß ich jetzt, dass es nichts Schickes sein kann. Gut!

»Ich dachte, wir fangen am besten in der Nähe an. Nur für den Fall, dass du gleich wieder gehen willst.« In seiner Stimme schwingt ein Rest Bitterkeit mit. »Es ist nur fünfundzwanzig Meilen von hier.«

»Solange ich nicht auf dem Titelblatt einer Zeitung lande, ist alles gut«, entgegne ich.

»Touché.«

Der Mustang parkt vor dem Café. Ich habe ihn vorher gar nicht bemerkt.

»Spring rein«, fordert Ethan mich auf.

In diesem Moment bekomme ich eine Nachricht von Alisa, und erst jetzt fällt mir ein, dass ich gestern Abend vergessen habe, sie anzurufen, und dass sie keine Ahnung hat, was passiert ist. Sie weiß nicht, dass Max nicht Aaron ist, und sie würde nie erraten, was ich jetzt vorhabe.

Wir fahren auf der Ocean Avenue nach Osten zur San Carlos Street und nehmen dann die California State Route 1 nach Süden.

Anfangs sehe ich nichts als den Highway, doch das ändert sich rasch. Auf der rechten Seite tauchen das Meer und ein weitläufiger Strand mit wunderschönem, weißem Sand auf. Vor lauter Begeisterung kann ich ein Quietschen nicht unterdrücken.

»Ich dachte mir schon, dass es dir hier gefallen würde.«

»Woher?« Wieso weiß er, wie fasziniert – oder sagen wir besessen – ich von schönen Stränden bin?

»Du hast den Pazifik und die ›traumhaften Strände‹ auf den ersten fünf Seiten deines Manuskripts mindestens fünfmal erwähnt.« Er sieht kurz zu mir, bevor er den Blick wieder auf die Straße richtet.

Und was für eine beeindruckende Straße das ist! Sie führt direkt am Meer entlang, die Aussicht ist atemberaubend.

»Du arbeitest jeden Tag im Café, da dachte ich, du hattest wahrscheinlich noch nicht viel Zeit, dir die Sehenswürdigkeiten anzuschauen.«

Jetzt, wo er das sagt, wird mir erst klar, wie recht er hat. So oft habe ich davon geträumt, wieder am Strand zu sein, meine Zehen in den warmen Sand zu graben und dieses unvergleichliche Gefühl von Freiheit zu verspüren. Diesen Tag von damals neu aufleben zu lassen. Warum bin ich nie zurückgegangen? Warum habe ich mich auf das Café und das Cottage beschränkt? Ich weiß es nicht. Auf diese Frage habe ich keine Antwort, wie auf so viele Fragen, die sich mir in letzter Zeit stellen. Vor allem, wenn es um mein Verhalten und meine Gefühle geht. Ist es, wenn man fast dreißig ist, womöglich zu spät, sich selbst zu finden? Ist es normal, überhaupt nicht zu wissen, was man will und wer man ist? Hoffentlich bin ich damit nicht allein.

Die Sonne scheint mir ins Gesicht, der Wind zerzaust mir die Haare, doch das ist mir vollkommen egal.

Als im Radio der Song »You Make me a Believer« ertönt, singt Ethan aus voller Kehle mit. Ich drehe die Lautstärke auf, unsere Blicke begegnen sich, und wir grölen »belieeeeeeever«, bis wir vor Lachen nicht mehr singen können.

Ich schließe die Augen und nehme alles in mich auf – jede einzelne Sekunde. Und als ich die Augen wieder öffne, ist die Realität sogar noch besser. Wer hätte das gedacht?

Wenn nicht ab und zu ein Auto in entgegengesetzter Richtung an uns vorbeifahren würde, könnte ich schwören, wie wären die einzigen Menschen an diesem Küstenabschnitt, der wirkt, als wäre er – auf gute Art – von der Zivilisation abgeschnitten. Die Landschaft ist unglaublich. Die schmale, kurvenreiche Straße durch die Berge ist wahrhaft spektakulär, der Blick auf den tiefblauen Ozean atemberaubend. Noch nie zuvor hat mir eine Landschaft solche Ehrfurcht eingeflößt.

Als wir über eine Brücke hoch über dem Meer fahren, drosselt Ethan das Tempo.

»Wo sind wir hier?«, frage ich, überwältigt von dem Anblick.

»Bixby Canyon.«

Mit offenem Mund blicke ich mich um. Bestimmt habe ich die Bixby Canyon Bridge irgendwann auf einer Postkarte gesehen, aber keine Postkarte könnte ihr gerecht werden. Auf dem Weg hierher habe ich sicher schon hundert Fotos gemacht, und jetzt knipse ich die Brücke aus allen Blickwinkeln, die sich auftun, während Ethan wieder etwas schneller fährt.

»Es freut mich sehr, dass dir die Aussicht gefällt, aber du musst nicht deinen ganzen Akku aufbrauchen. Wir können jederzeit …« Er stockt. »Du kannst jederzeit zurückkommen. Es ist nicht weit weg von Carmel.«

»Heute ist ein ganz besonderer Tag. Wer weiß, wohin mich das Leben trägt?«

»Wohin du möchtest«, erwidert er. »Du bist kein Blatt im Wind.«

Merkwürdig, dass er das sagt. Den Großteil meines Lebens habe ich mich gefühlt wie ein Blatt im Wind. Fast wie eine Figur in einer Geschichte, allerdings keine von mir erfundene, denn natürlich hätte ich dann nur Wunderbares erlebt. Zweimal bin ich aus dieser Geschichte ausgebrochen: an jenem Tag vor einem Jahr und vor zwei Wochen, als ich mich entschlossen habe, meine Sachen zu packen, meinen Job zu kündigen und hierher zurückzukommen. Die Geschichte meines Lebens ist zwar nicht perfekt, aber was soll's? Nach all den Höhen und Tiefen und allem, was ich seit meiner Ankunft in Carmel erlebt habe, habe ich jetzt mehr denn je das Gefühl, selbst über mein Schicksal entscheiden zu können. Ich nehme die Zügel in die Hand, wenn auch noch etwas unbeholfen. Um ehrlich zu sein, wollte ich noch nie etwas so sehr, dass ich bereit gewesen wäre, darum zu kämpfen. Zum ersten Mal passierte mir das, als ich nach Carmel zurückgekommen bin. Und jetzt, wo ich hier bin, fühle ich mich, als gehörte ich hierher. Seltsam.

»Wir werden sehen, was geschieht«, sage ich.

»Was es auch sein mag, die Entscheidung solltest allein du selbst treffen. Bleib, wenn du bleiben willst, und geh, wenn du gehen willst. Aber bleib oder geh nicht, nur weil ein anderer es will«, sagt er, und ich weiß, dass wir beide das Gleiche denken. Was wird passieren, wenn Max über seine Gefühle für mich hinweggekommen ist? Mein altes Ich würde nicht zögern, an die Ostküste zurückzukehren. Doch ich hoffe, dass mein neues Ich zumindest innehalten würde. Schon das wäre ein riesiger Fortschritt.

Ich lächle, sage aber nichts. Das alles zu erklären wäre zu kompliziert, und ich will jetzt nicht so viel nachdenken. Ich möchte diesen Ausflug – die Aussicht, die Musik, das Wetter, diesen ganzen Nachmittag – einfach genießen. Alles ist perfekt, ich würde es verderben, wenn ich es wie üblich zu Tode analysiere.

»Wir sind fast da«, sagt er.

»Ich dachte, es ginge nur um die Fahrt. Die übrigens ganz fantastisch ist!«

»Deshalb habe ich sie ja auch genau geplant. Wir legen nur zusätzlich ein paar Zwischenhalte ein.«

Ich frage nicht nach den Details, denn er wird mir ohnehin nicht mehr verraten. Ich bin einfach gespannt, was als Nächstes kommt.

Ein paar Minuten später halten wir am Straßenrand, Ethan steigt aus, und ich folge ihm. »Hier ist es«, sagt er und führt mich zum Ende des Gehsteigs auf der rechten Seite.

»Schau.« Er deutet nach unten.

Mir verschlägt es den Atem. Unter uns liegt eine idyllische kleine Bucht mit türkisfarbenem Wasser, weißem Sand und einem winzigen, extrem schmalen Wasserfall.

»Wow! Wie schön das ist!«

Einen Moment blickt er mich an, als wollte er etwas sagen, dann wendet er sich wieder dem Wasserfall zu.

»Ja, das ist es«, sagt er schließlich.

Ich spüre ein Flattern in der Magengrube, und für ein paar Sekunden ergreift mich ein ganz sonderbares Gefühl.

Ethan holt eine Decke aus dem Auto und breitet sie auf dem Boden aus. Wir setzen uns, allein auf weiter Flur, betrachten diesen traumhaften Wasserfall und schauen zu, wie die Wellen ans Ufer branden. Bis auf das Rauschen des Wassers ist alles still und friedlich.

»Okay«, sagt er nach einer Weile, »wir sollten weiter, sonst kommen wir zu spät.«

»Dann mal los.« Als ich aufstehe, bin ich fast ein bisschen traurig, dass wir diesen wundervollen Ort schon wieder verlassen müssen.

Zu meiner Enttäuschung wendet Ethan, und wir fahren zurück, dabei dachte ich, wir hätten noch einen letzten Halt. Ich will nicht, dass es schon vorbei ist; dieses unerwartete Abenteuer gefällt mir so sehr. Doch ich sage nichts, weil ich nicht undankbar erscheinen möchte. Er hat mir ja gesagt, dass er nicht zu spät zurück sein will, also hat er vielleicht in Carmel noch etwas vor. Gut möglich. Oder nicht?

Wir sind etwa fünfzehn Minuten unterwegs, als Ethan nach links auf eine Landstraße abbiegt, dann nach rechts und wieder scharf nach links. Schließlich hält er an und verkündet, dass wir den letzten Halt erreicht haben.

»Ich dachte, wir fahren zurück nach Carmel«, sage ich, und diesmal hört er mir wahrscheinlich an, wie enttäuscht ich bis eben noch war.

»Warst du deshalb so still?«, fragt er lächelnd.

Ich zucke die Achseln. Anscheinend bin ich ziemlich leicht zu durchschauen.

Er geht um den Wagen herum und öffnet die Autotür für mich. Dann gehen wir eine Treppe hinunter zu einer Terrasse, die offensichtlich zu einem Restaurant gehört. Zu meiner Linken die Berge, rechts das Meer.

»Das muss ja das coolste Restaurant sein, das ich je gesehen habe«, stoße ich begeistert hervor. »Lass uns schnell ein paar Fotos machen, bevor sie uns rausschmeißen.«

Er lacht leise. »Hast du keinen Hunger?«

»Doch, schon, aber dieser langen Schlange nach zu schließen, kriegen wir bestimmt keinen Tisch mehr.«

Das gesamte Restaurant – die große Terrasse mit ihren Sonnenschirmen und dazu drei Etagen im Innern – ist brechend voll. Dutzende Leute warten, mehr oder weniger geduldig, dass sie endlich an der Reihe sind und sich setzen, essen und die Aussicht genießen können.

»Deshalb ist ein bisschen Planung hier immer von Vorteil«, sagt Ethan, und nachdem er kurz mit dem Kellner gesprochen hat, bedeutet er mir, ihm zu folgen. Zu meinem Erstaunen haben wir nicht einfach irgendeinen Tisch, sondern einen Tisch am äußeren Rand der Terrasse und somit beinahe einen Rundumblick. Eine atemberaubende Aussicht.

»Dieses Restaurant sieht vielleicht nicht beeindruckend aus und ist auch nicht sonderlich schick, aber ein solcher Blick ist einfach nicht zu toppen«, sagt Ethan. »Und das Essen ist auch nicht schlecht. Du hast ja gesagt, dass du wählerisch bist.«

»Ich hab meine Meinung geändert«, erwidere ich lachend.

Wir gönnen uns ein sehr leckeres Essen mit Wein für mich und Mineralwasser für Ethan. Die Sonne senkt sich dem Horizont entgegen. »Du hast recht. Das lässt sich nicht übertreffen.«

»Es freut mich, dass es dir gefällt.«

Gemeinsam genießen wie den Sonnenuntergang, und hin und wieder schaue ich zu Ethan hinüber. Er ist wirklich attraktiv. Sosehr ich mich bemühe, solche Gedanken zu verdrängen – es fällt mir schwer. Sehr schwer.

»Der heutige Tag war wirklich …« Ich suche nach einem Wort, das meine Gefühle zusammenfasst. »Unerwartet.«

Er lächelt sein schiefes Lächeln. »Wütend habe ich dich

schon kennengelernt. Ich dachte, ich versuche es zur Abwechslung mal mit deiner unkomplizierten, heiteren Seite.«

Ein spektakulärer Versuch, das muss ich zugeben. Ich glaube nicht, dass irgendetwas diesen Ausflug in den Schatten stellen könnte.

»Hmmm«, sagt er, wendet sich vom Meer ab und sieht mir direkt in die Augen, »weißt du was? Ich kann mich nicht entscheiden.«

»Was entscheiden?«

»Welche Seite von dir mir besser gefällt.«

64

Mir bleibt fast der Mund offen stehen. Hat er das gerade wirklich gesagt?

Da bricht er prompt in schallendes Gelächter aus. »Dein Gesicht«, prustet er. »War nur ein Witz, entspann dich.«

Himmel. Ich dachte, er würde mit mir flirten. Aber natürlich tut er das nicht. Selbstverständlich nicht, er weiß ja, dass ich in Max verliebt bin. Und er ist ein guter Freund, der nur Zeit mit mir verbringt, um dafür zu sorgen, dass ich seinen Kumpel nicht noch einmal verletze. Weiter nichts.

»Ich wusste, dass du nur einen Witz gemacht hast«, sage ich, und es klingt genauso dumm, wie ich mich fühle.

Er weiß es, und ich weiß es auch. Doch einen kurzen Moment dachte ich, er würde es ernst meinen.

»Dieser Ort ist etwas ganz Besonderes«, erklärt er unvermittelt. »Eine Menge berühmter Leute haben sich hier herumgetrieben.«

Schnell schüttle ich meine Enttäuschung ab. Wir sind Freunde, rufe ich mir ins Gedächtnis. »Wer denn zum Beispiel?«

»Rita Hayworth und Orson Welles. Der Legende nach sind sie beim Wandern oder so zufällig hierhergekommen, haben sich in die Gegend verliebt. Sie haben das Haus sofort gekauft.«

»Oh.« Ich stelle mir vor, wie es sich anfühlen muss, so spontan zu sein. So verrückt. So verrückt vor Liebe oder vielleicht auch einfach nur verrückt und wagemutig im Allgemeinen.

»Und Henry Miller. Er hat eine Weile hier gelebt und geschrieben. Manchmal kommen natürlich auch heute noch Schriftsteller hierher, um sich inspirieren zu lassen.«

»Du auch?«, frage ich.

»Nein. Ich war seit meiner Kindheit nicht mehr hier.«

»Wer gehört noch dazu?«

»Lass mich nachdenken. Richard Burton und Liz Taylor waren in den Sechzigern hier. Sie haben hier gedreht – wie hieß der Film doch gleich? … *die alles begehren*.«

»Dieser Ort ist also eine Art Magnet für …« Liebespaare, hätte ich fast gesagt, kann mir aber gerade noch auf die Lippen beißen. »Berühmtheiten.«

»Ja. Für Berühmtheiten. Und für uns.«

»Du bist doch berühmt.«

»Wenn du meinst.«

Bevor wir gehen, schauen wir uns noch im Souvenirladen um. Ich starre ein kleines Gemälde namens *Isle of No Sorrow* so lange an, dass Ethan mir schließlich vorschlägt, es für mich zu kaufen. So gern ich das wunderschöne Bild besitzen würde, auf dem die Aussicht zu sehen ist, die wir von unserem Tisch aus hatten, lehne ich sein Angebot entschieden ab. Ich will keine Geschenke von ihm, und außerdem wüsste ich auch gar nicht, wo ich es aufhängen soll. Und es ist sowieso viel zu teuer.

Erst spät am Abend machen wir uns auf den Heimweg, singen die ganze Fahrt über die im Radio gespielten Songs mit und erzählen uns Witze.

Irgendwann bekommt Ethan einen Anruf, und mir wird ziemlich rasch klar, worum es geht. Um Celines juristische Probleme mit ihrem Ex.

»Danke, dass Sie so spät noch anrufen«, sagt Ethan am Ende des Gesprächs. »Das sind großartige Neuigkeiten.«

»Alles geklärt?«, frage ich, als ich sein Lächeln sehe.

»Ja! Sie wird glücklich sein darüber.«

Ich freue mich für sie. »Ist er ein Anwalt, der auf Scheidungen spezialisiert ist?« Mir kommt Gaby in den Sinn.

»Ja, und ein sehr guter noch dazu. Warum fragst du?«

»Es gibt da diese sehr nette Frau, die jeden Tag ins Café kommt. Sie macht gerade eine harte Scheidung durch – ihr Mann versucht, ihr die gemeinsame Tochter wegzunehmen. Vielleicht kann ihr dieser Anwalt helfen.«

Er lächelt. »Gaby?«

»Ja.«

»Celine hat mir davon erzählt. Ich habe sie schon miteinander in Kontakt gebracht, und soweit ich weiß, hat der Anwalt eine Möglichkeit gefunden, die ihren Mann von ihr, ihrer Tochter und ihrem Geld fernhalten wird.«

»Das freut mich sehr. Bitte richte ihm meinen Dank aus.«

Wir sind wieder zu Hause, und nachdem er das Auto geparkt hat, schlendern wir Seite an Seite zur Tür.

Bevor wir hineingehen, fasst Ethan mich am Arm. »Hat sich irgendwas geändert?«

Ich sehe ihn fragend an – was meint er damit?

»Hasst du mich immer noch?«

Ich lächle. »Denkst du ernsthaft, ein schöner Sonnenuntergang und ein leckeres Essen ändern meine Meinung?« Ganz ehrlich, ich fasse es nicht, dass diese Worte aus meinem Mund kommen. Das hätte ich mir nie zugetraut.

»Verstehe«, sagt er und lässt meinen Arm wieder los.

Celine sitzt auf dem Sofa, als wir hereinkommen, schaut eine Serie auf Netflix und schlürft ein Glas Wein.

Ich bleibe noch eine Weile auf, und wir erzählen Celine von unserem Ausflug, doch dann wünsche ich den beiden eine gute Nacht. Als ich gehe, frage ich mich unwillkürlich, ob und wie sie in meiner Abwesenheit über mich sprechen.

Findet Celine unsere Freundschaft seltsam? Weiß sie etwas von Max? Wenn ja, würde sie Ethan bestimmt zwingen, es mir zu verraten. Ich sollte es ihr sagen. Wenn ich es jetzt sofort wissen will, wäre das doch die ideale Lösung. Okay, ja, es mag die Antwort sein, nach der ich so lange gesucht habe, aber die eigentliche Frage ist doch: Will ich es tatsächlich jetzt sofort wissen?

Wenn ich meine Antwort bekomme, ist das der Beginn von etwas Neuem, aber auch das Ende all dessen, was ich gerade erlebe. Das Ende dieses unkonventionellen Pakts, den Ethan und ich geschlossen haben. Und ich bin mir nicht sicher, ob ich dazu schon bereit bin. Es hat doch gerade erst angefangen, und es läuft so gut …

65

Letzte Nacht habe ich schon wieder schlecht geschlafen, bin ständig aufgewacht und konnte nicht wieder einschlafen.

Ich hätte Alisa nicht anrufen sollen.

Vor dem Zubettgehen hatte ich das Telefon schon ein paarmal zur Hand genommen und wieder weggelegt. Ich wollte sie anrufen und ihr erzählen, was passiert ist, aber irgendetwas ließ mich zögern. Doch wenn ich mich zwei Tage hintereinander nicht melde, geht sie fest davon aus, dass etwas nicht stimmt, deshalb entschloss ich mich schließlich doch, ihre Nummer zu wählen.

»Endlich«, sagte sie. »Ich war schon kurz davor, den Geheimdienst nach dir fahnden zu lassen.«

Ich erzählte ihr von den letzten zwei Tagen, hielt mich jedoch mit Einzelheiten zurück, weil ich wusste, dass meine Vereinbarung mit Ethan schwer zu verstehen ist.

»Also ist Max nicht Aaron, und du bist quasi wieder bei null angelangt.«

»Gewissermaßen, ja. Aber wahrscheinlich wird es nur noch ein paar Tage dauern, bis ich seinen Namen erfahre.«

»Und deshalb habt ihr zusammen einen Film geguckt und diesen Ausflug gemacht?«, hakte sie nach. »Damit du Max' richtigen Namen in Erfahrung bringen kannst?«

»Ja.«

»Warum?«, fragte sie unverblümt. »Das verstehe ich nicht.«

»Was meinst du mit ›warum‹? Das hab ich dir doch schon gesagt. Bevor er mir seinen Namen sagt, will er sichergehen, dass meine Absichten gut sind.«

»Wie ein Aufpasser aus dem achtzehnten Jahrhundert? Ist Max nicht volljährig?«

Sie reagierte genau wie ich, als Ethan sich weigerte, mir zu sagen, wer Max ist. Aber seitdem hat sich so vieles verändert. Jetzt sehe ich die Dinge anders.

»Er sorgt nur für seinen Freund.« Ich hörte selbst, wie seltsam das klang.

»Hat dieser Mann nicht eben erst der Presse ein Foto von eurem Kuss zugespielt, ohne sich im Geringsten um die Gefühle seines Freundes zu scheren? Jetzt kümmert es ihn plötzlich? Was ist mit dir los, Maya?«

»Nichts ist mit mir los«, erwiderte ich und bemühte mich, überzeugend zu klingen. »Und es war der Herausgeber seines Verlags, der das Foto der Presse zugespielt hat. Außerdem hast du mir doch selbst gesagt, dass ich offener sein und Freundschaften schließen soll.«

»Etwas Derartiges hatte ich dabei aber nicht im Sinn.«

»Weißt du was? Ich auch nicht. Aber manchmal läuft es eben nicht hundertprozentig nach Plan.«

»Hallo? Ist meine Freundin noch da? Wer spricht denn da? Ich höre ihre Stimme, aber ich erkenne die Person kaum wieder, die dahintersteckt.«

Mir war klar, dass sie versuchte, einen Witz zu machen, aber sie kam der Wahrheit sehr nahe.

Genau deshalb hatte ich sie nicht anrufen wollen.

»Okay, ich stelle die naheliegende Frage: Warum redest du nicht mit Celine und fragst sie, ob sie weiß, wer Max ist?«

Manchmal wünschte ich mir, sie wäre nicht so schlau.

»Das habe ich mir auch überlegt. Aber ich müsste ihr zu viel erklären und würde bestimmt ihre Gefühle verletzen, und das wahrscheinlich völlig umsonst. Sie scheint kaum an seinem Schreibprozess beteiligt zu sein.«

»In meinen Ohren klingt das wie eine Ausrede.«

»Ich bin müde«, sagte ich. »Ich muss schlafen. Morgen steht mir einer langer Tag bevor.«

»Noch ein spontanes Abenteuer?«, fragte sie sarkastisch.

»Ich bezweifle es. Das war ein einmaliges Erlebnis.«

»Wer's glaubt … Na ja, viele Abenteuer kann es nicht mehr geben. Er reist in ein paar Tagen ab.«

Ihre Worte trafen mich wie ein Schlag in die Magengrube. Das hatte ich ganz vergessen. Doch es stimmt, uns bleiben nur noch wenige Tage. Ich wünschte, sie hätte mich nicht daran erinnert.

Am Morgen stehen wir alle etwa zur gleichen Zeit auf, was ungewöhnlich ist. Und als Celine und ich uns auf den Weg zum Café machen, kommt Ethan mit.

Da Celine kein bisschen überrascht wirkt, frage ich nicht weiter nach.

Unterwegs reden Ethan und ich kaum miteinander, aber hin und wieder treffen sich unsere Blicke, und wir lächeln uns zu. Celine scheint nichts davon mitzubekommen.

Er hilft uns, das Café zu öffnen, dann setzt er sich an seinen Tisch, holt mein Manuskript heraus und fängt an zu lesen.

Eine Stunde vergeht. Zwei. Er liest immer noch. Irgendwann macht er eine Pause und schreibt eine Weile an seinem neuesten Buch. Nach dem Lunch holt er wieder mein Manuskript hervor.

Heute finde ich viel zu oft Gründe, mich in seiner Nähe herumzutreiben, und jedes Mal ist es, als hätte er Augen im Hinterkopf. Er blättert um, sodass ich nicht sehen kann, wie weit er ist, und schiebt die Seiten, die er schon gelesen hat, immer unter das Manuskript zurück.

Es ist früher Nachmittag, alle Gäste sind versorgt, und das Geschirr ist abgewaschen. Celine sitzt hinter dem Haus auf der Bank und macht Mittagspause. Ich habe versucht, ihre Geschichte weiterzuschreiben, konnte mich aber überhaupt nicht konzentrieren. Kurz gesagt: Ich habe alles probiert, um mich davon abzulenken, dass Ethan meine Geschichte liest. Wirklich alles.

»Wie es aussieht, bevorzugst du es, die stille Version von mir kennenzulernen«, sage ich und deute auf das Manuskript.

Er blickt auf. »Ich war nicht sicher, ob die gesprächige Version von dir mich zwei Tage hintereinander ertragen kann.«

»So schlimm war es doch gar nicht, oder?«, kichere ich. Was kommt als Nächstes? Werde ich mit den Wimpern klimpern?

»Für mich jedenfalls nicht«, erwidert er.

Celine kommt aus der Küche, und als ich mich wieder an die Arbeit mache, sehe ich an einem der Tische draußen einen blonden Typen sitzen.

66

Ich erkenne ihn sofort: Aaron. Kein Wunder, schließlich war ich ein paar Tage lang fest überzeugt, er wäre Max. Aber das ist es gar nicht, was meine Aufmerksamkeit auf ihn lenkt – sondern Celines Reaktion, als sie ihn entdeckt. Sie bleibt wie angewurzelt stehen und starrt ihn an.

Ich gehe zur Theke, ohne sie aus den Augen zu lassen. Sie beschäftigt sich weiter, doch hin und wieder schaut sie zu ihm hinüber. Manchmal sitzen Kunden draußen und warten darauf, dass wir ihnen die Speisekarte bringen. Auf seinem Tisch liegt nichts. Das muss Celine doch eigentlich aufgefallen sein. Warum geht sie nicht zu ihm?

Mit drei Schritten bin ich bei Ethan. »Kann ich dich was fragen?«

Er blickt auf. »Klar.«

»Aber bitte sei ehrlich und frag nicht, warum ich das wissen will.«

»Mach es nicht spannend, ich sterbe vor Neugier«, sagt er, hörbar amüsiert.

»Du hast mir doch gesagt, Aaron wäre mit Sicherheit nicht Max.«

»Nicht das schon wieder«, seufzt er.

»Entspann dich, darum geht es mir auch nicht. Ich wollte nur wissen, ob die Frau, in die er verliebt ist, vielleicht Celine ist.«

Ethan sieht mich verwundert an. »Woher weißt du …?«

Ich ziehe vielsagend eine Augenbraue hoch.

»Also gut. Ja, irgendwie schon. Willst du die gekürzte Fassung oder die reguläre?«

»Die gekürzte bitte. Ich hab nur ein paar Minuten. Höchstens.«

»Sie waren an der Highschool zusammen, bei beiden die erste große Liebe. Als er dann aufs College ging, haben sie Schluss gemacht. Sie hat geheiratet und sich bald scheiden lassen. Er kam etwa zur gleichen Zeit, als sie und ihr Ex sich getrennt haben, also vor etwa zwei Jahren, nach Carmel zurück. Seitdem wissen sie beide nicht, wie sie sich verhalten sollen, wenn sie sich begegnen.«

»Das ist alles, was ich wissen wollte«, sage ich und drücke ihm zum Dank die Hand.

Entschlossen gehe ich zu Aarons Tisch. »Hallo«, begrüße ich ihn lächelnd. »Wie schön, dich wiederzusehen.«

Ich spüre Celines Blick im Rücken.

Er wirkt überrascht. »Ach, du …?«

»Ja, ich arbeite hier«, falle ich ihm ins Wort.

»Ich hab dich in …«

»In der Zeitung gesehen? Ich weiß. Das ist Schnee von gestern. Aber kann ich dich was fragen? Abgesehen von deiner Bestellung.«

Anscheinend rede ich zu schnell, denn er macht einen etwas verwirrten Eindruck.

»Ich nehme einen großen Vanille-Latte und ein Buttercroissant.«

»Wunderbar, kommt sofort. Bist du schon vergeben, Aaron?«

»Ähm, nein, nein, bin ich nicht, aber ich bin nicht …«, stammelt er verlegen.

»Nein, nein«, unterbreche ich ihn lachend. Ich weiß, was er denkt.

Wie einfach es ist, mit ihm zu reden, wenn ich nicht mehr so nervös bin wie neulich.

»Ich bitte dich nicht um ein Date«, erkläre ich. »Versteh mich nicht falsch, es wäre ganz bestimmt die Mühe wert, aber ich hab schon genug um die Ohren. Es ist nur so, dass eine gemeinsame Bekannte von uns Gefühle für dich zu hegen scheint.«

Kann sein, dass ich die Dinge überstürze. Gut möglich. Vielleicht ist das ein Fehler, und Celine wird mich dafür hassen. Aber vielleicht auch nicht, und es ist ein Risiko, das ich einzugehen bereit bin, um sie glücklich zu machen.

»Eine Bekannte?«, fragt er und sieht mich an, immer noch verwirrt.

»Dann frage ich dich einfach: Wenn du mit irgendjemandem ausgehen könntest, mit wem auch immer, wen würdest du dir dann aussuchen?«

Sein Gesicht läuft hochrot an. »Ich … Ich …«

»Schon okay«, sage ich. »Du musst nichts sagen. Aber du solltest wissen, dass unsere gemeinsame Bekannte heute Abend frei hat. Ich werde eine ganze Schicht arbeiten, also wenn du das Risiko eingehen und sie fragen möchtest, ob sie mit dir ausgeht …«

»Bist du sicher, dass sie nicht Nein sagen würde?«, fragt er, und die Sorge ist ihm deutlich anzuhören.

Ich zucke die Achseln. »Bist du dir sicher, dass du es lieber nicht versuchen willst, bevor es womöglich zu spät ist?«

Seine Verlegenheit weicht einem schüchternen Lächeln und dann einem breiten Grinsen. Jetzt verstehen wir uns.

Als ich wieder reingehe, nimmt Celine mich beiseite. »Worum ging es da gerade?«, fragt sie nervös.

»Worum ging es wobei?« Ich stelle mich dumm.

»Du hast mit Aaron geredet.«

»Wir haben uns vor ein paar Tagen kennengelernt. Er war mein Lyft-Fahrer. Und er hat mich in der Zeitung gesehen«, erkläre ich ganz beiläufig, als wäre Letzteres keine große Sache – was natürlich nicht der Wahrheit entspricht, aber für sie muss es ja den Anschein haben. Schließlich denkt sie, ich wäre einverstanden gewesen. Trotzdem hat es eine große Bedeutung für mich, und ich bin dankbar, dass Max die Kussfotos nicht gesehen hat – in der Hoffnung, dass Ethan mich nicht doch angelogen hat.

»Das ist alles?«, fragt sie.

Ich lächle. »Warum? Ist sonst noch was?«

»Nein. Es ist nur …« Sie lässt den Satz unvollendet, und ich mache mich wieder an die Arbeit.

Als ich Celine das nächste Mal begegne, erzähle ich ihr im Vorbeigehen, dass Aaron nach ihr gefragt hat. Sofort bleibt sie stehen. »Was? Wirklich? Was meinst du damit?«, will sie wissen.

»Er hat mich gefragt, ob du schon vergeben bist.«

»Er hat dich gefragt, ob ich schon vergeben bin? Warum?« Sosehr sie versucht, sich ihre Reaktion nicht anmerken zu lassen, kann sie nicht verbergen, wie kribbelig sie geworden ist. »Entschuldige, ich wollte dich nicht kritisieren, ich wusste nur nicht, dass ihr beide euch so gut kennt.«

»Na ja, er weiß, dass wir zusammen arbeiten, also nimmt er wahrscheinlich an, dass *wir* uns gut kennen.«

»Und so ist es auch, stimmt's?«, sagt sie, und ihre ungewohnt unsichere Art rührt mich. Ich weiß genau, worauf sie hinauswill. Doch ich werde ihr keine weiteren Details verraten und womöglich preisgeben, dass ich in das, was heute Abend vielleicht – hoffentlich! – geschehen wird, verwickelt bin.

»Ich habe ihm gesagt, dass du momentan Single bist, mehr nicht. Hätte ich das nicht tun sollen?«, frage ich, ganz die Unschuld in Person.

»Nein, nein, das ist absolut okay. Schließlich entspricht es der Wahrheit.«

»Ja, es entspricht der Wahrheit.«

67

Ich müsste lügen, würde ich behaupten, dass ich die nächsten Stunden nicht damit verbringe, Celine und Aaron zu beobachten, in der Hoffnung, er würde sie fragen und sie würde Ja sagen. Um ein Haar vergesse ich in diesen rund zwei Stunden sogar meine eigenen Probleme, denn ich bin weniger darauf fokussiert, dass Ethan mein Buch liest, und auch nicht so sehr auf die Frage, warum er nicht vorgeschlagen hat, dass wir noch einen Tag zusammen verbringen – oder warum ich, wenn ich ihn anschaue, die Augen gar nicht mehr abwenden kann.

Stattdessen hole ich mein Notizbuch heraus und mache mich daran, die Geschichte von Aaron und Celine aufzuschreiben, und zwar diesmal nicht nur auf Basis meiner Fantasie, sondern anhand dessen, was sich tatsächlich vor meinen Augen abspielt. Inzwischen mag ich meine neuen Geschichten viel mehr als die alten – womit ich nicht sagen will, dass die Literaturagenten recht hatten, aber ich gebe zu, dass das, was ich jetzt schreibe, wesentlich realistischer ist. Wenn auch keineswegs weniger romantisch.

Als Aaron das Geld auf dem Tisch hinterlässt und weggeht, ohne hereinzukommen, bin ich allerdings sehr enttäuscht. Dass ich die gleiche Enttäuschung auch in Celines Gesicht sehe, macht es nicht besser. Habe ich ihr womöglich falsche Hoffnungen gemacht? Mein erster Impuls ist, Aaron nachzulaufen, aber ich stehe nur da und blicke ihm hinterher, weil mir absolut nichts einfällt, was ich ihm sagen könnte.

Ungefähr eine halbe Stunde später, bevor wir mit dem Dinnerservice anfangen, verschwindet Ethan zu irgendeinem Termin.

»Wir sehen uns dann später, Mädels«, ruft er von der Tür her, winkt und lächelt.

»Warum ist er denn so fröhlich?«, fragt Celine, und in ihrer Stimme höre ich, wie niedergeschlagen sie ist.

Offenbar habe ich einen Fehler gemacht, und das tut mir echt leid. Nach meinem Erfolg mit Brienne und Alan bin ich anscheinend ein bisschen zu übermütig geworden. Sicher, ich hatte gute Absichten, aber ich wusste außer dem, was Ethan mir erzählt hat, fast nichts über die beiden.

Am frühen Abend kommt ein Mann mit einem großen Rosenstrauß herein.

»Celine Delphy?«, fragt er und blickt zwischen Celine und mir hin und her.

»Das bin ich«, erklärt sie.

Bestimmt bin ich noch viel aufgeregter als sie, denn ich würde ihr die Karte am liebsten aus der Hand reißen und lesen, was darauf steht. Hat Aaron doch auf mich gehört? Ist es möglich, dass es mit den beiden doch etwas wird?

Celine liest die Karte und errötet leicht. Dann wird sie richtig rot. Freut sie sich? Oder ist sie wütend? Keine Ahnung.

»Von wem ist der Strauß denn?«

»Von Aaron«, antwortet sie.

»Die Rosen sind wunderschön«, sage ich.

»Er hat mir noch nie Blumen geschickt.«

»Echt? Noch gar nie?«

Sie schüttelt den Kopf, und als ich sie anschaue, sehe ich, dass sie Tränen in den Augen hat.

»Sei nicht traurig, Celine. So ein Strauß ist doch ein Grund, sich zu freuen«, sage ich.

»Jetzt? Nach all den Jahren?« Sie zeigt mir die Karte.

Womöglich bist du überrascht – die Blumen aus heiterem Himmel, die Entschuldigung aus heiterem Himmel. Aber beides kommt nicht wirklich aus heiterem Himmel, ich habe schon lange daran gedacht … und an dich. Genau genommen habe ich nie aufgehört, an dich zu denken. Das fühle ich mehr als alles andere, und ich möchte dich wissen lassen, dass das, was ich an jenem letzten Abend damals gesagt habe, immer noch wahr ist. Und immer wahr bleiben wird. Aaron.

»Worauf bezieht sich das? Was hat er denn an diesem letzten Abend gesagt?«

Celine wischt sich mit dem Handrücken eine Träne vom Gesicht. »Dass er nie aufgehört hat, mich zu lieben.«

Inzwischen weint sie richtig, und wir gehen nach hinten, um den neugierigen Blicken zu entfliehen.

»Daran bin ich schuld. Ich weiß überhaupt nicht, warum er sich entschuldigt. Er hat nichts falsch gemacht.«

»Was meinst du damit?«, frage ich.

Celine putzt sich die Nase, und ich denke, sie hört auf zu weinen, aber während sie spricht, fließen die Tränen einfach weiter.

»Ich war diejenige, die unsere Beziehung abgebrochen hat, als er aufs College gegangen ist. Mit der Begründung, ich hätte kein Interesse an einer Fernbeziehung. Er hat lange darauf beharrt, bis er mich gezwungen hat, zu sagen …«

Sie setzt sich und schlägt die Hände vors Gesicht.

»Was denn?«

»Ich hab ihm gesagt, dass ich ihn nicht liebe und nicht mit ihm zusammen sein will. Ich dachte, auf dem College findet er bestimmt eine andere, verlässt mich und bricht mir das Herz. Also hab ich es zuerst getan.«

»Oh, Celine.«

»Ja, ich weiß, es war dumm. Und kurz darauf habe ich gleich etwas noch Dümmeres getan. Weil ich dachte, ich wäre in ihn verliebt, habe ich einen Mann geheiratet, der mich nie geliebt hat. In Wirklichkeit habe ich nur versucht, Aaron zu vergessen. Und schau, wohin es mich geführt hat«, fügt sie hinzu, immer noch mit Tränen in den Augen.

»Du warst jung, da macht jeder Fehler, manche von uns tun es immer noch.«

Mühsam ringt sie sich ein Lächeln ab.

»Und er liebt dich immer noch, ganz offensichtlich«, sage ich. »Und du liebst ihn auch.«

»Ich …«

»Du musst gar nicht erst versuchen, mir zu widersprechen.«

»Aber was kann ich denn jetzt tun? Meinst du, ich soll mich mit ihm treffen?«

»Was sagt dir denn dein Herz?«

Da umarmt sie mich, und auf ihrem Gesicht erscheint plötzlich ein Lächeln. Sie hat einen Entschluss gefasst. Wenn dies meine Liebesgeschichte wäre, könnte ich kaum glücklicher sein.

68

Als es Zeit ist, das Café zu schließen, ist Ethan noch nicht wieder da. Ich vermisse ihn. Selbst wenn er nicht viel redet, mag ich es, wenn ich weiß, dass er in der Nähe ist. Beim Abschließen und Saubermachen hilft er uns sonst immer und unterhält uns mit seinen albernen Witzen, damit wir wach bleiben. Heute nicht. Ohne ihn ist es nicht das Gleiche, und ich erwische mich dabei, dass ich mich ständig umdrehe und zur Tür schaue, bis mir der Nacken wehtut. Er kommt nicht – ein schmerzlicher Blick in die Zukunft und eine Ermahnung. Alisa hatte recht, unsere Abmachung ist nur eine Sache von ein paar Tagen, und einer davon geht gerade zu Ende.

Celine und ich sind fast zu Hause, als sie plötzlich meinen Arm packt.

»Was ist?«

»Aaron hat mir zurückgeschrieben«, antwortet Celine mit hoher, piepsiger Mäusestimme.

»Wann?«, frage ich.

»Gerade eben. Ich habe ihm eine Nachricht geschickt, kurz bevor wir losgegangen sind.«

Sie strahlt von einem Ohr zum anderen. Na gut, sie lächelt ja fast immer, aber so glücklich habe ich sie noch nie gesehen.

»Wann trefft ihr euch?«

»Morgen Abend. Jedenfalls, wenn du gewillt bist, allein die Stellung zu halten.«

»Selbstverständlich«, sage ich. »Ich freue mich so für dich, Celine.«

Auch zu Hause keine Spur von Ethan. Celine saust sofort ins Bad, und ich kuschle mich auf der Couch unter eine Decke und starre auf den schwarzen Fernsehbildschirm, als ich die Wohnungstür höre.

Herein kommt Ethan, schleicht auf Zehenspitzen durchs Zimmer und springt zu mir auf die Couch. »Wo ist sie?«

»Unter der Dusche.«

»Hat sie die Blumen gekriegt?« erkundigt er sich und grinst.

»Wie …?«

Ich lege den Kopf schief und mustere ihn.

»Das hast du gut gemacht. Er brauchte nur einen kleinen freundschaftlichen Schubs in Richtung Blumengeschäft. Sorry, dass ich euch beide mit dem Café alleingelassen habe. War sehr viel los?«

»Nein, alles gut«, sage ich, immer noch ein bisschen fassungslos.

Er seufzt amüsiert. »Mit ihm Erinnerungen über die letzten zehn Jahre auszutauschen hat doch etwas länger gedauert als erwartet.«

»Dann warst du es also, der ihn dazu gebracht hat, sie einzuladen.«

»Nein«, entgegnet er unschuldig. »Das waren wir beide.«

»Aber erzähl Celine bitte nichts davon, okay?«, sage ich. »Ich möchte nicht, dass sie etwas von unserer Kuppelei erfährt.«

Er setzt sich bequem hin und schaut auf den dunklen Bildschirm. »Was sehen wir uns eigentlich an?«

»Was immer es sein mag, es ist superinteressant. Ich bin förmlich am Sofa festgeklebt.«

»Magst du was trinken? Mir ist aufgefallen, dass du nicht viel trinkst, deshalb werde ich kein ganzes Glas Wein an dich verschwenden. Aber wie wäre es damit?« Er streckt zwei Finger aus.

Ich nicke.

»Zwei Fingerbreit Wein – kommt sofort!«, ruft er. »Und das hier hab ich noch für euch mitgebracht«, fügt er hinzu und überreicht mir einen Essensbehälter, gefüllt mit ein paar Krabben-Wontons, Frühlingsrollen und Potstickern.

»Man kann nicht behaupten, dass ich kein Ernährer wäre.«

»Wo hast du das denn her?«

»Auf dem Heimweg geholt, weil ich nicht mit leeren Händen nach Hause kommen wollte, nachdem ich euch schon heute Abend versetzt habe.«

»Du hast uns nicht versetzt. Du hattest Dinge zu erledigen«, verbessere ich ihn.

»Ich meine eigentlich gar nicht euch beide. Sondern nur dich. Ich dachte, wir hätten darüber gesprochen, dass wir zusammen etwas unternehmen wollen.«

»Ach ja?«

»Vielleicht auch nicht«, lenkt er ein. »Dann habe ich deine Frage wegen des Manuskripts womöglich falsch verstanden.«

Ich lache. »Wie geht es mit dem Lesen?«

»Es geht vorwärts. Und ist immer noch fabelhaft. Und ich bin immer noch ein langsamer Leser.«

Vielleicht sollte ich so etwas nicht fragen. Vielleicht sollte ich es auch für ihn nicht kaputt machen, aber ich kann nicht anders.

»Wirst du fertig, bevor du weggehst?«

»Bevor ich weggehe?«

»Du bist doch nur bis zu deiner Buchpräsentation hier, richtig?«

Er sieht mir, ohne auch nur einmal den Blick abzuwenden, in die Augen, während er die Weingläser auf den Tisch stellt und auf die Couch zurückkommt. »Korrekt. Ja. Hab ich schon fast vergessen. Wow. Nicht mehr viel Zeit.«

»Nein. Überhaupt nicht mehr viel Zeit«, bestätige ich.

Einen Moment herrscht Schweigen. »Na gut. Was hast du morgen vor?«

»Außer arbeiten? Dank deiner – unserer – Bemühungen hat Celine morgen ein Date. Also muss ich hier sein und sie vertreten.«

»Richtig. Dann bleibt nur der Vormittag. Hmm … ich hätte da eine Idee.«

»Ach ja?«

Er zieht sein Handy heraus und überprüft irgendetwas.

»Alles klar«, sagt er. »Dann schlage ich vor, dass du jetzt schlafen gehst. Morgen früh müssen wir schon um vier das Haus verlassen.«

In diesem Moment höre ich Celine aus dem Badezimmer kommen. Ethan steht auf und geht hinüber zu ihrer Zimmertür. »Ich sage ihr wegen morgen Bescheid. Zieh auf jeden Fall bequeme Schuhe an und ein paar Klamottenschichten übereinander. Hast du was gegen Höhen?«

»Vier Uhr? Morgens? Und was meinst du bitte mit Höhen?«, frage ich, aber er ist schon weg.

69

14. Juni

Ich schreibe Alisa und gehe, ohne eine Antwort abzuwarten, direkt ins Bett.

Ich muss früh schlafen, weil ich morgen ungefähr um drei aufstehen muss. Ethan hat mich zu irgendeinem Ausflug eingeladen. Keine Ahnung, wohin, aber anscheinend sind Höhen dabei. Ich vermute, wir klettern auf irgendwelche Felsen oder so. Erzähl dir morgen Näheres.

Als mein Wecker klingelt, murmle ich etwas, das Ethan gelten soll – nur für meine eigenen Ohren – und zwinge mich, ins Bad zu gehen beziehungsweise zu kriechen, zu duschen und dabei hoffentlich aufzuwachen. Aber es hilft nicht. Ich ziehe mir mehrere Schichten Kleidung übereinander an, wie er es empfohlen hat, schlüpfe in meine Turnschuhe und stolpere aus dem Zimmer.

Ethan ist bereits in der Küche, füllt gerade eine Thermoskanne mit Kaffee und sieht frisch und munter aus. Keine verquollenen Augen, kein mürrisches Gesicht, nur lächelnde Fröhlichkeit.

»Guten Morgen«, sagt er ein bisschen zu laut, und ich deute mahnend auf Celines Zimmertür.

»Lass uns aufbrechen«, flüstert er daraufhin. »Wir müssen ein ganzes Stück fahren.«

»Alles okay mit dir?«, erkundigt er sich eine Weile später, nachdem ich die ersten Schlückchen Kaffee intus habe.

»Es wird«, antworte ich.

»Kein Morgenmensch?«

»Machst du dir Notizen? Werde ich möglicherweise disqualifiziert?«, frage ich halb aggressiv, halb im Spaß. »Und ich glaube auch nicht, dass man drei Uhr nachts als Morgen bezeichnen kann.«

»Ich mache mir nur Notizen im Kopf. Und nein, du bist immer noch im Rennen«, erwidert er, ohne auf meinen grummeligen Ton einzugehen.

»Da es zu früh ist für laute Musik und eindeutig zu früh für Scherze …«, beginne ich.

»Vor allem für meine«, fällt er mir ins Wort.

»Ja, vor allem für deine, und da du diese dicke Akte über mich anlegst, wie wäre es denn damit, dass du auch mal was über dich selbst erzählst?«

Zwar kann ich meine Augen kaum offen halten, und es ist auch dunkel im Auto, aber ich glaube, er grinst. »Das wäre nur fair. Was möchtest du denn wissen?«

»Wieso siehst du aus, als hättest du zwölf Stunden geschlafen und wärst schon vier Stunden auf, um dich in aller Ruhe fertig zu machen? Ich dachte, du wärst auch kein Morgenmensch.«

Er lacht. »Bin ich auch nicht. Aber wie du schon festgestellt hast, ist jetzt ja auch nicht Morgen. Ich schlafe nicht viel. Im Allgemeinen. Vier, vielleicht fünf Stunden. Und letzte Nacht waren es sechs.«

»Warum schläfst du so wenig?«

»Für gewöhnlich schreibe ich nachts. Ich mag die Stille, die Dunkelheit. Meistens schreibe ich draußen, im Innenhof, auf der Terrasse, irgendwo an der frischen Luft. Da fühle ich mich frei. Wände um mich herum sind immer auch Wände für meine Fantasie.«

»Das gefällt mir. Woran schreibst du denn gerade?«

»Ich sammle Ideen. Aber hauptsächlich überarbeite ich. Das mache ich auch im Café. Vor ein paar Monaten habe ich ein Buch geschrieben, das überarbeite ich jetzt und schreibe es mehr oder weniger neu.«

»Dann kannst du also auch bei Tag arbeiten«, sage ich.

»Das ist nicht das Gleiche. Überarbeiten ist nicht Schreiben.«

»Dann sind wir in diesem Punkt offensichtlich unterschiedlicher Meinung. Wie lange hast du gebraucht, um *June After Midnight* zu schreiben?«

»Nicht sehr lang. Vielleicht drei Wochen. Das war mein schnellster erster Entwurf.«

»Anscheinend warst du sehr inspiriert.« Ich höre selbst die leichte Bitterkeit in meiner Stimme.

»Was ist mit dir? Wie lange hast du für deine Geschichte gebraucht?«

»Witzigerweise auch drei Wochen.«

»Es ist eine Geschichte, die sich von selbst schrieb«, meint er schließlich. »Eine ganz spezielle Geschichte, richtig?«

»Ja, genau.«

»Tut mir leid«, sagt er.

»Was tut dir leid?«

»Dass ich sie zuerst geschrieben habe, vermutlich. Dass du denkst, ich hätte sie dir gestohlen.«

»Hm, ja«, erwidere ich. »Das ging mir jedenfalls durch den Kopf. Warum hast du eigentlich meinen richtigen Namen benutzt?«

»Weil es, wie du sagst, deine Geschichte ist. Dein Name.«

»Warum hast du dann nicht auch Max' richtigen Namen verwendet?«

»Im ersten Entwurf hab ich das. Aber meine Lektorin hat es nicht durchgehen lassen. Sie meinte, ihm den Namen zu geben, den du für ihn ausgesucht hast, wäre angemessener.«

»Ist deine Lektorin auch diejenige, die Davids Namen in Daniel geändert hat?«

Er schmunzelt. »Nein. Ich mochte den Namen David einfach nicht.«

Ich verbeiße mir ein Lächeln.

»Das Verlagswesen ist ein Mysterium. Zum Beispiel hat mein Buch in Großbritannien einen anderen Titel.«

»Wie heißt es denn da?«

»*The Text.*«

»Nein! *The Text*? Also das englische Wort für ›SMS‹?«, frage ich und bemühe mich, nicht zu lachen.

»Du kannst gern darüber lachen, wenn du möchtest. Ich hab auch gelacht.«

»Welche Nachricht denn? Es waren ja ein paar Hundert.«

»Vielleicht meinte sie die letzte«, sagt er.

»Oder die erste«, sage ich.

»Das war diejenige, die alles verändert hat, oder nicht?«

O ja, die erste Nachricht hat alles verändert. Was tue ich denn dann hier mit dir? Um fünf Uhr früh, auf der Fahrt nach Gott-weiß-wohin, wo Max doch irgendwo da draußen ist und hoffentlich auf mich wartet. Und warum denke ich immer weniger an ihn, wenn ich mit dir zusammen bin? Wäre ich ein anderer Mensch, würde ich dir vielleicht alle diese Fragen stellen.

70

»Wir sind da«, sagt er nach gut zwei Stunden Fahrt.

Inzwischen bin ich hellwach. Außerdem ein bisschen bange, was mich erwartet, und ein bisschen verwirrt wegen des Kampfs, der in meinen Gedanken stattfindet. Aber ich gebe mir alle Mühe, mir nichts davon anmerken zu lassen.

Wir steigen aus und wandern zu einer Wiese. Dort steht ein Zelt, wo ein Mann und eine Frau uns alle möglichen Fragen stellen und uns eine Verzichtserklärung unterschreiben lassen. Allerdings sehe ich kaum, was ich da eigentlich unterzeichne.

»Habe ich gerade meinen gesamten Besitz verschenkt? Treten wir einer Sekte bei?«, frage ich kichernd.

»So ungefähr. Möchtest du das volle Überraschungsprogramm oder reicht es dir jetzt schon?«

»Ist es denn eine schöne Überraschung?«

»Das hoffe ich doch. Sonst wird die Rückfahrt wahrscheinlich lang und dröge.«

»Dann nehme ich die volle Überraschung.« Ich fühle mich plötzlich sehr risikobereit.

»Okay. Ich habe keine Augenbinde, also …«

Er hält mir mit beiden Händen die Augen zu, die unter seiner Berührung anfangen zu brennen, und mir läuft ein Schauer über den Rücken.

»Sorry. Zu kalt?«, fragt er, reibt sich eine Weile die Hände und hält mir dann wieder die Augen zu.

Nein. Nicht zu kalt. Jetzt brennen meine Augen noch mehr, und die Hitze fließt durch meinen ganzen Körper, bis hinunter zu den Zehen. Ist es normal, so zu reagieren, wenn er mich ganz harmlos anfasst?

Er führt mich ein Stück und fordert mich dann auf, einen großen Schritt zu machen. Ich tue es, fühle etwas Nachgiebiges unter meinen Füßen und höre eine Männerstimme fragen, ob wir bereit sind.

»Ich weiß nicht«, sage ich und lache etwas unsicher.

»Doch, wir sind bereit«, sagt Ethan.

Obwohl ich keine Ahnung habe, wo wir sind oder was wir vorhaben (hoffentlich kein Bungeejumping), bin ich auf einmal seltsam ruhig. Ethan ist bei mir, seine Hände liegen auf meinen Augen. Alles ist gut.

Ich spüre eine Bewegung, höre ein Zischen und versuche, seine Hände wegzuziehen.

»Noch nicht«, sagt er. »Nur noch ein bisschen.«

Und ich ergebe mich meinem Schicksal.

Wieder eine Bewegung, diesmal stärker, und ein sonderbares Gefühl in der Magengrube. Wir bewegen uns aufwärts, immer weiter nach oben, das bilde ich mir nicht ein, wir … schweben wir etwa?

Ich weiß nicht, ob Sekunden oder Minuten vergehen, aber dann nimmt Ethan endlich die Hände von meinen Augen, und als ich sie öffne, bin ich so geschockt, dass ich um ein Haar in Tränen ausbreche.

Wir sind hoch oben in der Luft, die Sonne geht auf, und wir schweben in einem Heißluftballon über Wiesen, Felder, Weinberge und den Ozean. Ich bin vollkommen sprachlos und versuche nicht einmal, etwas zu sagen, weil ich weiß, es würde nichts Verständliches über meine Lippen kommen.

»Noch mal guten Morgen«, sagt Ethan. »Und diesmal richtig.«

»Wa… das ist … wir sind …«

Ich kann nicht einmal einen Satz bilden.

Der Ballon neigt sich zur Seite, ich verliere das Gleichgewicht, aber Ethan packt meine Hand und hält mich fest, und auch als ich wieder einigermaßen sicher auf den Beinen stehe, lässt er mich nicht los. Und ich ziehe meine Hand auch nicht weg, denn ich will gar nicht, dass er mich loslässt. Es ist beängstigend und verwirrend und ergibt keinen Sinn, aber ich möchte nicht, dass er mich loslässt. Ich möchte, dass er meine Hand hält und mir wieder mit den Händen die Augen zuhält und … mich küsst. Beschämt von meinen eigenen Gedanken, schaue ich schnell weg. Ich sollte so was nicht denken. Aber ich tue es.

Der Mann, der den Ballon steuert, steht auf der anderen Seite des Korbs, ein ganzes Stück von uns entfernt, wir sind also ungestört. Der Abend neulich war wunderschön, aber dieser Augenblick ist es noch hundertmal mehr.

»Erzähl mir nicht, dass du diese Idee aus meinem Buch hast«, sage ich.

»Ja, auch. Du hast gesagt, dass du Sonnenaufgänge so gern magst. Und das habe ich auch in meinem Buch geschrieben. Ich weiß, dass du einen Sonnenaufgang verpasst hast, der etwas ganz Besonderes für dich hätte sein sollen.«

Sprich das jetzt bitte nicht an. Nein. Bring die Seifenblase nicht zum Platzen, mach die Magie dieses Augenblicks bitte nicht kaputt.

»Ich wollte dir dafür einen anderen schenken.«

Er hat die Magie nicht zerstört. Im Gegenteil, er hat sie soeben neu erschaffen, und wenn ich eine andere Art Frau wäre, dann würde ich ihn jetzt küssen, jetzt sofort. Aber da ich bin, wie ich bin, kann ich ihm nur in die Augen starren, und dann beobachten wir zusammen den schönsten Sonnenaufgang, den ich jemals gesehen habe. Ich bin überwältigt von all diesen Gefühlen, von der Schönheit dieses Augenblicks und von der Großherzigkeit dieses Mannes. Tag für Tag und Stunde um Stunde entdecke ich mehr, wie falsch ich ihn eingeschätzt habe, wie anders er in Wirklichkeit ist.

Auf der Rückfahrt bin ich still, und mir geht sehr viel durch den Kopf. Natürlich weiß ich nicht, ob Ethan es merkt oder ob das Ruhebedürfnis vielleicht beiderseitig ist, jedenfalls erzwingt er kein Gespräch. Zurück beim Cottage parkt er das Auto und teilt mir mit, dass er nicht direkt mit zum Café Azure kommt, weil er noch ein paar Dinge zu erledigen hat.

»Danke«, sage ich, bevor ich mich auf den Weg mache. »Das war wirklich ein einmaliges Erlebnis.«

»Für mich war es jedenfalls das erste Mal, und ich dachte, wir könnten es doch zusammen versuchen.«

Was er sagt und wie er es sagt, macht mein Herz groß und weit, als wollte es vor Freude zerspringen. Natürlich wünsche ich mir wieder einmal, ich wäre fähig, anders und vielleicht angemessener zu reagieren, aber unter den gegebenen Umständen ist es eben so, wie es ist.

Ethan legt den Kopf schräg. »Wie sieht es an der Hassfront aus?«

»An der was …?«, frage ich, aber dann fällt es mir wieder ein, und ich antworte schnell: »Alles beim Alten, alles beim Alten. Aber netter Versuch mit dem hübschen Sonnenaufgang.«

Er lacht leise, ich grinse und danke ihm noch einmal, drehe mich dann um, gehe davon und lasse diesen Mann einfach stehen. Diesen Mann, zu dem ich mich fast quälend heftig hingezogen fühle – sowohl körperlich als auch geistig –, diesen Mann, zu dem ich auf allen möglichen und unmöglichen Ebenen ganz selbstverständlich eine Verbindung finde. Aber ich gehe weg und bin unfähig, ihm zu sagen, wie gern ich bleiben würde, weil irgendwo dieser andere Mann auf mich wartet. Ein Mann, den ich noch nie gesehen habe, dessen Hand ich noch nie gehalten, den ich nie geküsst, mit dem ich noch nie einen Sonnenaufgang oder Sonnenuntergang angeschaut habe. Alisa hat ganz recht – ich habe tatsächlich das Talent, mein Leben so kompliziert zu machen wie sonst niemand auf der Welt.

71

Kurz vor dem Lunch komme ich im Café Azure an, und als ich Celine sehe, weiß ich sofort, dass sie völlig überdreht ist und vor Nervosität kaum an sich halten kann. Und dass es nichts mit der Kundschaft oder dem Café zu tun hat. Mir ist klar, dass sie sich auf ihr Date mit Aaron freut, sich aber auch vor dem fürchtet, was dabei herauskommen mag. Es ist ja eine ganze Weile her, dass sie das letzte Mal etwas zusammen unternommen haben, und in einer solchen Situation wäre ich auch ein Nervenbündel, daran besteht kein Zweifel.

»Es wird alles wunderbar laufen heute Abend«, versuche ich, sie zu beruhigen. »Du wirst schon sehen, es funktioniert.«

»Hoffentlich«, sagt sie und lächelt endlich, wenigstens ein bisschen.

Ich freue mich so sehr für sie und hoffe, dass die beiden die Vergangenheit hinter sich lassen können und miteinander eine Zukunft finden.

Die Mittagszeit kommt und geht, und obwohl sehr viel los ist, was Celine zwingt, stundenlang unermüdlich herumzurennen, weicht das kleine Lächeln jetzt nicht mehr von ihren Lippen.

»Ich hab Ethan noch nichts von meinem Date erzählt«, sagt sie und blickt zur Tür, als er hereinkommt.

»Warum?«, frage ich sie, beobachte dabei aber Ethan.

»Er und Aaron sind Freunde, und ich möchte nicht, dass es zwischen ihnen komisch wird«, erklärt sie. »Weißt du eigentlich, dass ich seit zwei Jahren kein richtiges Date mehr hatte? Versucht hab ich es schon, aber es waren alles epochale

Misserfolge.« Naserümpfend und mit einem verlegenen Lachen fügt sie hinzu: »Online Dating.«

»Ich hab das noch nie versucht«, sage ich.

»Da hast du nicht viel verpasst, obwohl es vielleicht gutes Material für einen Roman wäre. Absurde Komödie.«

Natürlich möchte sie heute früher Schluss machen, was ich gut verstehen kann, denn in ihrer Situation würde ich es genauso machen. Wenn ich zum Beispiel wüsste, dass ich mich mit Max treffen würde, müsste ich wahrscheinlich zwei Tage vorher freinehmen, um sicherzustellen, dass jedes Detail genau richtig ist.

»Du kannst gehen, wann es dir passt. Ich kümmere mich um alles«, verspreche ich, als Ethan gerade rüberkommt, um sich etwas zu essen zu bestellen.

Sein Handy klingelt, er geht ran, aber ich bekomme nicht mit, worum es geht oder wer anruft. Allerdings höre ich den Namen Melissa, und er fängt sofort an zu lächeln und sieht richtig glücklich aus.

»Gute Neuigkeiten?«, fragt Celine ihn, als er das Gespräch beendet hat.

Er grinst von einem Ohr zum anderen, sagt aber nichts. Ein seltsames Grinsen. Verschmitzt. Spitzbübisch.

»Komm schon. Erzähl es uns.«

Er setzt ein unschuldiges Gesicht auf. »Aber nicht jetzt. Heute Abend können wir gern darüber sprechen.«

Celine senkt den Blick. »Heute Abend bin ich nicht zu Hause, sorry«, sagt sie.

Endlich schaut er zu mir herüber, und ich schneide eine Grimasse, die ihm sagen soll: *Erinnerst du dich? Wir haben darüber geredet. DAS DATE!*

»Fein, alles gut. Dann eben morgen Abend. Oder übermorgen. Kein Problem.«

»Bist du sicher?«, fragt sie.

»Selbstverständlich ist er sicher«, antworte ich für ihn. »Außerdem bin ich zu Hause, wenn er sich mit dem weniger interessanten Teil unseres Duos zufriedengibt.«

Er lacht. »Dieses Opfer werde ich bringen.«

Celines Gesicht leuchtet auf. »Ich bin dir die nächsten zwanzig Jahre zu Dank verpflichtet«, flüstert sie mir ins Ohr.

Am liebsten würde ich ihr sagen, dass Ethan Bescheid weiß und sie es nicht vor ihm verheimlichen muss. Er weiß ja nicht nur davon, er hat es praktisch überhaupt erst möglich gemacht. Aber eigentlich finde ich, dass sie das am besten unter sich ausmachen sollten.

Nachmittags geht Celine, Ethan hört auf zu schreiben und hilft mir mit den Bestellungen. Er kümmert sich um den größten Teil des Essens, während ich vorne hin und her renne.

Zusammen mit Celine bin ich ein guter Teampartner, und wie sich herausstellt, klappt es auch mit Ethan nicht schlecht.

»Ich glaube, wir machen das gut«, sagt er stolz, als der Dinnerservice fast überstanden ist.

»Und wir hatten Glück, dass niemand etwas allzu Kompliziertes wollte«, ergänze ich.

Ethan hebt eine Augenbraue. »Wo ist dein Vertrauen geblieben? Ich habe jahrelang Celine, meiner Mom und meiner Grandma in der Küche zugesehen. So schnell lasse ich mich nicht unterkriegen.«

Anscheinend fühlt er sich im Café Azure sehr wohl, und vielleicht liegt es tatsächlich daran, dass er schon so lange dazugehört. Erst durch seine Großeltern, dann durch seine Eltern. Es liegt ihm sozusagen im Blut.

»Außerdem arbeite ich gern hier«, fügt er hinzu und schaut mich an, mit dem Blick, den ich inzwischen recht gut kenne.

Allerdings bin ich nie sicher, ob er einfach nur unglaublich charmant ist oder ob dieser Blick tatsächlich für mich reserviert ist und etwas bedeutet, das er nicht in Worte fassen kann.

»Freut mich«, sage ich.

»Gefällt es dir auch? Hier zu arbeiten?«

»Viel besser, als ich es erwartet hätte.« Mir ist irgendwie flau im Magen, als ich das sage.

»Celine ist großartig. Und so geduldig, dass ich mich manchmal frage, ob wir wirklich verwandt sind.«

»Ihr zwei seid euch viel ähnlicher, als ihr denkt, glaube ich.«

»Ich nehme das als Kompliment«, erwidert er lächelnd.

Wenn ich es recht bedenke, sollte es auch ein Kompliment sein. »Es wird seltsam sein, wenn ich hier wieder aufhöre. Und ich werde euch alle sehr vermissen«, sage ich, wünsche mir dabei aber, ich könnte genau das formulieren, was mir durch den Kopf geht. Aber das kann ich nicht.

»Hast du denn einen Plan?«

»Nein, noch nicht. Aber ich muss bald einen machen, schließlich kann ich nicht ewig bei euch wohnen.«

»Hmm«, macht er, und ich kann nicht abschätzen, ob er vielleicht erleichtert ist, dass ich das Thema angesprochen habe und er mich nicht irgendwann rausschmeißen muss. Noch immer finde ich es schwierig, seine Reaktionen zu deuten. »Warum denn nicht?«

Ich zucke die Achseln. Ja, warum kann ich nicht bleiben? Na ja, weil ich für eine Woche hier untergekommen bin, aus der dann zwei wurden. Außerdem wird in ein paar Tagen sowieso alles anders. Ethan wird weggehen, hoffentlich wird Max auf der Bildfläche erscheinen, und mein Leben wird sich ganz von selbst verändern.

»Du kannst bleiben, solange du willst«, sagt Ethan.

»Danke. Nett, dass du das sagst.«

Er lächelt, aber ich weiß auch jetzt nicht, was dieses Lächeln bedeutet.

72

»Wollen wir ein Stück spazieren gehen? Es ist ein schöner Abend«, schlägt Ethan vor, nachdem wir das Café abgeschlossen haben.

Der Abend ist tatsächlich wunderbar. Kaum jemand ist unterwegs, die Straßen sind nur schwach beleuchtet, in der Ferne spielt leise Musik.

In Ethans Gesellschaft fühle ich mich zwar wohl, bin aber gleichzeitig nervös. Wir sind in einer freundschaftlichen Beziehung, doch es gibt Momente, flüchtige Eindrücke, die mehr versprechen. Ein Blick, ein Wort, ein Wechsel in seinem Ton oder meinem – ganz zu schweigen von unserem Ausflug im Heißluftballon –, und plötzlich scheint mehr zwischen uns zu sein als Freundschaft. Und ich habe keine Ahnung, wie ich damit umgehen soll. Wir sind jeden Tag zusammen, und jeden Tag wünsche ich mir mehr. Mehr Zeit mit ihm und unseren Gesprächen. Mehr von ihm. Und das ist so verwirrend.

Wie jetzt, wo wir ohne bestimmtes Ziel einfach nebeneinander durch das Städtchen schlendern, über dies und jenes sprechen und er mir plötzlich ein Haus zeigt. »In diesem Garten habe ich immer gespielt. Mein bester Freund hat hier gewohnt.«

Ich möchte mehr über sein Leben erfahren, seine Vergangenheit, was ihn zu dem Menschen gemacht hat, der er heute ist.

»Seid ihr noch befreundet?«, frage ich.

»Er ist vor Jahren mit seiner Frau nach Irland gezogen, aber wir telefonieren manchmal.«

»Schön, dass ihr in Verbindung geblieben seid.«

»Es muss schwer sein, alles einfach hinter sich zu lassen und ganz neu anzufangen«, sagt er.

»Ist es auch«, bestätige ich. »Und auch wieder nicht. Ich denke, es hängt viel davon ab, was man hinter sich lässt.«

»Was hast du hinter dir gelassen?«, fragt er.

»Außer meiner Mom, die ich vermisse, gibt es nichts, was ich bedaure.«

Er schaut mich an, als wollte er etwas sagen, aber im gleichen Moment bleibe ich vor einer Kunstgalerie stehen.

»Hey, ich kenne die Künstlerin«, erkläre ich ihm. »Wir sollten reingehen, ich wollte mir ihre Arbeit schon lange einmal ansehen.«

Kurz entschlossen klopfe ich an die Glastür. Nichts rührt sich.

Gerade als wir uns zum Gehen wenden, erscheint das hübsche Gesicht von Anna an der Tür, und sie beeilt sich, für uns zu öffnen.

»Maya«, ruft sie, und ich freue mich, dass sie mich erkennt. Ich weiß, dass sie mich jeden Morgen sieht, aber wir reden nie viel miteinander, und ich gehe immer davon aus, dass ich für andere Leute eher unsichtbar bin.

Jetzt schaut sie zu Ethan, und gerade als ich ihn höflich vorstellen will, sagt sie: »Hallo, Ethan – war auch wirklich Zeit, dass du mal vorbeikommst. Kommt rein, Leute.«

Genau wie Celine erzählt hat, ist die Galerie recht klein, aber es gibt viel zu sehen. An einer Wand hängen Meerlandschaften, die denen ähneln, die Ethan und ich unterwegs bei unserem Ausflug am Big Sur gesehen haben, an der zweiten sind über ein Dutzend wunderschöne, farbenfrohe Hügel- und Berglandschaften, Weinberge und Redwood-Wälder zu bewundern. Die Wand gegenüber ist eine Porträtwand, zum Teil bisher nur skizziert, zum Teil bereits fertig und in Farbe.

»Wirklich schöne Bilder«, sage ich zu Anna, und obwohl sie sich Mühe gibt, nicht ständig unsere Reaktion auf ihre Bilder zu beobachten, während wir langsam von einem zum anderen schlendern, weiß ich doch, wie wichtig ihr unsere Meinung ist.

»Anna, du wirst wirklich mit jedem Tag besser«, sagt Ethan schließlich anerkennend und klingt fast, als wäre er ihr großer Bruder.

Sie grinst erfreut. »Ohne Ethan hätte ich das Studio nie bekommen.«

»Ach, ich bin sicher, dann hättest du eine andere Lösung gefunden. Außerdem habe ich gar nicht viel gemacht.«

Erklärend wendet Anna sich mir zu. »Er hat die Hausbesitzerin dazu gebracht, die Miete um siebzig Prozent zu senken. Sonst hätte ich mir das hier niemals leisten können.«

»Wie hast du das gemacht?«, frage ich Ethan.

»Ich habe ihr versprochen, dass die Räume in meinem nächsten Roman vorkommen werden«, erklärt er. »Sie ist ein Fan meiner Bücher.«

»Ethan ist bei den Frauen hier sehr beliebt. Sie verschlingen seine Bücher«, erzählt Anna und lacht.

»Vor allem die achtzigjährigen«, fügt Ethan hinzu.

»Hoffentlich funktioniert dein Zauber auch weiterhin. Die Besitzerin wird nämlich nervös wegen der Dreizimmerwohnung oben und hat mich gefragt, ob ich sie vielleicht mieten möchte. Wenn nicht, hat sie vor, beide Stockwerke auf den Markt zu bringen.«

»Ich werde sehen, was ich tun kann«, verspricht er.

»Ich hab auch schon versucht, jemanden zu finden«, sagt Anna, »aber Singles, die nichts gegen eine laute Galerie unter sich haben – ich höre beim Malen immer Musik –, brauchen keine drei Zimmer, und Familien mit Kindern legen Wert auf Ruhe und Frieden.«

»Ist das Hugo?«, frage ich, als ich entdecke, dass eine der Skizzen eine erstaunliche Ähnlichkeit mit ihm aufweist.

Sie lächelt verlegen. »Ja, aber noch nicht ganz fertig. Er sieht echt gut aus, oder?«

Plötzlich kommt mir eine Idee. »Ist oben genug Platz für ein Büro und eine Einzelperson?«

»Bestimmt. Warum?«

»Hugo sucht ein Mietobjekt, als Wohnung und als Büro für sein Start-up.«

»Ach wirklich?«, fragt Anna, und ihre Augen leuchten.

»Sprich ihn doch einfach mal darauf an.«

»Das mache ich, gleich morgen früh. Tausend Dank, Maya. Euch beiden. Danke.«

Diese Geschichte schreibt sich anscheinend von selbst. Ich muss mich nur hinsetzen, zuschauen und mir Notizen machen.

73

»Ist das etwa deine Freizeitbeschäftigung?«, fragt Ethan, als wir die Galerie wieder verlassen.

»Was?«

»Leute verkuppeln?«

»Was meinst du denn damit?« Er führt irgendetwas im Schilde, glaube ich, und ich versuche, ernst zu bleiben.

»Zuerst Celine und jetzt Anna. Ich frage mich, ob es womöglich noch andere gibt. Muss es doch eigentlich, oder nicht.«

»Haha, ich wusste ja, dass du eine blühende Fantasie hast.«

»Klar.«

Als wir auf die Scenic Road einbiegen, deute ich zum Strand hinunter. »Ein Lagerfeuer. Wollen wir nicht zusammen hingehen?«

Er zögert.

»Nur ein paar Minuten?«, bettle ich, und das scheint ihn zu überzeugen.

Es ist eine andere Stelle als letzten Sommer, aber der gleiche Strand.

Ethan schüttelt ein paar Typen die Hand, plaudert mit ein paar Frauen und stellt mich allen vor. Während ich Small Talk mache, organisiert er zwei Zinnbecher und eine Thermosflasche.

»Du bist ja echt findig«, stelle ich lachend fest. »Wo hast du das denn her?«

»Ich habe hier meine Beziehungen«, antwortet er und schenkt uns ein.

»Was ist das?« Ich probiere einen Schluck.

»Heißer Apfelwein. Wenn er dir nicht schmeckt, hole ich dir was anderes. Sorry, ich hab dich ja gar nicht gefragt.«

»Alles gut. Wunderbar, danke. Heißen Apfelwein habe ich noch nie getrunken. Schmeckt sehr lecker.«

Ich blicke hinüber zu einer kleinen Gruppe und sehe, dass sie Zinnbecher und Thermosflaschen anbieten, weil sie offenbar zu viele davon mitgebracht haben. »Aha, jetzt habe ich deine geheime Quelle entdeckt.«

Ethan lacht. »Wir sind zusammen aufgewachsen«, erzählt er. »Ich weiß, wer die besten Sachen mitbringt.«

Einer der Typen winkt ihn zu sich. »Entschuldige mich bitte einen Moment«, sagt Ethan zu mir.

Er setzt sich auf die andere Seite des Feuers neben den Mann. Ich schaue abwechselnd ins Feuer und zu ihm, und auf einmal geht mir ein Licht auf. Wow. Ein Déjà-vu.

Ein paar Minuten später kommt er wieder zu mir herüber.

»Mir ist gerade klar geworden, dass ich dich schon mal gesehen habe.«

Er starrt mich an.

»Ja, letzten Sommer. Auch an einem Lagerfeuer.«

»Im Sommer gibt es fast jedes Wochenende ein Lagerfeuer, und ich gehe auch zu manchen.«

»Deine Haare waren kürzer, glaube ich, aber du warst es. Da bin ich mir ganz sicher.«

»Ja, inzwischen nähere ich mich Rapunzel-Verhältnissen«, meint er grinsend.

»Erinnerst du dich?« Ich bleibe beharrlich beim Thema.

»Woran?«

»An mich«, sage ich, warte seine Antwort aber nicht ab. »Vermutlich nicht, sonst hättest du es mir aller Wahrscheinlichkeit nach schon gesagt. Eigentlich ist es auch nicht wichtig. Es ist nur – wow! Ich wusste doch, dass du mir irgendwie bekannt vorkommst, schon seit unserer ersten Begegnung, ich konnte es nur nicht richtig einordnen.«

Als wir zurückkommen, ist Celine nicht zu Hause.

»Müde?«, fragt Ethan. Tatsächlich bin ich erschöpft und kann nur staunen, wie fit er ist, wo wir doch beide seit drei Uhr heute früh wach sind.

Zwar nicke ich, aber ehrlich gesagt wünsche ich mir, wir hätten noch mehr Zeit zusammen. Ich wünsche mir, ich wäre ihm zuerst begegnet. Da, jetzt ist es raus. Ich wünschte, ich hätte ihn zuerst kennengelernt.

Aber ich sollte lieber schlafen gehen. Denn solche Gedanken helfen mir nicht weiter.

74

15. Juni

Obwohl ich ungefähr um drei aufgewacht bin und eine Stunde wach im Bett lag, habe ich am nächsten Morgen das Gefühl, endlich genug Schlaf bekommen zu haben.

Gestern Abend habe ich Alisa angerufen, und ihr, obwohl sie zu einem Meeting musste und nicht lange reden konnte, von dem Heißluftballon erzählt und auch ein paar Fotos geschickt.

Ihre Reaktion war eine Mischung aus »Yay! Das ist so klasse!« und »Ich bin immer noch verwirrt, bring mich jetzt nicht mit weiteren Details noch mehr durcheinander. Und erzähl mir noch mal, warum du ständig mit diesem Typen zusammen bist.«

Seit ich Ethan kenne, hat meine Beziehung zu Alisa darunter gelitten, dass ich Zeit mit ihm verbringe. Für gewöhnlich sind wir immer auf der gleichen Wellenlänge und bei fast jedem Thema einer Meinung. Seit einiger Zeit aber habe ich das Gefühl, ich müsste mich und meine Entscheidungen verteidigen, und das ist richtig anstrengend. Außerdem ist es schwierig, etwas zu verteidigen, das ich weder mir selbst erklären noch irgendwie vor mir rechtfertigen kann. Demzufolge kann ich es gar nicht brauchen, wenn sie mich dazu bringt, alles zu hinterfragen, was ich tue oder sage. Das mache ich schon selbst, meist doppelt und dreifach.

Als ich die Vorhänge zurückziehe, fällt mir als Erstes auf, wie hell es ist, und als ich auf die Uhr schaue, werde ich panisch – schon halb zehn! Ich habe den auf sechs Uhr gestellten Wecker schlicht überhört und sogar einen Anruf meiner Mom verschlafen.

Ich renne aus dem Zimmer. Meine Mitbewohner sind beide bereits verschwunden.

Wenige Minuten später bin ich mit vom Duschen noch feuchten Haaren unterwegs zum Café Azure, als meine Mutter erneut anruft.

»Ich hab mir Sorgen gemacht. Normalerweise rufst du mich am frühen Morgen an«, sagt sie.

»Sorry, Mom. Ich hab verschlafen«, erwidere ich.

»Läufst du etwa gerade? Du klingst so außer Atem.«

»Nein, nein, ich renne nur, weil ich zu spät dran bin … zu einer Verabredung.«

»Zu einer Verabredung mit ihm?«

»Nein, nein, nicht mit ihm, Mom. Mit ein paar Freunden.«

»David ruft übrigens nicht mehr an«, sagt sie.

»Gut.«

»Aber ich glaube, du machst einen Fehler.«

»Er hat mich betrogen, Mom. Und das nicht nur einmal. Ich habe was Besseres verdient.«

»Oh, tut mir leid, Schatz, davon wusste ich nichts. Warum hast du es mir nicht erzählt?«

Statt darauf zu antworten, gehe ich gleich aufs Ganze: »Ehe du auch noch fragst, wann ich zurückkomme, Mom – ich habe meinen Job in NY gekündigt, arbeite jetzt in Carmel und fühle mich hier sehr wohl. Bitte sei nicht sauer auf mich.«

»Gott sei Dank«, sagt sie. »Es war auch wirklich Zeit, dass du dieser Hexe eine Lektion erteilst.«

Ich muss lachen, und sie lacht mit.

»Ich möchte doch nur, dass du glücklich bist. Wenn du dort gefunden hast, was du suchst …«

Habe ich tatsächlich gefunden, was ich gesucht habe? Ist das nicht die Eine-Million-Dollar-Frage?

75

Als ich hereinkomme, ist das Café brechend voll. Celine nimmt gerade eine Bestellung auf, Ethan macht Kaffee.

»Es tut mir so leid!«, sage ich, als Celine wieder hinter die Theke kommt.

»Guten Morgen, Sonnenschein«, erwidert sie mit einem Lächeln, das ihr ganzes Gesicht zum Strahlen bringt.

»Es tut mir echt leid«, wiederhole ich.

»Was denn?«

»Wie meinst du das – was denn? Es tut mir leid, dass ich erst um zehn hier ankomme. Ich habe den Wecker nicht gehört.«

»Alles okay, Maya. Du musst doch nicht die ganze Zeit hier sein, mach dir keine Gedanken. Außerdem hat Ethan mir geholfen, und er ist in der Küche wesentlich besser, als ich befürchtet habe.«

Ich grinse, schaue zu ihm, und er grinst zurück. Ohne dass ein einziges Wort zwischen uns gewechselt wird, verstehe ich, was dieses Grinsen bedeutet. Aber ich frage mich, was mein eigenes aussagt.

»Danke, dass du Celine unterstützt hast«, sage ich.

»Aber ich erwarte eine Entschädigung für meine Arbeit«, erwidert er ernst.

»Von Celine?«

»Nein, von dir. Schließlich war es deine Schicht.«

»Schauen wir mal.« Ich krame in meinen Taschen. »Ich habe genau fünf Dollar dabei.«

Er kichert leise. »Sehr verlockend, aber ich möchte lieber mit Zeit bezahlt werden.«

Zeit. Das Einzige, was ich nicht unter Kontrolle habe. Und sie entgleitet mir, wird immer knapper, für mich … für uns.

»Zeit im Allgemeinen oder …?«

»Zeit mit dir«, erklärt er mit seinem schiefen Lächeln. »Ich hätte da nämlich eine Idee für heute Nachmittag.«

»Damit Celine schon wieder allein zurechtkommen muss? Ich bin doch schon heute Vormittag zu spät gekommen.«

»Ach, sie schafft das schon«, meint er. »Außerdem hab ich gehört, dass sie heute Abend Gesellschaft bekommt.«

»Ach ja?«

Ethan zwinkert verschwörerisch. »Also, vier Uhr?«

»Vier Uhr«, bestätige ich.

»Wie ist es denn gestern Abend gelaufen?«, frage ich Celine, sobald Ethan sich an seinen Tisch zurückgezogen hat.

»Zuerst waren wir ein bisschen verlegen und haben eine ganze Stunde über das Wetter und über Politik geredet.«

»Und dann? Wie habt ihr diese Phase überwunden?«

»Ich hab gesagt: ›Es ist so lange her, und wahrscheinlich gibt es das, was uns verbunden hat, nicht mehr. Aber lass uns doch einfach Freunde sein‹.«

»Und dann …?«

»Dann kam er zu mir rüber und hat mich geküsst.« Sie wird rot, als sie es erzählt. »Und dann hat er gesagt: ›Siehst du? Es ist noch da. Ich möchte nicht nur mit dir befreundet, sondern mit dir zusammen sein. Ich liebe dich nämlich.‹«

Jetzt strahlt sie übers ganze Gesicht.

»O Mann, das ist ja wunderbar! Ich freue mich so für euch«, juble ich.

»Ich kann immer noch nicht glauben, dass er den Mut gefunden hat, mit mir zu sprechen. Und ich frage mich, wie er das endlich geschafft hat.«

»Wer weiß? Aber das einzig Wichtige ist doch, dass er es getan hat.«

»Du bringst mir einfach Glück, ich glaube, das ist es. Wenn er dieses Foto in der Zeitung nicht gesehen hätte, hätten wir nicht miteinander geredet. Ich bezweifle, dass er ohne das Foto Kontakt zu mir aufgenommen hätte.«

Ich hole tief Luft und lächle sie an. »Ich habe gehört, wie du Ethan davon erzählt hast.«

»Ja, das hab ich. Er freut sich für uns.«

»Na klar. Er ist dein Bruder, er liebt dich und möchte, dass du glücklich bist.«

»Wusstest du, dass Aaron und ich zusammen im Café Azure gearbeitet haben, als wir auf der Highschool waren? Wenn er hier ist, werden wir uns fühlen wie in alten Zeiten.«

Ich lache. »Hast du etwa vor, mich arbeitslos zu machen?«

»Niemals! Ohne deine Hilfe wäre ich tot.«

»Apropos«, hake ich ein. »Wäre es okay, wenn ich heute ungefähr um vier gehe?«

»Mit Ethan?«

Auf einmal habe ich heiße Wangen. Ob ich auch rot werde?

»Ihr beide habt ziemlich viel Zeit miteinander verbracht«, sagt sie, und ich weiß nicht, ob sie das wertend meint, ob sie verwirrt ist wie Alisa (und ich selbst) oder einfach nur aufmerksam war.

»Ja, das stimmt. Er hat mir alles Mögliche gezeigt …«

Was für eine lahme Ausrede. Und sie kommt genauso lahm aus meinem Mund, wie sie sich in meinem Kopf anhört.

»Ich freue mich«, sagt Celine. Weiter nichts. Keine Fragen, kein Bohren, kein »Was beabsichtigt ihr damit?«. Sie freut sich einfach. Und sie sieht glücklich aus.

76

»Bin ich richtig angezogen für das, was wir vorhaben?«, frage ich, als Ethan und ich uns zum Aufbruch bereitmachen. Ich habe keine Ahnung, wohin wir gehen, und kann, da ich weder den Mustang noch den Porsche vor der Tür sehe, nur annehmen, dass unser Ziel ganz in der Nähe ist.

Kaum habe ich das letzte Wort ausgesprochen, wird mir bewusst, dass wir genau das Gleiche anhaben – Jeans, T-Shirt, Converse. Allerdings ist mein Shirt türkisfarben und seines schwarz. Als wir das letzte Mal im Partnerlook waren, lief es nicht so gut. Oder?

Ethan wirft mir einen komischen Blick zu, und ich frage mich, ob ihm ein ähnlicher Gedanke durch den Kopf geht.

Vor dem Café bleibt er stehen. »Er müsste jeden Moment hier sein«, sagt er.

»Wer?«

»Unser Lyft-Fahrer«, antwortet er mit einem unschuldigen Lächeln.

Wäre das nicht eine enorme Ironie des Schicksals, wenn es Max wäre? Aber so grausam kann das Leben doch nicht sein, oder?

Vor uns hält ein schwarzer Ford.

»Ethan?«, fragt der Mann, als wir die hintere Tür öffnen.

Ethan nickt, wir steigen ein und nehmen auf dem Rücksitz Platz.

Okay. Die beiden kennen sich nicht, ganz eindeutig. Also ist es nicht Max. Gott sei Dank!

»Wieso fährst du nicht selbst?«, frage ich Ethan.

»Das wirst du bald sehen.«

»Hier in Carmel gibt es wohl keine Fahrer, was?«, fragt der Fahrer und fügt hinzu, dass wir ihn »King« nennen sollen.

Ethan und ich schauen uns an und unterdrücken ein Kichern. Aber was soll's. Unser King hat eine gewisse Ähnlichkeit mit Michael Jackson, und aufgrund der Musik in seinem Auto und der Memorabilien auf dem Armaturenbrett – ein Foto von MJ, ein schwarzer Handschuh – vermute ich, dass er Fan ist.

»Nicht viele, nein. Ein paar vielleicht«, sagt Ethan.

Ausgerechnet Aaron hat mir das schon erzählt. Und keiner davon ist Max, was Ethan mir bestätigt hat. Max könnte irgendwo in der Bay Area oder sonst wo auf der Welt wohnen. Menschen können Freunde sein, auch wenn sie Tausende Meilen voneinander entfernt leben. Man braucht sich ja nur Alisa und mich anzuschauen. Als ich an sie denke, merke ich plötzlich, wie sehr ich sie vermisse, und nehme mir vor, sie heute Abend anzurufen und mich einwandfrei zu benehmen – ganz egal, was sie sagt.

»Das hab ich angenommen, weil ihr volle dreißig Minuten gewartet habt, bis ich aus Monterey hier war.«

»Das war es wert«, sagt Ethan lächelnd und schaut für den Bruchteil einer Sekunde in meine Richtung, ehe er nach vorn auf die Straße blickt.

77

Unterwegs diskutieren Ethan und ich darüber, ob H.P. Lovecraft oder Shirley Jackson die besten Horrorstorys schreibt – ich argumentiere entschieden für Shirley. Von diesem Thema geht es weiter zur besten Musik, und nun mischt King sich mit der Frage: »Ist Roxette eine europäische Gruppe?«, in unser Gespräch ein. Dies führt zu einer ziemlich langwierigen Diskussion über schwedische Musik und endet in einer Debatte darüber, ob David Guetta und Daft Punk Amerikaner sind. Bei dieser Frage liege ich leider falsch, denn sie sind es nicht.

»Übrigens habe ich dein Manuskript weitergelesen«, sagt Ethan plötzlich ohne den geringsten Zusammenhang mit dem, worüber wir bislang geredet haben. Inzwischen sind wir etwa anderthalb Stunden unterwegs, und ich habe noch immer keine Ahnung, wohin wir fahren – ich weiß nur, dass wir den Wegweisern in Richtung Napa folgen.

»Ach ja?«

Er nickt. Ohne weiteren Kommentar. Erwartet er jetzt, dass ich ihn frage, was er davon hält?

»Demnächst hab ich es durch«, fügt er noch hinzu.

»Gut.«

Mein »Gut« klingt so hohl, dass es im Auto fast widerhallt. Ist es gut? Wenn Ethan fertig ist, war es das. Dann ist das, was immer zwischen uns sein mag, vorbei. Es muss vorbei sein, das weiß ich. Ich weiß es seit jenem Moment, als wir unseren Pakt geschlossen haben. Es war ja der Sinn der Sache, oder etwa nicht? Genau genommen wusste ich das sogar schon vorher. Von dem Augenblick an, als ich ihn vor Celines Tür –

seiner Tür – stehen sah und begriff, wer er ist. Ethan Delphy, Bestsellerautor, der ab dem 17. Juni auf Lesereise gehen und dann für mehrere Monate ein Filmset auf der anderen Seite der Welt besuchen wird. Ethan Delphy, Max' Freund. Ethan Delphy, die größte Überraschung meines Lebens. Ich wusste es, aber das macht die drohende Deadline nicht weniger schlimm. Kein Leugnen und kein Ignorieren bringt sie zum Verschwinden und auch nicht dazu, sich in etwas anderes zu verwandeln. Er wird trotzdem gehen, und Max ist immer noch Max.

»Gut«, wiederholt er.

Ich weiß, dass wir in Napa Valley sind. So viel kann ich erkennen, aber ich weiß immer noch nicht, was Ethan plant. Nach unseren bisherigen Ausflügen zu urteilen, wird es aller Wahrscheinlichkeit nach etwas sein, das ich noch nie getan habe. Das grenzt es allerdings kaum ein, da es enorm viele solcher Dinge gibt.

»Per Flugzeug, Auto, Fahrrad, Motorrad, zu Fuß, mit dem Zug?«, fragt er.

»Wie bitte?«

»Was wäre dir am liebsten?«

»Flugzeug kommt auf den letzten Platz. Ich gehe sehr gern zu Fuß. Das Radfahren habe ich vor Kurzem wiederentdeckt, aber das weißt du ja schon, weil du meine Geschichte aufgeschrieben hast. Motorrad, nein danke. Auto … klar, Auto ist fast immer okay. Mit dem Zug bin ich schon seit Jahren nicht mehr gefahren. Vielleicht war ich beim letzten Mal sogar noch ein Kind. Aber ich erinnere mich noch daran, dass ich es faszinierend fand.«

»Wahrscheinlich hätte ich dich schon früher fragen sollen«, sagt er lächelnd.

Als das Lyft anhält, weiß ich plötzlich, was er meint.

Nur ein kleines Stück entfernt wartet in einer bezaubernden, winzigen Station ein Zug, der allerdings ganz anders aussieht als die Züge, die ich aus New York und Connecticut kenne.

»Machen wir etwa eine Reise mit der Eisenbahn?«, frage ich, ohne meine Begeisterung zu verhehlen.

»Hoffentlich ist das okay.«

»Mehr als okay«, erwidere ich, und als wir ausgestiegen sind, packe ich Ethan am Arm und ziehe ihn ungeduldig zu dem wartenden Zug.

Der ist alt, luxuriös und erinnert mich aus irgendeinem Grund an den Orient Express.

»Willkommen im Napa Valley Wine Train«, sagt eine Frau in einem rot-weißen Outfit wie aus einem Buch oder einem Theaterstück. Oder wie eine dieser europäischen Volkstänzerinnen, die man früher manchmal in Eurovisionssendungen gesehen hat.

Ethan reicht der Frau zwei Zettel zur Kontrolle – vermutlich sind das unsere Tickets – und bekommt dafür von ihr ein paar Broschüren oder vielleicht Landkarten – keine Ahnung. Dann werden wir zu unserem Waggon geführt.

»Hier sind Ihre Plätze«, sagt sie, und wir steigen ein. »Ich wünsche einen wunderschönen Abend!«

»Ein Wein-Zug«, rufe ich, als wir uns in die herrlich bequemen königsblauen Plüschsitze sinken lassen, und werfe Ethan einen amüsierten Blick zu. »Es wird also Alkohol konsumiert?«

»Entspann dich«, erwidert er. »Ich habe nicht vor, dich betrunken zu machen und das zu meinem Vorteil auszunutzen.«

Ich verdrehe die Augen, aber ein winziger Teil von mir denkt: Schade.

»Echt fantastisch hier. Und so gemütlich«, sage ich stattdessen.

»Ja, wirklich nett«, erwidert er cool, schlägt die Broschüren auf und fährt fort: »Es gibt drei Stationen, die anscheinend sehr unterschiedlich sind. Außerdem bekommen wir ein Abendessen sowie eine kleine, unbedeutende Ration Alkohol. Natürlich nur, wenn du willst. Du musst nicht. Ich weiß ja, dass du keine große Weintrinkerin bist.«

»Das kann man so nicht sagen«, widerspreche ich und klinge wahrscheinlich, als wollte ich ihn überzeugen, dass ich Alkoholikerin bin. »Einen guten Wein weiß ich sehr wohl zu schätzen. Und das hier ist der Wein-Zug. Also gehe ich doch sicher recht in der Annahme, dass der Wein sehr gut ist, den wir bekommen. Ich trinke nur kein Bier und auch keine härteren Sachen, die mochte ich noch nie.«

»Alles gut, ich bin auch kein großer Trinker.«

»Ist mir schon aufgefallen«, bestätige ich.

Was stimmt. Mir ist schon eine ganze Menge aufgefallen. Wie er morgens gleich nach dem Aufwachen aussieht und abends kurz vor dem Einschlafen. Wie er die Stirn runzelt, wenn er frustriert ist. Wie sich beim Lachen kleine Fältchen um seine Augen bilden und wie er mir wortlos in die Augen starrt. Wie zum Beispiel jetzt.

»Ich bin bereit«, sage ich, vor Aufregung schon ganz zappelig.

»Das sehe ich«, erwidert er und grinst.

So sitzen wir uns auf zwei großen Polsterbänken gegenüber, zwischen uns einen prächtigen, dunkelbraun lackierten Tisch. Ich muss mich anstrengen, meine Beine bei mir zu behalten und nicht unter dem Tisch mit Ethan zu füßeln.

78

Ein paar Minuten später verlässt der Zug die Station, und ich starre fasziniert aus dem Fenster zu den imposanten Gütern und ausgedehnten Weinbergen überall um uns herum – soweit das Auge reicht.

Nach einer Weile erscheint ein Mann in einer dunkelblauen Uniform mit einem Essenstablett – Ciabatta, Räucherlachs und Joghurt-Smoothies, viel mehr, als ich im Moment essen kann, aber ich möchte alles probieren. Dazu bringt er noch zwei Gläser prickelnden Wein.

»Willkommen im Wine Train«, sagt er und geht dann lächelnd weiter, um die anderen Passagiere zu bedienen.

Ethan hebt sein Glas, und ich folge seinem Beispiel.

»Worauf sollen wir anstoßen?«, fragt er, blickt mir in die Augen, und sein Lächeln spiegelt meines.

»Vielleicht auf diesen wunderschönen Tag?« Natürlich klingt das langweilig und ungefährlich. Aber so möchte ich auch sein.

Ethan verzieht den Mund. »Wollen wir nicht lieber auf das Unerwartete trinken?«

»Das Unerwartete? Das gefällt mir.«

Zur sanften Hintergrundmusik lassen wir im leicht gedimmten Licht unsere Gläser klirren. Es entwickelt sich alles wie eine Szene aus einer meiner Geschichten, oder nicht? Die Hauptpersonen blicken sich tief in die Augen und erkennen ihre wahren Gefühle. Geigen erklingen, es gibt Feuerwerk.

Aber nein. Das wird nicht passieren. Ethan und ich gehören nicht zusammen. Ich wende mich ab, blicke aus dem

Fenster und konzentriere mich auf die vorüberziehende Landschaft. Und er tut das Gleiche.

Es dauert nicht lange, bis der Zug, der ohnehin nicht sonderlich schnell fährt, noch langsamer wird und schließlich anhält. Über den Lautsprecher ertönt eine Stimme: »Domaine Chandon. Eine Stunde Aufenthalt.«

»Komm«, sagt Ethan, »wir haben viel zu tun in dieser einen Stunde.«

Zwar habe ich an der Ostküste schon ein paar Weinbaubetriebe besichtigt, aber dieser hier ist ungleich beeindruckender. Üppige Gärten, endlose Weinberge und im Zentrum des Ganzen ein villenartiges Gebäude.

»Domaine Chandon ist eines der ersten Weingüter, die vom französischen Wein- und Spirituosenproduzenten Moët Hennessy in den Vereinigten Staaten gegründet wurden«, erklärt eine der Reiseleiterinnen, eine große Frau mit einer sehr lauten Stimme.

Der Rest unserer Reisegefährten versammelt sich um sie, wir stehen alle in einem Halbkreis und lauschen ihrem Vortrag über die Geschichte von Chandon. Von Zeit zu Zeit schaue ich zu Ethan hinüber, und er sieht ungefähr so gelangweilt aus wie ich. Nicht, dass ich mich nicht für die Geschichte des Weinguts interessieren würde, aber …

»Komm«, sagt Ethan schließlich und streckt die Hand aus, als wollte er meine ergreifen. Ich folge ihm, behalte meine Hand aber bei mir. »Hier entlang«, sagt er, ohne sich von meiner Reaktion beeindrucken zu lassen. »Glaube ich jedenfalls.«

Manchmal, in letzter Zeit sogar meistens, besteht zwischen uns eine stille, subtile Spannung. Nein, Unsinn. Die Spannung ist laut, fast ohrenbetäubend laut.

So gehen wir an einer ausgedehnten Rasenfläche entlang, auf der gerade eine Privatveranstaltung mit ein paar Hundert Leuten stattfindet, überqueren eine Lichtung und umrunden eine Terrasse, auf der lautstark Popsongs aus den Achtzigern gespielt werden.

Ethan tut so, als wollte er tanzen, und als er dabei auch noch anfängt, bei »I'm so exited« von den Pointer Sisters mitzuträllern, kann ich nicht mehr an mich halten und breche in lautes Gelächter aus. Er ist echt ein Clown. »About to lose control … I think I like it«, grölt er.

Drüben auf der Terrasse hält eine elegant gekleidete Frau im Tanzen inne und starrt alles andere als freundlich zu uns herüber. Schließlich wendet sie sich an den Mann neben sich, sagt etwas zu ihm, und er kommt ein paar Schritte auf uns zu.

»Uups, jetzt kriegen wir Ärger«, sagt Ethan, packt meine Hand und zieht mich schnell hinter eine alte Eiche.

So stehe ich dann mit dem Rücken am Baumstamm, atemlos von unserem Abenteuer, Ethan nur ein paar Zentimeter von mir entfernt, meine Hand in seiner. Zwischen uns fliegen die Funken. Ich kann sie sehen. Ob er sie wohl auch wahrnimmt?

Unsere Blicke begegnen sich, Ethan hält meinen für einen Moment, dann tritt er ein Stück zurück und lässt meine Hand los. »Anscheinend stören wir bei einer Hochzeit. Aber ich wollte, dass wir diesen Ort erkunden, nicht nur herumstehen und zuhören. Lass uns schauen, was dort drüben los ist«, schlägt er vor.

Direkt hinter den Bäumen entdecken wir eine Höhle. Niemand ist in der Nähe, aber wir können die Musik noch hören. Vor uns liegt ein kleiner Teich, und daneben sind ein paar Steinstufen.

»Wollen wir sehen, wo sie hinführen?«, fragt er und deutet auf die kleine Treppe.

»Na klar.«

Über die Stufen gelangen wir auf eine Terrasse mit Metalltischchen, davor jeweils zwei Stühle, in der Mitte ein Blumenstrauß.

Auf Zehenspitzen geht Ethan zu einem der Tische, schaut sich um, ob wir womöglich auch von hier verjagt werden, zieht dann einen Stuhl für mich heraus, und wir setzen uns, tun so, als würden wir trinken und essen und kichern dabei wie alberne Kinder. Doch dann erklingt hinter uns eine Stimme.

»Hier können Sie nicht bleiben, es ist eine private Feier«, sagt ein Mann in einer roten Uniform.

»Wir wollten nur …«, beginnt Ethan, aber dann fangen wir haltlos an zu lachen und laufen davon.

»Du wirst mich noch in Schwierigkeiten bringen«, sage ich zu Ethan, als wir auf dem Weg zu unserer nächsten Station wieder im Zug sitzen.

»Was kann man uns schon antun? Uns bei der Reiseleiterin verpfeifen?«

Ich kann nur kichern.

Unser zweiter Halt ist die Raymond-Winzerei. Diesmal bin ich die Anstifterin, die uns in einen verbotenen Weinkeller mit Edelstahltanks und Spiegeln führt. Wie sich herausstellt, bin ich besser im Rein- und Rausschleichen, denn niemand läuft uns nach, worauf Ethan mir die Verantwortung für unseren dritten und letzten Aufenthalt überträgt.

»Ich mache einfach, was du sagst«, schlägt er vor, während wir den nächsten Gang des Dinners genießen, das der Kellner uns im Zug zwischen den Aufenthalten bringt. Übrigens ein köstliches Mahl: Spargel-Bisque mit weißem Trüffelöl und

Parmesan mit gemischtem grünem Blattgemüse, Feigen, gewürzten Walnüssen und Blauschimmelkäse. Jam! Dazu trinken wir auch ein Glas – oder genauer gesagt, ein Viertelglas – Rosé, der ebenfalls köstlich schmeckt.

79

Der letzte Stopp ist Inglenook, ein majestätisches Schloss mit einem atemberaubenden Weinberg. Das Gut gehörte einmal einem finnischen Kapitän und später Francis Ford Coppola. Jedenfalls behauptet das unsere Reiseleiterin. Mit seiner Terrasse, die mich an eine italienische Piazza erinnert, und den geheimnisvollen Höhlen, die sich ebenso gut auf einer exotischen Insel befinden könnten, hat der Ort etwas Magisches an sich.

Inzwischen ist es dunkel geworden, und das Anwesen wird von zahllosen Lichterketten erhellt. Auf einer Backsteinrampe am Rand des Gebäudes wird eine kleine Party gefeiert. Ethan und ich sitzen, beide ein bisschen müde, auf dem Rasen, lauschen der langsamen Musik und beobachten die tanzenden Paare.

»Nun wohne ich schon mein Leben lang in Kalifornien und sehe diesen Ort zum ersten Mal«, sagt er.

»Du wusstest nichts davon?«

Zwischen zwei Songs macht die Musik einen Moment Pause, es ist ganz still um uns herum, nur eine einsame Grille zirpt im hohen Gras.

»Doch, das schon. Aber ich wollte nicht allein herkommen.«

Einen einsamen Ethan kann ich mir kaum vorstellen. Er hat doch alles – warum ist er denn allein?

»Was ist mit deiner Exfrau?«

»Was soll mit ihr sein?«

»Ich weiß nicht. Ich hab mich nur gefragt, warum du nie mit ihr hierhergekommen bist.«

»Isabella und ich waren von Anfang an nicht richtig füreinander. Wir hatten nichts gemeinsam.«

»Glaubst du, dass du etwas gemeinsam haben musst mit der Person, mit der du zusammen bist?«

»Zumindest die Wertvorstellungen sollten zueinanderpassen, ja. Die Prinzipien. Ich meine damit nicht eine Leidenschaft fürs Briefmarkensammeln, die man teilt. Sondern die tiefergehenden Überzeugungen.«

Ich nicke. Vielleicht hatten Ethan und Isabella gegensätzliche Meinungen, was Kinder oder Karriere angeht. Natürlich weiß ich nichts Genaueres.

»Anscheinend bin ich unfähig, mir eine Partnerin auszusuchen, die Monogamie als normal erachtet und nicht als Ausnahmeerscheinung.«

»Das tut mir leid. Mir war nicht klar …«

Er zuckt die Achseln, als wollte er sagen: Es ist, wie es ist.

Wer hätte das gedacht? Ethan ist von seiner Exfrau betrogen worden? Dass jemand ihn genauso verletzt hat, wie ich verletzt worden bin, macht mich traurig, einfach weil ich weiß, wie eine solche Demütigung einen Menschen verändert. Man stellt seinen eigenen Wert infrage. Aber das sollte Ethan niemals tun. Er hat doch alles. Und so viel zu bieten.

»Wenn schon sonst nichts, haben wir zumindest das gemeinsam«, sage ich etwas säuerlich.

Er wendet sich mir zu. »Das ist so ungefähr das Letzte, was ich mit dir gemeinsam haben möchte.«

Auf einmal scheint er wütend zu sein, und ich weiß nicht, ob er auf mich sauer ist oder im Allgemeinen. Momentan kann ich seine Reaktionen überhaupt nicht einordnen. »Genug davon. Wenn ich in fünf Minuten nicht zurück bin, dann schick bitte Verstärkung«, sagt er und steht auf.

»Wo gehst du hin?«

Er legt den Finger an die Lippen und geht in Richtung der Party davon.

Nach fünf Minuten ist er noch nicht zurück. Ich stehe auf, schaue mich um, kann ihn aber nirgends entdecken. Dann höre ich plötzlich Stimmen, irgendwo rechts von mir, und aus der Dunkelheit nähert sich eine Gruppe von Menschen – zwei Frauen in langen Kleidern, die in der einen Hand ihre Schuhe halten, in der anderen ein Glas Wein, zwei Männer in schwarzen Anzügen … und Ethan.

»Ich bin entführt worden«, erklärt er, als alle bei mir angekommen sind.

Keine Ahnung, ob sie sich gerade getroffen haben oder sich schon von früher kennen, aber allem Anschein nach fühlen sie sich sehr wohl miteinander.

»Cleo, Rebecca, Greg, Ian – das ist Maya«, stellt Ethan mich vor.

Alle lächeln und schütteln mir die Hand.

»Freut mich, euch kennenzulernen«, sage ich etwas unbehaglich.

Die Männer drängen sich um Ethan, nahe genug, dass ich ihn hie und da zu mir herüberblicken sehe, weit genug weg, dass ich ihr Gespräch nicht verstehe.

»Wollen wir uns nicht hinsetzen?«, fragt Rebecca. »Meine Füße bringen mich um.«

»Klar«, sage ich.

»Wir machen eine Pause vom Chaos«, erklärt sie und deutet zu der Terrasse hinüber. »Verlobungsfeier meiner Schwester.«

»Gratuliere«, sage ich.

»Danke. Es war eine nette Überraschung, Ethan hier zu sehen«, meint Cleo. »Die Welt ist so klein.«

»Seid ihr alle befreundet?«, möchte ich wissen.

»Rebecca und ich arbeiten bei einer Zeitschrift in Monterey. *Breeze*. Macht nichts, wenn du noch nie von ihr gehört hast«, fügt sie hinzu und deutet meinen verständnislosen Blick richtig. »Wir haben Ethan vor ein paar Jahren kennengelernt, als er angefangen hat, Artikel für *Breeze* zu schreiben.«

»Schön«, sage ich.

»Seid ihr beiden …« fragt Rebecca.

Ich lächle verlegen, zum Glück ist es dunkel, denn ich vermute, dass ich rot werde.

»Nein. Nein, wir sind nur … Freunde«, antworte ich.

»Schade«, meint Cleo.

Wem sagt sie das? »Bist du Reporterin oder Redakteurin?«, frage ich.

»Sportreporterin.«

»Cool. Welche Art von Sport?«

Als sie anfängt, von den Events zu erzählen, auf die sie sich diesen Sommer am meisten freut, stelle ich fest, dass sie fast alle mit Autos zusammenhängen, und denke sofort an Celine.

»Im August findet die Monterey Car Week statt, und ich werde zum zweiten Mal darüber berichten«, erzählt sie.

Ich erkundige mich nach den Details, die sie bereitwillig und ausführlich zum Besten gibt.

»Es fängt am Freitag mit dem *Mazda Raceway Laguna Seca* und einer klassischen Autoshow in Downtown Monterey an. Stell dir vor: Über dreißig Rennwagen säumen die Alvarado Street. Unglaublich. Am Samstag ist dann die *Monterey Pre-Reunion*, und ich kann dreihundert Rennwagen fotografieren, die bei der *Rolex Monterey Motorsports Reunion* miteinander konkurrieren. Am Dienstag verlagert sich das Ganze nach Carmel zum *Concours on the Avenue* auf der Ocean Avenue. Die Innenstadt wird für den Verkehr gesperrt, und annähernd zweihundert Autos aus vielen speziellen Segmenten werden dort ausgestellt. Luxuswagen, Muscle Cars, Hot Rods, Sportwagen.«

Celine wäre so glücklich, jetzt an meiner Stelle zu sein und sich diese Beschreibung anhören zu können.

»Eine Freundin von mir ist Rennwagenmechanikerin. Rennwagen und Sportwagen vermutlich.«

»In der Bay Area?«

»Ja, sie heißt Celine«, antworte ich.

»Eine Frau, wie toll. Ich weiß, dass die Organisatoren in der Gegend immer nach guten Mechanikern Ausschau halten, vor allem für Laguna Seca, aber auch für die anderen Veranstaltungen in der Woche. Ist sie gut?«

»Sie ist fantastisch. Übrigens Ethans Schwester.« Ich gebe ihr Celines Telefonnummer.

»Ethans Schwester? Wow. Ich rufe sie an, unbedingt, das bringt Bonuspunkte bei den Organisatoren. Letztes Jahr hatte Tomassini Probleme mit ein paar Autos, und alle guten Mechaniker waren ausgebucht.«

Natürlich habe ich keine Ahnung, wer Tomassini ist, und ehrlich gesagt ist es mir auch vollkommen gleichgültig. Mich interessiert lediglich, dass Celine, wenn es klappt, endlich das tun kann, wovon sie seit Jahren träumt. Und wenn ich dabei eine kleine Rolle spiele, freut mich das doppelt. Schließlich wäre es das Mindeste, was ich tun kann, um mich für alles, was sie für mich seit meiner Ankunft in Kalifornien schon getan hat, zu revanchieren.

80

Dann ist es Zeit für uns, wieder in den Zug zu steigen und von der Station aus zurück nach Carmel zu fahren. Es tut mir schrecklich leid, dass dieser Abend zu Ende geht, ich wünschte, er würde noch viel länger dauern. Von unseren gemeinsam verbrachten Tagen ist heute, glaube ich, mein Favorit, weil wir von allem etwas gemacht haben. Und ich habe alles von ganzem Herzen genossen.

»Ich hoffe, es hat dir gefallen«, sagt Ethan, als wir wieder im Auto sitzen.

»Und wie. Danke!«

Eine Weile fahren wir schweigend weiter. Sogar der Lyft-Fahrer bleibt stumm.

»Wie sieht es mit dem Hass-Niveau aus?«

»Dem was?«

»Damit, wie sehr du mich hasst und all so was. Habe ich heute vielleicht ein paar Punkte gutgemacht?«

Er lächelt, aber nur halb.

»Nicht so viele«, antworte ich. Und meine es natürlich als Witz. Ist ihm denn nicht klar, dass ich ihn nicht hasse? Ich denke, ich bin so weit davon entfernt, ihn zu hassen, wie es nur geht.

»Schade«, sagt er. »Meine Zeit wird knapp.«

Plötzlich steckt ein dicker Kloß in meinem Hals. Darüber wollte ich nicht nachdenken. Nicht über die Zeit. Über das Ende unserer gemeinsamen Zeit. Über die drohende Deadline. Ich bin noch nicht so weit, nicht im Geringsten.

Vor dem Cottage setzt uns der Fahrer ab.

»Ich freue mich nicht auf Montag«, sagt Ethan.

Der 17. Juni. Übermorgen. Wahrscheinlich der Tag, an dem er mir sagen wird, wer Max ist. Eigentlich sollte ich vor Freude auf und ab hüpfen, aber mir ist ganz und gar nicht danach.

»Warum? Wird er chaotisch?«

»Das ist nicht der Grund. Aber am Montag fängt die Lesereise an, und …«

»Ich weiß. Zwei Monate, richtig?«

Er nickt.

»Bestimmt anstrengend, so lange unterwegs zu sein, aber auch aufregend, oder nicht?«, sage ich, in dem Versuch, positiv zu bleiben und nicht an meine Gefühle oder den Aufruhr in meinem Inneren zu denken. Hier geht es um ihn, nicht um mich.

»Ja. Nein. Natürlich ist es aufregend, und ich treffe meine Leserschaft. Aber ich möchte im Moment einfach nicht weg.«

In meinem Hirn herrscht gähnende Leere, es produziert bloß Plattitüden. Nur um nicht nach dem »Warum« zu fragen. Ich muss das Thema vermeiden. Weil ich nicht weiß, ob ich bereit für seine Antwort bin. Könnte ja sein, dass ich mir alles nur einbilde, dass alles nur in meinem Kopf existiert, dieses ganze undefinierbare, unausgesprochene, unfassbare Ding zwischen uns. Und wenn es gar nicht wirklich existiert, kann ich auch nicht nach dem Warum fragen. Sobald ich Ethans Antwort höre, gibt es kein Zurück mehr.

Also sage ich nichts, sondern tue, als hätte ich gar nicht gehört, was er gesagt hat.

Doch er wendet sich mir zu und schaut mir in die Augen. »Du wirst mich nicht fragen, warum, oder?«

Ich bemühe mich, seinen Blick zu halten, aber ich schaffe es nicht und sehe weg, als ich »Nein« antworte.

Er nickt und sagt nichts mehr, bis wir im Haus sind und mit einem knappen »Gute Nacht« in unseren Zimmern verschwinden.

Ich schließe die Tür hinter mir, sinke auf den Boden, schlage die Hände vors Gesicht und versuche zu atmen, aber es geht nicht.

81

16. Juni

Gestern Abend habe ich zum guten Schluss noch Alisas Nummer gewählt, aber sie hat das Gespräch nicht angenommen, sondern mir eine Nachricht geschrieben, sie wäre gerade dabei, mit einem auswärtigen Autoren zu frühstücken.

Alles gut, antwortete ich. *Nichts Dringendes. Wollte nur deine Stimme hören. Vermisse dich.*

Ich vermisse dich auch. Und entschuldige, falls ich dir in letzter Zeit unfreundlich vorkam. Bestimmt weißt du, was du tust. Ich möchte nur nicht, dass jemand dir wehtut.

Du warst nicht unfreundlich, sondern ehrlich. Und … ich weiß nicht, was ich tue, aber ich weiß sehr wohl, dass ich schreckliche Angst habe, dass mir jemand wehtut. Und ich glaube, das ist das Problem.

Ein Problem, das du lösen kannst. Du bist ein kluges Köpfchen, du kriegst das hin. Ich glaube an dich!, lautete ihre letzte Nachricht, und daraufhin konnte ich wenigstens einschlafen.

Heute ist der letzte Tag vor Ethans Buchpräsentation. Als Celine und ich im Café Azure eintreffen, weiß ich sofort, dass mir ein bittersüßer Tag bevorsteht.

»Ich dachte, zu Ehren von Ethans Buch-Event lassen wir das Café morgen währenddessen geschlossen. Das Problem ist nur, dass ich danach gleich zurückflitzen muss, denn das letzte Mal kamen alle, als das Signieren vorbei war, sofort ins Café Azure.«

»Ich kann solange hierbleiben«, biete ich ihr an.

Sie kneift die Augen zusammen. »Willst du etwa nicht mitkommen?«

Darauf weiß ich keine Antwort. Weil ich noch nicht darüber nachgedacht habe. Ich glaube, ich sollte mich von ihm fernhalten, damit es sich morgen, wenn er zum Flughafen fährt, nicht anfühlt, als würde ich ein Pflaster von einer frischen Wunde reißen. Sondern eher von einer bereits verheilten.

Aber wem will ich denn etwas vormachen? Wie viel Heilung kann an einem einzigen Tag denn schon passieren?

Vor allem, wenn er wie immer an seinem Tisch sitzt. Als wäre morgen ein ganz normaler Tag. Vielleicht ist es ja ein ganz normaler Tag. Für ihn. Obwohl, wenn ich an gestern Abend zurückdenke ... dann kommen mir Zweifel.

»Er würde dich dabeihaben wollen«, sagt Celine.

Und ich würde dabei sein wollen. »Nur weiß ich nicht, ob es eine gute Idee ist«, wende ich ein.

»Wegen der Zeitungsgeschichte?«

Anna unterbricht uns und umarmt mich von hinten.

»Danke! Jetzt habe ich einen Nachbarn über mir und tatsächlich auch noch ein Date für heute Abend.«

Ich lächle. »Das freut mich sehr!«

»Und mich erst«, sagt sie, und nachdem sie ihre Bestellung to go von Celine bekommen hat, sehe ich, wie sie draußen unserem charmanten Hugo begegnet. Der Blue Valentine Club verliert immer mehr Mitglieder. Herrlich!

Nach einer Weile hört Ethan auf zu schreiben, und ich sehe, wie er mein Manuskript herauszieht. Inzwischen muss er damit doch durch sein. Er blättert ein paar Seiten vor und zurück, als suche er nach etwas, und meine Nervosität kehrt mit voller Wucht zurück. Er ist so konzentriert, dass ich es nicht wage, ihn zu unterbrechen.

Je mehr er liest, je mehr Zeit vergeht, desto mehr fühle ich mich wie gestern Abend in meinem Zimmer. Ich kann nicht atmen, mein Brustkorb ist wie zugeschnürt. Werde ich jetzt auch noch klaustrophobisch?

»Ist es okay, wenn ich eine Pause mache?«, frage ich Celine. »Ich möchte ein Stück laufen. Ich muss dringend mal an die frische Luft.«

»Klar!«, antwortet sie. »Ist alles in Ordnung? Du siehst ein bisschen blass aus.«

»Alles gut, mach dir keine Sorgen.«

Als ich zur Tür hinausgehe, fühle ich jemanden direkt hinter mir und drehe mich um. Es ist Ethan.

»Wo gehst du hin?«

»Keine bestimmte Richtung, ich mache nur Pause«, antworte ich.

»Möchtest du Gesellschaft?«

Deine? Das wünsche ich mir mehr als alles auf der Welt, und es bringt mich fast um. Das ist mein Problem, Ethan. Ich wünsche mir, dass du bei mir bist, jetzt und später und morgen und übermorgen.

»Ist es okay, wenn ich ein bisschen allein sein will?«

»Aber klar!«

Er berührt meinen Arm. »Aber bevor du gehst …« Er bricht ab. »Ich bin fertig mit deinem Buch.«

Mein Herz klopft wie verrückt.

Er schaut mich an, durch mich hindurch, direkt in meine Seele.

»Jetzt bin ich dir Antworten schuldig. Das war unser Deal.«

Ich schlucke nervös, und mir wird klar, dass ich bisher noch kein Wort gesagt habe.

»Kann ich dir nachher schreiben? Ich muss jemanden … treffen. Ein Treffen arrangieren, genauer gesagt.« Sein Lächeln wirkt etwas gezwungen.

Er will ein Treffen arrangieren? Max. Er trifft sich mit Max, erzählt ihm von mir und macht uns miteinander bekannt. Ethan hat mein Manuskript gelesen, und er glaubt mir. Das wollte ich doch. Warum tut mein Herz dann so weh? Warum bin ich nicht glücklich, sondern traurig?

»Ja, klar«, antworte ich, verlasse das Café und trete hinaus in die Sonne. Trotz der sechsundzwanzig Grad fröstle ich. Aber die Kälte kommt ja auch von innen, es ist Panik. Und nicht etwa Panik, weil ich endlich Max kennenlerne, sondern Panik, weil ich, wenn ich Max treffe, Ethan verliere.

82

Als ich etwa eine Stunde später wieder im Café Azure bin, piept mein Telefon. Eine Nachricht von Ethan.

Können wir uns in der Mission Ranch treffen? 18 Uhr? Ich möchte, dass du jemanden kennenlernst.

Also werde ich tatsächlich Max treffen. Es passiert wirklich. Die Wahl des Restaurants kann kaum offensichtlicher sein. Dort habe ich letztes Jahr in Carmel zu Abend gegessen. Trotzdem zögere ich, ehe ich antworte: *Ja, klar.*

Celine gibt mir für den Rest des Tages frei, und so schnell ich kann, gehe ich zum Cottage und mache mich fertig für mein Date – so kann ich es doch wohl nennen, oder nicht? Ich ziehe das lange schwarze Kleid an, das Alisa mir zu Weihnachten geschenkt hat, dazu schwarze Stilettos. Ich frisiere und schminke mich. Das volle Programm. Allerdings erledige ich alles wie ein Roboter und mache keine Sekunde Pause, um nachzudenken.

Ich bin bereit. Oder? Ich hole tief Luft. Noch einmal. Und noch einmal. Minuten vergehen. Jetzt kann ich nicht mehr zurück, obwohl jede Faser meines Körpers danach schreit. Aber warum nur? Seit einem Jahr träume ich doch davon! Ich muss das tun. Ich schulde es mir selbst, ihn zu treffen, und ich schulde es ihm ebenfalls.

Als ich ankomme, sagt die Hostess, meine Verabredung sei noch nicht eingetroffen, und lädt mich ein, ihr zu folgen.

Ich habe diesen Ort auch vermisst, und nachdem ich Ethans Buch gelesen und ihn aus Max' Perspektive kennengelernt habe, besitzt er noch mehr Bedeutung. Er war irgendwo hier, und jetzt wird er sich hier am gleichen Tisch mit mir treffen. Ich versuche, mir sein Gesicht vorzustellen, wie ich es schon so oft getan habe, sehe aber immer nur Ethan vor mir. Schnell schließe ich die Augen und verdränge sein Bild. Ich bin hier, um mich mit Max zu treffen. Mit Max, nicht mit Ethan.

Ich konzentriere mich auf mein Aussehen, richte mein Kleid, streiche eine verirrte Haarsträhne zurück, starre in meinen kleinen Handspiegel, vergewissere mich, dass kein Lippenstift auf meinen Zähnen klebt oder so. Ich sehe gut aus. Ich bin bereit, ich muss.

Dann höre ich Ethans Stimme und drehe mich um. Leider habe ich mich geirrt, ich bin nicht bereit. Und wer ist sie?

Neben Ethan taucht eine Frau auf, eine schöne Frau, und auf einmal sieht mein Kleid aus, als hätte ich es für 24 Dollar 99 bei Zara gekauft. Ihre Haare sind perfekt, ihre Haut ist makellos, ihr Make-up einwandfrei, das fließend fallende Sommerkleid mühelos schick. Natürlich. Sie muss sich keine Mühe geben.

Ich stehe auf und habe keine Ahnung, wie ich reagieren soll.

Ethan lächelt und will etwas sagen, aber die Frau stürzt sich, ohne darauf zu warten, dass man uns vorstellt, auf mich und umarmt mich.

»Maya, wie schön, dich kennenzulernen. Ethan hat mir schon so viel von dir erzählt«, sagt sie und strahlt dabei übers ganze Gesicht. Ja, wie nicht anders zu erwarten, sind auch ihre Zähne perfekt.

»Das kann ich umgekehrt nicht behaupten«, erwidere ich. Ziemlich fies, ich weiß. Eigentlich wollte ich es nicht laut aussprechen … glaube ich.

»Das ist Melissa«, schaltet sich nun Ethan ein, ebenfalls lächelnd. Mein Gott, er sieht richtig glücklich aus. Melissa? Irgendwo hat er den Namen früher schon mal erwähnt. Er hat neulich mit ihr telefoniert, oder nicht?

»Melissa«, wiederhole ich.

Ist sie seine Freundin? Vermutlich. Was ist da los? Was hat sie hier zu suchen? Ich bin ins Restaurant gekommen, um Max zu treffen, und stattdessen taucht Ethans Freundin auf? Das Verwirrendste ist nicht, dass Max nicht hier ist, sondern dass es mich dermaßen unglücklich macht, diese Melissa vor mir stehen zu sehen. Es bricht mir fast das Herz. Aber warum nur? Schließlich ist es allein Ethans Sache, mit wem er zusammen ist und mit wem er seine Zeit verbringt. Wahrscheinlich liegt es am Überraschungseffekt, ich wusste ja gar nicht, dass er zurzeit überhaupt mit jemandem zusammen ist. Das heißt, ich habe ihn auch nie danach gefragt. Nur weil er geschieden ist, muss er ja noch lange nicht allein leben. Warum habe ich das einfach angenommen? Weil er so viel Zeit mit mir verbracht hat? Es ist mir nicht in den Sinn gekommen, und es tut so weh, die beiden zu sehen, wie sie einander anlächeln und vielsagende Blicke austauschen. Das tut echt weh.

»Du bist genauso, wie ich mir dich vorgestellt habe«, sagt Melissa und lacht.

Ein glockenhelles Lachen, wie man es oft in japanischen Animes hört.

»Setzen wir uns doch«, sagt Ethan. Er hält Melissas Stuhl fest, und mein Magen grummelt. Ich bin eifersüchtig. Ich kann es nicht leugnen, ich bin furchtbar eifersüchtig. Statt an Max zu denken, stelle ich mir vor, wie diese beiden sich küssen und was nicht alles miteinander anfangen, und ich möchte am liebsten aufstehen und aus dem Restaurant laufen. Was soll diese Scharade?

Ethan bestellt Wein. »Wir brauchen ein bisschen Zeit, um uns für ein Gericht zu entscheiden«, teilt er dem Kellner mit.

Als er eingeschenkt hat, reicht der Kellner Melissa den Glasbehälter mit den zusammengefalteten Zetteln.

»Was ist das?«, fragt sie.

Es sind die Glückszettel. Ich habe meinen Zettel vom letzten Jahr noch, sorgfältig in ein Notizbuch geklebt.

Einen kurzen Moment sieht Ethan mich an, aber ich schaue schnell weg.

Unterdessen erklärt der Kellner Melissa, was es mit den Prophezeiungen auf sich hat, und sie bedient sich. Dann bin ich an der Reihe und zuletzt Ethan.

»Du kannst nicht alles haben. Wo würdest du es denn aufbewahren«, liest Melissa laut vor und beginnt zu lachen. »Das stimmt«, stellt sie fest, und auch Ethan lacht.

Ich nicht. Langsam falte ich meinen Zettel auf. »Das Leben ist ein seltsames Restaurant, in dem die Kellner dir Sachen bringen, die du nie bestellt hast, aber brauchst – ohne es zu wissen.« Lustig. Sehr lustig.

»Und was steht bei dir, Ethan?«, fragt Melissa.

»Die Liebe deines Lebens ist direkt vor deinen Augen«, liest er vor und lächelt sie an.

Ich trinke hastig ein paar Schlucke Wein, und sehe dabei aus dem Augenwinkel, wie Melissa sich zu Ethan beugt und ihm etwas ins Ohr flüstert. Wenn es so weitergeht, muss ich mich übergeben. Mir ist übel, richtig speiübel.

»Entschuldigt mich bitte«, sage ich und eile, ohne eine Antwort abzuwarten, zur Toilette.

Dort schließe ich mich in einer Kabine ein und atme tief ein und durch den Mund wieder aus, in der Hoffnung, mich zu beruhigen. Ich hasse ihn. Und ich hasse mich. Und ich hasse diese perfekte Barbiepuppe, der er schöne Augen macht. Momentan hasse ich mein ganzes Leben. Kann denn nichts so funktionieren, wie ich es mir erhoffe? Gar nichts? Warum hat er diese Frau mitgebracht? Das ist doch lächerlich.

83

Ich wühle mein Handy aus der Tasche, und ohne einen Gedanken daran zu verschwenden, wie spät es in London ist, rufe ich Alisa an.

Da nicht gleich die Voicemail kommt, schöpfe ich Hoffnung. Bitte geh dran. Bitte!

Tatsächlich höre ich ein Murmeln, und dann Alisas verschlafene Stimme.

»Maya – ist alles in Ordnung bei dir?«

»Alisa, es tut mir echt leid, dich zu wecken. Aber ich muss dringend mit dir reden.«

Ich höre ein Geräusch und stelle mir vor, dass sie sich aufsetzt, das Licht anmacht und auf die Uhr starrt.

»Alles okay, ich hatte sowieso vor, früh aufzustehen und ins Fitnessstudio zu gehen«, sagt sie, aber das ist natürlich eine Lüge.

»Ich hab dich sehr lieb, weißt du das?«

»Ich hab dich auch sehr lieb«, antwortet sie. »Was ist denn los? Du hast doch wohl kaum angerufen, um mir das zu sagen, oder?«

»Das hätte ich aber tun sollen. Du bist die beste Freundin, die man sich nur wünschen kann.«

»Ich revanchiere mich nur ein kleines bisschen für alles, was ich dir zu verdanken habe. Also – was ist los?«

»Er hat eine Freundin«, sage ich, und ich glaube, man hört meine Verzweiflung in jedem einzelnen Wort.

»Eine Freundin? Wie krank ist das denn? Woher weißt du es? Hat Ethan es dir gesagt?«

»Nein! Ich rede nicht von Max.«

»Hä?«

»Ethan! Ethan hat eine Freundin. Und sie ist hundertmal hübscher als ich. Und eindeutig jünger. So perfekt und so nett, dass man nicht mal gemein zu ihr sein kann.«

»Aber wo liegt dann das Problem? Warum kümmert uns Ethans Freundin?«

Ich beiße mir auf die Lippe und schweige.

»Kümmert uns Ethans Freundin?«, fragt sie nach einer Weile zögernd.

»Sollte sie eigentlich nicht, richtig?«, antworte ich kleinlaut. Ich bin total durcheinander. Und klinge kindisch, das weiß ich. Aber Alisa ist der einzige Mensch, bei dem ich durcheinander sein kann. Hm, seltsamerweise habe ich in letzter Zeit aber auch das Gefühl, ich könnte auch bei Ethan mein unsicheres, chaotisches Selbst sein.

»Nein, das sollte sie nicht.«

»Richtig. Du hast vollkommen recht. Wir sind nur Freunde. Nicht mal das.«

»Allerdings. Ihr seid nur Freunde, bis er dir endlich sagt, wer Max ist.«

»Aber …«

»Kein Aber. Wo bist du überhaupt? Deine Stimme hallt so komisch.«

»Auf der Toilette. In einem Restaurant.«

»Lass mich raten. Er ist mit ihr in diesem Restaurant.«

»Genau.«

»Und dir ist nichts Besseres eingefallen, als dein Heil in der Flucht zum Klo zu suchen. Autsch. Gefällt mir gar nicht.«

»Es hat nichts zu bedeuten. Nur ein kurzzeitiges Phänomen.«

»Dasselbe Phänomen, das dich auch zum Big Sur, ins Napa Valley und zu dieser Show in San Francisco geführt hat?«

»Ich …«

»Wenn es dasselbe Phänomen ist, das dich dazu gebracht hat, ihn zu küssen, solltest du vielleicht einen Moment innehalten und darüber nachdenken, was du wirklich willst. Mir ist durchaus bewusst, wie leicht es ist, sich in einen Plan zu verstricken und nur noch blind vorwärtszupreschen, bis man endlich das Ziel erreicht. Aber manchmal bewegt sich das Ziel.«

»Ach, sag doch nicht dauernd Phänomen. Und was meinst du überhaupt mit dem ganzen Zeug?«

»Pläne ändern sich. Ziele ändern sich. Gefühle ändern sich. Ich bin kein Fan von Ethan. Ich finde, er ist ein beschissener Freund, und ich denke, er wusste, was er tat, als er so viel Zeit mit dir verbracht hat, aber ich bin auch ziemlich sicher, dass du nicht die Einzige bist, die diese Gefühle hegt. Es sei denn, er ist der größte Casanova der Welt oder er versucht, sich bei dir mit all dem, was er tut, den ganzen Supernettigkeiten, die eigentlich auch aus Tausenden Meilen Entfernung nur eines bedeuten können, für irgendetwas zu rächen.«

»Nein! Pläne ändern sich nicht. Ich habe die Nase voll von Plänen, die sich dauernd ändern und nie so klappen, wie ich es mir wünsche. Aber das ist auch alles. Wir haben ein bisschen Zeit miteinander verbracht, mehr war nicht.«

»Ein bisschen Zeit? Nein. Viel Zeit. Eine Unmenge Zeit. Die *ganze* Zeit eigentlich. Bei jeden Telefongespräch hast du dich glücklich angehört, und ich kann mich nicht erinnern, dass Max in unseren Gesprächen allzu oft vorkam. Es ist eben nicht immer so schwarz-weiß, wie du es gern möchtest. Vor allem, wenn es um Herzensangelegenheiten geht. Und wenn du einfach ehrlich mit dir wärst, würdest du auch sehen, dass alle Anzeichen darauf hindeuten … dass du etwas für Ethan empfindest.«

»Ach was, der einzige Mensch, für den ich etwas empfinde, ist Max.«

»Max ist ein Einhorn. Ein Eintags-Abenteuer. Aber Ethan und du, ihr teilt viel mehr …«

Ich falle ihr ins Wort. »Wie auch immer – hast du mir überhaupt zugehört? Ethan hat eine Freundin.«

»Und trotzdem hat er seine ganze Zeit mit dir verbracht. Mir kommt diese vom Himmel gefallene Freundin ziemlich fragwürdig vor.«

»Es spielt sowieso keine Rolle mehr. Ich bin in einen anderen verliebt.«

Entschlossen verlasse ich die Toilette und gehe so unauffällig wie möglich zurück ins Restaurant, werde praktisch eins mit der Wand, ich bin unsichtbar. Dann spähe ich um die Ecke und sehe, wie sie reden und lachen.

»Maya, du klingst wie ein Roboter. Hör dir doch selbst mal zu. Gut, du bist verliebt. Aber nicht in Max. Ich hoffe, du wirst deine Sturheit nicht eines Tages bereuen und zu spät erkennen, was sich direkt vor deinen Augen abspielt«, sagt Alisa, und das versetzt mir einen Stich. Denn es ist zu spät. Der Beweis trägt ein hübsches Sommerkleid und lächelt mit perfekten Zähnen diesen Mann an, der kein Kurzzeitphänomen und nicht Max ist und auch nicht in meinem Plan vorkam. Den ich aber liebe! O Gott, so ist es. Ich liebe ihn. Trotz allem, ganz gegen meinen Willen.

Statt zum Tisch zu gehen, drehe ich mich um hundertachtzig Grad und halte auf die Tür zu.

Wollte Ethan mich demütigen? Er hatte nie vor, mir zu sagen, wer Max ist, oder? Er wollte nur mit mir spielen. Ist das seine Art, sich für das zu rächen, was ich – wie er denkt – seinem Freund angetan habe? Aber er hat mein Buch gelesen, er weiß doch, wie viel mir dieser Tag bedeutet hat. Wie konnte er so etwas tun?

Ich kann ihn nicht lieben. Ich muss ihn hassen, genau wie

ich es ihm so oft gesagt habe, aber leider hasse ich bloß mich selbst, weil ich solche Gefühle für ihn habe. Ich bin nicht sauer, weil Max nicht da ist, ich bin sauer, weil ich mich irgendwann zwischen meiner Ankunft hier und dem heutigen Tag in Ethan verliebt habe. Obwohl ich genau wusste, dass es eine ganz schlechte Idee war. Ich wusste es, und es ist trotzdem passiert. Und jetzt tut es maßlos weh. Um Publicity zu bekommen, hat er mich ausgenutzt, und wahrscheinlich haben wir deshalb auch all diese zauberhaften Orte besucht. Ständig haben die Leute uns zusammen gesehen. Wie dumm ich war! Wie dumm und naiv. Wie konnte ich mich in einen solchen Mann verlieben? Mit seinem charmanten Lächeln und guten Manieren, seinem wundervollen Humor und seiner Verspieltheit. Offensichtlich wusste er genau, welche Knöpfe er drücken musste, um mich bei der Stange zu halten, er hat mir immer gerade genug Hoffnung gegeben, aber nie eine Spur von Sicherheit.

Alisa hat vollkommen recht. Ich habe es die ganze Zeit abgestritten, habe mir eingeredet, alles sei nur wegen Max, und dabei habe ich an Max in Wahrheit keinen Gedanken verschwendet. Einen Mann wie Max verdiene ich gar nicht. Ich habe ihn genug verletzt. Selbst wenn ich ihm jetzt begegnen würde, hätte ich ihm nichts zu bieten. Mein Herz kann ich ihm nicht mehr schenken, denn das habe ich unglücklicherweise an einen anderen verloren. Einen anderen, der es in eine Million Stücke zerbrochen hat, um dann auch noch darauf herumzutrampeln.

Was habe ich nur getan?

Ich gehe zurück ins Cottage und packe meine Sachen. Ich bin erledigt. Vielleicht ist ein Betrüger und Lügner wie David das Einzige, was ein Mensch wie ich verdient.

84

Zwar geht der Flieger nach New York, für den ich ein Ticket ergattert habe, erst morgen früh, aber ich habe nicht vor, noch eine einzige Nacht im Cottage zu verbringen. Ich ziehe mich um, werfe meine Siebensachen in den Koffer und beabsichtige, umgehend zum Flughafen zu fahren. Lieber sitze ich stundenlang auf einem Stuhl, als in Ethans Nähe zu bleiben.

Auf dem Weg zum Flughafen mache ich noch beim Café halt, denn ich will Celine wenigstens über meine Abreise informieren. Dafür muss ich mir allerdings noch eine Begründung ausdenken, die nicht total an den Haaren herbeigezogen klingt. Doch bevor ich Gelegenheit habe, den Mund aufzumachen, fängt sie an, mir ihre fantastischen Neuigkeiten zu erzählen.

»Stell dir vor, ich werde beim Laguna-Seca-Rennen dabei sein«, sagt sie. »Die haben mich angerufen, dass sie noch Mechaniker brauchen, und jetzt gehöre ich dazu. Für die Zeit weiß ich schon die perfekte Person, die auf unser Café aufpassen und alles zweifellos besser managen wird, als ich es könnte.« Sie zwinkert mir verschwörerisch zu. »So glücklich war ich noch nie in meinem ganzen Leben – alle meine Träume werden wahr. Zuerst Aaron, jetzt das.«

»Und du hast es wirklich verdient, Celine. Du hast all dieses Glück verdient«, sage ich, und mir kommen die Tränen, »aber ich fürchte, fürs Café musst du jemand anderes finden.«

»Warum? Was ist denn los?«, fragt sie erschrocken und ergreift meine Hände.

Ich murmle irgendwas von einem familiären Notfall und dass ich schnellstens zurück an die Ostküste muss.

Sie ist sprachlos.

»Wann kommst du denn zurück?«, fragt sie dann, noch immer unter Schock.

»Das weiß ich nicht«, antworte ich.

»Maya, du würdest es mir sagen, wenn etwas anderes los wäre, ja?«

Wenn ich das nur könnte. Hätte ich doch alles anders gemacht, ich werde sie so sehr vermissen. Und nicht nur sie …

Nein. An all das kann ich jetzt nicht denken. Meine Entscheidung ist die vernünftigste, die ich in den letzten Wochen getroffen habe. Ich hätte nie herkommen dürfen.

»Ich werde dich so vermissen«, sagt sie unter Tränen, ein Echo auf meine eigenen Gedanken.

Ich umarme sie und bemühe mich, nicht zu weinen. Als ich hinausgehe, fühle ich ihren Blick auf mir und kann mir vorstellen, was sie jetzt denkt.

An der Haltestelle studiere ich den Fahrplan, und da der nächste Bus erst in einer Stunde kommt, gehe ich, um die Zeit totzuschlagen, einfach ein Stück Richtung Strand.

Mein Gepäck zu Füßen, setze ich mich auf eine Bank. Auf DIE Bank. Ich möchte mich verabschieden. Von diesem Ort. Von meinen Hoffnungen und Träumen. Von dem, was hätte sein können.

Mit dem Handrücken wische ich mir eine Träne ab und starre auf den Ozean hinaus.

Wer hätte das gedacht? Wer hätte sich vor einem Jahr – oder auch vor nur zwei Wochen – vorstellen können, dass ich heute hier sein würde? Ich nicht. Doch mit der noch ganz frischen Erinnerung im Kopf, wie Ethan mit dieser Frau kichert, beiße ich die Zähne fest zusammen und schwöre mir, nie mehr zuzulassen, dass ein Mensch mich dermaßen verletzt. Komme, was wolle. Nie, nie mehr.

Ein Schatten fällt auf mich. Jemand steht mir in der untergehenden Sonne, und ich lege die Hand über die Augen, um erkennen zu können, wer es ist.

Doch dann weicht mir alles Blut aus dem Kopf, ich habe das Gefühl, der Rest meiner Energie fließt hinunter in meine Beine und von dort nutzlos auf den Boden.

Mit einem Ruck wende ich den Kopf ab und wische mir hastig die Tränen weg, denn er soll nicht sehen, dass ich weine.

»Du solltest nicht hier sein«, sage ich giftig.

Aber er bleibt vor der Bank stehen. »Warum?«, fragt er mit ausdruckslosem Gesicht.

Ich springe hoch, balle die Fäuste neben dem Körper und zittere am ganzen Leib. So wütend bin ich.

»Weil ich dich hasse, deshalb.«

Er fängt an zu lachen. »Nichts Neues, was?«, sagt er spöttisch, als wollte er mich vollends zum Ausrasten bringen.

»Diesmal endgültig. Die reine Wahrheit. Hundertprozentig.«

Er ist so ruhig, es macht mich wahnsinnig.

»Das ist ja eine Menge. Darf ich fragen, wodurch ich mir diese neue Hass-Woge eingehandelt habe?«

»Ach wirklich? Das fragst du noch? Was war denn der Zweck des heutigen Abends? Statt Max mitzubringen, hast du deine Freundin angeschleppt, um mir so richtig unter die Nase zu reiben, dass ich nicht mit ihm zusammen sein kann, aber du dafür mit dieser tollen Frau, oder was? Ich kapier das einfach nicht.«

Er lacht wieder, und ich möchte ihm am liebsten mein Handy an den Kopf werfen. »Darum geht es also?«

»Nein! Warum verschwindest du nicht einfach, Ethan?«

»Ich möchte nicht verschwinden, und ich möchte auch nicht, dass du verschwindest.«

Er kommt einen Schritt auf mich zu, und ich weiche einen Schritt zurück.

»Was willst du denn noch von mir?«

»Ich denke, du willst etwas von mir.«

»Das ist ja komisch. Wir wissen beide, dass du mir nicht sagen wirst, wer er ist. Ich glaube, das wolltest du nie.«

»Nein«, sagt er, und seine Ehrlichkeit überrascht mich. »Das stimmt. Zuerst wollte ich das überhaupt nicht. Ich wollte dich auf eine sinnlose Suche nach beliebigen Lyft-Fahrern schicken, bis du genug davon hast und zurück nach New York fährst. Ich war überzeugt, dass der Tag damals für dich nichts bedeutet hat und du nur zurückgekommen bist, um mein Buch als Startrampe für deine eigene Karriere zu benutzen.«

»Wenigstens gibst du es zu«, erwidere ich angeekelt.

»Das wollte ich zuerst«, wiederholt er. »Aber dann ... dann wurde mir klar, dass ich mich geirrt habe. In dieser ganzen Zeit, die wir zusammen verbracht haben. Als ich dein Buch gelesen habe und ...«

Ich starre ihn an, und die Wut tobt noch immer in mir.

»Ich glaube dir nicht«, stoße ich hervor. »Ich denke, alles, was du getan hast, seit du mir begegnet bist, war allein zu deinem persönlichen Vorteil. Wie kann man Bücher besser vermarkten, als mit der Hauptperson durch die Stadt zu ziehen? Das war ich für dich. Die Hauptperson in deiner Geschichte. Einer ziemlich schlecht geschriebenen Geschichte«, füge ich gehässig hinzu. »Du hast mich benutzt und in die Irre geführt und ...«

»Wie habe ich dich in die Irre geführt?«

Ich möchte ihm sagen, dass er mir das Gefühl gegeben hat, zwischen uns gäbe es etwas ganz Besonderes. Aber wie würde das klingen? Ich könnte so etwas sowieso niemals sagen, dafür bin ich zu stolz. Mit dieser perfekten Barbie im Hintergrund, die auf ihn wartet – nein, so weit würde ich mich niemals demütigen. Wozu denn auch? Nur, um es mir von der Seele zu reden? Nein danke. Ich werde es für mich behalten, bis es mich irgendwann im Schlaf erwürgt. Das wäre immer noch besser.

»Maya«, sagt er und kommt wieder einen Schritt näher. Und wieder weiche ich zurück.

»Okay«, sagt er. »Ich hab verstanden und bleibe hier stehen. Weit genug weg von dir. Ist es so in Ordnung?« Er geht noch fünf, sechs Schritte weiter von mir weg. Sieben. Zehn. Fünfzehn. »Warum willst du weg?«, ruft er, aber der Wind verweht seine Worte, und ich kann ihn kaum hören.

»Warum kümmert dich das?«, brülle ich zurück.

»Na ja, zum einen, weil ich …«, brüllt er, aber den Schluss verstehe ich nicht mehr.

»Was? Ich kann dich nicht hören.« Ich möchte weg. Ich möchte nicht mehr mit ihm reden. »Ich gehe jetzt«, brülle ich.

Ich packe den Griff meines Koffers, und plötzlich habe ich das Gefühl zu fliegen, denn er hebt mich hoch, und plötzlich sind seine Lippen auf meinen, und er küsst mich, wie ich noch nie geküsst worden bin. Leidenschaftlich und besitzergreifend, als könnte er gar nicht genug von mir kriegen, als hätte er Hunger auf mich. Die Welt dreht sich um mich, und ich kann nicht mehr atmen. Und nicht mehr denken. Ich gebe mir Mühe, diesen Kuss nicht zu erwidern, aber ich schaffe es nicht. Also küsse ich ihn und lasse mir von diesem Augenblick alle Sinne rauben.

Schließlich stellt er mich zurück auf den Boden. »Ich habe gesagt … weil ich dich liebe«, beantwortet er meine Frage von vorhin und blickt mir direkt in die Augen.

Ich versuche, zu Atem zu kommen und die Fassung zurückzugewinnen, aber meine Wangen brennen, und meine Beine fühlen sich an, als wären sie aus Pudding. »So ein Pech, ich liebe dich nämlich nicht«, erwidere ich und gehe wieder auf Abstand.

Wie kann er es wagen, nach allem, was passiert ist, zu behaupten, er würde mich lieben!? Nein, nein! Ich muss wohl akzeptieren, dass ich meine Körperreaktionen nicht kontrollieren kann, wenn er in der Nähe ist, aber was ich sage, habe ich unter Kontrolle, und dementsprechend werde ich mich ab jetzt auch verhalten.

»Das glaube ich dir nicht«, sagt er, und jetzt ist sein Gesicht ganz ernst.

»Tja, ist aber so«, beharre ich und schaue weg.

Er kommt näher, so nah, dass ich seinen warmen Atem auf dem Gesicht spüre. Sein Eau de Cologne macht mich schwindlig. »Schau mich an!«, verlangt er mit fester Stimme, aber ich weigere mich.

Behutsam greift er nach meinem Kinn und dreht mein Gesicht zu sich. »Maya …«

Wir blicken uns in die Augen, und die Chemie zwischen uns ist überwältigend. Aber ich werde nicht nachgeben, beiße die Zähne zusammen und will ihm auf keinen Fall zeigen, wie heftig mein Körper auf ihn reagiert, wie sehr ich mich nach seiner Berührung sehne – aber die Anziehung ist stärker. Ich weiß nicht, wie es passiert, aber auf einmal drücke ich meine Lippen auf seine, mit einem Hunger und einer Verzweiflung, die ich mir niemals zugetraut hätte.

»Maya«, flüstert er. »Ich wollte dir nie wehtun«, fügt er hinzu, als er die Träne sieht, die über meine Wange rollt.

»Bitte, ich flehe dich an, weine nicht. Ich verspreche dir, du hast keinen Grund zu weinen.«

»Versprich mir lieber nichts, Ethan.«

»Ich möchte dir alles erklären. Zuerst einmal, was heute Abend im Restaurant passiert ist. Aber dafür musst du mit mir ins Café Azure kommen.«

»Es gibt Dinge, von denen man lieber die Finger lassen sollte. Und außerdem muss ich meinen Flieger kriegen«, sage ich, ahne jedoch, dass meine Argumente ebenso schwach sind wie meine Abwehrmechanismen.

»Wann startet er?«

»Um neun morgen früh.« Es klingt lächerlich, ich weiß. Bis dahin sind es noch über zwölf Stunden.

»Zeit genug«, sagt er und greift sich meinen Koffer.

85

Als wir das Café betreten, starrt Celine mich überrascht an.

»Du hast sie zurückgeholt, Ethan? Hast du sie etwa überredet hierzubleiben?«, fragt sie und ist schon wieder den Tränen nahe.

»Noch nicht ganz«, antwortet er, zwinkert ihr aber verschwörerisch zu.

Melissa bemerke ich erst, als Ethan mich zu einem Tisch am Fenster führt.

Sie steht auf und streckt die Arme nach mir aus, um mich zu drücken. Ich mache meinen Körper ganz steif.

»Ethan hat gesagt, du fühlst dich nicht so gut. Geht es dir jetzt ein bisschen besser?«

Ich schaue zu Ethan hinüber, der nickt, also spiele ich mit.

»Ja«, antworte ich, wenn auch nicht sehr überzeugend.

»Ich werde dich auch nicht lange aufhalten. Nach Ethans Buchpräsentation morgen können wir uns in Ruhe unterhalten.«

»Worüber?«

Auch sie schaut zu Ethan und dann wieder zu mir. »Dein Manuskript«, antwortet sie. »Ich habe es gelesen, und es ist absolut brillant. So schön, herzerwärmend und herzzerreißend. Und obwohl ich Ethans Text schon zehnmal gelesen und bearbeitet habe, hat es mich doch die ganze Zeit gefesselt. Es ist die gleiche Geschichte, in gewisser Weise jedenfalls, und trotzdem ganz anders. Die beiden Texte sind wie die perfekten Hälften einer einzigen perfekten Geschichte«, sagt sie und klingt ziemlich begeistert.

Ich bin verwirrt. »Tut mir leid, aber irgendwie verstehe ich das nicht.«

»Ethan?«, sagt sie und hebt eine Augenbraue. »Hast du ihr nichts davon erzählt?«

»Nein. Ich wollte, dass es eine Überraschung wird.«

»Das erklärt deine Reaktion«, sagt Melissa lachend zu mir. »Okay. Ich bin sicher, dass er dir später noch mehr darüber erzählt, aber Ethan hat mir dein Manuskript geschickt, sobald er damit durch war. Er hat mir erzählt, dass er die ganze Nacht aufgeblieben ist, nachdem du es ihm gegeben hattest, weil er es einfach nicht weglegen konnte. Und ich weiß auch, warum. Mir ging es ja genauso. Er hat mich gefragt, ob ich dich vertreten würde und ob ich Verlage wüsste, denen ich den Text zusenden könnte, und einen Plan für die Vermarktung.«

»Du hast meine Geschichte gleich in der ersten Nacht gelesen?«, frage ich Ethan. Von allem, was Melissa mir erzählt, hab ich mir nur dieses Detail gemerkt.

Er nickt. »Ich hab dir doch gesagt, die Geschichte ist fabelhaft.«

»Du hast aber auch behauptet, du wärst ein langsamer Leser«, entgegne ich.

»In diesem Fall nicht«, gibt er grinsend zu.

Melissa fährt fort: »Ich habe nicht nur eine Liste mit Verlagen, ich habe das Buch schon angeboten, und es sind bereits mehrere Lektoren und Literaturscouts bereit, es zu lesen. Natürlich konnte ich es nicht ohne deine Einwilligung verschicken, deshalb musste ich warten, bis wir uns treffen. Aber ich habe einen hervorragenden Plan dafür. Denk an Eamon und Frankee. Justin und Selena. Taylor und Harry. Gleiche Geschichte, zwei Seiten. Es wird riesig! Und beide Bücher werden einander die Bälle zuspielen, das von Ethan kommt ja jetzt schon unglaublich gut an.«

Dann wendet sie sich an Ethan. »Nicht, dass ich daran gezweifelt hätte.«

»Also bist du deshalb hier?«, frage ich.

»Um dich zu treffen, ja. Und zu Ethans Präsentation natürlich auch, und weil mein Mann gern nach Kalifornien wollte, also haben wir die Kids genommen, sind ins Flugzeug gestiegen – und hier sind wir«, sagt sie und lacht.

Sie gefällt mir, ich mochte sie schon, als ich sie eigentlich noch gehasst habe.

Ehemann. Kinder. Mein Manuskript, Ethan. In meinem Kopf dreht sich alles.

»Und du möchtest mich also vertreten?«, frage ich.

»Sehr, sehr gern. Natürlich nur, wenn du mich möchtest.«

Als ich zu Ethan hinüberschaue, strahlt er übers ganze Gesicht.

»Das tue ich«, antworte ich, wieder an Melissa gewandt. »Danke.«

»Nein, ich danke dir für diese ganz spezielle Liebesgeschichte, sie ist einfach – ach, sie hat mein Herz zum Schmelzen gebracht. So viel erst mal dazu«, fährt sie fort, »ich muss jetzt nämlich leider gehen, sonst meldet mein Mann mich als vermisst. Aber ich schicke dir nachher per Mail einen Vertrag, den können wir dann morgen zusammen anschauen, falls du irgendwelche Fragen hast. Einen wunderschönen Abend wünsche ich euch beiden«, sagt sie noch, steht auf und verlässt mit großen Schritten das Café.

Ist »baff« das richtige Wort für meinen momentanen Zustand? Vielleicht. Jedenfalls fällt mir nichts Besseres ein.

Ich schaue zu Ethan. Er erwidert meinen Blick, und ich höre mich selbst atmen, so still ist es.

»Danke«, sage ich schließlich.

»Bei mir musst du dich nicht bedanken, du hast das verdient, und wie du selbst gesagt hast – man könnte schon behaupten, dass ich deine Geschichte gestohlen habe.«

Inzwischen kann ich nicht einmal mehr lächeln, so tief sitzt der Schock über diese unerwartete Entwicklung der Ereignisse.

»Wir hatten eine Abmachung, und ich werde meinen Teil des Deals einhalten. Ich habe dir versprochen, dass ich dir, wenn ich dein Buch gelesen habe – wie oft, haben wir nicht genauer festgelegt –, und dir glaube, sagen werde, wer Max ist.«

Ich halte die Luft an.

»Heute Morgen habe ich dein Buch zum vierten Mal gelesen, und ich glaube dir. Jetzt ist es Zeit, dass du Max kennenlernst.«

Dabei will ich das doch gar nicht mehr, möchte ich sagen, aber die Worte kommen mir einfach nicht über die Lippen. Stattdessen sitze ich Ethan gegenüber und versuche, nicht zu weinen.

»Ich habe etwas für dich. Etwas, das alles erklärt, was ich dir nicht erklären konnte.« Er reicht mir zwei Blatt Papier.

»Was ist das?«

»Das sind die fehlenden Seiten meines Manuskripts. Von denen ich dir an dem Tag erzählt habe, als wir den Pakt geschlossen haben.«

Mit zittrigen Fingern nehme ich die Seiten entgegen.

»Wenn du sie gelesen hast, wirst du die Antwort auf alle deine Fragen wissen …«

»Ethan, was soll das bedeuten?«

Er beugt sich zu mir, küsst mich auf den Kopf und verschwindet ohne ein weiteres Wort.

June After Midnight – Kapitel 28 (Entwurf 1)

In der Hand ein Bier, so sitze ich am Feuer und schaue hinaus auf den Ozean. In ein paar Minuten wird sie auftauchen, das weiß ich, aber ich gebe mir Mühe, nicht dauernd in Richtung Weg zu starren. Ich muss ganz entspannt wirken. Zum Glück sind hier über fünfundzwanzig, vielleicht dreißig Leute, und ständig kommen noch mehr dazu. Sie trinken Bier und Wein, rösten Marshmallows, eine Frau hat zwei Thermoskannen mit heißem Kakao gebracht. Ich glaube, einige sind Touristen oder jedenfalls neu in dieser Gegend, aber ich kenne immer noch mindestens die Hälfte der Anwesenden, wenn auch manche nur vom Sehen.

Mit ein paar von ihnen plaudere ich entspannt, anderen nicke ich zu, dann setze ich mich wieder. Und warte.

Was ich tue, ist riskant, das weiß ich. Aber ich bin trotzdem hier. Ich weiß nicht, ob ich weitermachen soll, es ist bisher so gut gelaufen. Sie hat sich großartig amüsiert und hatte einen wundervollen Geburtstag, der ihr bestimmt in Erinnerung bleiben wird. Doch in ein paar Stunden fliegt sie zurück. Warum bin ich dann hier? Ich bin mir nicht sicher. Vermutlich konnte ich einfach nicht wegbleiben, weil ich sie wenigstens einmal von Nahem sehen wollte. Den ganzen Tag habe ich sie beobachtet, wenn auch nur aus der Ferne. Es wäre schön, eine Weile am Feuer zu sitzen, nicht richtig zusammen, aber immerhin nebeneinander, sie lächeln, vielleicht sogar lachen zu sehen. Ich bin neugierig, wie ihre Stimme klingt, ich habe sie nur ein paar Sekunden lang gehört, als wir die Radtour gemacht haben, aber da hatte ich solche Panik, sie könnte mich entdecken, und war deshalb nicht sehr aufmerksam. Ich bin neugierig auf ihre Augenfarbe. Ich weiß wirklich nicht, was ich hier tue. Soll ich ihr sagen, wer ich bin? Einfach zu ihr gehen und mich vorstellen?

Sie sitzt mir gegenüber, auf der anderen Seite des Feuers, neben Remy.

Als er anfängt zu singen, schaut sie nachdenklich in die Flammen.

Ich will den Blick abwenden, in die andere Richtung sehen, so tun, als wäre ich anderweitig beschäftigt oder abgelenkt, aber ich kann es nicht.

Also schaue ich zu ihr, und unsere Blicke begegnen sich.

Zuerst denke ich, sie könnte ins Feuer oder durch mich hindurch sehen, aber meinem Bauchgefühl nach schaut sie mich ganz direkt an.

Ich halte ihren Blick fest. Mein Gott, sie ist wunderschön.

Die Frau mit der Thermoskanne bietet ihr eine Tasse Kakao an, und Maya nimmt sie erfreut an.

Der Starrwettbewerb ist vorbei. Der Augenblick verstrichen.

Ich bin fast auf der Straße, als ich, nicht weit von der Stelle, wo Maya und ich – zusammen, aber dennoch getrennt – heute gegessen und getrunken haben, etwas im Sand sehe. Der Gedanke, ich könnte die Gelegenheit verpasst haben, sie besser kennenzulernen, diesen Tag mit ihr zu verbringen, sie nicht nur zu beobachten und zu bewachen, sondern in ihre Augen zu schauen und ihre Stimme zu hören, macht mich traurig. Ich wünschte, ich wäre mutiger gewesen, risikofreudiger. Aber jetzt ist es zu spät.

Zuerst denke ich, dass ich es mir einbilde, aber als ich näher herangehe, sehe ich, dass sie es tatsächlich ist. Offenbar ist sie am Strand eingeschlafen, den Rucksack neben sich.

Ich nähere mich so langsam und lautlos wie möglich, denn ich habe Angst, sie zu wecken. Dann stehe ich da, schaue sie an und frage mich, was hätte sein können, wenn wir uns unter anderen Umständen begegnet wären.

Vorsichtig ziehe ich meinen Hoodie aus und decke sie damit zu, dann krame ich meinen Stift, den ich immer bei mir habe, und das Reisenotizbuch aus der Tasche und schreibe eilig meine hoffnungsvollen Gedanken über das Leben, das wir miteinander beginnen könnten, auf und beuge mich zu ihr hinunter, um sie in die Tasche des Hoodies zu stecken und Maya auf die Haare zu küssen. Sie riecht so gut, wie Kirschblüten im Frühling. »Ich werde dich bald wiedersehen, hoffe ich …«

Maya bewegt sich schläfrig, und ich flitze eilig davon zu meinem Treffpunkt mit David, den ich nicht als ihren Freund bezeichnen möchte, weil ich immer noch an der Hoffnung festhalte.

86

Als ich mit Lesen fertig bin, schreibe ich sofort eine Nachricht an Alisa.

Na ja, nicht genau in diesem Moment. Zuerst dachte ich, ich hätte etwas falsch verstanden und lese den Teil noch einmal. Den Teil mit dem Feuer. Den Teil, in dem er mir gegenübersitzt und wir uns in die Augen schauen. Ich habe ihm gesagt, dass ich mich erinnere, ihn an diesem Lagerfeuer gesehen zu haben, aber er hat so getan, als wüsste er nicht, was ich meine. Ich dachte, es wäre einfach Zufall gewesen. Schließlich wohnt er hier, und er hat gesagt, er geht im Sommer jede zweite Woche zu einem dieser Lagerfeuer. In der früheren Version der Geschichte hat er nichts davon erwähnt, deshalb habe ich es aus meinen Gedanken verdrängt.

Jetzt lese ich es wieder und wieder. Er war es tatsächlich, der mir dort gegenübersaß. Dieser Augenblick war real. Ich habe es damals genauso gespürt, wie ich es in jeder einzelnen Sekunde gespürt habe, seit wir beide hierher nach Carmel zurückgekommen sind.

Dann komme ich zu dem Teil, in dem ich im Sand schlafe und er mich auf die Haare küsst, genauso wie er es gerade vorhin getan hat. Wie er seinen Hoodie über mich breitet, damit ich nicht friere. Und dann zum letzten Teil. Zu der Nachricht, die er mir geschrieben hat und die ich nie bekommen habe. Wie vom Donner gerührt springe ich auf und greife nach meinem Rucksack. Ich weiß, sie muss noch da sein. Garantiert. Ich habe den Hoodie nie gewaschen, habe ihn im letzten Jahr kein einziges Mal auch nur angefasst. Aber ich habe ihn behalten …

Alisa, JETZT WEISS ICH ENDLICH, WER MAX IST!

87

Ich hole den Hoodie aus dem Rucksack, schlüpfe hinein, stopfe die Hände in die Taschen. Unglaublich. Da ist sie immer noch, die Nachricht, die er mir geschrieben hat.

Vielleicht habe ich mir die ganze Sache nur eingebildet. Dich. Heute.

Vielleicht habe ich mir nur eingebildet, dass wir uns heute Abend über das Feuer hinweg in die Augen geschaut haben.

Vielleicht hatte nur ich all diese unglaublichen Gefühle.

Vielleicht bin ich der verrückte Typ, der sich innerhalb weniger Stunden, vielleicht sogar Minuten unsterblich verliebt hat.

Vielleicht bin ich das alles … und wenn es so ist, wirst du mit ihm weggehen, und ich werde dich nie wiedersehen. Aber wenn nicht, dann sollst du wissen, dass ich hier auf dich warte. Morgen. Übermorgen. Egal. Um gemeinsam den Sonnenaufgang zu beobachten. Wie ich es dir versprochen habe. Du brauchst weiter nichts zu tun, als mir eine Nachricht zu schicken, dann komme ich zu dir gelaufen (mein Name und meine Handynummer stehen auf der Rückseite).

PS: Und ja, ich möchte gern die Antwort auf deine Frage Nummer 50 wissen. Und ich kann es kaum erwarten, dass du es mir erzählst …

Bis Sonnenaufgang sind es noch mehrere Stunden, aber das ist mir vollkommen gleichgültig. Ein ganzes Jahr habe ich auf das hier gewartet. Genau genommen mein ganzes Leben lang!

»Gehst du weg, Maya?«, fragt Celine, als sie mich zur Tür gehen sieht.

Abrupt bleibe ich stehen und drehe mich um. »Ich muss dir etwas sagen, aber du musst mir glauben, dass ich dir niemals wehtun und dich nie anlügen wollte. Du liegst mir nämlich sehr am Herzen und bist eine ganz wunderbare Freundin.«

Sie kommt auf mich zu, drückt meine Hand und lächelt. »Ich weiß Bescheid, Maya. In dem Augenblick, als du ins Café zurückkamst, wusste ich, wer du bist und warum du hier bist. Ich bin diejenige, die sich entschuldigen muss. Ich wollte es dir sagen, aber er hat mich gebeten, mich nicht einzumischen.«

Sie nimmt mich in den Arm, ich drücke sie ganz fest, und wir haben beide Tränen in den Augen.

88

Ich verlasse das Café und renne los. Sobald ich die Bank – unsere Bank! – sehen kann, schreibe ich mit zitternden Händen eine Nachricht: *Du fragst nach Nummer 50? Okay. Glaubst du an Liebe auf die erste SMS?*

Minuten verstreichen, und nichts passiert. Noch ein paar mehr. Er kommt nicht. Nein, er muss kommen!

Ich möchte nicht weinen, aber ich bin überwältigt von diesem Augenblick. Überwältigt von der Erkenntnis, was im letzten Jahr, in den letzten Wochen alles passiert ist. Von meiner Liebe zu ihm und seiner Liebe zu mir.

Auf einmal höre ich rasche Schritte, jemand läuft auf mich zu. Mein Herz pocht wie verrückt, ich habe Angst, die Augen zu öffnen, es fühlt sich alles so sehr nach einem Traum an. Was, wenn ich aufwache?

Doch dann spüre ich, wie er mich zart auf den Kopf küsst, genau wie vor einem Jahr, aber diesmal werde ich nicht weggehen, und ich breche ihm nicht das Herz. »Ich glaube es«, flüstert er. »Ich glaube es tatsächlich.«

Ich öffne die Augen, und wir starren uns einen Augenblick an, ehe wir beide genau gleichzeitig sagen: »Ich liebe dich.« Dann ziehe ich ihn an mich und küsse ihn.

»Können wir hierbleiben und den Sonnenaufgang anschauen?«, frage ich ihn.

»Ich würde es nicht anders wollen«, sagt er und küsst mich noch einmal. »Bist du sauer auf mich, weil ich dir nicht früher gesagt habe, wer ich bin?«

»Nein. Ich bin nicht sauer. Ich hasse dich«, antworte ich mit einem leisen Lachen.

»Hätte ich mir denken können. Schreib es in das schwarze Notizbuch, das ich dir geschenkt habe.«

»Was glaubst du denn, was ich da alles reingeschrieben habe?«

Er lacht.

»Ich verstehe, warum du mir nicht die Wahrheit gesagt hast, als ich zurückgekommen bin. Aber zuerst wolltest du es, richtig? In San Francisco? Ich sehe ein, wie das alles für dich ausgesehen haben muss. Du hast einfach nur dein Herz geschützt.« Ich halte seine Hand ganz fest in meiner.

»Wie gut mir das gelungen ist«, sagt er und zieht mich zu sich.

»Aber eines verstehe ich nicht. Das Lyft. Mir hat nie jemand gesagt, dass du Lyft-Fahrer bist, und ich bezweifle, dass du Leute in deinem Porsche oder dem Mustang durch die Gegend kutschiert hast.«

»Gute Frage! Ich hatte einen Toyota Prius, den ich Aaron verkauft habe, als ich nach Florida gegangen bin. Damit habe ich gelegentlich jemanden gefahren – insgesamt vielleicht ein dutzend Mal –, in der Hoffnung, dass meine Passagiere mir Inspiration für meine Geschichten liefern würden.«

»Und – hat es geklappt?«

»Lustig, dass du fragst. Du solltest mein neuestes Buch lesen. Die Geschichte meiner letzten Lyft-Fahrt. Es erscheint morgen.«

»Kriege ich kein Freiexemplar?« erkundige ich mich augenzwinkernd.

»Ein Autor muss seinen Lebensunterhalt verdienen. Wie sollte ich mir sonst so etwas leisten können?«, fragt er und holt aus seinem Rucksack, den ich bisher noch gar nicht bemerkt habe, ein quadratisches, in Papier eingeschlagenes Päckchen.

»Was ist das?«

»Nur ein kleines Geschenk. Happy Birthday, Maya.«

»Du hast daran gedacht!« Um ein Haar muss ich wieder weinen.

»Vielleicht«, neckt er mich.

Ich wickle mein Geschenk aus, falle Ethan um den Hals und drücke ihn fest an mich. Es ist das kleine Gemälde, das ich mir so gewünscht habe. Das von Big Sur mit unserem Sonnenuntergang. »Danke«, rufe ich, »danke! Das ist wundervoll!«

»Wir müssen einen Platz finden, wo wir es aufhängen können«, sagt er.

»Wie wäre es mit dem Café Azure? Oh – hat Celine dir schon die tolle Neuigkeit erzählt?«

»Ja. Und ich hab ihr einen Vorschlag gemacht, wer das Management des Cafés übernehmen könnte, mindestens für die nächsten Monate. Ich hoffe, du stehst nicht zur Verfügung, denn Aaron kennt sich mehr als gut dort aus, um zurechtzukommen.«

»Ich stehe nicht zur Verfügung?«

Er grinst. »Das habe ich gehofft. Und für das Bild habe ich mir auch etwas anderes vorgestellt.«

»Ach wirklich?«

»Ja. Vielleicht so etwas wie das Dolce Far Niente? Ich hab gehört, es steht zum Verkauf.«

»Wie bitte?« Ich kann ihn nur anstarren, verliere mich in seinen Augen und diesem überwältigenden Moment.

»Ich kenne nämlich jemanden, der es, wenn wir zurückkommen, lieben würde, auf dem Balkon zu sitzen und dir dabei zuzusehen, wir du auf den Ozean hinausblickst und glücklich bist.«

»Wenn wir zurückkommen?«, wiederhole ich.

»Na ja, schauen wir mal. Über Hawaii weiß ich Bescheid, aber wie weit oben steht Neuseeland auf deiner Wunschliste?«

»Auf Platz zwei. Aber nur, wenn die Reise einen Tagesaufenthalt in London mit einschließt. Da wohnt nämlich zurzeit eine Person, die es überhaupt nicht erwarten kann, dich kennenzulernen.«

»In Ordnung, ich bin gespannt. Aber was ist Nummer eins?«

»Eine zweimonatige Reise durch Amerika, verbunden mit ein paar Buchladenbesuchen«, antworte ich lachend.

»Wenn ich ehrlich bin, habe ich gehofft, du würdest das sagen. Wie viele Pluspunkte würde mir beides auf der Hass-Skala einbringen?«

»Ach, nur ein paar. Aber ich glaube, du brauchst viel mehr Zeit, um genug Punkte zu erreichen.«

»Wir sprechen hier über Jahrzehnte, richtig? Ich frage nur, weil ich da so eine Idee habe …«

»Selbstverständlich hast du die«, kontere ich und küsse ihn. Und zum ersten Mal in meinem ganzen Leben bin ich rundum glücklich und fühle nichts anderes als Liebe.

Dank

Ich habe es wirklich von Herzen genossen, Mayas Geschichte aufzuschreiben. Angefangen habe ich zu einer Zeit, als die Welt stillzustehen schien und alles sich düster anfühlte (es waren die ersten Lockdown-Wochen in der Bay Area Anfang 2020). Mir war ganz klar, dass ich eine Geschichte erzählen wollte, bei der man die Batterien wieder aufladen kann, eine Geschichte, die dabei hilft, Hoffnung zu schöpfen und endlich wieder zu träumen. Eine Liebesgeschichte, die Mut macht, das Herz erwärmt, in einer traumhaften Gegend spielt, mit Personen, mit denen ich selbst gern Zeit verbringen und Freundschaft schließen würde … auch im wirklichen Leben. Ich schäme mich nicht zuzugeben, dass ich beim Schreiben sozusagen ein stellvertretendes Leben mit Maya und ihren Abenteuern in Kalifornien geführt habe.

Zuerst und vor allem danke ich euch, meinen Leserinnen und Lesern. Danke, dass ihr meine Geschichte online, in einem Buchladen oder in einer Bücherei zur Hand nehmt (ich weiß, dass ihr viele Möglichkeiten für euer nächstes Leseerlebnis habt, und ich wette, der Stapel mit den Büchern, die ihr unbedingt lesen wollt, wird ständig höher – genau wie meiner). Danke, dass ihr lest. Danke, dass ihr Freunden und Familie von meinen Büchern erzählt, Besprechungen postet, Fotos teilt und mich unterstützt. Danke, dass ihr euch auf diese Reise einlasst, ganz gleich, ob dieses hier mein erstes Buch ist, das ihr lest, oder ob ihr auch meinen Debüt-Roman *Someday in Paris* kennt.

Ich hoffe, *Sie haben die Liebe erreicht* hat euch gefallen, euch zum Lächeln gebracht und euren Glauben an die Liebe gestärkt (sei es die auf den ersten Blick oder auf die erste SMS … in jeder Form und Farbe), und es hat euch geholfen, die zauberhafte kleine Stadt Carmel-by-the-Sea zu entdecken (oder wiederzuentdecken). Hoffentlich könnt ihr sie auch einmal persönlich besuchen. Vergesst dabei aber nicht, euer Exemplar des Buchs/euer Lesegerät mitzunehmen, damit ihr Mayas Schritte auch richtig nachverfolgen könnt. Wenn ihr dorthin auf die Reise geht, werde ich auf den sozialen Medien nach dem #TheMeetingPoint und nach euren hübschen Fotos Ausschau halten und garantiert das Gleiche machen. Nach Carmel zurückzukehren – meinem unumstrittenen Lieblingsort an der West Coast –, nachdem ich ein ganzes Jahr nicht mehr dort war, ist im Jahr 2021 mein Geburtstagsgeschenk für mich selbst.

Wie immer ein großer Dank an Hannah Shepherd, meine talentierte, geduldige, wundervolle Literaturagentin, die von Anfang an meine größte Unterstützung war! Ich schätze mich sehr glücklich, dich gefunden zu haben, Hannah. Und danke auch an alle in der DHH Literary Agency.

Meiner Lektorin Hannah Todd und dem Team von Aria Fiction/Head of Zeus, die *Sie haben die Liebe erreicht* herausgebracht haben und mit mir bis zum Tag der Veröffentlichung (und allem dazwischen und darüber hinaus) an jedem Schritt dieser Reise gearbeitet haben … vom ersten Entwurf bis zum wunderschönen, fröhlichen Cover: Danke für alles!

Zu guter Letzt danke ich ganz herzlich meiner Familie, die ich grenzenlos liebe. Danke für eure bedingungslose Liebe und Unterstützung und für alle Extratassen Kaffee in langen Schreibnächten – ihr gebt mir den Raum und die Zeit, kreativ zu sein und weiter das zu tun, was mich glücklich macht. Danke auch für die alltäglichen kleinen (und großen) Dinge. Ich schätze mich glücklich, zu euch zu gehören.

Über die Autorin

Olivia Lara kam in Bukarest zur Welt und wuchs in einer Familie von Bücherliebhabern und Geschichtenerzählern auf. Nach dem Studium arbeitete sie als Journalistin und im Marketing in Rumänien, Frankreich und den Vereinigten Staaten. Zurzeit ist sie Marketing Executive in San Francisco und wohnt mit ihrem Mann, ihrer kleinen Tochter und vier Katzen in der Bay Area. *Sie haben die Liebe erreicht* ist ihr zweiter Roman.

Besucht Olivia online auf Olivia-Lara.com, folgt ihr auf Instagram unter @olivialara.writes, auf Twitter unter @olilara_writes oder auf Facebook unter @olivialaraauthor.